U0570461

安徽师范大学中国语言文学（诗学）

高峰学科资助出版

黄侃《文心雕龙札记》研究

李 平／著

中华书局

图书在版编目（CIP）数据

黄侃《文心雕龙札记》研究/李平著. —北京：中华书局，2025.
2. —ISBN 978-7-101-16921-8

Ⅰ.I206.2

中国国家版本馆 CIP 数据核字第 202490889D 号

书　　　名	黄侃《文心雕龙札记》研究
著　　　者	李　平
责任编辑	樊玉兰
封面设计	周　玉
责任印制	管　斌
出版发行	中华书局
	（北京市丰台区太平桥西里 38 号　100073）
	http://www.zhbc.com.cn
	E-mail：zhbc@zhbc.com.cn
印　　　刷	北京新华印刷有限公司
版　　　次	2025 年 2 月第 1 版
	2025 年 2 月第 1 次印刷
规　　　格	开本/920×1250 毫米　1/32
	印张 13¼　插页 2　字数 300 千字
国际书号	ISBN 978-7-101-16921-8
定　　　价	78.00 元

目　录

上　编

下　编

绪论：黄侃与现代"龙学"的诞生

章黄学派是 20 世纪中国学术史上影响最大的学术流派之一，其开山宗主章太炎，被誉为能为清学"正统派大张其军者"①，"清代学术史的押阵大将"②；黄侃则为章氏大弟子，并最得其师推崇，被赐名为"天王"；而范文澜在北大求学时，追踪黄侃，诵习师说，以其师宗奉的几部经典为学术正统、文学嫡传，被黄侃等老辈学者"谬奖"，认为颇堪传授"衣钵"。章太炎、黄侃、范文澜三代嫡传的国学大师，在 20 世纪初前赴后继，共讲《文心》，协力"雕龙"，不仅成就了学术史上的一段佳话，而且直接促成了现代"龙学"的诞生。其中，黄侃承前启后，厥功甚伟，所著《文心雕龙札记》被视为现代"龙学"的奠基作。

一、章太炎在日本东京讲授《文心雕龙》

1903 年，章太炎因《苏报》案被捕，1906 年出狱后即东适日

---

① 梁启超：《清代学术概论》，朱维铮校注：《梁启超论清学史二种》，上海：复旦大学出版社，1985 年，第 77 页。

② 胡适：《五十年来中国之文学》，欧阳哲生编：《胡适文集 3·胡适文存二集》，北京：北京大学出版社，1998 年，第 228 页。

本，在东京入同盟会，主《民报》笔政，并开办"国学讲习会"，为青年讲学，受业者众多，比较突出的有：黄侃、钱玄同、朱希祖、龚宝铨、许寿裳、周树人、周作人、朱宗莱、钱家治、任鸿隽、汪东、刘文典、马幼渔、沈兼士等。在章氏1908年开始的有系统、多序列的讲学活动中，就有《文心雕龙》的专门讲授。

　　章太炎在日本讲授《文心雕龙》，拉开了现代"龙学"的序幕，意义非凡。首先，章氏旅日期间，"涉猎西籍，以新知附益旧学"①，致力于传统学术的现代改造。《国故论衡》曰："余以寡昧，属兹衰乱，悼古义之沦丧，愍民言之未理，故作《文始》以明语原，次《小学答问》以见本字，述《新方言》以一萌俗。"②意在将传统小学转换为现代语言文字学。所办"国学讲习会"，亦发布《章程》，将科目分为预科、本科；预科讲文法、作文、历史，本科讲文史、学制、度学、宋明理学、内典学。这与早期北大文科的体制和科目颇相近，已具有现代学制的特点③。陈平原著《中国现代学术之建立》，副题即"以章太炎、胡适之为中心"，其基本设想就是"晚清及

---

① 梁启超：《清代学术概论》，朱维铮校注：《梁启超论清学史二种》，上海：复旦大学出版社，1985年，第78页。

② 章太炎：《国故论衡》（校定本），《章太炎全集（五）》，上海：上海人民出版社，2018年，第167页。

③ 在由章太炎开始任主编的《民报》第七号（1906年9月5日发行）上，刊有《国学讲习会序》，谓章太炎"为国学界之泰斗"，"同人拟创设一国学讲习会，请先生临席宣讲，取为师资"。朱维铮说："国学讲习会实为具有民办大学性质的学术团体，章太炎是主持人，但非唯一的主讲人。然而，它的组织似乎很松散，主讲的流亡学人既忙于革命，听讲的留日学生也各有学业，今存的早期成绩，唯有章太炎的《国学讲习会略说》一种，于一九〇六年九月由东京秀光社印行。"（朱维铮：《求索真文明——晚清学术史论》，上海：上海古籍出版社，1996年，第294—295页）

'五四'两代学人的共同努力，促成了中国学术的转型"①。而《文心雕龙》正是章氏文史科目讲授的内容之一。

其次，章氏选择讲授《文心雕龙》，也有因应时代需求的因素。近代以来，中西文化交流逐渐频繁，受西方思潮的影响，国内学界客观精神大行，科学主义日盛，成体系的要求开始抬头，"面临西方思想的流入，许多中国知识分子从传统中寻求对西方的回应"②。于是，《文心雕龙》特受青睐，成为传统与现代联结的桥梁。因为人们发现这部书具有客观理性精神，重标准模式，有体系规模，即使用西方文学理论的标准来衡量也毫不逊色。这就引起了有识之士的高度重视，其中最引人注目者就是章太炎。吴熙曾说："刘氏一部惨淡经营的伟著，不闻于世，一直埋没了一千多年，直到清末，才渐渐有人去注意他，才为章太炎先生所推赏。"③这里所谓的"推赏"，就是指章太炎在日本开讲《文心雕龙》④。

---

① 陈平原：《中国现代学术之建立——以章太炎、胡适之为中心》，北京：北京大学出版社，1998年，第22页。

② 〔美〕张灏著，高力克、王跃译：《危机中的中国知识分子：寻求秩序与意义》，北京：新星出版社，2006年，第17页。

③ 吴熙：《对于刘勰文学的研究》，《时事新报·学灯》1924年第9、10期。

④ 章太炎在《国故论衡·文学总略》中两次提及《文心雕龙》，一为："自晋以降，初有文笔之分。《文心雕龙》云：'今之常言，有文有笔，有韵者文也，无韵者笔也。'然《雕龙》所论列者，艺文之部，一切并包。是则科分文笔，以存时论，故非以此为经界也。"一为："如上诸说，前之昭明，后之阮氏，持论偏颇，诚不足辩。最后一说，以学说、文辞对立，其规摹虽少广，然其失也，只以远彰为文，遂忘文字，故学说不远者，乃悍然摈诸文辞之外。惟《论衡》所说，略成条贯。《文心雕龙》张之，其容至博，顾犹不知无句读文，此亦未明文学之本柢也。"另，《国故论衡·正赍送》亦曾引《文心（转下页注）

　　再次，章太炎讲授《文心雕龙》的具体内容，亦颇有契合时代潮流和现代精神之处。例如，认为"《宗经》一篇，殆彦和救弊之言欤"①，强调文学要关注时代，发挥针砭现实的作用。而解释《辨骚》"楚人之多才乎"，则与梁启超、王国维、刘师培等人一样，从文学与地理的关系入手，颇显时代风尚②。至于讲解《诸子》时所言，"《论语》《孝经》，亦子书类也。后人尊孔过甚，乃妄入经类"③，则洋溢着对传统经学的反叛意识，深契现代精神。当然，作为清代朴学殿军俞樾的学术传人，章氏在讲学中持泛文学观，认为："古者凡字皆曰文，不问其工拙优劣，故即簿录表谱，亦皆得

（接上页注）雕龙·诔碑》之说："自诔出者，后有行状。诔之为言，累其行迹而为之谥。故《文心雕龙》曰：'序事如传，辞靡律调，诔之才也。'此则后人行状，实当斯体。"又有小字提到《文心雕龙》："《文章流别传》曰：'诗颂箴铭之篇，皆有往古成文，可放依而作。惟诔无定制，故作者多异焉。见于典籍者，《左传》有鲁哀公为孔子诔。'（《文心雕龙》及《御览》五百九十六引）。"以上前三处引《文心雕龙》之言，皆陈述辨析之义，不关"推赏"；后一处为注文，更无关"推赏"。早年的《膏兰室札记》有一条是对《文心雕龙·夸饰》"倒戈立漂杵之论"的评论，虽赞同刘勰"以漂杵为夸饰之辞，无害于义"的观点，但重在批驳孟子及阎若璩谓《尚书·武成》"血流漂杵"之说为"有害于义"，并非直接"推赏"《文心》。故吴熙所谓《文心雕龙》"才为章太炎先生所推赏"，当指其在日本讲授《文心雕龙》之事。

① 黄霖编著：《文心雕龙汇评》，上海：上海古籍出版社，2005 年，第 172 页。
② 章太炎在《訄书》重订本首篇《原学》开篇曰："视天之郁苍苍，立学术者无所因。各因地齐、政俗、材性发舒，而名一家。"（章太炎：《訄书》（重订本），《章太炎全集（三）》，上海：上海人民出版社，2018 年，第 131 页）作者在通观中西学术史的基础上，总结了地理环境、政情民俗和个人才性三个促进学术变异的共同因素。
③ 黄霖编著：《文心雕龙汇评》，上海：上海古籍出版社，2005 年，第 175 页。

谓之文,犹一字曰书,全部之书亦曰书。"①这一观点虽然不合当时文学独立的趋向,但是他还是相当开明的,在讲授《文心雕龙》具体篇目前,曾与听讲者一起讨论文学定义问题。鲁迅提出:"文学和学说不同,学说所以启人思,文学所以增人感。"②章氏认为:"这样分法虽较胜于前人,然仍有不当。"③

清儒不喜聚徒讲学,章氏在日本的讲学活动,无疑具有开风气的意义。而其所讲《文心雕龙》,虽然尚有可待完善、提升之处,但毕竟促进了传统"龙学"的现代转换,使现代"龙学"雏形初现。

二、黄侃在北京大学讲授《文心雕龙》

虽然章太炎举办的"国学讲习会",在文化传播和人才培养方面具有重要的意义,但毕竟是民间形式的讲学,缺乏制度保障和

---

① 黄霖编著:《文心雕龙汇评》,上海:上海古籍出版社,2005年,第167页。
② 鲁迅的说法源于曾国藩,其《湖南文征序》曰:"人心各具自然之文,约有二端:曰理,曰情。二者人之所固有。就吾所知之理以笔诸书而传诸世,称吾爱恶悲愉之情,缀辞以达之,若剖肺肝而陈诸简策,斯皆自然之文。按理文即启思之学说,情文即增感之文辞,然谓皆为自然之文。"庞俊为之疏证曰:"文之名义广矣,近世以学说与文辞对立,盖本之泰西文家,与曾说相似也。谢无量《中国文学史》谓西人戴昆西于《诗人蒲白论》中,尝释文学曰:文学之别有二:一属于知,一属于情。属于知者,其职在教;属于情者,其职在感。譬则舟焉,知如其柁,情为帆棹。知标其理悟,情通于和乐,斯其义矣。"(章太炎撰,庞俊、郭诚永疏证:《国故论衡疏证》,北京:中华书局,2008年,第262页)
③ 许寿裳:《亡友鲁迅印象记》,刘勇编选:《中国现代学术经典·许寿裳卷》,北京:北京师范大学出版社,2011年,第64页。

组织规范；虽然章氏自谓听其讲学者"先后百数十人"①，黄侃亦谓其师在日本讲学"弟子至数百人"②，但《文心雕龙》的讲授在《民报》社章氏寓所进行，受众主要为少数及门弟子，终难免私门传授的性质；虽然章氏身为民国元勋和国学泰斗，但在教育方面却并不看好新式学校，故多次拒绝进入大学当教授，只热衷于传统书院式的私人讲学。仅此而言，黄侃继太炎师之后，登上国立北京大学的讲坛，面对诸多年轻学子，在现代教育课程体系的名目下讲授《文心雕龙》，这件事本身就具有度越前贤的象征性意义。

　　1914 年，黄侃受聘担任北大教授，并在校讲授《文心雕龙》，名声大震，以致他在课堂吟诵的声音，被学生称为"黄调"并模仿，晚上响彻校园。听他《文心雕龙》课的学生，除了国文系的，还有哲学系的；除了文科的，还有法科的；甚至还有只在家看其讲义，而成为私淑弟子，最终走上治学之路的。然而，遗憾的是，黄侃在北大讲授《文心雕龙》这样一件意义重大的事情，至今仍然存在诸多谜团，比如他是在何时讲授的？又是在哪些课上讲授的？具体讲授了哪些篇目？学界至今众说纷纭，莫衷一是。根据相关年谱、日记和历史回忆材料，以及《北京大学史料》《中国近代学制史料》《北京大学校史》等文献资料，我们可以梳理出黄侃在北大讲授

①《章太炎先生答问》："问：'《民报》既停，先生作何生活？'答：'讲学。'问：'生徒何国人？'答：'中国之留学生，师范班、法政班居多数，日本人亦有来听者，不多也。'问：'人数多少？'答：'先后百数十人。'问：'先生讲何种学？'答：'中国之小学及历史，此二者，中国独有之学，非共同之学。'"（汤志钧编：《章太炎年谱长编（增订本）》上册，北京：中华书局，2013 年，第171 页）

② 黄侃：《太炎先生行事记》，陈平原、杜玲玲编：《追忆章太炎》，北京：中国广播电视出版社，1997 年，第 21 页。

《文心雕龙》的基本情况。

　　1914年9月,黄侃开始担任北大教授,至1919年9月转赴武昌高师任教,在北大执教时间一共五年。期间若以讲授《文心雕龙》为线索,以北大文科课程体系改革为界限,可分为前后两期。前期(1914—1916年)主要在"词章学"课堂上,以《文心雕龙》为诠释文本,主讲《神思》以下创作论部分,再以数篇文体论篇目作为例证,并编撰二十余篇《文心雕龙札记》作为授课讲义;后期(1917—1919年)主要在"中国文学概论"课堂上,继续以《文心雕龙》为教本,主讲"文之枢纽"的总论部分,同样撰写了相关篇目的《札记》作为讲义。此外,还曾接替被学生赶下台的朱蓬仙老师所授《文心雕龙》课程。

　　黄侃在北大讲授《文心雕龙》,既继承了太炎师的某些传统,又有明显的发展提升。继承方面,黄侃明显效法太炎师讲解文本时采用的总评、解句加简单校注的方法,编写其授课讲义《札记》,且保持其师校注简洁、不做繁琐考证的风格,这也是课堂讲授的需要。发展方面,首先针对其师的泛文学观,提出"文辞封略,本可弛张"的观点。即推而广之,则文无所不包,不限于文饰、句读与否;缩小而言,有句读者皆为文,不论文饰与否;至于文章,则尚韵语偶词、修饰润色、敷文摘采,故阮元所言无情辞藻韵者不得称文,"良有不可废者"。这就将其师的泛文学观和阮元的纯文学观综合起来,阂通不党,可以解释各种层次的"文"。不过,在黄侃看来,《文心雕龙》所论,重在有韵文饰之文,所谓"彦和泛论文章,而《神思》篇已下之文,乃专有所属,非泛为著之竹帛者而言,亦不能遍通于经传诸子"[①]。这正应合了20世纪初文学独立和专门化的

---

　　① 黄侃:《文心雕龙札记》,北京:中华书局,1962年,第8页。

潮流。

与此观点相一致,黄侃在北大讲授《文心雕龙》的重点,也放在下篇"剖情析采"的创作论部分。他认为《文心雕龙》下篇特别重要,而且必须详加疏解,才能领悟其中的精妙奥义:"至于下篇以下,选辞简练而含理闳深,若非反复疏通,广为引喻,诚恐精义等于常理,长义屈于短词;故不避骈枝,为之销解,如有献替,必细加思虑,不敢以瓶蠡之见,轻量古贤也。"①他"手自编校",1927 年由文化学社出版的《札记》,即《神思》以下创作论二十篇,也就是他前期在北大"词章学"课堂上讲授的主要内容。作为当时的听课者,范文澜在其《文心雕龙讲疏·自序》中说:"曩岁游京师,从蕲州黄季刚先生治词章之学。黄先生授以《文心雕龙札记》二十余篇,精义妙旨,启发无遗。"②后期在"中国文学概论"的课目下,黄侃又主要讲授了《文心雕龙》上篇"文之枢纽"的总论部分。听课人杨亮功在《早期三十年的教学生活》一书中回忆:"黄季刚先生教文学概论以《文心雕龙》为教本,著有《文心雕龙札记》。"③值得注意的是,"文学概论"是北大文科课程体系改革时,从日本引入的西洋化的课程名目,当时的文学门还是首次开设这门新课。黄侃尝试在一门新潮的"舶来"课程中,讲授传统诗文评的经典之作,致力找到两者的契合点和共通处,并出色地完成了教学任务,无疑为现代"龙学"的创建,立下了汗马功劳!

方法上,黄侃所授课程及《札记》讲义,从传统的校注、评点中超越出来,开创了把文字校注、资料笺证和义理阐述三者结合起

---

① 黄侃:《文心雕龙札记》,北京:中华书局,1962 年,第 91 页。
② 范文澜:《文心雕龙讲疏·自序》,天津:新懋印书局,1925 年,第 3 页。
③ 杨亮功:《早期三十年的教学生活　五四》,合肥:黄山书社,2008 年,第 22 页。

来的研究方法,给人以全新的视野。其现代性价值和意义,李曰刚做了精彩的概括:"民国鼎革以前,清代学士大夫多以读经之法读《文心》,大别不外校勘、评解二途,于彦和之文论思想甚少阐发。黄氏《札记》适完稿于人文荟萃之北大,复于中西文化剧烈交绥之时,因此《札记》初出,即震惊文坛,从而令学术思想界对《文心雕龙》之实用价值,研究角度,均作革命性之调整,故季刚不仅是彦和之功臣,尤为我国近代文学批评之前驱。"①

三、范文澜在天津北京讲授《文心雕龙》

1922 年,北大毕业后的范文澜,几经周折始到天津南开学校任教,先任中学部国文教员,后任大学部国文教授。受其师黄侃的影响,范文澜在南开大学开设的课程"文论名著"中,主要讲授《文心雕龙》《史通》《文史通义》三种,并特别强调《文心雕龙》最重要,尤宜先读,课本即为其所著《文心雕龙讲疏》。《讲疏》为范文澜因教学需要所撰,《自序》曰:"予任南开学校教职,殆将两载,见其生徒好学若饥渴,孜孜无怠意,心焉乐之。亟谋所以餍其欲望者。会诸生时持《文心雕龙》来问难,为之讲释征引,惟恐惑迷,口说不休,则笔之于书;一年以还,竟成巨帙。以类编辑,因而名之曰《文心雕龙讲疏》。"②

《讲疏》1925 年由天津新懋印书局出版,是范文澜第一部学术著作,深受黄师北大授课讲义的影响。尽管《讲疏》出版在《札记》

①李曰刚:《文心雕龙斠诠》下编,台北:"中华丛书"编审委员会,1982 年,第2515 页。
②范文澜:《文心雕龙讲疏·自序》,天津:新懋印书局,1925 年,第 3 页。

之前，但其中充满了《札记》的痕迹，两者之间的继承性一目了然。《讲疏》不仅体例上以"黄札"为准，内容上也"于黄氏之说，唯恐或遗"，因而采取探囊揭箧的方法，几乎将"黄札"悉数收于《讲疏》之中。诚如章用所言："总观全书，一以黄氏《札记》之繁简为详略焉。《札记》所曾涉者，虽连篇累牍，未厌其多；《札记》所不及者，只依黄注笺释，略有出入。"①范文澜早年以师从黄侃为荣，自觉地擎起乾嘉学术家派的旗帜。《讲疏》对"黄札"的大量引用，一方面说明其"龙学"研究渊源有自，另一方面也体现了他对老师的充分尊重。

　　除了继承性，《讲疏》对《札记》的发展也有目共睹。黄侃在其讲义《题辞及略例》中，明确地寄希望于来者："自愧迂谨，不敢肆为论文之言，用是依旁旧文，聊资启发，虽无卓尔之美，庶以免戾为贤。若夫补苴罅漏，张皇幽眇，是在吾党之有志者矣。"②范文澜则立志继承师业，弘扬师说，故曰："然则补苴之责，舍后学者，其谁任之？"他以此自勉，最终完成使命："《文心》五十篇，先生授我者仅半，殆反三之微意也。用是耿耿，常不敢忘，今兹此编之成，盖亦遵师教耳。异日苟复捧手于先生之门乎，知必有以指正之，使成完书矣。"③在传承师说的基础上，他补足"黄札"缺略的另一半内容，并在文体上将"札记"推进为"讲疏"。"五四"前后，学者常以"讲疏"（梳理讲义、侧重义理阐发）的形式，阐释古代学术经典的微言大义，以满足时代的需要，这是古典新义背景下的一个潮流。范文澜在书中常常联系现实，既放眼世界又关注当

---

① 章用：《〈文心雕龙讲疏〉提要》，《甲寅周刊》1925 年第 1 卷第 20 号。
② 黄侃：《文心雕龙札记》，北京：中华书局，1962 年，第 1 页。
③ 范文澜：《文心雕龙讲疏·自序》，天津：新懋印书局，1925 年，第 3 页。

下，使这部古典讲疏之作，呈现出鲜明的时代特色。

　　1927年底，范文澜为躲避军警的抓捕而离开天津，回到母校北大任教，并在辅仁大学等校兼课。在北大"中国古代文学批评"课上，他接续黄侃讲授《文心雕龙》，千家驹曾说他在北大预科时，范文澜教过他《文心雕龙》①。牟润孙又说他在辅仁与范文澜同事时，范曾开过"中国文学史"与《文心雕龙》的课程②。在北京诸高校讲授《文心雕龙》的同时，范文澜也开始在《讲疏》的基础上，为《文心雕龙》另作新注。1929—1931年，文化学社出版了范文澜的新著《文心雕龙注》。新《注》对原书做了全方位的、颠覆性的改造，无论是书名、结构、体例，还是校勘、出典、释义，都发生了根本性变化，几于重造。本着精益求精、不断完善的治学态度，在文化学社本出版之后，范文澜又对其进行修订，并于1936年由开明书店出版了新修订的《文心雕龙注》，这也是他本人修订的最后定本。从此"范注"与"黄札"各自独立，花开两朵，成为两部既相关

---

① 千家驹（1909—2002），经济学家，浙江武义人，笔名钱磊，1926年秋考入北京大学文预科，1928年秋升入北大本科经济系就读，1932年毕业。曾任北京大学讲师，广西大学教授，《中国农村》《经济通讯》主编，香港达德学院教授，北京交通大学教授。1936年元旦，千家驹与杨梨音在北平举行婚礼，证婚人是胡适，介绍人是范文澜、崔敬伯，叶公超、许德珩等出席。当时胡适在婚礼上致词说："千先生是北大学生捣乱的头儿，思想一向是很前进的，但今天的婚礼古色古香，新娘子姓杨，我看千家驹从今天起变成杨家驹了。"（参见《千家驹自撰年谱》，1997年自印本）千家驹说："北京大学预科老师有范文澜，教《文心雕龙》等。抗战前，几乎与之每周见面交谈；解放后到'文革'前，在北京常来往。"（千家驹：《夕阳昏语》，香港：天地图书有限公司，1995年，第199页）

② 牟润孙：《北京学林话旧——跋钱玄同给魏建功的两封信》，牟润孙：《海遗丛稿》（二编），北京：中华书局，2009年，第27页。

更有别的现代"龙学"经典。

　　20 世纪以来的学术研究与清代的学术研究有着基本的不同，那就是在利用新材料、新方法的基础上，提出新观点。就新材料而言，"范注"充分利用了当时刚出现的唐写本《文心雕龙》残卷、日僧遍照金刚的《文镜秘府论》、宋本《太平御览》和铃木虎雄的《黄叔琳本〈文心雕龙〉校勘记》等新材料，为其《文心雕龙》校注增色颇多。就新方法来说，"范注"在借鉴"黄札"三结合研究方法的基础上，形成了自身独特的"以注为论"的新方法。正是这种方法，使"范注"在文本校勘、典故引证和词语释义的基础上，可以进一步探求彦和的作意微旨，《文心》的理论意蕴和全书的结构体系，从而超越传统经学章句训诂、出典评解的模式。凭借新材料和新方法，"范注"又提出了许多新观点。一方面，利用唐写本和宋本《御览》等新材料，"范注"在文本校勘方面取得了不少新的突破。另一方面，"以注为论"的方法，又使"范注"能够游刃有余地探讨《文心雕龙》中一些重要的理论问题，并提出自己的新见。例如，《文心雕龙》的主导思想是"龙学"研究中的一个重要问题，关系到人们对全书内容的认识和理解，范文澜首倡儒学古文经派："刘勰撰《文心雕龙》，立论完全站在儒学古文学派的立场上。"①又如，《文心雕龙》的写作方法，长期未引起学界重视，是"龙学"研究中的薄弱环节，而"范注"早就指出其方法受到释书的影响。至于对《文心雕龙》全书结构体系的揭示，则是"范注"又一重大贡献。此外，"范注"对刘勰身世的考证也具有发轫之功。

　　"范注"被誉为《文心雕龙》研究史上的一座里程碑，它集前人

---

① 范文澜：《中国通史简编（修订本）》第二编，北京：人民出版社，1964 年，第
　　418 页。

校注之大成，奠后人注书之基石，从深度和广度两个方面，把《文心雕龙》研究推上了一个新的高峰，成为"龙学"研究者必读的进阶书目，范文澜也由此成为彦和隔世之知音，《文心》异代之功臣，被称为"范雕龙"。牟世金曾说："自范注问世以后，无论中日学者，都以之为《文心雕龙》研究的基础，这也是不可否认的事实，其于'龙学'的贡献，是应该充分肯定的。"①

四、黄侃承前启后开创现代"龙学"

学界通常认为，黄侃将《文心雕龙》搬上北大课堂是现代"龙学"诞生的标志。这种看法并不错，因为黄侃在其师章太炎与其徒范文澜之间承前启后，地位最为重要，作用更为明显。完整、严格地说，20世纪初，现代"龙学"的诞生，是由章太炎发其端，黄侃扬其波，范文澜殿其后的结果，或者说是章黄学派一脉相承的三代学人（章、黄、范）前后配合、鼎力相助的结果。倘若前无章太炎在日本讲解彦和之书所做的铺垫和准备工作，后缺范文澜在天津、北京诸高校讲授、注解《文心雕龙》所起的补充和完善作用，那么现代"龙学"是难以形成博大气象的。

不过，从现代"龙学"诞生的过程来看，章太炎、黄侃和范文澜三个角色的作用和特色又各不相同。作为开山宗师，章太炎在日本讲授《文心雕龙》的作用和意义在于"开"——开疆辟土，创立门户。他凭借深厚的国学根底和敏锐的学术眼光，认识到《文心雕龙》在现代学术研究中的巨大价值，可以借此开出一片新的学术天地，故而披挂上阵，登坛开讲。然而，开榛辟莽、导夫先路者，自

① 牟世金：《〈文心雕龙〉的"范注补正"》，《社会科学战线》1984年第4期。

难顾及体例的完备和论证的周详，成果不免粗疏。这就是章氏虽然五周讲完《文心雕龙》全部五十篇，但从现存的记录稿本来看，多为"发凡起例，始立规摹，以待后人填采"①。

黄侃犹如一员征战沙场、冲锋陷阵的大将，重在"破"，即致力突破古典"龙学"的旧范式和集大成者——清代黄叔琳的《文心雕龙辑注》，并与当时执掌北大教坛的桐城派"阐道翼教"思想相抗衡。故而他在北大讲授《文心雕龙》，不重校注而以篇章题旨的意蕴阐释为主，思想上标举刘勰的自然观，内容上突出《文心》的创作论，且"札记"随写随发，并不在意篇目的完整和体例的规范。缘此之故，《札记》尽管在典故训释方面博稽精考，意蕴阐释方面切理恹心，但最终还是未能取"黄注"而代之。

真正取代"黄注"并成为《文心雕龙》校注新范式的是"范注"，因为范文澜重在"立"，他就像一位精于筹划的军师，盘算着如何才能守住祖师开创的事业、本师打下的疆土，并最终将其发展成蔚然大国。故其以"黄注"为底本而补苴超越之，取"黄札"之长处又丰富发展之，既在前贤与新锐的基础上"参古定法"，又在时代与现实的感召下"望今制奇"，从而确立了《文心雕龙》研究的新范式。首先，"范注"开创了新式校注体例，采用全录原文，校语以小字置于出校的原文之下，然后以数系注，将注文放在原文之后，按序号集中排列，并于有关原文，逐条列举，广征博引，考镜源流，校注并施。其次，"范注"将乾嘉实证学风与"五四"科学精神相对接，综合利用前人及同时代人的研究成果，不仅著成考订详赡的注本，而且使其注本具有鲜明的现代性，故远超"黄注"。诚如杨

---

① 章太炎:《自述学术次第》,《章太炎全集(十一)·太炎文录补编(下)》,上海:上海人民出版社,2018年,第494页。

明照所言:"《文心雕龙》,向以黄叔琳《辑注》为善。 然疏漏纰缪,
所在多有,宜其晚年悔之也。 逮范文澜氏之注出,益臻详赡,固后
来居上者矣。"①"半个多世纪以前,我国最通行最有地位的《文心
雕龙》注本,当然要首推黄叔琳的《辑注》。 在'龙学'研究领域里,
差不多盛行了两个世纪。 直到本世纪(20 世纪——引者注)三十
年代,才逐渐由范文澜先生的《注》取而代之。 流传广,影响大,后
来居上,成为权威著作,这是大家所公认的,无须多说。"②

---

① 杨明照:《范文澜〈文心雕龙注〉举正》,《文学年报》1937 年第 3 期。
② 杨明照:《〈文心雕龙〉有重注必要》,饶芃子主编:《文心雕龙研究荟萃》,上
　海:上海书店,1992 年,第 61 页。

上 编

第一章　黄札的成书过程及版本系统

民国以前的《文心雕龙》研究，多为校勘、注释或只言片语的点评，对刘勰的文论思想既缺乏总体把握，又罕有细致阐发。黄侃《文心雕龙札记》一书，打破了前代《文心雕龙》研究只重校注评点、忽略义理阐释的格局，标志着现代"龙学"的诞生。回溯《札记》的成书过程，清理其为数众多的版本，不仅对《札记》本身，而且对整个"龙学"史研究都至关重要。因为与其他"龙学"著作不同，现在通行的《札记》有一个演变发展过程：从最初的大学授课讲义到二十篇札记的小书，以至后来的三十一篇全本札记，前后相续，历时既久，且后出版本序跋附录多有增益。另外，现在通行《札记》的各个版本，特别是大陆版本系统和台湾版本系统，由于所据"母本"不同，中间尚存差异。更为重要的是，《札记》"完稿于人文荟萃之北大"，成书于"中西文化剧烈交绥之时"，特殊的时代赋予了作者特殊的使命，使其"不仅是彦和之功臣，尤为我国近代文学批评之前驱"①。故而尝试论之，期望能有管中窥豹之效。

---

① 李曰刚：《文心雕龙斠诠》下编，台北："中华丛书"编审委员会，1982 年，第 2515 页。

第一节　黄札的成书过程

《札记》的成书过程颇为曲折,开始是应北大之聘讲授《文心雕龙》,为授课而编写讲义,其后是《札记》讲义的陆续发表,再接着是黄侃"手自编校"的《神思》以下二十篇札记作为专书的出版;黄侃逝世后,《文艺丛刊》又将《原道》以下十一篇集中刊发,然后则有四川大学将三十一篇札记集中刊印,最后才是海峡两岸通行本《札记》的出版。

一、《札记》讲义撰写

1914 年 9 月,经章太炎介绍,黄侃应北京大学之聘,讲授"词章学"和"中国文学史",从此开始了传道授业的教书生涯,《札记》即是其任教北大的授课讲义。由于黄侃此段时间的日记、书信等因战乱而残缺,我们无法明确他如何应邀讲授《文心雕龙》。不过从别人的记叙中,亦可窥见一二。

首先,黄侃在北大讲授《文心雕龙》,深受其师章太炎的影响。早年留学日本时,黄侃就曾师从章太炎,并听其讲授《文心雕龙》。《钱玄同日记》1909 年 3 月 18 日记载:"是日《文心雕龙》讲了九篇(九至十八)。在炎处午餐。傍晚时归。与季刚同行,彼走得甚快,余追不上,不知其去向。"①而且,1914 年黄侃任教北大之际,章太炎恰好被袁世凯幽禁于北京,黄侃则是近水楼台先得月,可以随时与太炎师切磋学术。据《一士类稿》载:"谒章之后,即请求

---

① 杨天石主编:《钱玄同日记(整理本)》上,北京:北京大学出版社,2014 年,第 150 页。

借住章寓。盖词章学教材等在黄觉不甚费力,即可应付裕如。惟文学史一门,其时治者犹罕,编撰讲义,为创作之性质,有详审推求之必要。故欲与章同寓,俾常近本师,遇有疑难之处,可以随时请教也。黄本章氏最得意之弟子,章亦愿其常相晤谈,以稍解郁闷。"①另外,《札记》的成书也受到经学大师刘师培的影响。1917年,刘师培在拥护袁世凯称帝失败后,也进入北京大学任教,主要讲授中古文学史,其中也涉及《文心雕龙》,罗常培记录其口义《文心雕龙》二种。

其次,黄侃在北大所授《文心雕龙》课程十分受欢迎,听众甚多,反响强烈。据冯友兰回忆:"当时北大中国文学系有一位很叫座的名教授,叫黄侃。他上课的时候,听讲的人最多,我也常去听讲。他在课堂上讲《文选》和《文心雕龙》,这些书我从前连名字也不知道。黄侃善于念诗念文章,他讲完一篇文章或一首诗,就高声念一遍,听起来抑扬顿挫,很好听。他念的时候,下边的听众都高声跟着念,当时称为'黄调'。在当时宿舍中,到晚上各处都可以听到'黄调'。"②黄侃在北大还曾接替被学生赶下台的朱蓬仙所授《文心雕龙》课程,王利器曾讲述傅斯年回忆当年上《文心雕龙》课的情景:"当年我在北大读书时,听朱蓬仙讲《文心雕龙》。大家不满意,有些地方讲错了,有些地方又讲不到。我和罗家伦、顾颉刚等同学商议,准备向蔡子民校长上书,请求撤换朱蓬仙。于是我们就上书了。不久,这个课就由黄季刚先生

---

① 徐一士著,李吉奎整理:《一士类稿》,北京:中华书局,2023年,第102页。
② 冯友兰:《三松堂自序》,冯友兰:《三松堂全集》第一卷,郑州:河南人民出版社,2001年,第36页。

来担任。"①

再次,黄侃讲授《文心雕龙》,并不是五十篇都讲,而是有选择地讲授。对此,范文澜说:"黄先生授以《文心雕龙札记》二十余篇,精义妙旨,启发无遗。退而深惟曰:《文心》五十篇,而先生授我者仅半,殆反三之微意也。"②其实,"反三之微意"只是范文澜自己的设想,而并非黄侃的本意,他有选择地讲授《文心雕龙》有着时代、课时、课程等多方面原因,当然最重要的决定性的原因是其文学观。黄侃对于弟子参与其《文心雕龙》教研活动也是积极支持和鼓励的,其"手自编校"的《札记》正文之后就附有骆鸿凯撰写的《物色》札记,这是在其指导下完成的读书笔记。另一方面,范文澜在校时,黄侃是在"词章学"课程的名义下讲授《文心雕龙》的,所以主要选择创作论部分的二十余篇。

《札记》是黄侃 1914—1919 年任教北京大学的讲义,各篇讲义具体写作时间很难确定,全部三十一篇札记至迟完稿于 1919年上半年,即黄侃离开北大之前。张之强说:"其实《文心雕龙札记》一书是黄侃先生在北京大学讲授《文心雕龙》课时的讲义,当时只是作为讲义印发,并未公开出版。而黄先生做北大教授,则是始于民国二年冬,民国七年即回武昌,由此可知《文心雕龙札记》一书的成书时间是在 1913—1918 年之间。"③此说不甚准确,《黄侃年谱》谓:"黄侃任北京大学教授时间在 1914 年秋。民国二

① 王利器著,敏泽主编:《往日心痕——王利器自述》,太原:山西人民出版社,1997 年,第 95 页。

② 范文澜:《文心雕龙讲疏·自序》,天津:新懋印书局,1925 年,第 3 页。

③ 张之强:《读〈文心雕龙札记·章句〉》,《训诂研究》第 1 辑,北京:北京师范大学出版社,1981 年。

年(1913)冬北上是为了出任赵秉钧幕僚长,而不是出任北京大学教授。"又谓:"(黄侃1919年9月)离开北京大学,行前有《与友人书》……现正检点家居,拟于日内奉母南下。虽此主者挽留甚切,无以弭弟思乡之情。"①不过,张文据钟歆1921年印行的《词言通释》后记所云"仆昔游京师,从黄先生季刚学,略通音训,命纂《词言通释》,于丙辰冬草创初毕",判断起码是《札记·章句》的写作时间一定在1916年(即丙辰年)以前,则是非常可靠的。因为钟歆的《词言通释》是完全依据《札记·章句》第九节"词言通释"而作,只是为黄侃的结论添补文献例证,其书《叙》《附言》都是一字不易抄录《札记》的。另外,《札记·章句》最迟1916年即在校内流传,《钱玄同日记》1917年1月3日记载:"季刚所编《文心雕龙章句篇札记》,余从尹默处借观,觉其无甚精采,且立说过于陈旧,不但《马氏文通》分句、读、顿为三之说,彼不谓然,即自来句读之说亦所不取……"②《隐秀》补文之作,徐复说:"民国六年间,先生主讲北大文科,始补撰《隐秀》篇全文,同门海宁孙君鹰若云。"孙世扬(字鹰若)肄业北大时亲聆黄侃讲授,而且关系亲密,经常陪同黄师游玩,被称为"黄门侍郎",其言当属可信。而1919年3月23日《致陈钟凡书》曰:"斠玄足下:兹寄上《文心雕龙札记》一篇,再请检江式《文字源流表》一篇(《经史百家杂抄》中有),可付缮印,备下星期二用。"③尽管目前尚难以知道寄给陈钟

---

① 司马朝军、王文晖合撰:《黄侃年谱》,武汉:湖北人民出版社,2005年,第10、148页。

② 杨天石主编:《钱玄同日记(整理本)》上,北京:北京大学出版社,2014年,第297页。

③ 司马朝军、王文晖合撰:《黄侃年谱》,武汉:湖北人民出版社,2005年,第140—141页。

凡的是哪一篇札记,但大致可以断定是新近撰写一篇,而且是将于下周课堂讲授要用的。可见,截止 1919 年 3 月,《札记》还在撰写之中。

二、《札记》文章发表

《札记》讲义在正式出版之前,部分篇目曾先后发表于一些报刊上:

(1)《补文心雕龙·隐秀篇(并序)》,北京大学《国故》1919 年第 1 期(后又发表于《华国月刊》1923 年 4 月第 1 卷第 3 期,《晨报副刊·艺林旬刊》1925 年第 9 期);

(2)《文心雕龙札记夸饰篇评》,《新中国》1919 年 6 月 15 日第 1 卷第 2 期(后又在天津《大公报》1919 年 6 月 27—30 日连载);

(3)《文心雕龙附会篇评》,《新中国》1919 年 7 月 15 日第 1 卷第 3 期(后又在天津《大公报》1919 年 7 月 24—25 日连载);

(4)《文心雕龙札记·题词及略例·原道》,《华国月刊》1925 年 3 月第 2 卷第 5 期(后又在《晨报副刊·艺林旬刊》1925 年 4 月 10、12、13 日连载);

(5)《文心雕龙札记·征圣·宗经·正纬》,《华国月刊》1925 年 4 月第 2 卷第 6 期;

(6)《文心雕龙札记·辨骚·明诗》,《华国月刊》1925 年 10 月第 2 卷第 10 期;

(7)《文心雕龙札记·乐府》,《华国月刊》1926 年 4 月第 3 卷第 1 期;

(8)《文心雕龙札记·诠赋·颂赞》,《华国月刊》1926 年 6 月第 3 卷第 2 期。

从《札记》刊发情况来看,有以下几点值得注意:一者,黄侃对著述极为严苛,若非他甚为看重《隐秀》补文,则绝不会于报刊一发再发,且其本人任《国故》总编辑,《华国月刊》则由太炎师亲任社长,黄侃将其补文先后刊于此二刊,自得之意不言而喻。二者,黄侃将其《文心雕龙》总论和文体论部分的讲义,集中交由《华国月刊》刊发,明显有支持该刊的用意,1923 年 9 月创刊的《华国月刊》,除了章太炎任社长外,汪东任编辑兼撰述,黄侃亦为最主要的撰稿人之一。三者,发表的讲义除为创作性质的《隐秀》补文和《附会篇评》外,其余均以"札记"之名冠之,预示后来将以"札记"为书名。四者,"文之枢纽"五篇札记全部发表,而"论文叙笔"的六篇札记只发表了有韵之文的四篇,无韵之文的《议对》《书记》两篇札记则未发表,则可能与其重声韵情采的文学观有关。

从讲义刊发的轨迹来看,基本符合其授课及编写的顺序。1919 年刊发的《夸饰》《附会》之评,为据讲义修改润色的文章,属于《文心雕龙》创作论部分讲义,亦即前期"词章学"课堂讲授的部分内容。1925—1926 年刊发的五篇,包括八篇讲义和一篇《题词及略例》,属于《文心雕龙》总论和文体论部分讲义,主要为后期"中国文学概论"课堂讲授的内容。问题是前期"词章学"课堂讲授的创作论部分讲义,为何只刊发了两篇呢?因为黄侃特重"析论为文之术"的创作论部分,认为必须详加疏解才能领悟其奥义,故其对《神思》以下创作论部分讲义,不仅精心结撰,而且早有编为专书的设想。

三、二十篇本《札记》

1926 年,黄侃"上半年任教于武昌大学。秋,避难北上,授学于北京师范大学、中国大学"①。在《华国月刊》刊发总论和文体论部分讲义时,他正着手编校《文心雕龙札记》,亦即《神思》以下的二十篇讲义。任教北师大后,便将其"手自编校"的《札记》书稿,交给由北师大同人所办的北京文化学社,于 1927 年 7 月正式出版。文化学社本《札记》封面为暗橘色,左上至下有大字"文心雕龙札记",下有小字"丁卯六月杨庶堪",断作两行,并有一小章"沧白"②,封里署名"黄侃著","北京文化学社印行"。内芯为每页十一行,每行二十六字,共二百五十页,并附录二十四页。"目次"后首页为"题辞及略例",并将《序志》札记调为第一篇,再接以《神思》札记。此书于 1934 年(民国二十三年)由北平文化学社再版。

　　现有两个问题:一是黄侃平生不肯轻易著书,太炎师谓:"(黄侃)尤精治古韵,始从余问,后自为家法。然不肯轻著书,余数趣之,曰:'人轻著书妄也,子重著书吝也。妄不智,吝不仁。'答曰:'年五十当著纸笔矣。'今正五十,而遽以中酒死,独《三礼通论》

————————

① 司马朝军、王文晖合撰:《黄侃年谱》,武汉:湖北人民出版社,2005 年,第222 页。

② 杨庶堪(1881—1942),字沧白,晚号邠斋,四川巴县(今重庆巴南区)人,中国近代民主革命家、辛亥革命元勋,孙中山革命事业最重要的助手之一。1906 年春,中国同盟会重庆支部创立,杨庶堪为负责人。辛亥革命爆发后,杨庶堪、张培爵、朱之洪一起领导了重庆辛亥起义。此后参加护国、护法斗争,先后任四川省省长、中国国民党本部财政部长、中华民国军政府海陆军大元帅大本营秘书长、广东省省长、北京政府司法总长等要职。1942 年 8 月 6 日,杨庶堪在重庆南岸病逝,享年六十一岁。1943 年 7 月19 日,国民政府在杨庶堪事业发源之地重庆府中学堂旧址,建立杨沧白先生纪念堂,并将其所在的炮台街改名为沧白路,将其出生地巴县木洞镇改名沧白镇,以纪念这位辛亥革命的赫赫功臣。

《声类》目已写定,他皆凌乱,不及第次。岂天不欲存其学耶!"①
那么,是什么原因促使他将授课讲义整理出版为《札记》的?另
外,既然出书,为何不将三十一篇全出,而只选《神思》以下的二十
篇呢? 其实,这两个问题又是有联系的。第一个问题,虽然《黄侃
日记》对《札记》出版一事只字未提,其他著述也没有提供相关信
息,但是其门人兼女婿潘重规在编辑《文心雕龙札记》时说:"先师
平生不轻著书,门人坚请刊布,惟取《神思》以次二十篇畀之。"②
就是说黄侃本人并不急于出书,在"门人坚请刊布"的情况下,他
也会适当顾及弟子所请。对于第二个问题,《札记》本身给出了答
案。黄侃说:"彦和泛论文章,而《神思》篇已下之文,乃专有所属,
非泛为著之竹帛者而言,亦不能遍通于经传诸子。"并一再强调:
"至于下篇以下,选辞简练而含理闳深,若非反复疏通,广为引喻,
诚恐精义等于常理,长义屈于短词;故不避骈枝,为之销解。"③黄
侃虽然同意门人所请,将其《文心雕龙》札记讲章裒为一集正式出
版,但是他也是有条件的,没有将《华国月刊》已发和未发的上篇
总论和文体论部分十一篇札记收入书中,即没有将三十一篇札记

---

① 章太炎:《黄季刚墓志铭》,《章太炎全集(九)·太炎文录续编》,上海:上海
人民出版社,2018年,第293页。章太炎《题中央大学所刻黄先生纪念册》
又谓:"(黄侃)说经独本汉唐传、注、正义,读之数周。然不欲轻著书,以为
敦古不暇,无劳于自造。"(《章太炎全集(九)·太炎文录续编》,上海:上海
人民出版社,2018年,第130页)刘赜《师门忆语》亦曰:"(黄侃)其学尤长
于声音故训,虽单辞剩义,莫不为有识者所宗,而不轻著述。自谓:修轨不
暇,如欲成书,当俟五十以后。"(程千帆、唐文编辑:《量守庐学记:黄侃的
生平和学术》,北京:生活·读书·新知三联书店,1985年,第115页)
② 黄侃:《文心雕龙札记·跋》,香港:新亚书院中国文学系,1962年,第232页。
③ 黄侃:《文心雕龙札记》,北京:中华书局,1962年,第8、91页。

全部出版；而只是将"专有所属"的"专美"之文部分札记，即下篇"析论为文之术"部分的札记，编为一集正式出版。因为，在他看来，这些篇目"选辞简练而含理闳深"，是自己"反复疏通，广为引喻""不避骈枝，为之销解"的重点难点部分，将其整理出版会有助于门人及士子更好地理解《文心雕龙》析论文术之精义，避免"精义等于常理，长义屈于短词"。这样一来，黄侃既满足了门人所请，又不违背其严谨的著述态度，可谓一举两得。

四、三十一篇本《札记》

1919 年 9 月，黄侃离开北京大学，任教于武昌高等师范、武昌中华大学等学校，亦曾讲授《文心雕龙》。为教学方便，将讲义印出，分发给学生。对于此事，徐复观这样回忆："在住国学馆的同时，我们约了七八个同学，私自请他教《广韵》和《文心雕龙》。我们为他印了《广韵》的《声类表》(记得不十分清楚)，他并把在武高油印的《文心雕龙札记》分送给我们。"[①]黄侃 1923 年还在武昌发表过一次演讲，题目即是《讲文心雕龙大旨》，主要探讨研究文学的材料和方法。

[①]徐复观：《关于黄季刚先生》，《徐复观全集》之《无惭尺布裹头归·交往集》，北京：九州出版社，2014 年，第 137 页。另，徐复观回忆，1923 年师范毕业后，因不满于做一个小学教员，"当时听说武昌创办专门研究国学的国学馆，我于是铤而走险，跑到武昌去参加考试"；"参加考试的有三千多学生，我的卷子是黄季刚先生看的，他硬要定我为第一名。他在武昌师大和中华大学上课时对学生说：'我们湖北在满清一代，没有一个有大成就的学者，现在发现一位最有希望的青年，并且是我们黄州府的人……'"（《徐复观全集》之《无惭尺布裹头归·生平》，北京：九州出版社，2014 年，第 63 页）

　　1935 年,黄侃逝世于南京,前中央大学所办《文艺丛刊》计划
出版纪念专号,乃检箧中所藏武昌高等师范所印讲章,录出《原
道》以下十一篇畀之。《黄季刚先生遗著专号》即《国立中央大学
文艺丛刊》1936 年第 2 卷第 2 期,由国立中央大学文学院编辑,京
华印书馆 1937 年 6 月出版。太炎师为专号作序曰:"季刚既殁七
月,其弟子思慕者为刻其遗著十九通,大率成卷者三四,其余单篇
尺札为多,未及编次者不与焉。"①十九种遗著包括:《说文略说》
《说文说解常用字》《音略》《声韵略说》《声韵通例》《诗音上作平
证》《说文声母字重音钞》《广韵声势及对转表》《谈添盍帖分四部
说》《反切解释上编》《求本字捷术》《尔雅略说》《春秋名字解诂补
谊》《冯桂芬说文解字段注考正书目》《蕲春语》《讲尚书条例》《礼
学略说》《汉唐玄学论》《文心雕龙札记》,另有章太炎《黄季刚墓志
铭》、汪东《蕲春黄君墓表》等。1962 年中华书局上海编辑所抽出
《文心雕龙札记》一种作为单行,1964 年又删去《冯桂芬说文解字
段注考正书目》一种,将余十七种以《黄侃论学杂著》之名出版。
1980 年,上海古籍出版社改正少数刊误,予以再版。

　　此前,《札记》除在报刊单篇散发外,已有文化学社专书本和
《文艺丛刊》辑录本,前者收录《神思》以下二十篇札记,后者辑录
《原道》以下十一篇札记,不过没有全部三十一篇札记专书。《札
记》首次以足本出现当属四川大学石印本,据当时编订召集人祖
保泉回忆:

　　　　1943 年秋至 1946 年春,潘重规先生在四川大学主讲《诗
　　经》《文心雕龙》,45 年秋,抗日战争胜利,46 年初,安徽大学

①章太炎:《题中央大学所刻黄先生纪念册》,《章太炎全集(九)·太炎文录
续编》,上海:上海人民出版社,2018 年,第 130 页。

宣告复校,聘先生为中文系主任,潘先生于 4 月下旬离川大,我班的《文心》课中辍。有人提出集资翻印黄侃《文心雕龙札记》,全班赞成,访求《札记》原文,得三十二篇(包括《物色》),疑为尚有逸佚。8 月,佘雪曼先生到校,出其所藏《札记》三十二篇,并一再说:"黄先生只写三十一篇。"于是决定付印。稿由成都华英书局排版,错字多,行次密,难于校改,遂加"勘误表"两页。封面由佘先生以瘦金体署《文心雕龙札记》,印二百册,我得一册,"文革"中遗失。①

台湾学者黄端阳亦曾撰文述及川大本之由来,可以印证上说:

> 至于将卅一篇合为一集,独立成书,成为《札记》最早之版本,实始于 1947 年由四川(大学)中文系所编印之《文心雕龙札记》。是书之编纂缘于时任中文系主任,并讲授《文心雕龙》之潘师重规离蜀欲返安徽之际,由中央大学佘雪曼提供一神州国光本《札记》,由于此本仅收《神思》以下廿篇,故由祖保泉任召集人,中文系十六级毕业生如胡师自逢、李树勋、宋元谊、章子仲等,至书库配得其余十一篇《札记》,共计卅一篇交由成都华英书局出版。然而迭历战火,复因仅印一百二十册,至今尤为罕见。②

---

① 先师祖保泉教授 1998 年 1 月 20 日手书《〈文心雕龙札记〉川大本付印简况》,并复印一份给我。
② 黄端阳:《试论黄侃〈文心雕龙札记〉之刊行——兼论四川大学本〈札记〉》,《文心雕龙》国际学术研讨会论文集编委会主编:《2007〈文心雕龙〉国际学术研讨会论文集》,台北:文史哲出版社,2008 年,第 812—813 页。

黄氏之说仅在所印册数上与祖说略有差异,可见作为亲历其事的召集人,祖说是非常可靠的。川大本《札记》封面为黑绿色,书目录之前有一页,题曰"民国三十六年二月刊于国立四川大学中国文学系",近隶体。书内页为宣纸,除首两页未标页码外,共八十八页。目录首载"题辞及略例",次为"原道第一"至"总术第四十四",但其中"议对第二十四""书记第二十五"于目录俱脱,而其内文则无缺。可能因为只有这两篇文化学社本既无,又未在报刊杂志发表过,目录编排时仅据二十篇本和《华国月刊》所载篇目,故而遗漏。书末亦附骆鸿凯所撰《物色》札记。

第二节　黄札的版本系统

黄侃一生辗转任教于多所大学,弟子众多。1949 年以后,多数弟子留在大陆,但亦有不少门人迁居港台,潘重规就是其中之一。故《札记》分别在大陆和港台两地流传,形成了两大版本系统:大陆版本系统和港台版本系统。

一、大陆版本系统

1962 年,经黄侃哲嗣黄念田授权,中华书局将北京文化学社本和《文艺丛刊》本"都为一集,重加勘校,并断句读,交中华书局上海编辑所出版",卷首《出版说明》指出:"《文心雕龙札记》是黄季刚(侃)先生的遗著……可惜这书从未完整出版过,一九二七年北京文化学社曾把《神思》以下二十篇加以印行,但流传不广,现已极为难得;至于《原道》以下十一篇,一九三五年黄先生逝世后,前南京中央大学办的《文艺丛刊》虽曾发表,见到的人很少。一九四七年四川大学中文系曾把全书合印一册,但系该校内部刊物,绝少外传。"①中华书局版《文心雕龙札记》甫一发行,就成为大陆最通行的版本。此后,大陆各出版社都以此本为依据,另加附录序跋,出现了诸多的《札记》版本,主要有以下一些:

　　《文心雕龙札记》　1996 年　华东师范大学出版社　二十世纪国学丛书

　　《文心雕龙札记》　2000 年　上海古籍出版社　蓬莱阁丛书

　　《文心雕龙札记》　2004 年　中国人民大学出版社　国学基础文库

　　《文心雕龙札记》　2006 年　上海世纪出版集团　世纪文库

　　《文心雕龙札记》　2006 年　中华书局　黄侃文集

　　《文心雕龙札记》　2014 年　商务印书馆　中华现代学术名著丛书

　　以上各版《札记》,以中华书局《黄侃文集》本最重要,也最有特色。其书由黄侃季子黄延祖重辑,虽然亦据 1962 年版,但增加内容颇多,变化亦较大:一是将门人所记《讲文心雕龙大旨》辑入书中,置于《题辞及略例》之后,《原道》札记之前;二是将原附录骆鸿凯《物色》札记移至原末篇《序志》之后,作为正文部分;三是增加一组附录,《文学记微(标观篇)》《中国文学概谈》《阮籍咏怀诗补注》《李义山诗偶评》,以及范文澜《文心雕龙讲疏序》;四是强调了《补文心雕龙隐秀篇》并非对《隐秀》所作札记,故将目录改作

----

① 黄侃:《文心雕龙札记》,北京:中华书局,1962 年,第 235、1 页。

"补隐秀第四十并序",并于篇末注曰:"此篇并非《隐秀》篇之札记,而是补今本之阙。"正文内容部分变化最大的是,"《章句》篇先君引《说文》字,原为篆体,因排版困难,原中华版化篆为楷,时多误解。重辑时,一一附加篆体"①。

此外,华东师范大学出版社《国学丛书》本由陈引驰校订,增加了黄侃《文学记微(标观篇)》《中国文学概谈》两篇作为附录,俾便参读。上海古籍出版社《蓬莱阁丛书》本由周勋初导读,书前列周氏《黄季刚先生〈文心雕龙札记〉的学术渊源》一文,余则全同中华书局本。中国人民大学出版社《国学基础文库》本由吴方点校,全据中华书局本,无增无减。上海世纪出版集团《世纪文库》本即原《蓬莱阁丛书》本,系重新包装再版。商务印书馆《中华现代学术名著丛书》本由卢盛江导读,书末附简洁的《黄侃先生学术年表》和卢氏《读黄侃〈文心雕龙札记〉》。

二、港台版本系统

港台的《札记》版本,大致可分为两类:其一是据北京文化学社本影印的两个版本。1971 年,台北《学人月刊》杂志社将北京文化学社本影印成三册,录于"五元文库"之中;1979 年,台北新文丰出版社亦根据北京文化学社本,另印平装小三十二开本,页次与版式与文化学社本完全相同,收于"零玉碎金集刊"之中,书末附有两页勘误表,纠谬三十四处。另一类是三十一篇的《札记》全本,肇始于 1962 年香港新亚书院出版的《文心雕龙札记》,由潘重

---

① 黄侃著,黄延祖重辑:《文心雕龙札记》,北京:中华书局,2006 年,第 240、342—343 页。

规取文化学社本和武昌本合编付印①，并据武昌本对比文化学社本之异同，爰作校语②。又仿文化学社本移《序志》札记于《题词及略例》之后，附录保留骆鸿凯的《物色》札记，并增补其所撰《读文心雕龙札记》③，最后殿以《文心雕龙札记跋》。此书于1973年由台北文史哲出版社在台发行，成为台湾地区最通行的《札记》版本。

---

① 潘重规说："先师早年著述，多不留稿。殁后，同门刘博平孙鹰若二兄以所藏武昌排印讲义本《札记》见示，颇有出下篇之外者。惟黄舍讲义，取办呫嗫，其间讹衍脱落，断烂俄空，或并下入上，或跳此接彼，几至不可句投。既无原稿可资雠校，乃以意订补，手写副本，什袭藏之。遭乱以来，伏窜山陬，流离海峤，忽忽逾二十年。比以息肩香岛，承乏讲筵，因取北平武昌二本合编付印，虽非完稿，而先师早岁论文大旨略存于是矣。"（潘重规：《文心雕龙札记跋》，黄侃：《文心雕龙札记》，香港：新亚书院中国文学系，1962年，第232页）

② 如《题词及略例》："……庶以免戾为贤。若夫补苴罅漏，张皇幽眇，是在吾党之有志者矣。（重规案：为贤下数句，文化学社本作"如其弼违纠谬，以俟雅德君子"。）"再如："《序志篇》云：'选文以定篇。'然则诸篇所举旧文，悉是彦和所取以为程式者。惜多有残佚，今凡可见者，并皆缮录，以备稽考。惟除《楚辞》《文选》《史记》《汉书》所载。其未举篇名但举人名者，亦择其佳篇，随宜移写。若有彦和所不载，而私意以为可作楷乿者，偶为抄撮，以便讲说，非敢谓愚所去取尽当也。（重规案：此条文化学社本无。）"（黄侃：《文心雕龙札记》，香港：新亚书院中国文学系，1962年，第5—6页）其实，文化学社本《札记》卷首之"题辞及略例"，较1925年3月《华国月刊》所载有所删改是有原因的，详参本书第九章《范文澜与黄侃及同门的关系》。

③ 潘重规说："北平本旧附录同门骆君绍宾《物色》札记一篇，今亦仍之。又往年随侍讲坛，尝为札记一卷，荷师点定。以保存手迹，故未坠失，兹亦取以附刊于后。其所论列，有与范文澜、杨明照诸氏校注暗合者，皆删去之。傥存一得之愚，则胥由师说之所阃示也。"（潘重规：《文心雕龙札记跋》，黄侃：《文心雕龙札记》，香港：新亚书院中国文学系，1962年，第232页）

2002 年,黄延祖授权台湾凡异文化事业有限公司,由花神出版社出版新的《札记》。黄延祖说:"此次刊印包括先兄念田重加勘校、并断句读的一九六二年中华书局版的全部。"可见,花神本乃大陆中华书局 1962 年本在台湾的授权翻印本。不过,该书的附录是所有版本中最丰富的,花神本实际上也是大陆《黄侃文集》本的前身。篇目内容上,花神本已经"附加篆体"[1];《讲文心雕龙大旨》也已置于《题辞及略例》后,并强调了《补文心雕龙隐秀篇》并非所作札记,目录已改作"补隐秀第四十并序",篇末注:"此篇并非《隐秀》篇之札记,而是补今本之阙。"[2]只是骆鸿凯《物色》札记仍列于附录首篇,相较《黄侃文集》本,附录多了《咏怀诗笺》(金静庵辑)、刘彦和生平(《梁书·文学传·刘勰传》、《南史》本传)、刘彦和简谱(华中麐辑)。附录后依次为黄侃次子黄念田 1959 年9 月为中华书局上海编辑所版写的《后记》、季子黄延祖为 1999 年9 月新版《札记》写的《后记》。

台湾花神本和大陆《黄侃文集》本都有微瑕,两本在附录范文澜《文心雕龙讲疏序》之末,均括号附注曰:"一九四九年后原书改名为《文心雕龙注》,各版均未收此序。"此说明后半句没有问题,前半句则不确。范文澜的《文心雕龙讲疏》脱稿于 1923 年,1925年由天津新懋印书局以《文心雕龙讲疏》为名刊行,1929—1931 年北平文化学社又分上、中、下三册出版了范文澜的《文心雕龙注》,1936 年上海开明书店以七册线装本形式再版《文心雕龙注》。北

①《札记·章句》篇末延祖识:"先君原作《札记》引《说文》字多作篆体,因排版困难,中华版化篆为楷,时多误解。今凡有可能一律加注篆体。"(黄侃:《文心雕龙札记》,台北:花神出版社,2002 年,第 192 页)
②黄侃:《文心雕龙札记》,台北:花神出版社,2002 年,第 346、234 页。

平文化学社本是以新懋印书局本的材料为基础彻底改造而成的新注,开明书店本又是从文化学社本改编修订而来,至此"范注"基本定型。1958 年经作者请人核对和责任编辑又一次订正,人民文学出版社分两册重印,这就是现在通行的范文澜《文心雕龙注》。经过对范文澜《文心雕龙讲疏》和《文心雕龙注》的仔细研究,可以确定这是范文澜早期的两部著作,后来"范注"各版均不收《讲疏》之序,原因即在于此,因为既然是两部独立的著作,后一部著作没有必要收录为前一部著作写的序①。

另一问题是,花神本附录《咏怀诗笺》和《阮籍咏怀诗补注》,前者目录标明"金静庵辑",正文题下也标注"季刚先生讲　金静庵辑",《延祖后记》亦谓"《咏怀诗笺》(金静庵辑)";后者则目录、正文题下与《延祖后记》俱无标注,当是黄侃上课讲义,黄焯在《季刚先生生平及其著述》一文中说:"故自甲寅(1914)秋,即受北京大学教授之聘(时年二十八岁),讲授词章学及中国文学史,讲义有《文心雕龙札记》《诗品疏》《咏怀诗补注》等。"②另外,《咏怀诗笺》文末有毓黻案:"往岁就学京师,蕲春黄季刚先生为讲阮嗣宗咏怀诗,复为此笺,以发其蕴。谨手录之,藏于箧中者多年。外间固未之见也。顷者友人董袖石,撰《阮步兵年谱》,采摭甚备,将付手民。爰出此笺,以实其后。或能为读本刊者,瀹启性灵之一助乎。民国十九年三月重校一过,附识此语。"《阮籍咏怀诗补注》文末亦有延祖落款:"柔兆执徐毕皋之月朔日写竟。黄侃季子

---

①详参本书第五章《范文澜对黄札的承袭与超越》。
②程千帆、唐文编辑:《量守庐学记:黄侃的生平和学术》,北京:生活·读书·新知三联书店,1985 年,第 28 页。

记。"①据此可以判定,《咏怀诗笺》为金毓黻据黄侃课堂讲授所作笺证;而《阮籍咏怀诗补注》则为黄侃课堂讲授阮籍咏怀诗的讲义,黄延祖于1976年五月初一誊抄完毕。花神本无误。然《黄侃文集》本《延祖后记》于《阮籍咏怀诗补注》后括号标识"金静庵记",而其目录与正文题下俱无标注,且文末延祖落款与花神本同,则《延祖后记》明显有误。致误缘由盖因《黄侃文集》本《延祖后记》,系从花神本移植而来,仅将原《后记》提到的附录之文而《黄侃文集》本未予收录者删除,如《咏怀诗笺》(金静庵辑)、刘彦和生平(《梁书·文学传·刘勰传》、《南史》本传)和刘彦和简谱(华中廖辑)。可能在删除时不小心,将《咏怀诗笺》后的"(金静庵辑)"移至《阮籍咏怀诗补注》后,并改"辑"为"记"。由于《黄侃文集》本附录中实际没有金毓黻之文,故《延祖后记》所谓"金、骆、范诸君为先君入室弟子,所论述自有参考价值",其中"金"字也就没有着落了。

　　此外,花神本目录"《文心雕龙讲疏》序(范文澜)"页码为"三三九",正文实际页码为"三四一"。第二二三页单页书眉"专类第三十八"应为"事类第三十八"。还有目录"补隐秀第四十并序",正文题目仍作"隐秀第四十",两者不统一。《黄侃文集》本也存在这一问题。其实,《札记·隐秀》篇末注:"此篇并非《隐秀》篇之札记,而是补今本之阙。"就可以了,目录与正文标题还是应该保持统一。

三、《札记》各版本之异同

　　统观《札记》的十几个版本,大体可分为三类:一是以北京文

化学社本为母本,包括台北《学人月刊》杂志社的《五元文库》本和台北新文丰出版社《零玉碎金集刊》本,共有《神思》以下二十篇;二是以中华书局1962年本为母本的版本,包括华东师大《国学丛书》本、上海古籍《蓬莱阁丛书》本、人民大学《国学基础文库》本、中华书局《黄侃文集》本以及台湾的花神本;三是以香港新亚书院潘重规校本为母本的台湾地区版本,主要有文史哲本。除此之外,还有两个非常独特的版本:一是《文艺丛刊》本,收录的是《原道》以下的十一篇;二是川大石印本,是以文化学社本为基础,经多方访求所得三十一篇全璧,并未参考其他任何版本,因印数少,仅在校内流传,故后来的版本,无论是大陆版本还是台湾版本,都鲜有提及川大本,更别说以其为参校本。尽管《札记》版本众多,但若细细比较,仍可发现一些异同之处。

其一,大陆和港台版本系统中各有一个通行本。大陆版本系统中的通行本是中华书局1962年本,港台地区则是潘重规合编本。这两个"母本"之间没有互相参校,也没有参校川大本,但都参考了文化学社本。另外,大陆版本《原道》以下十一篇是从《文艺丛刊》本辑录的,港台版本则是从武昌讲义本辑录的。

其二,大陆和港台两个版本系统都对《札记》文本进行了细致校勘。中华书局1962年出版《札记》时,就由黄念田详细校勘并断句读,其他版本也多由专人校勘,如华东师大本由陈引驰校订,人大本也由吴方对其进行点校。潘重规合编本不仅有编者所作按语,而且在其《读文心雕龙札记》一文中,对黄侃《札记》的相关内容还进行了重校。如《总术》"若笔不言文"条,潘重规曰:"黄君《札记》云:'不字为为字之误。'规按:不似'乃'字形近之误。《韩子·内储说下》:'因请立齐为东帝而不能成也。'顾广圻曰:'不当作乃.'亦乃误为不也。"①尽管诸多学者用心校勘,《札记》仍有一些纰缪之处,主要集中在引文部分。如《札记·明诗》于"暨建安之初至此其所同也"条下,引沈约《宋书·谢灵运传论》云:"曹氏基命,三祖陈王。"据中华书局本二十四史《宋书》卷六七,"三"当为"二","二祖"指武帝曹操、文帝曹丕。又如《札记·原道》引《淮南子·原道》高诱注曰:"原,本也。本道根真,包裹天地,以历万物,故曰原道,用以题篇。"②检《淮南子》原文,"用"当为"因"。

其三,比较以中华书局 1962 年本为母本的大陆版本系统和以潘重规合编本为母本的港台版本系统,发现其中相异之处甚多,可资相互校证。现对比中华书局 1962 年本和潘重规合编本,并参阅文化学社本,略举一二。第一,文字错讹。《神思》"积学以储宝"条下《札记》释文,潘重规合编本为"……纪氏以为彦和练字未稳"③,但中华本"练"作"结"④。检文化学社本亦作"练"。然"纪评"原作"结",当以"结"为准。第二,文字互倒。《题辞及略例》,潘本作"若其悟解殊特,术测异方"⑤,中华本为"若其悟解殊术,持测异方"⑥,文化学社本同中华本。盖潘本将"术""持"互倒,且因形近误"持"为"特"。第三,断句不当。《札记·原道》题解,潘本"万物各异理而道尽。稽万物之理,故不得不化"⑦,中华

①潘重规:《读文心雕龙札记》,黄侃:《文心雕龙札记》,香港:新亚书院中国文学系,1962 年,第 230 页。
②黄侃:《文心雕龙札记》,北京:中华书局,1962 年,第 27、3 页。
③黄侃:《文心雕龙札记》,香港:新亚书院中国文学系,1962 年,第 95 页。
④黄侃:《文心雕龙札记》,北京:中华书局,1962 年,第 92 页。
⑤黄侃:《文心雕龙札记》,香港:新亚书院中国文学系,1962 年,第 5 页。
⑥黄侃:《文心雕龙札记》,北京:中华书局,1962 年,第 1 页。
⑦黄侃:《文心雕龙札记》,香港:新亚书院中国文学系,1962 年,第 12 页。

本为"万物各异理，而道尽稽万物之理，故不得不化"①。从句意上看，中华本更为通顺，与上下文连贯，且发表于《华国月刊》的《札记·原道》断句与中华本同。

其四，大陆和港台两个版本系统中，各有一个资料非常丰富的版本，大陆为 2006 年中华书局《黄侃文集》本，港台为花神本。这两个版本所收资料虽然丰富，但也并非没有遗憾。笔者在搜集整理资料时，发现黄侃还有许多关于"龙学"的论述，这些材料亦可收进附录。例如，《黄侃日记》记载其曾据《文心雕龙》唐写本残卷校勘《文心雕龙》：

> 小石以所过录赵万里校唐写残本《文心雕龙》起《征圣》，讫《杂文》见示。因誊之纪评黄注本上，至《明诗》篇。

> 仍校《雕龙》……今日内山书店寄来铃木虎雄震旦文学研究。

> 因属石禅寄银（十四元一角）买内藤还历《支那学论丛》，以其中有铃木氏《敦煌本文心雕龙校勘记》也……校《雕龙》。

> 校《雕龙》讫。

此外还有一些零星涉及《文心雕龙》义理校勘的记载，如《黄侃日记》中"《申鉴·杂事下》，或曰：'辞达而已矣，圣人以文其隩也有五：曰玄、曰妙、曰包、曰要、曰文。幽深谓之玄，理微谓之妙，数博谓之包，辞约谓之要，章成谓之文。圣人之文，成此五者，故曰不得已。'此义《文心·宗经篇》未及甄述；再如《辨骚篇》：'才高者菀其鸿裁，中巧者猎其艳辞。'向于'菀其鸿裁'句不甚了了。

---

① 黄侃：《文心雕龙札记》，北京：中华书局，1962 年，第 3 页。

今见唐写本乃是'苑'字,始悟苑、猎对言。言才高之人能全取《楚辞》以为模范;心巧之人亦能于篇中择其艳辞以助文采也"①。这些散见的文字亦可附录于《札记》之后。这样,我们不仅可以得到一个"善本",亦能窥见黄侃"龙学"研究的全貌。

① 黄侃:《黄侃日记》,南京:江苏教育出版社,2001 年,第 622、223 页。

第二章　黄札的指导思想及主要内容

　　黄侃《文心雕龙札记》采取"依傍旧文"和"献替可否"相结合的原则,旁征博引,阐幽释微,集文本校注、资料笺证和义理诠释于一身,体约思丰,言简意赅。思想上标举自然之道,推崇中庸法则,并以此为指导,析论为文之术,诠解命意修辞,进而凸显彦和之书的精义妙理,确证《文心雕龙》的贡献价值。

第一节　黄札的指导思想

　　黄侃论文,既继承了选学讲究辞藻、重视文采的传统,又吸收了朴学注重考证、严于征实的学风。以此综合眼光评骘《文心雕龙》,《札记》特别阐发了刘勰文论思想中崇自然、贵折中的特点。不仅如此,黄侃还自觉地以自然宗旨和折中法则为诠释原则,使其成为《札记》的指导思想。

一、以自然为宗

　　刘勰论文崇尚自然,历代品评者都很注意。曹学佺评《明诗》"感物吟志,莫非自然"曰:"诗以自然为宗。"评"观其二文,辞达而已"曰："达者,自然也。"①纪昀评《神思》"秉心养术,无务苦虑"
曰："意在游心虚静,则凑理自解,兴象自生,所谓自然之文也。"评
《练字》"并贯练雅颂,总阅音义,鸿笔之徒,莫不洞晓"曰："胸富卷
轴,触手纷纶,自然瑰丽,方为巨作。"②总体而言,曹学佺论自然
多从诗着眼,纪昀论自然侧重自然之趣。黄侃则不拘一隅,在自
然之道、文学创作、文学批评和文体文风演变等多个层面都做了
精彩论述。《札记》开篇曰：

> 《序志》篇云:文心之作也,本乎道。案彦和之意,以为文
> 章本由自然生,故篇中数言自然,一则曰:心生而言立,言立
> 而文明,自然之道也。再则曰:夫岂外饰,盖自然耳。三则
> 曰:谁其尸之,亦神理而已。寻绎其旨,甚为平易。盖人有思
> 心,即有言语,既有言语,即有文章,言语以表思心,文章以代
> 言语,惟圣人为能尽文之妙,所谓道者,如此而已。③

《原道》是《文心雕龙》首篇,道是纲维全书的根本,黄侃在开
篇解题中标举自然之道,实际上是为《札记》全书定下以自然为宗
的基调。

首先,黄侃第一次坚定地揭橥彦和之道是源于老庄道家、经
由韩非阐释的"自然之道","与后世言文以载道者截然不同"。他
认为"道者,玄名也,非著名也,玄名故通于万理",所以"自然之

---

① 中国《文心雕龙》学会、全国高校古籍整理委员会编辑:《文心雕龙资料丛
　书》(下),北京:学苑出版社,2004 年,第 885 页。
②〔清〕纪昀:《纪晓岚评文心雕龙》,扬州:江苏广陵古籍刻印社,1997 年,第
　252—253、325 页。
③ 黄侃:《文心雕龙札记》,北京:中华书局,1962 年,第 3 页。

道"即是"万物之情,人伦之传",其间"无小无大,靡不并包"①。
换言之,黄侃所谓的自然之道,不是"定于一尊"的儒家之道,亦不
是空虚难解的佛家玄理,而近似老庄之道。《老子》二十五章曰:
"人法地,地法天,天法道,道法自然。"但老子"自然之道"本身又
具有极大的模糊性:一方面,道是"先天地生","可以为天地
母"②,另一方面道又是以自然为法。《文心雕龙》所论"自然之
道"则基本清除了老子哲学中的含混思想。刘勰认为:"玄黄色
杂,方圆体分,日月叠璧,以垂丽天之象;山川焕绮,以铺理地之
形,此盖道之文也。"人为"五行之秀,实天地之心。心生而言立,
言立而文明,自然之道也。傍及万品,动植皆文:龙凤以藻绘呈
瑞,虎豹以炳蔚凝姿;云霞雕色,有逾画工之妙;草木贲华,无待锦
匠之奇。夫岂外饰,盖自然耳"。"人禀七情,应物斯感,感物吟
志,莫非自然。"③另外,在《札记·原道》中,黄侃还明确指出刘勰
自然之道是从《韩非子·解老》发展而来。韩非是法家的集大成
者,但从先秦哲学史的发展情况看,法家是源于老庄道家的,黄侃
也认为"法家出于老子"。《韩非子·解老》是第一篇解说《老子》
的专文,详细阐释了道的具体含义,认为道是"万物之所然也,万
理之所稽也","万物之所成也"。黄侃认为《韩非子·解老》所谓
"道"与刘勰所说的自然之道含义基本相同,都具有事物发展规律
的性质。所以,黄侃在引述《解老》的话之后加案语曰:"庄、韩之
言道,犹言万物之所由然。文章之成,亦由自然,故韩子又言圣人

①黄侃:《文心雕龙札记》,北京:中华书局,1962年,第3、9页。
②陈鼓应:《老子注译及评介》,北京:中华书局,1984年,第163页。
③范文澜注:《文心雕龙注》上,北京:人民文学出版社,1958年,第1、65页。

得之以成文章。韩子所言,正彦和所祖也。"①这就为我们勾勒了一条从老庄之道到《韩非子·解老》之道再到刘勰自然之道的线索。"既然'道'无所不在,是'万物之所由然',那么,文章本身的规律,也就自然具有'道'的价值了。无所不在者,处处在,道法自然者,法自身,在这样的理解和阐释意义上,以'自然'论文学文章,便在相当程度上具备了文学文章的独立意识。"②

黄侃并非"自然之道"的首倡者,之前亦有人提及,纪昀就是其中之一。他评《原道》曰:"齐梁文藻,日竞雕华,标自然以为宗,是彦和吃紧为人处。"但对于"自然"的具体内容,纪氏又语焉不详。他一方面认为重视"原道",标举"自然"是彦和之卓见:"自汉以来,论文者罕能及此,彦和以此发端,所见在六朝文士之上。"另一方面,他又把刘勰的"自然之道"和后世的"文以载道"说联系起来,认为"文以载道,明其当然,文原于道,明其本然,识其本乃不逐其末"。在"道沿圣以垂文,圣因文而明道"句下又评道:"此即载道之说。"③认为刘勰"原道"乃后世"文以载道"说之所本,后世载道说之所以能"不逐其末",就因为刘勰《原道》已在前"明其当然"。归根结底,纪昀所谓的"文以载道"乃儒家之道。对此,黄侃坚决驳斥:

> 夫堪舆之内,号物之数曰万,其条理纷纭,人鬓蚕丝,犹将不足仿佛,今置一理以为道,而曰文非此不可作,非独昧于语言之本,其亦胶滞而罕通矣。察其表则为谠言,察其里初

---

① 黄侃:《文心雕龙札记》,北京:中华书局,1962年,第3页。
② 韩经太:《中国文学批评史研究》,福州:福建人民出版社,2006年,第69页。
③〔清〕纪昀:《纪晓岚评文心雕龙》,扬州:江苏广陵古籍刻印社,1997年,第21、24页。

无胜义，使文章之事，愈痛愈削，浸成为一种枯槁之形，而世之为文者，亦不复撢究学术，研寻真知，而惟此窾言之尚，然则阶之厉者，非文以载道之说而又谁乎？[1]

总体而言，黄侃的"自然之道"与"文以载道"确实有很大区别："文以载道"说标榜的是儒家之道，包括儒家一切的纲常伦理和道德规范，无时不带有极浓的封建说教气息；"自然之道"具有事物变化发展规律的性质，推而广之应用于论文，就演变为万物皆有文的重文之旨。因此，黄侃批评纪昀曰："纪氏又傅会载道之说，殊为未谛。"[2]

其次，黄侃为了论证彦和所原之道即自然之道，遂征举《文心雕龙·原道》三例，其所选例证并非信手拈来，而是有深刻用意的，因为这三例恰好体现了刘勰由"道"衍化成"文"的三个层次[3]。

第一，"文"的自然美。"夫岂外饰，盖自然耳。"动植万品的文都不是外加的，而是自然形成的，亦可称为"自然之道"。刘勰认为：天地玄黄，天圆地方，日月似重叠的碧玉，山川如焕然的锦绣，都是道之文采的表现。他不厌其烦地用优美的言辞，描绘与天地并生的"动植万品"，只要是自然，皆有文采。由此可见，刘勰的"道之文"也就是自然美。这种追求"原生态"的倾向，应用于文学领域就是批评鉴赏上的本色自然，《札记》于字里行间也体现了这种本色自然的批评观。"文章原于言语，疾徐高下，本自天倪"，黄侃认为作为语言艺术的文学作品是"本自天倪"的；文章应该"多

[1]黄侃：《文心雕龙札记》，北京：中华书局，1962年，第4页。
[2]黄侃：《文心雕龙札记》，北京：中华书局，1962年，第9页。
[3]童庆炳：《中国古代文论的现代意义》，北京：北京师范大学出版社，2003年，第154页。

寡得宜,修短合度",如果"专以简短为贵",则"又失自然之理"。
"文章之事,以声采为本",而"声采由自然生,其雕琢过甚者,则浸
失其本,故宜绝之,非有专隆朴质之语"①,即文章声采应以自然
为美,不可雕琢过甚,亦不可朴质无华。

第二,"文"的人工美。"心生而言立,言立而文明,自然之道
也。"人为"五行之秀""天地之心",有"心"而后有"言",有"言"而
后有"文","文"自然生成,即是文学的"自然之道"。这就是说,文
学作品的生成须经过"心"与"言"两个中介。首先是"心"的感动,
即"人禀七情,应物斯感。感物吟志,莫非自然"②。其次是"情"
外化为"言",没有"言"也就无所谓文学作品。这符合文学创作的
一般规律:为文之始,要有感而发,物色变幻,心随之摇曳,心生而
后才能言,从而为情造文。黄侃强调:"为文定势,一切率乎文体
之自然";创作中的命意与修辞,"皆本自然以为质"。因此,他认
为刘勰的"左碍而寻右"之说,"亦有寻讨之功,非得之自然也";而
桐城派"案谱言棋,依物写貌"的所谓"义法",更是"戕贼自然以为
美"。另外,在涉及文学创作诸多重要问题的论述上,黄侃虽未使
用"自然"一词,但明显体现了"文道自然"的观念,如《札记·养
气》云:"为文者欲令文思常赢,惟有弭节安怀,优游自适,虚心静
气,则应物无烦,所谓明镜不疲于屡照也。"③黄侃赞赏"意得则舒
怀命笔,理伏则投笔卷怀"的创作态度,批评"销铄精胆,蹙迫和
气"的创作方法④。

---

① 黄侃:《文心雕龙札记》,北京:中华书局,1962年,第116、112、4页。
② 范文澜注:《文心雕龙注》上,北京:人民文学出版社,1958年,第65页。
③ 黄侃:《文心雕龙札记》,北京:中华书局,1962年,第108、112、118、113、204页。
④ 范文澜注:《文心雕龙注》下,北京:人民文学出版社,1958年,第647页。

　　第三，"神理"之美。"谁其尸之，亦神理而已。"此处没有直接标明自然，但"请注意'亦神理而已'一句中的'亦'字！'亦'是与上文'道之文也''自然之道也'相呼应而下的字眼，它暗暗地表明'神理'就是'自然之道'"①。"神理"一词在《文心雕龙》中出现七次，"总体看来，这个词的用意和刘勰主张的'自然之道'有关。刘勰认为自然之道比较深奥，只有圣人才能掌握。所以称为神理"②。刘勰提出"原道心以敷章，研神理而设教"的命题，意思是说文学创作不能局限于自然的浅层描绘，而要创造出达到艺术极致的"神理"之美。有学者认为"神理"正反映了刘勰论文的局限性，摆脱不了儒家经典的束缚。对此，黄侃以为，刘勰推崇自然，是由法度而至自然，绝非弃法度"狂奔骇突"的任心妄为。这种法度就是"六经"，所以黄侃特别推崇刘勰的宗经思想，认为"经"是六艺之本原、文章之典范，"经训之博厚高明，盖非区区短言所能扬榷也"。但是，黄侃强调"神理"还是有别于经学家"载道"之说的。《札记·征圣》云"此篇所谓宗师仲尼以重其言"③，主要目的是引圣人言论，为"自然之道"提供佐证，与那种"实殊圣心"的"载道"之文取径不同。

　　另外，黄侃还认为文体、文风的演变，合乎时代、合乎情理之自然。《札记·镕裁》曰："意多者未必尽可訾謷，辞众者未必尽堪删剟；惟意多而杂，词众而芜，庶将施以炉锤，加之剪截耳。"黄侃认为，文章的繁简，皆以自然为质，不同体式的文章，皆有相应的

①〔梁〕刘勰著，祖保泉解说：《文心雕龙解说》，合肥：安徽教育出版社，1993年，第15页。
②陆侃如、牟世金译注：《文心雕龙译注》上，济南：齐鲁书社，1995年，第99页。
③黄侃：《文心雕龙札记》，北京：中华书局，1962年，第13、10页。

繁简,不必齐以一是。《札记·事类》云:"是以后世之文,转视古人,增其繁缛,非必文士之失,实乃本于自然。"就是说随着时代的发展,文学作品也会有必需的繁缛,这是一种依据时序而理应如此的自然。他一方面强调:"声采由自然生,其雕琢过甚者,则浸失其本。"另一方面又指出:"然郑声之生,亦本自然";"文之有骈俪,因于自然,不以一时一人之言而废"。他肯定彦和挽救时下颓废奢艳文风的必要,对"雕琢过剩""浸失其本"者有所匡正;同时又客观地承认"郑声之生""文之骈俪"皆出于自然。郑声迎合大众厌雅喜俗的心理,是每个时代都有的;骈俪之文,亦是适时而现,不可一概而废。再如,黄侃对玄言诗的评价:"盖恬淡之言,谬悠之理,所以排除忧患,消遣年涯,智士以之娱生,文人于焉托好,虽曰无用之用,亦时运为之矣。"[①]认为玄言诗的存在也是自然现象,乃"时运"使之。

二、以中和为尚

中国文化具有贵和尚中的精神。"和"是把众多矛盾的事物有机地统一起来,构成一个和谐的整体;"中"是在"和"的基础上所达到的居中不偏、兼容两端的境界。《周易》说的"分而为二""尚于中行",《论语》说的"叩其两端""过犹不及",《中庸》说的"执其两端,用其中于民",都是一个意思,即既抓住两端,又贵和持中,充分体现了儒家"折之中和"的思想特色。后儒征圣宗经,强调一切皆折中于夫子圣道。太史公曰:"自天子王侯,中国言《六

---

① 黄侃:《文心雕龙札记》,北京:中华书局,1962 年,第 112、189、4、33、163、28 页。

艺》者折中于夫子，可谓至圣矣。"①王充亦谓："上自黄唐，下臻秦汉而来，折衷以圣道，析理于通材，如衡之平，如鉴之开，幼老生死，古今罔不详该。"②

　　刘勰以孔圣之言为典则，依经立义，继承贵和尚中的文化传统，以此"弥纶群言"，畅论文心，折之中和，"庶保无咎"。《奏启》曰："是以世人为文，竞于诋诃，吹毛取瑕，次骨为戾，复似善骂，多失折衷。若能辟礼门以悬规，标义路以植矩，然后逾垣者折肱，捷径者灭趾，何必躁言丑句，诟病为切哉?"刘勰将这种悖礼义、失规矩的文风，视为失之中和的极端行为，倘能"折之中和"，则"庶保无咎"。《章句》曰："然两韵辄易，则声韵微躁；百句不迁，则唇吻告劳；妙才激扬，虽触思利贞，曷若折之中和，庶保无咎。"③诗赋用韵，"两韵辄易"，则使人颇感急促；"百句不迁"，又令人心嫌厌倦；若能"折之中和"，则可避两者之失而得其当。黄侃评曰："其云'折之中和，庶保无咎'者，盖以四句一转则太骤，百句不迁则太繁，因宜适变，随时迁移，使口吻调利，声调均停，斯则至精之论也。"④在《序志》篇，刘勰更是特别申明《文心雕龙》是本着"擘肌分理，唯务折衷"的方法来写作的。

　　　　夫铨序一文为易，弥纶群言为难，虽复轻采毛发，深极骨髓，或有曲意密源，似近而远，辞所不载，亦不胜数矣。及其品列成文，有同乎旧谈者，非雷同也，势自不可异也。有异乎

①〔汉〕司马迁撰，〔南朝宋〕裴骃集解，〔唐〕司马贞索隐，〔唐〕张守节正义：《史记》卷四七《孔子世家》，北京：中华书局，1982年，第1947页。
②〔汉〕王充：《论衡·自纪》，《诸子集成》7，上海：上海书店，1986年，第288页。
③范文澜注：《文心雕龙注》下，北京：人民文学出版社，1958年，第423、571页。
④黄侃：《文心雕龙札记》，北京：中华书局，1962年，第147页。

前论者，非苟异也，理自不可同也。同之与异，不屑古今，擘肌分理，唯务折衷。①

在刘勰看来，同于前人者，异乎今论者，皆非因其出自古，或源于今，亦非茫然求之同，或苟然与之异。就是说，刘勰并不以古今既成权威定论为准，他认为合乎实际的，就与之同；反之，则要另立新论。黄侃认为："此义最要。同异是非，称心而论，本无成见，自少纷纭。故《文心》多袭前人之论，而不嫌其钞袭，未若世之君子必以己言为贵也。即如《颂赞》篇大意本之《文章流别》，《哀吊》篇亦有取于挚君，信乎通人之识，自有殊于流俗已。"②

"从方法论上说，刘勰'华实'并重的主张与他的'惟务折衷'的观念有关。因此，要探得《文心雕龙》的理论要义，研究者也必须具有'尚中行'的思辨方式。《札记》中的许多精深之论，就与黄侃的这种方法有密切关系。"③黄侃正是"仰窥刘旨"，在对《文心雕龙》精辟诠释的基础上，一方面揭示彦和"擘肌分理，唯务折衷"的文论思想，另一方面又本舍人之说，申论自己以中和为尚的论文纲领。先看前者。《札记·征圣》释"衔华佩实"曰："此彦和《征圣》篇之本意。文章本之圣哲，而后世专尚华辞，则离本浸远，故彦和必以华实兼言。孔子曰：'质胜文则野，文胜质则史，文质彬彬，然后君子。'包咸注曰：'野如野人，言鄙略也。史者，文多而质少；彬彬者，文质相半之貌。'审是，则文多者固孔子所讥，鄙略更非圣人所许，奈之何后人欲去华辞而专崇朴陋哉？如舍人者，可谓得尚于中行者矣。"《札记·体性》解题曰："今谓人之贤否，不系

①范文澜注：《文心雕龙注》下，北京：人民文学出版社，1958年，第727页。
②黄侃：《文心雕龙札记》，北京：中华书局，1962年，第222页。
③张少康等：《文心雕龙研究史》，北京：北京大学出版社，2001年，第154页。

于文之工拙,而因文实可以窥测其性情,虽非若景之附形,响之随声,而其大齐不甚相远,庶几契中之论,合于彦和因内符外之旨者欤。"《札记·风骨》解题曰:"大抵舍人论文,皆以循实反本酌中合古为贵,全书用意,必与此符。"释"文术多门"以下曰:"此言命意选辞,好尚各异,惟有师古酌中,庶无疵咎也。"《札记·镕裁》解题曰:"寻镕裁之义,取譬于范金制服;范金有齐,齐失则器不精良;制服有制,制谬而衣难被御;淘令多寡得宜,修短合度,酌中以立体,循实以敷文,斯镕裁之要术也。"《札记·丽辞》解题曰:"文之有骈俪,因于自然,不以一时一人之言而遂废。然奇偶之用,变化无方,文质之宜,所施各别。或鉴于对偶之末流,遂谓骈文为下格;或惩于俗流之恣肆,遂谓非骈体不得名文;斯皆拘滞于一隅,非阂通之论也。惟彦和此篇所言,最合中道。"①刘勰征圣立言,述先哲之诰,慨叹"中和之响,阒其不还",追求"酌奇而不失其真,玩华而不坠其实"的和谐境界②。这一文论思想经过黄侃的诠释,得到多层次的立体式呈现,为我们把握《文心雕龙》的核心要义提供了重要的资鉴。

黄侃在诠释刘勰"擘肌分理,唯务折衷"的文论思想的同时,也形成了自己以中和为尚的论文纲领。《札记·原道》在揭示文质关系时说:"雕饰逾甚,则质日以漓,浅露是崇,则文失其本。又况文辞之事,章采为要,尽去既不可法,太过亦足召讥,必也酌文质之宜而不偏,尽奇偶之变而不滞,复古以定则,裕学以立言,文章之宗,其在此乎?"《札记·乐府》解题曰:"彦和生于齐世,独能

①黄侃:《文心雕龙札记》,北京:中华书局,1962年,第12、94、100、101、112、163页。

②范文澜注:《文心雕龙注》上,北京:人民文学出版社,1958年,第101、48页。

抒此正论,以挽浇风,洵可谓卓尔之才矣。然郑声之生,亦本自
然,而厌雅喜俗,古今不异,故正论虽陈,听者藐藐,夫惟道古之君
子,乃能去奇响以归中和矣。"《札记·情采》解题曰:"盖侈艳诚不
可宗,而文采则不宜去;清真固可为范,而朴陋则不足多。若引前
修以自张,背文质之定律,目质野为淳古,以独造为高奇,则又堕
入边见,未为合中。"《札记·声律》解题曰:"自声律之论兴,拘者
则留情于四声八病,矫之者则务欲隳废之,至于佶屈蹇吃而后已,
斯皆未为中道。"《札记·丽辞》解题,从文学史发展的角度,阐释
自古以来皆骈散互用,"今观唐世之文,大抵骈散皆有"。然而,至
"近世褊隘者流(指桐城派——引者注),竞称唐宋古文,而于前此
之文,类多讥诮,其所称述,至于晋宋而止";而选学骈文之流(如
阮元、李兆洛),强调"沉思翰藻始得为文","反尊散文为经史子",
"以隋以前文为骈文,而唐以后反得为古文",以致"骈散竟判若胡
秦,为散文者力避对偶,为骈文者又自安于声韵对仗,而无复迭用
奇偶之能。"《札记·事类》解题,提倡"才学相资"的中道观:"且夫
文章之事,才学相资,才固为学之主,而学亦能使才增益。"《札
记·总术》释"文笔"曰:"今谓就永明以前而论,则文笔本世俗所
分之名,初无严界,徒以施用于世俗与否为断,而亦难于晰言。就
永明以后而论,但以合声律者为文,不合声律为笔,则古今文章称
笔不称文者太众,欲以尊文,而反令文体狭隘,至使苏绰、韩愈之
流起而为之改更,矫枉过直,而文体转趣于枯槁,磔裂章句,隳废
声韵,而自以为贤。夫孰非襞积细微,转相凌驾,文多拘忌,伤其
真美者之有以召衅哉。故曰:中之为用,故未可远也。"①以上黄

---

① 黄侃:《文心雕龙札记》,北京:中华书局,1962 年,第 8、33、110、116—117、
　　165、189、213 页。

侃结合彦和之说，申述了自己在文质、雅俗、情采、声律、骈散、才学、文笔等方面折中兼解的论文纲领，对《文心雕龙》的文论思想既有继承又有发展。

总之，黄侃论文，既尚自然，又贵折中，其实本于自然，即合于中道。在他看来，折中不仅是指"文质相济"的中庸之道，更是指一种率乎自然的"文质无恒"之态。所以，在《札记》的许多论述中，自然与折中往往是一个问题的两个方面。如《札记·声律》评"宫商大和"至"可以类见"一段曰："案此谓能自然合节与不能自然合节之分。曹、潘能自然合节者也，陆、左不能自然合节者也。"音律的自然就是合节（折中），合节也即自然。"范注"曰："此谓陈思、潘岳吐音雅正，故无往而不和。士衡语杂楚声，须翻回以求正韵，故有时而乖贰也。左思齐人，后乃移家京师，或思文用韵，有杂齐人语者，故彦和云然。"①又如《札记·丽辞》云："偏于文者好用偶，偏于质者善用奇，文质无恒，则偶奇亦无定，必求分畛，反至拘墟。"②一方面，黄侃认为骈俪之文是自然产生的，另一方面他又指出前代关于骈文对偶的看法皆非"闳通之论"，只有刘勰的论述最符合折中原则。

第二节　析论文术为主

《文心雕龙》中的"文术"论，历来是"龙学"研究的重点，并被众多学者公认为《文心雕龙》的精华所在。而黄侃的《札记》则对"析论为文之术"部分特别重视，其"手自编校"的《札记》也仅选用

---

① 范文澜注：《文心雕龙注》下，北京：人民文学出版社，1958年，第561页。
② 黄侃：《文心雕龙札记》，北京：中华书局，1962年，第164页。

《神思》以下的二十篇正式出版，在"龙学"史上，正是黄侃首次对《文心雕龙》"为文之术"的内容，进行了全面、系统而又深入的研究。

一、文成法立，未有定格

首先，为文有术。黄侃认为，"欲为文者，其可不先治练术之功哉"。他反复强调"以术驭文"："盖思理有恒，文体有定，取势有必由之准臬，谋篇有难畔之纲维，用字造句，合术者工而不合术者拙，取事属对，有术者易而无术者难。声律待术而后安，采饰待术而后美，果其辨之有明通之识，斯为之无愤惑之虞。虽文意细若秋毫，而识照朗于镜镟。故曰乘一总万，举要治繁也。"黄侃以为定体取势、谋篇造句，皆有术可依；声律选用、辞采润色，也都离不开练术之功。"是以练术而后为文者，如轮扁之引斧，弃术而任心者，如南郭之吹竽。绳墨之外，非无美材，以不中程而去之无吝；天籁所激，非无殊响，以不合度而听者告劳。是知术之于文，等于规矩之于工师，节奏之于矇瞍，岂有不先晓解而可率尔操觚者哉？"①他强调为文之规矩法度是不变的，变的是遣词造句、宅句安章，故善为文者必练术。

为文者要练术，因为有术才能将意象物化，写出文章作品。技巧是经验与艺术、作家与教徒的重要区别之一。马克·肖勒说得好："现代批评向我们表明，只谈论内容本身决不是谈论艺术，而是在谈论经验；只有当我们论及完成的内容，也就是形式，也就是艺术品的本身时，我们才是批评家。内容（或经验）与完成的内

---

① 黄侃：《文心雕龙札记》，北京：中华书局，1962年，第209—210页。

容(或艺术)之间的差距便是技巧。"①罗丹也说过:"谁告诉你轻
视技法呢?毫无疑问,技法不过是一种手段,但是轻视技法的艺
术家,是永远不会达到目的,体现思想感情的——这样的艺术家,
就象一个忘记给马喂料的骑马人。"②在"窥意象而运斤""寻声律
而定墨"的创作活动中,存在着"言征实而难巧""选和至难"等问
题,因此刘勰提出"积学以储宝,酌理以富才,研阅以穷照,驯致以
绎辞"③,要求作家平时注意知识的积累,认真研读他人的文章,
学习他人的技巧,锻炼自己的才能,懂得根据表达对象的特点和
情致来安排、组织文辞,有了这样的技巧能力,才能保证创作活动
顺畅进行。尽管作家各自禀赋不同,表达快慢各异,却都要"并资
博练",通过博学练才,培养技巧,锤炼语言,掌握语言物质媒介的
性能和规律,完成语言的"征实"任务。

　　其次,文无定法。龚鹏程在《论法》一文中说:"任何研究中国
文评的人,都晓得'法'这一观念,在中国文学批评和艺术理论中,
占有极重要的地位。不但有关诗法、文法的剖析,门类甚为繁颐
(赜);环绕着'法'这个观念,更衍生了无数的争论,诸如执法/破
法、有法/无法、死法/活法、法古/自得……等,可说是中国文学批
评里最庞杂纷扰的基本问题。"④彦和论文重视"圆鉴区域、大判
条例",强调"必资晓术""执术驭篇",反对"莫肯研术""弃术任
心",但亦承认"思表纤旨,文外曲致,言所不追,笔固知止"⑤。黄

---

① 〔美〕马克·肖勒:《技巧的探讨》,《世界文学》1982 年第 1 期。
② 〔法〕罗丹口述:《罗丹艺术论》,北京:人民美术出版社,1978 年,第 48 页。
③ 范文澜注:《文心雕龙注》下,北京:人民文学出版社,1958 年,第 493—494 页。
④ 龚鹏程:《诗史本色与妙悟》,台北:学生书局,1993 年,第 265 页。
⑤ 范文澜注:《文心雕龙注》下,北京:人民文学出版社,1958 年,第 655—656、
　 495 页。

侃则进一步阐发其法无定法、文无定术的文论思想。如释《镕裁》
"三准"说曰:"'草创鸿笔'已下八语,亦设言命意谋篇之事,有此
经营。总之意定而后敷辞,体具而后取势,则其文自有条理。舍
人本意,非立一术以为定程,谓凡文必须循此所谓始中终之步骤
也,不可执词以害意。舍人妙达文理,岂有自制一法,使古今之文
必出于其道者哉?"接着针对桐城派中兴第一大将曾国藩所谓"一
篇之内,端绪不宜繁多,譬如万山旁薄,必有主峰,龙衮九章,但挈
一领,否则首尾衡决,陈义芜杂",揭露"其言本于舍人而私据以为
戒律,蔽者不察,则谓文章格局皆宜有定,譬如案谱着棋,依物写
貌,戕贼自然以为美,而举世莫敢非之,斯未可假借舍人以自壮
也"。最后谓"章实斋《古文十弊》篇有一节论文无定格,其论阆
通,足以药拘挛之病,与刘论相补苴,兹录于左"①。章学诚《古文
十弊》所论第九弊,即以时文之见空言法度:"惟时文结习,深锢肠
腑,进窥一切古书古文,皆此时文见解,动操塾师启蒙议论,则如
用象棋枰布围棋子,必不合矣。是之谓井底天文,又文人之通弊
也。"为救此弊,章氏提出法无定法之说:"古人文成法立,未尝有
定格也。传人适如其人,述事适如其事,无定之中,有一定焉。知
其意者,旦暮遇之。不知其意,袭其形貌,神弗肖也。"②

　　释《通变》"参伍因革,通变之数也"曰:"必于古今同异之理,
名实分合之原,旁及训故文律,悉能谙练,然后拟古无优孟之讥,
自作无刻楮之诮,此制文之要术也。唐刘子玄《模拟》篇,谓模拟
之体,厥途有二:一曰貌同而心异,二曰貌异而心同。貌异心同,

---

① 黄侃:《文心雕龙札记》,北京:中华书局,1962 年,第 112—113 页。
② 〔清〕章学诚著,叶瑛校注:《文史通义校注》上,北京:中华书局,1994 年,第
　　508—509 页。

模拟之上,貌同心异,模拟之下,卒之以拟古不类为难之极。窃谓模拟自以脱化为贵,次之则求其的当,虽使心貌俱同,固无讥也。"①刘知幾所谓"貌同心异",是指机械模仿,故谓之"模拟之下";"貌异心同",则指形式不同,实质相似,故谓之"模拟之上"。黄侃则谓"模拟自以脱化为贵",并"求其的当",如此则"心貌俱同"亦不妨。意思是模拟者不必拘于法之同异,要在能从模拟对象(旧的文章)中"脱化"而出,即孕育变化创作出新的文章,并力求准确恰当。

再次,术与自然。黄侃论文既以自然为宗,又详论为文之术,这是否矛盾呢? 对此,范文澜做出了解释:"本篇以总术为名,盖总括《神思》以下诸篇之义,总谓之术,使思有定契,理有恒存者也。或者疑彦和论文纯主自然,何以此篇亟称执术,讥切任心,岂非矛盾乎? 谨答之曰,彦和所谓术者,乃用心造文之正轨,必循此始为有规则之自然;否则狂奔骇突而已。弃术任心者,有时亦或可观,然博塞之文,借巧傥来,前驱有功,后援未必能继,不足与言恒数也。若拘滞于间架格律,则又彦和之所诃矣。"②范氏辩证地阐明了刘勰的自然观与"执术驭篇"的关系。刘勰所强调的自然是由法度而至自然,是对"为文之术"的灵活运用,是臻于至境的"妙造自然",而非背弃法度的"狂奔骇突"。范氏之前,陈柱亦曾对《文心雕龙》中自然与法度的辩证关系有过精妙之论:

> 卓哉刘彦和之论也。彦和名其书曰雕龙,夫所谓雕龙者,谓其文饰若雕镂龙文也。而其立论也,一则曰自然,再则曰自然。夫曰雕则非自然矣,曰自然则非雕矣。曰雕曰自

---

①黄侃:《文心雕龙札记》,北京:中华书局,1962年,第104页。
②范文澜注:《文心雕龙注》下,北京:人民文学出版社,1958年,第659页。

然,得毋近于矛盾之说邪? 呜呼! 知乎此,则可以语文矣。
今夫小儿学语之吟口滞舌,期期不能成语,固甚不自然也。
然及其成人也,则举口而出,应声而答,莫非自然者。今夫文
何以异乎是。夫五色相宣,八音协畅,由其玄黄律吕,各适物
宜,此在初学,诚哉其难能矣。然而能者为之,则宛转如意,
如珠走盘,如云行空而已,曷尝不一归于自然哉。今若执初
学之难,而妄疑成功之后,自甘浅陋,不涉高深,是终身甘于
小儿之语,不习成人之言,日笑成人为不自然,而不知己之期
期不能成声者,乃其不自然之甚者也。岂非至可闵者哉。且
学者,亦知夫雕龙之为技乎。始也其学未久,其业未精,心手
相违,求其似龙也难矣。及其工积力久,神与理合,不期而合
于自然,乃宛然生龙矣。是知人工至者,其于自然也至;其人
工不至者,其去自然也远。文之为道亦若是而矣。是故骈俪
之文,律绝之诗,乐府之曲,音有一定之平仄,句有一定之长
短,世之目为拘而不自然者,皆不学之故,小儿之见而已。乌
足以语夫文心哉。吾尝慨夫世人之论文,而徒高谈自然之
名,而日趋于浅陋,去自然日远也。故略举彦和自然之说,著
之于篇,以告读者。其于雕龙之名,庶不讥为拘而无用乎。①

黄侃论舍人之书与陈柱之说颇有相似之处,他们都认为《文
心雕龙》之立论本于自然之道,而自然又以文术为基础,人工则以
自然为至境,"工积力久,神与理合",人工之文术不期而臻于自然
妙境。《札记·总术》解题曰:"若夫练术之功,资于平素,明术之
效,呈于斯须。割情析采,笼圈条贯,摛神性,图风势,苞会通,阅

---

① 陈柱:《文心雕龙增注叙例》,《中国学术讨论集》第二集,上海:群众图书公
司,1928 年,第 236—237 页。

声字,其事至多,其例至密,其利害是非之辨至纷纭。必先之以博观,继之以勤习,然后览先士之盛藻,可以得其用心,每自属文,亦能自喻得失。真积力久,而文术稠适,无所滞疑,纵复难得善文,亦可退求无疚,虽开塞之数靡定,而利病之理有常。"就是说练术是积之平日的功夫,经过博观、勤习的积累过程,一旦豁然贯通则进入纯熟自然的状态。值得注意的是,虚静恬淡的心态有助于自然妙境的呈现,故黄侃一再强调《神思》要与《养气》参看,《养气》之作,"所以补《神思》篇之未备,而求文思常利之术也"①。因为文术是用来传达审美意象的,在虚静状态中,艺术主体有才而忘才,有技而无技,才能技巧升腾为直觉感受,形成一种结实的空灵。于是在创作活动中,作者对表达对象就会"以神遇而不以目视",由"技"进乎"道"②,文术也就由外在的手段变成内在的要素,由表达的工具变成艺术的生命,由强迫的劳作变成自由的游戏。这就实现了刘勰"秉心养术,无务苦虑;含章司契,不必劳情"③的自然创作论要求。

　　有法而无法实际上就是处于活法的自然状态,吕东莱论诗讲

---

① 黄侃:《文心雕龙札记》,北京:中华书局,1962 年,第 209、91、204 页。
② 陈鼓应注译:《庄子今注今译》,北京:中华书局,1983 年,第 96 页。另,陈丹青曾回答采访说:"我那点点可怜的有知状态已经影响我的创作。所以我现在不勉强自己画画。我希望归真返朴——有知回到无知,有法回到无法。我不知道能不能做到。回不去,就撂挑子拉倒。大家说:丹青啊,别他妈写文章啦,要画画!我明白,知道越多对创造越不好,画家其实应该无知一点。芬奇跑去问拉斐尔,你画画时有思想吗?美男子拉斐尔说:'没有。一点思想也没有。'老芬奇深以为然。"(陈丹青:《退步集》,桂林:广西师范大学出版社,2005 年,第 174 页)
③ 范文澜注:《文心雕龙注》下,北京:人民文学出版社,1958 年,第 494 页。

活法,钱钟书曾引其释"活法"云:"规矩备具,而出于规矩之外;变化不测,而不背于规矩。"并解释道:"乍视之若有语病,既'出规矩外',安能'不背规矩'。细按之则两语非互释重言,乃更端相辅。前语谓越规矩而有冲天破壁之奇,后句谓守规矩而无束手缚脚之窘;要之非抹杀规矩而能神明乎规矩,能适合规矩而非拘挛乎规矩。东坡《书吴道子画后》曰:'出新意于法度之中,寄妙理于豪放之外';其后语略同东莱前语,其前语略当东莱后语。陆士衡《文赋》:'虽离方而遁圆,期穷形而尽相',正东莱前语之旨也(参观《管锥编》——九三至四页)。东莱后语犹《论语·为政》所谓'从心所欲不逾矩',恩格斯诠黑格尔所谓'自由即规律之认识'。"①

二、驭文首术,谋篇大端

所谓"文体多术,共相弥纶",创作过程中各种文术错综复杂,主体只有全面掌握,运用为文之术,才不至于"万分一累,且废千里""一物携贰,莫不解体"②。故黄侃依傍《文心雕龙》,提出了"安章之总术"。在众多文术中,刘勰将"虚静"与"积学"视为"驭文之首术,谋篇之大端"。

创作活动要致力于精神与才学的修养,以精神修养求得虚静之心,以才学修养锻炼表达技巧。失去虚静,构思活动就无法展开;没有技巧,表达活动就不能完成。虚静与技巧作为构思与表达的前提,引起了刘勰的高度重视,他在《神思》篇说:

> 是以陶钧文思,贵在虚静,疏瀹五藏,澡雪精神;积学以
> 储宝,酌理以富才,研阅以穷照,驯致以绎辞。然后使玄解之

---

①钱钟书:《谈艺录》(补订本),北京:中华书局,1984年,第439页。
②范文澜注:《文心雕龙注》下,北京:人民文学出版社,1958年,第656页。

宰,寻声律而定墨;独照之匠,窥意象而运斤;此盖驭文之首术,谋篇之大端。①

虚静是一种"用志不分,乃凝于神"②的精神状态。在创作中,它的重要意义在于卫神养气,调养主体的艺术精神,使作者从日常状态中超越出来,进入审美观照的境界,为构思做准备。虚静之心如何求得呢?刘勰说"疏瀹五藏,澡雪精神",就是要清洗心灵、净化精神。这种清洗、净化主要从两个方面进行:一是排除功利物欲。有欲之人,心绪卑琐,目光屑小,自难虚静;不虚静主体就不能进入审美状态,就不能对外物进行美的观照。这样,利欲就窒息了创作灵感和艺术构思。二是约束知性分析活动。大千世界,芸芸众生,是非曲直,消息盈虚,要是频于心智概念活动,急于是非价值判断,忙于混杂事物的分析,让好奇心取代审美情感,让逻辑律束缚自由想象,就会"销铄精胆",心灵躁馁,而"疲困躁扰之余,乌有清思逸致哉"③。没有"清思逸致"的知性分析,只能舍流动之貌来求孤立之象,舍具体之状来求抽象之理,舍整体之物来求片面之事,舍本质之源来求现象之表。这种心智活动既不能掌握美,也不能达到对事物本质的认识,以这样的心态构思作文,必败无疑。因此,黄侃说:"文章之事,形态蕃变,条理纷纭。如令心无天游,适令万状相攘。故为文之术,首在治心,迟速纵殊,而心未尝不静,大小或异,而气未尝不虚。执璇机以运大象,

---

① 范文澜注:《文心雕龙注》下,北京:人民文学出版社,1958年,第493页。
② 陈鼓应注译:《庄子今注今译》,北京:中华书局,1983年,第472页。
③〔清〕纪昀:《纪晓岚评文心雕龙》,扬州:江苏广陵古籍刻印社,1997年,第349页。

处户牖而得天倪,惟虚与静之故也。"①

　　澄怀凝心、自由观照是虚静的实质。释慧远《念佛三昧诗集序》曰:"夫称三昧者何?专思寂想之谓也。思专则志一不分,想寂则气虚神朗。气虚则智恬其照,神朗则无幽不彻。斯二者,自然之元符,会一而致用也。是故靖恭闲宇,而感物通灵,御心惟正,动必入微,此假修以凝神,积习以移性,犹或若兹,况乎尸居坐忘,冥怀至极,智落宇宙,而暗蹈大方者哉!请言其始,菩萨初登道位,甫窥元门,体寂无为,而无弗为。及其神变也,则令修短革常度,巨细互相违,三光回景以移照,天地卷而入怀矣。又诸三昧其名甚众,一功高易进,念佛为先。何者?穷元极寂,尊号如来,体神合变,应不以方,故令人斯定者,昧然忘知,即所缘以成鉴,鉴明则内照交映,而万象生焉。"②按:照,照览,观照也。内照,内心绝对清静之观照,亦即所谓"寂想"。从修炼过程说,道家所谓"虚静"、释家所谓"寂想",有相通之处。刘勰借以论创作前的精神状态方面的要求则自有其特点,与道、释者养生养性、成仙成佛的目的大不相同。道、释养性求出世,作家则为创作而虚静、养气。它要求作者在构思前将现实功利物欲、日常芜杂情感等,从艺术思维中暂时撇开,空虚其心,静养其神,使主体的心神达到透明状态,在逍遥自在中陶冶文思,进而捕获灵感,直观本质。就此而言,老子的"涤除玄鉴""持虚极,守静笃";庄子的"心斋""坐忘";瑜伽实践的"坐禅""冥想";现象学的"先验还原""本质直观"等,与刘勰的"虚静"说有本质相通之处,都是以无生有、以静制动、以

①黄侃:《文心雕龙札记》,北京:中华书局,1962年,第91页。
②〔清〕严可均辑,〔清〕陈延嘉点校:《全上古三代秦汉三国六朝文·晋(下)》第五册,石家庄:河北教育出版社,1997年,第1704—1705页。

虚求实。正如黄侃所说:"《庄子》之言曰:惟道集虚。《老子》之言曰:三十幅共一毂,当其无,有车之用。尔则宰有者无,制实者虚,物之常理也。"①

　　然而,"纪评"谓:"虚静二字,妙入微茫。补出积学酌理,方非徒骋聪明。"②创作活动是创造而非简单的模拟,黑格尔说:"诗人的想象和一切其它艺术家的创作方式的区别既然在于诗人必须把他的意象(腹稿)体现于文字而且用语言传达出去,所以他的任务就在于一开始就要使他心中观念恰好能用语言所提供的手段传达出去。一般说来,只有在观念已实际体现于语文的时候,诗才真正成其为诗。"③我国清代文论家彭孙遹也认为:"词以自然为宗,但自然不从追逐中来,便率易无味,如所云绚烂之极乃造平淡耳。"④文术是在平日博学勤练中形成的表达能力,它要有一个长时间的积累、锻炼过程,只有"读书破万卷",才能"下笔如有神"。表达时的自然天成、行云流水,得力于平时的艰苦磨砺,诗内的技巧来源于诗外的功夫,即如王安石《题张司业集》所云"看似寻常最奇崛,成如容易却艰辛";陆游《示子遹》所云"汝果欲学诗,工夫在诗外"。故刘勰于"虚静"之后,接以"积学以储宝,酌理以富才,研阅以穷照,驯致以绎辞"。黄侃解释此四语,"其事皆立于神思之先,故曰驭文之首术,谋篇之大端。言于此未尝致功,即徒思无益,故后文又曰:秉心养术,无务苦虑,含章司契,不必劳

①黄侃:《文心雕龙札记》,北京:中华书局,1962年,第91页。
②〔清〕纪昀:《纪晓岚评文心雕龙》,扬州:江苏广陵古籍刻印社,1997年,第252页。
③〔德〕黑格尔:《美学》第三卷下册,北京:商务印书馆,1981年,第63页。
④〔清〕彭孙遹:《金粟词话》,唐圭璋编:《词话丛编》第一册,北京:中华书局,1986年,第721页。

情。言诚能秉心养术，则思虑不至有困；诚能含章司契，则情志无用徒劳也"①。

其实，注重平时积累，精研文术之人进入虚静状态才有意义。因为，作者的使命就是进行艺术创造，只有虚静而不懂技巧的人，只能进行美的观照而不能进行美的创造。所以陆机说："伫中区以玄览，移情志于典坟。"②平时的才学修养、技巧锻炼，使主体知识丰富，观察敏锐。这样的创作主体在虚静中就会显得丰满自足，从容不迫。《庄子·田子方》记载："宋元君将画图，众史皆至，受揖而立；舐笔和墨，在外者半。有一史后至者，儃儃然不趋，受揖不立，因之舍。公使人视之，则解衣般礴裸。君曰：'可矣，是真画者也。'"郭象注曰："内足者，神闲而意定。"③此与黄侃所论若合符契："文思利钝，至无定准，虽有上材，不能自操张弛之术，但心神澄泰，易于会理，精气疲竭，难于用思，为文者欲令文思常赢，惟有弭节安怀，优游自适，虚心静气，则应物无烦，所谓明镜不疲于屡照也。"④可见，虚静心态的涵养与文术技巧的锻炼，在创作的共时性上是排斥的、对立的。虚静要约束的心智活动就包括技巧锻炼，显耀才力就不能"虚"，自恃学识则难以"静"，在"积学""酌理"的活动中是进入不了虚静状态的。另一方面，精神修养与才学修养在共时性上虽然难以并存，但是在历时性上两者却是互补的、统一的。

---

①黄侃：《文心雕龙札记》，北京：中华书局，1962年，第92页。

②〔晋〕陆机：《文赋》，金涛声点校：《陆机集》，北京：中华书局，1982年，第4页。

③〔清〕郭庆藩撰，王孝鱼点校：《庄子集释》第三册，北京：中华书局，1961年，第719—720页。

④黄侃：《文心雕龙札记》，北京：中华书局，1962年，第204页。

三、命意修词，文之纲维

构思活动的成果最终是要形之于语言文字的，所谓"意授于思，言授于意"①，刘勰清醒地认识到文字表达在文学创作中的重要作用。黄侃也认为："意立而词从之以生，词具而意缘之以显，二者相倚，不可或离。"②词意相济，情采相符，这就是创作的全部意义。文意一旦确立，就需要适当的文字形式；有了适当的文字形式，文意也就能充分表达。二者相互依存，不可或缺，故彦和曰"情理设位，文采行乎其中"③。据此，黄侃提出"作文之术，诚非一二言能尽，然挈其纲维，不外命意修词而已"④。具体来说，"命意"要讲求事信，"修词"要重视体约。《札记·宗经》"体有六义"条评道："此乃文能宗经之效。六者之中，尤以事信体约二者为要：折衷群言，俟解百世，事信之征也；芟夷烦乱，剪截浮辞，体约之故也。"⑤

黄侃认为："文章之事，不可空言，必有思致而后能立言，必善辞令而后能命笔。而思致不可妄致也，读诵多，采取众，校核精，则其思必不凡近。以不凡近之思，求可观采之文，犹以脾臄为嘉肴，取锦缯为美服也。"⑥在此，黄侃强调文章要言之有物，"不可空言"，而且"思致不可妄致"，要博采众书，精心校核。《札记·事

---

① 范文澜注：《文心雕龙注》下，北京：人民文学出版社，1958 年，第 494 页。
② 黄侃：《文心雕龙札记》，北京：中华书局，1962 年，第 112 页。
③ 范文澜注：《文心雕龙注》下，北京：人民文学出版社，1958 年，第 542 页。
④ 黄侃：《文心雕龙札记》，北京：中华书局，1962 年，第 112 页。
⑤ 黄侃：《文心雕龙札记》，北京：中华书局，1962 年，第 15 页。
⑥ 黄侃：《复许仁书》，司马朝军、王文晖合撰：《黄侃年谱》，武汉：湖北人民出版社，2005 年，第 163 页。

类》主张"用一事必求之根据，观一书必得其绩效"；"是则寻览前篇，求其根据，语能得其本始，事能举其原书"①。欲事信，则须考核名义，求之根据，语能本始，事出原书。他还认为文学创作首先必须保证言之有物，即作品要反映出深刻的思想内容。于是，黄侃诠释刘勰的宗经思想，认为"经训之博厚高明，盖非区区短言所能扬榷也"。具体而言，为文之宜宗经表现在四方面：其一，六艺文章之创作，必须"挹其流""撢其源""揽其末""循其柢"；其二，"经体广大，无所不包"，所以作家"不睹六艺，则无以见古人之全，而识离合之理"；其三，"杂文之类，名称繁穰，循名责实，则皆可得于古……若夫九能之见于《毛诗》，六辞之见于《周礼》，尤其渊源明白者也"；其四，"文以字成，则训诂为要，文以义立，则体例居先，此二者又莫备于经，莫精于经"。所以，"欲得师资，舍经何适？此为文之宜宗经四矣"②。概而言之，黄侃以为"经"是六艺之本原、文章之典范，所以为文宜宗经。

　　事信之外，还须体约，还要"芟夷烦乱，剪截浮辞"，要做到"篇无盈句，句无赘字，字在句中，必有其用，非苟以足句也；句在篇中，必有其用，非苟以充篇也"。正因为如此，黄侃将"知小学"视作"为文"之前提，认为："自小学衰微，则文章痟削，今欲明于练字之术，以驭文质诸体，上之宜明正名之学，下之宜略知《说文》《尔雅》之书，然后从古从今，略无蔽固，依人自撰，皆有权衡，厘正文体，不致陷于卤莽，传译外籍，不致失其本来，由此可知练字之功，在文家为首要，非若锻句炼字之徒，苟以矜奇炫博能也。"③对此，

①黄侃：《文心雕龙札记》，北京：中华书局，1962年，第189页。
②黄侃：《文心雕龙札记》，北京：中华书局，1962年，第13页。
③黄侃：《文心雕龙札记》，北京：中华书局，1962年，第100、194—195页。

周勋初有过精彩论述:"季刚先生研究《文心雕龙》时,也反映出了朴学家首重文字的特点。可以说,《声律》《丽辞》等篇的札记,特别是《章句》篇的札记,最足以反映季刚先生在朴学方面的修养和这一流派论文的特点。"①黄侃研究《文心雕龙》,首倡"以文字为准,不以文章为准",所以最重小学功底。

黄侃虽然强调命意修词"以事信体约二者为要",然"事信"并非弃美,"体约"亦非朴陋。他认为:"文多者固孔子所讥,鄙略更非圣人所许,奈之何后人欲去华辞而专崇朴陋哉?"就是说采溢于情、文盛于质固为文病,而浅露朴陋、风骨乏采亦是不可。《情采》篇旨虽在挽六朝文坛之颓风,然彦和于篇中"首推文章之称,缘于采绘,次论文质相待,本于神理,上举经子以证文之未尝质,文之不弃美,其重视文采如此,曷尝有偏倚之论乎"? 因主张文不弃美,故黄侃于《夸饰》篇提出"去夸不去饰"之说,所谓:"舍人有言:'夸饰在用,文岂循检。'其于用舍之宜,言之不亦明审矣哉? 今且求之经传,以征夸饰之不能悉袪,更为析言夸饰所由成之理,而终之以去夸不去饰之说。""去夸不去饰"之说是黄侃深刻领会彦和本意而提出的独到之见。

　　　　总而言之,文有饰词,可以传难言之意;文有饰词,可以省不急之文;文有饰词,可以摹难传之状;文有饰词,可以得言外之情。古文有饰,拟议形容,所以求简,非以求繁,降及后世,夸张之文,连篇积卷,非以求简,只以增繁,仲任所讥,彦和所诮,固宜在此而不在彼也。②

①周勋初:《黄季刚先生〈文心雕龙札记〉的学术渊源》,《文学遗产》1987 年第 1 期。
②黄侃:《文心雕龙札记》,北京:中华书局,1962 年,第 12、110、178、181 页。

黄侃以命意修词纲维文术，自然也就以其诠释由文术凝聚而成的最高创作境界——风骨。彦和所述"风骨"，因假于物以为喻，故其义界模糊难解，历来争讼不断。黄侃以文意、文辞释之，乃不蹈空虚之弊。"绅诵斯篇之辞，其曰怊怅述情，必始于风，沉吟铺辞，莫先于骨者，明风缘情显，辞缘骨立也。其曰辞之待骨，如体之树骸，情之含风，犹形之包气者，明体恃骸以立，形恃气以生；辞之于文，必如骨之于身，不然则不成为辞也，意之于文，必若气之于形，不然则不成为意也。其曰结言端直，则文骨成焉，意气骏爽，则文风清焉者，明言外无骨，结言之端直者，即文骨也；意外无风，意气之骏爽者，即文风也。其曰丰藻克赡，风骨不飞者，即徒有华辞，不关实义者也。其曰缀虑裁篇，务盈守气者，即谓文以命意为主也。其曰练于骨者，析辞必精，深乎风者，述情必显者，即谓辞精则文骨成，情显则文风生也。其云瘠义肥辞，无骨之征，思不环周，无气之征者，明治文气以运思为要，植文骨以修辞为要也。其曰情与气偕，辞共体并者，明气不能自显，情显则气具其中，骨不能独章，辞章则骨在其中也。综览刘氏之论，风骨与意辞，初非有二。"①后世论风骨者，皆受黄侃此论影响，或以之为基础继续申论，或与之相商榷提出新见，要之皆以"风即文意，骨即文辞"为研究的起点。

第三节　校注文本为辅

从学术渊源看，黄侃服膺乾嘉汉学；从师承关系看，黄侃师事朴学大师章太炎。朴学家治学崇尚实事求是，擅长音韵训诂、辨

---

① 黄侃：《文心雕龙札记》，北京：中华书局，1962 年，第 99 页。

析古义。黄侃评骘《文心雕龙》虽以义理诠释为主,然对文本字句明显舛讹不通之处亦随手校正,除少数篇目外,大部分篇目对疑难词语也做了出典和释义。

一、文本校勘

《札记》共有三十四条校勘,包括引孙诒让和李详的校字各占五条,黄侃实际校字二十四条,其中多为理校,虽然缺乏版本依据,然由于黄侃对《文心雕龙》义理的深刻了解,加之深厚的小学功底,所以《札记》有不少校字精当准确,价值甚大,故多为后世学者采纳袭用。《札记·明诗》校"至尧有大唐之歌"曰:"唐一作章。《尚书大传》云:报事还归,二年谤然,乃作《大唐之歌》。郑注曰:《大唐之歌》,美尧之禅也。据此文,是《大唐》乃舜作以美尧,则作大章者为是。《乐记》曰:大章,章之也。郑注曰:尧乐名。"①黄侃作《札记》时,尚无缘得见唐写本《文心雕龙》残卷,但其从理校的角度谓"作大章者为是",而唐写本正作"章",可见黄侃校字之精当。"范注"据"黄札"而申述之:"《礼记·乐记》'大章,章之也'郑注:'尧乐名也。言尧德章明。《周礼》阙之,或作大卷。'《尚书大传》'谤然乃作《大唐之歌》……'郑注:'谤犹灼也。《大唐之歌》美尧之禅也。'案《大唐》乃舜美尧禅之歌,不得云尧有,似当作大章为是。然郑注《乐记》'大章',已云《周礼》阙之。彦和所见,当即《尚书大传》'《大唐之歌》',行文偶误耳。"②《札记·总术》"分经以典奥为不刊"云:"分当作六。"③"范注"引师说并云:"谨

---

① 黄侃:《文心雕龙札记》,北京:中华书局,1962年,第23页。

② 范文澜注:《文心雕龙注》上,北京:人民文学出版社,1958年,第69—70页。

③ 黄侃:《文心雕龙札记》,北京:中华书局,1962年,第216页。

案《文心》书中,屡以文笔分类,此处盖专指颜氏分经传为言笔论之。"①然多数学者仍从《札记》之说,王利器曰:"'六'原作'分',黄注云:'疑有脱误。'黄侃云:'分当作六。'案黄说是,今改。"②刘永济在正中书局 1948 年版《文心雕龙校释》中谓:"'分'乃'六'字之误。"③后又说:"《札记》曰:'分当作六。'范注以《文心》屡以文笔分类,此处盖专指颜氏分经传为言、笔论之',不从黄校,恐非。"④李曰刚也谓:"'六'原作'分'……兹据黄刘二家之说改。"⑤

诸如此类还有很多,如《札记·比兴》校"如川之涣"曰:"涣字失韵,当作澹,字形相近而误。澹淡,水貌也。"⑥杨明照谓:"按黄说是。《文选》宋玉《高唐赋》:'水澹澹而盘纡兮。'李注引《说文》曰:'澹澹,水摇(貌)也。'《东京赋》:'渌水澹澹。'曹操《步出夏门行·观沧海》:'水何澹澹。'"⑦"范注"全条转引黄校。又如《札记·练字》校"字靡异流"曰:"异当作易。"⑧"范注"亦全条转引。李曰刚据"黄札"改字:"'易'原作'异',音误,据黄先生《札记》当作字订正。"⑨再如,《札记·定势》校"陆云自称往日论文,先辞而

①范文澜注:《文心雕龙注》下,北京:人民文学出版社,1958 年,第 658 页。

②王利器校笺:《文心雕龙校证》,上海:上海古籍出版社,1980 年,第 268 页。

③刘永济校释:《文心雕龙校释》,台北:正中书局,1957 年,第 60 页。

④刘永济校释:《文心雕龙校释》,北京:中华书局,1962 年,第 165 页。

⑤李曰刚:《文心雕龙斠诠》下编,台北:"中华丛书"编审委员会,1982 年,第 2007 页。

⑥黄侃:《文心雕龙札记》,北京:中华书局,1962 年,第 177 页。

⑦〔清〕黄叔琳注,李详补注,杨明照校注拾遗:《增订文心雕龙校注》上册,北京:中华书局,2000 年,第 465 页。

⑧黄侃:《文心雕龙札记》,北京:中华书局,1962 年,第 195 页。

⑨李曰刚:《文心雕龙斠诠》下编,台北:"中华丛书"编审委员会,1982 年,第 1813 页。

后情,尚势而不取悦泽"曰:"尚势,今本《陆士龙集》作尚絜,盖草书'势''絜'形近,初讹为'絜',又讹为'絜'也。"①"范注"先引陆云《与兄平原书》曰:"往日论文,先辞而后情,尚絜而不取悦泽。尝忆兄道张公父子论文,实自欲得,今日便欲宗其言。"②再引录《札记》校字。《札记·声律》根据古代宫商律吕的清浊之数校"商徵响高,宫羽声下"曰:"案此二句有讹字。当云宫商响高,徵羽声下。《周语》曰:大不逾宫,细不逾羽。《礼记·月令》郑注云:凡声尊卑取象五行,数多者浊,数少者清。案宫数八十一,商数七十二,角数六十四,徵数五十四,羽数四十八(详见《律历志》),是宫商为浊,徵羽为清,角清浊中。彦和此文为误无疑。"③"范注"全录"黄札"。刘永济谓:"黄引经典及郑注证原文有误,是也。其所改之句,非也。当作'徵羽响高,宫商声下'。"④王利器亦曰:"黄氏摘彦和之误甚是,惟所改则非。彦和所谓宫商,即后世所谓平仄。《文镜秘府论》天卷《调声》引元竞云:'声有五声,角徵宫商羽也。分于文字四声,平上去入也。宫商为平声,徵为上声,羽为去声,角为入声。'……本此,谓四声之上去高而平入下也。换言之,即谓'徵羽响高,宫商声下'也。今据改。"⑤后人在黄侃之说的启发下,又进一步完善了其校字。

　　值得注意的是,黄侃撰写《札记》受其师章太炎的影响甚大,

---

① 黄侃:《文心雕龙札记》,北京:中华书局,1962 年,第 109 页。因内容所需,保留必要的繁体字形。
② 范文澜注:《文心雕龙注》下,北京:人民文学出版社,1958 年,第 535 页。
③ 黄侃:《文心雕龙札记》,北京:中华书局,1962 年,第 117 页。
④ 刘永济校释:《文心雕龙校释》,北京:中华书局,1962 年,第 123 页。
⑤ 王利器校笺:《文心雕龙校证》,上海:上海古籍出版社,1980 年,第 214—215 页。

然在校字方面,他则未采纳太炎师的说法,表现出严谨的治学精神。如太炎师认为《原道》"故形立则章成矣,声发则文生矣","'文''章'二字,当互调,当云:'形立则文成,声发则章生。'乐竟为一章。"又谓"剬诗缉颂"之"'剬'为'制'之误"①。黄侃解"形立则章成矣,声发则文生矣"曰:"故知文章之事,以声采为本。彦和之意,盖谓声采由自然生,其雕琢过甚者,则浸失其本,故宜绝之,非有专隆朴质之语。"彦和此处"章""文"指声采而言,与音乐单位无关,故黄侃未取太炎师校字之说。至于"剬诗缉颂"之校字,黄侃则取与太炎师观点不同的李详之说:"李详云:'案张守节《史记正义·论字例》云:制字作剬。缘古字少,通共用之。《史》《汉》本有此古字者,乃为好本。据此则剬即制字,既不可依《说文》训剬为齐,亦不必辨制剬相似之讹。'谨按:李说是也。"其实,《原道》"剬诗缉颂",《太平御览》引"剬"作"制";《宗经》"据事剬范",唐写本"剬"亦作"制"。可见,太炎师之说不无道理。然黄侃当时未见唐写本残卷,故不敢贸然从师说。后来他在南京中央大学任教期间,曾据唐写本校勘《文心雕龙》,并大有收获。对《辨骚》"才高者菀其鸿裁,中巧者猎其艳辞"二句,《札记》仅释后句:"中巧犹言心巧。"②见到唐写本后,黄侃才恍然大悟。他在日记中说:"向于'菀其鸿裁'句不甚了了。今见唐写本乃是'苑'字,始悟苑、猎对言。言才高之人能全取《楚辞》以为模范,心巧之人亦能于篇中择其艳辞以助文采也。书贵古本,信然。"③

　　当然,《札记》的文本校勘也并非无可指瑕,由于缺乏版本依

①黄霖编著:《文心雕龙汇评》,上海:上海古籍出版社,2005年,第168页。
②黄侃:《文心雕龙札记》,北京:中华书局,1962年,第4、9、22页。
③黄侃:《黄侃日记》,南京:江苏教育出版社,2001年,第622页。

据,黄侃对有些字句的校勘亦不尽完善。例如,《札记·原道》校"业峻鸿绩"曰:"案业绩同训功,峻鸿皆训大,此句位字,殊违常轨。"①杨明照说:"古人行文,位字确有违常轨者。然亦不能一一以后世语法相绳。如《论语·乡党》之'迅雷风烈',《大戴礼记·夏小正》之'剥枣栗零',其比与此正同。"②颜虚心也说:"案《正纬篇》:'夫神道阐幽,天命微显。'《征圣篇》:'抑引随时,变通会适。'《祝盟篇》:'凡群言发华,而降神务实。'《铭箴篇》:'铭实表器,箴维德轨。'位字均与此同例,非违常轨也。"③这就从内外两方面证明"业峻鸿绩"位字并不一定有违常轨,可能只是古人的习惯性用法。再如,《札记·乐府》校"朱马以骚体制歌"曰:"案朱马为字之误。《汉书·礼乐志》云:以李延年为协律都尉,多举司马相如等数十人,造为歌赋。《佞幸传》亦云:是时上欲造乐,令司马相如等作诗颂,延年辄承意弦歌所造诗,谓之新声曲。据此,朱马乃司马之误。"④"范注"引陈伯弢先生曰:"'朱马'或疑为'司马'之误,非是。案'朱'或是朱买臣。《汉书》本传言买臣疾歌讴道中,后召见,言《楚辞》,帝甚说之。又《艺文志》有买臣赋三篇,盖亦有歌诗,志不详耳。"并补充说:"谨案师说极精。买臣善言《楚辞》,彦和谓以骚体制歌,必有所见而云然。唐写本亦作'朱马',明'朱'非误字也。"⑤

---

①黄侃:《文心雕龙札记》,北京:中华书局,1962年,第9页。

②〔清〕黄叔琳注,李详补注,杨明照校注拾遗:《增订文心雕龙校注》上册,北京:中华书局,2000年,第10页。

③颜虚心:《文心雕龙集注》,《国文月刊》1943年4月第21期。

④黄侃:《文心雕龙札记》,北京:中华书局,1962年,第35页。

⑤范文澜注:《文心雕龙注》上,北京:人民文学出版社,1958年,第108页。

二、词语注释

《札记》的注释内容丰富，包括补苴黄叔琳注、引用前人注释、对《文心雕龙》词语的出典，以及对疑难文句的义理阐释，计有二百七十三条。《札记》之作缘于补苴黄注。《题辞及略例》云："《文心》旧有黄注，其书大抵成于宾客之手，故纰缪弘多，所引书往往为今世所无，展转取载而不著其出处，此是大病。今于黄注遗脱处偶加补苴，亦不能一一征举也。"《札记》共有九处补苴黄注，大体可分两类。一类是黄注对《文心雕龙》征引作品的出处标明有误，黄侃为其修正。如《札记·议对》"司马芝之议货钱"条云："黄注引《司马芝传》，今传无其文，盖妄引也。"另一类是黄注对《文心雕龙》语句的解释有误，《札记》予以驳正。如《札记·总术》"视之则锦绘（四句）"条云："此颂文之至工者，犹《文赋》末段所云配金石流管弦耳。黄氏评四者兼之为难，直是呓语。"[1]

《题辞及略例》言："瑞安孙君《札迻》有校《文心》之语，并皆精美，兹悉取以入录。今人李详审言，有《黄注补正》，时有善言，间或疏漏，兹亦采取而别白之。"《札记》引用孙诒让《札迻》五条，引用李详《文心雕龙黄注补正》十八条，对孙、李之说褒贬不一。例如：《原道》"剬诗缉颂"条："李说是也。"《声律》"南郭之吹竽"条："孙云：《新论·审名》篇：东郭吹竽而不知音。袁孝政注亦以齐宣王东郭处士事为释。是古书南郭自有作东郭者，不必定依《韩子》，但滥竽事终与文义不相应。侃谨案：彦和之意，正同《新论》，亦云不知音而能妄成音，故与长风过籁连类而举。章先生云：……侃谨案：如师语亦得，但原文实作东郭。自以孙说为长。"

---

[1] 黄侃：《文心雕龙札记》，北京：中华书局，1962 年，第 1—2、76、217 页。

《札记·总术》引李详云:"彦和言文笔别目两名自近代,而颜延之以为笔之为体,言之文也。案此尚言文笔未分,然《南史·颜延之传》言其诸子,竣得臣笔,测得臣文,又作首鼠两端之说,则无怪彦和诋之矣。"黄侃谨案:"李氏之引《文心》,不达章句。延之论笔一节,本不与上八句相联,其言言笔之分,与其竣得臣笔。测得臣文之语,自为二事,未见其首鼠两端也。"①

《札记》中,除刘勰外,黄侃提到次数最多的人是纪昀,引用和评价最多的是"纪评"。黄侃对"纪评"的评论,主要可分为两项,一是对纪氏文论观点的批评。

《征圣》题解:"此篇所谓宗师仲尼以重其言。纪氏谓为装点门面,不悟宣尼赞《易》、序《诗》、制作《春秋》,所以继往开来,唯文是赖。"

《书记》题解:"彦和谓书记广大,衣被事体,笔札杂名,古今多品,是真能悉文章之原者。纪氏乃欲删其繁文,是则有意狭小文辞之封域,乌足与知舍人之妙谊哉?"

《体性》题解:"中间较论前世文士情性,皆细觇其文辞而得之,非同影响之论。纪氏谓不必皆确,不悟因文见人,非必视其义理之当否,须综其意言气韵而察之也。"②

其中最典型的当属《声律》"纪评":"即沈休文《与陆厥书》而畅之,后世近体遂从此定制,齐梁文格卑靡,独此学独有千古,钟记室以私憾排之,未为公论也。"③黄侃首先谓"纪氏于《文心》它

①黄侃:《文心雕龙札记》,北京:中华书局,1962年,第2、9、119、215页。
②黄侃:《文心雕龙札记》,北京:中华书局,1962年,第10、80、94页。
③〔清〕纪昀:《纪晓岚评文心雕龙》,扬州:江苏广陵古籍刻印社,1997年,第287页。

篇,往往无故而加攻难,其于此篇则曰:齐梁文格卑靡,独此学独有千古(两"独"字不词),钟记室以私憾排之,未为公论也。"接着评曰:"夫言声韵之学,在今日诚不能废四声,至于言文,又何必为此拘忌?纪氏盖以声韵之学与声律之文并为一谈,因以献谀于刘氏。"①

另外,《札记》对"纪评"中的一些校勘、注释也进行了批评。

《札记·书记》"绕朝赠士会以策"条:"此用服义也。《左传》文十三年《正义》曰:服虔云:绕朝以策书赠士会。若杜注则云:策,马挝,临别授之马挝,并示己所策以示情。《正义》曰:杜不然者,寿余请讫,士会即行,不暇书策为辞;且事既密,不宜以简赠人。传称以书相与,皆云与书,此独不宜云赠之以策,知是马挝。据此,解作马策正是。而纪氏乃云杜氏误解为书策,毋亦劳于攻杜,而逸于检书乎!"

《札记·总术》"若笔不言文"条:"不字为为字之误。纪氏以此一字不憭,而引郭象注《庄》之语以自慰,览古者宜如是耶?"②

当然,黄侃对"纪评"也不是一味地批评,在有些地方也给予很高的评价。纪昀于《辨骚》题评:"《离骚》乃《楚辞》之一篇,统名《楚辞》为《骚》,相沿之误也。"③《札记·辨骚》题解:"《楚辞》是赋,不可别名为骚。《离骚》二字,亦不可截去一字。纪评至谛。"《札记·明诗》解"仙诗缓歌"曰:"黄引《同声歌》当之,纪氏讥之,是也。"《札记·风骨》"风骨乏采"条:"纪曰:风骨乏采,是陪笔开

①黄侃:《文心雕龙札记》,北京:中华书局,1962年,第116页。
②黄侃:《文心雕龙札记》,北京:中华书局,1962年,第80、216页。
③〔清〕纪昀:《纪晓岚评文心雕龙》,扬州:江苏广陵古籍刻印社,1997年,第47页。

合以尽意,此评是也。骨即指辞,选辞果当,焉有乏采之患乎?"①
《札记·题词及略例》列举了前代"龙学"研究著作,提到黄叔琳辑
注、孙诒让校语和李详补注,但没有提到"纪评";相反,文中引用
则最多,且多为批评驳正,这是一个值得探讨的话题。

　　补苴黄注和移录前人校注以外,黄侃更多的是自解《文心》之
句,解句内容大体可分为三类:第一类是标明彦和征引作品存佚
等情况。例如,《札记·颂赞》"班傅之北征西巡"条云:"班有《窦
将军北征颂》《东巡颂》《南巡颂》;傅有《窦将军北征颂》《西征颂》。
班之《北征颂》在《古文苑》。"不仅标明刘勰所举作品篇名,更指出
其所在何处。又如,"景纯注雅"条云:"案景纯《尔雅图赞》,《隋
志》已亡,严氏可均辑录得四十八篇。"②指明其存亡辑佚情况。

　　第二类是对一些疑难词语的考据训诂。例如,《札记·原道》
"肇自太极"条对"太极"一词的解释:"《易·系辞上》韩注曰:太极
者,无称之称,不可得而名,取有之所极况之太极者也。据韩义,
则所谓形气未分以前为太极,而众理之归,言思俱断,亦曰太极,
非陈抟半明半昧之太极图。"又如,《札记·宗经》"诂训同书"条
云:"《诗疏》曰:毛以《尔雅》之作,多为释《诗》,而篇有《释诂》《释
训》,故依雅训而为《诗》立传。据此,则《诗》亦须通古今语而可
知,故曰诂训同书。"③

　　第三类是对一些文论术语、经典语句的义理诠释,黄侃主要
运用了三种方法:"原文互释""引文注释""直接解释"。其一,"原
文互释",即用彦和之语解释《文心》之义。《文心雕龙》前后文之

①黄侃:《文心雕龙札记》,北京:中华书局,1962年,第21、27、101页。
②黄侃:《文心雕龙札记》,北京:中华书局,1962年,第70、72页。
③黄侃:《文心雕龙札记》,北京:中华书局,1962年,第4、14页。

间常有互相发明之处,黄侃抓住这些相互发明的词语进行释义,不仅可以节省笔墨,而且还能揭示前后文之间的关系,帮助读者从整体上理解文义。例如,《札记·序志》"古来文章,以雕缛成体"条云:"此与后章文绣鞶帨离本弥甚之说,似有差违,实则彦和之意,以为文章本贵修饰,特去甚去泰耳。全书皆此旨。"不仅澄清了矛盾,更点明全书主旨所在。其二,"引文注释",即引用文论话语进行义理阐释,有时黄侃嫌引文释义不够通俗全面,就稍加案语以助释义。如《札记·比兴》"比者附也,兴者起也"条,先引"先郑""后郑"语云:"《周礼·大师》先郑注曰:比者,比方于物也。兴者,托事于物也。后郑注曰:比,见今之失,不敢斥言,取比类以言之。兴,见今之美,嫌于媚谀,取善事以喻劝之。"黄侃加案语曰:"案后郑以善恶分比兴,不如先郑注谊之确。且墙茨之言,《毛传》亦目为兴,焉见以恶类恶,即为比乎。"接着又引钟嵘《诗品》云:"文已尽而意有余,兴也;因物喻志,比也。"并解释说:"其解比兴,又与诂训乖殊。"最后指出:"彦和辨比兴之分,最为明晰。一曰起情与附理,二曰斥言与环譬,介画憭然,妙得先郑之意矣。"其三,"直接解释",即完全用自己的话直接解释词义,分析词语之间的内在联系,此法在《札记》中应用最广。例如,《札记·总术》"思无定契,理有恒存"条云:"八字最要。不知思无定契,则谓文有定格,不知理有恒存,则谓文可妄为,救此二流,咨惟舍人矣。"又如,《札记·通变》"龌龊于偏解,矜激于一致"条云:"彦和此言,为时人而发,后世有人高谈宗派,垄断文林,据其私心以为文章之要止此,合之则是,不合则非,虽士衡、蔚宗,不免攻击,此亦彦和所讥也。"①

---

① 黄侃:《文心雕龙札记》,北京:中华书局,1962 年,第 218、174—175、217、105 页。

应该说,黄侃校勘注释的态度是极其严谨的,以上诸例可资佐证。而这种谨严的治学精神从他存疑的条目中亦可见出。例如:

《札记·书记》"陈遵祢衡"条:"辞并无考。""崔实奏记于公府"条:"今无所考。"

《札记·指瑕》"左思七讽"条:"今无考。""赏际奇至抚叩酬即"条:"今不知所出。"

《札记·序志》"公幹"条:"刘桢论文之言,今无考。""吉甫"条:"应贞论文之言,今无考。"①

对于疑难语词的考释,黄侃是知之为知之,不知为不知,从不妄加断言。这也是乾嘉朴学实事求是的治学精神。

---

① 黄侃:《文心雕龙札记》,北京:中华书局,1962 年,第 84—85、201—202、221 页。

第三章　黄札的残缺美

黄侃的《文心雕龙札记》就像断臂维纳斯一样，具有一种残缺美！而这种残缺美又是作者有意为之，即作者受现代文学观念的影响，对古典文论名著《文心雕龙》的讲授内容进行精心选择的结果。因此，《札记》相对于《文心雕龙》全部内容而言所存在的古典性残缺，恰好凸显出其自身所选择内容的现代性完美。

第一节　黄札为残缺之作

《札记》作为现代"龙学"的奠基作，历来备受学界关注。然而，人们在盛赞《札记》的学术价值和重要意义的同时，也对其篇目的残缺性表示了极大的遗憾！《文心雕龙》体大虑周，结构完整，包括"文之枢纽"（总论，五篇）、"论文叙笔"（文体论，二十篇）、"剖情析采"（创作论，二十四篇）和"长怀序志"（绪论，一篇）四个部分；全书依经立义，据《周易·系辞上》"大衍之数五十，其用四十有九"①建构体系，结构上"弸葺相衔，首尾一体"。末篇《序志》为"体"，而总论、文体论和创作论四十九篇为"用"，所谓"位理定

---

① 〔清〕阮元校刻：《十三经注疏》上册，北京：中华书局，1980年，第80页。

名,彰乎大易之数,其为文用,四十九篇而已"①,展现出体用结合的完美性。

而黄侃在北京大学讲授《文心雕龙》,所撰授课讲义《札记》,总共只有三十一篇,即总论五篇,文体论六篇(缺十四篇),创作论二十篇(含《序志》,缺《时序》以下五篇)。1927 年,黄侃"手自编校"的《札记》,即《神思》以下的创作论十九篇,加上《序志》一篇,附录骆鸿凯撰《物色》札记一篇,合计二十一篇,由文化学社正式出版。1935 年黄侃逝世后,前南京中央大学所办《文艺丛刊》,又将《原道》以下十一篇讲义(即总论和文体论部分)发表。1947 年四川大学中文系曾将上述三十一篇合印一册,在校内交流,绝少外传。1962 年,中华书局上海编辑所将三十一篇合为一集,由黄念田重加勘校并断句读正式出版。至此,《札记》全璧方流行于世。

对于黄侃《札记》的残缺性,学界有不同的猜想。首先是 1914—1916 年在北大课堂听黄侃讲授《文心雕龙》的范文澜,他说"《文心》五十篇,先生授我者仅半,殆反三之微意也"②。这只是弟子的一种美好设想,认为老师没有完整地传授《文心雕龙》,是要让弟子们举一反三。与范文澜一起听黄侃讲授《文心雕龙》的还有金毓黻,他说"余受业于先生之门凡二年,时为民国三年秋至五年夏"③,并认为"黄先生《札记》只缺末四篇"④。这一说法显然有误。金氏大学毕业离开京城后,回故乡东北任中学教师多年,

---

①范文澜注:《文心雕龙注》下,北京:人民文学出版社,1958 年,第 571、727 页。
②范文澜:《文心雕龙讲疏·自序》,天津:新懋印书局,1925 年,第 3 页。
③金毓黻:《静晤室日记》第八册,沈阳:辽沈书社,1993 年,第 6385 页。
④金毓黻:《静晤室日记》第七册,沈阳:辽沈书社,1993 年,第 5162 页。

后又投身仕途长期从政，虽然保留着书生本色和学者素守，但毕竟置身学界之外，故对"黄札"和"范注"的相关著述情况难免暌隔。就其师黄侃和同门范文澜而言，其于《札记》具体篇目存佚情况，《史传》篇"黄札"训释问题等，所述皆与事实不符；而对范氏《文心雕龙讲疏》及新的《文心雕龙注》之间修订沿革关系也不甚了了，故谓"《讲疏》又称《注》"，其实《讲疏》与新《注》实为范氏两部著作。有鉴于此，《中华文史论丛》1979年第1辑重新刊发金氏遗稿《〈文心雕龙·史传〉篇疏证》时，将篇首原叙中"然《札记》于《史传》篇训释甚简，范君取之，更不复别白"①删去，因为《札记》根本就没有《史传》篇。近年还有人猜测，黄侃因弟子范文澜在《讲疏》中大量袭用《札记》，导致其"不爽"，甚至恼怒，以致成了"心病"，最终"悄然中断了《文心雕龙札记》的写作，且终其一生不再讲授《文心雕龙》"②。此乃故作惊人之语，实则不明就里。

　　不过，学界还是时常有人怀疑黄侃《札记》并非残缺，可能尚有存佚而未经刊布者，以致黄念田不得不在中华书局版《札记》后记中，特别对"黄札"的存佚情况做了详细说明："或疑《文心雕龙》全书为五十篇，而《札记》篇第止三十有一，意先君当日所撰，或有逸篇未经刊布者。惟文化学社所刊之二十篇，为先君手自编校，《时序》至《程器》五篇如原有《札记》成稿，当不应删去。且骆君绍宾所补《物色》篇，《札记》即附刊二十篇之后，此可证知先君原未撰此五篇。至《祝盟》讫《奏启》十四篇是否撰有《札记》，尚疑莫能明。顷询之刘君博平，刘君固肄业北大时亲聆先君之讲授者，亦

---

① 金毓黻：《〈文心雕龙·史传〉篇疏证》，《中国学报》（重庆）1943年第1卷第2期。
② 张海明：《范文澜〈文心雕龙讲疏〉发覆》，《清华大学学报》2020年第4期。

谓先君授《文心》时,原未逐篇撰写《札记》,且检视所藏北大讲章,讫无《祝盟》以下十四篇及《时序》下五篇。于是知武昌高等师范所印讲章全据北大原本,并未有所去取,而三十一篇实为先君原帙,固非别有逸篇未经刊布也。"①尽管如此,仍然有人认为黄侃在法定开设的课程中,必定将《文心雕龙》全书讲授完毕,理由是其师章太炎在日本讲授《文心雕龙》,仅用五次就把五十篇讲完了,且黄侃将其"龙学"文章和著作称为"札记",是效仿其师章太炎②。这是一种想当然的说法,太炎师走马观花地五次讲完五十篇,与黄侃是否将五十篇讲完没有必然关系。再者,太炎师讲授《文心雕龙》的记录稿本封面上的"文心雕龙札记"为听课人之一钱玄同所书,钱氏所用"札记"的含义与黄侃文章和著作名称中的"札记"意思完全不同,前者是指记录笔记、整理笔记,后者则指考订类的学术笔记。

第二节　黄札残缺缘由

当我们对黄侃在北大讲授《文心雕龙》并撰写《札记》作为授课讲义的具体情况仔细研究之后,就会发现《札记》的残缺性乃黄侃有意为之,就是说他是特别有选择地讲授了三十一篇内容,并为讲授篇目撰写了授课讲义,而其"手自编校"的由文化学社出版的《札记》,则又是他认为最有价值的二十篇讲义。那么,黄侃为什么只选择《文心雕龙》三十一篇作为授课内容,又为什么只精选

---

① 黄侃:《文心雕龙札记》,北京:中华书局,1962 年,第 235 页。
② 朱文民:《黄侃与中国现代"龙学"的创建》,《中国文论》第 6 辑,济南:山东人民出版社,2019 年。

二十篇授课讲义正式出版呢？

　　黄侃侄儿黄焯在《季刚先生生平及其著述》一文中说："故自甲寅秋，即受北京大学教授之聘（时年二十八岁），讲授词章学及中国文学史，讲义有《文心雕龙札记》《诗品疏》《咏怀诗补注》等。"①可见，黄侃进入北大初期是在"词章学"的名目下讲授《文心雕龙》的，但他讲授的内容既不是《文心雕龙》全书，也不是现存《札记》的三十一篇，而是《神思》以下的二十篇，即舍人之书的创作论部分。1917 年后，黄侃又在北大讲授"中国文学概论"课程，这是从日本进入中国的一门综合性、概括性很强的理论课，主要讲授文学基本概念和知识，当时在这门新课的名称后有一括号说明："文学概论（略如《文心雕龙》《文史通义》等类）"②。这正好提醒黄侃可以顶着"文学概论"的名义来讲《文心雕龙》，只不过为了照顾这门新课的性质和特点，黄侃此次讲授的具体内容与"词章学"课堂上讲的有所不同，这次讲授的是"文之枢纽"五篇，因为这些篇目属于《文心雕龙》的总纲，阐述了贯穿全书的基本理论和建立体系的指导思想，而这正好契合"文学概论"新课的性质和特点。当然，无论是创作论部分还是总论部分的讲授，都要辅以一些例证材料，因此黄侃又选择了文体论部分的六篇。

　　黄侃根据课程的性质与特点，从《文心雕龙》中选择了三十一篇作为讲授内容，而他的文学观和他对《文心雕龙》的认识，又决定了他为什么选择这些内容来讲授。首先，就课时而言，当时的

---

①黄焯：《季刚先生生平及其著述》，程千帆、唐文编辑：《量守庐学记：黄侃的生平和学术》，北京：生活·读书·新知三联书店，1985 年，第 28 页。

②朱有瓛主编：《中国近代学制史料》第三辑下册，上海：华东师范大学出版社，1992 年，第 114 页。

"词章学"贯穿本科三年,"文学概论"课时至少也有一年,黄侃完全可以把《文心雕龙》全书讲完;即使在北大的五年没能写完五十篇札记,后来黄侃在武昌高师和南京金陵大学、中央大学都曾继续讲授《文心雕龙》,若想续写缺篇以成完璧,也是完全可能的。然而,在他看来,彦和之书虽然是古代文论的经典,但是其中有些内容并不适合时代需求,所以必须做出选择,尽量讲授那些富有现代精神,贴近当下文学思潮的内容。因此,《札记》的残缺是有意而为。其次,就"词章学"课堂讲授的创作论部分而言,黄侃认为《神思》至《总术》及《物色》篇乃"析论为文之术",即讨论"为文之用心"的创作方法,系"剖情析采"的精华,属于文学的内部研究;而《时序》至《程器》五篇,除《物色》外,为"综论循省前文之方",即概述考察前修之文章的鉴别途径,基本是文学的外部研究,且其弟子骆鸿凯已撰有《物色》篇札记,故未予选讲,亦未撰写札记。再次,"文学概论"课堂选择总论五篇是因为"文之枢纽"是一个整体:"道"为本体,故原之;"圣"为主体,故征之;"经"为正体,故宗之;"纬"为异体,故正之;"骚"为变体,故辨之。其中,以《宗经》为核心,可以上溯中国文学之本源,下考中国文学之流变。最后,即使作为例证材料的文体论部分,黄侃亦尽可能选择纯文学的有韵之文,如《明诗》《乐府》《诠赋》《颂赞》,且总论五篇和文体论有韵之文的四篇讲义,1925—1926 年都曾在《华国月刊》发表。而无韵之笔仅选了《议对》《书记》两篇以备参证,因《札记·原道》在分析泛文学观时,曾提到"《文心·书记》篇,'杂文多品,悉可入录'";《札记·总术》在分析文笔论时,也曾提到"《书记》篇末曰:笔札杂名,古今多品","文藻条流,托在笔札(《书记》篇赞)"①;且只有这两

---

① 黄侃:《文心雕龙札记》,北京:中华书局,1962 年,第 8、210 页。

篇札记未在杂志单独发表，以表明其仅为教学参证材料。

至于其"手自编校"的文化学社版《札记》为何只选择《神思》以下的二十篇讲义，也与黄侃富有现代性的文学观分不开。《札记·原道》论"文辞封略"说："彦和泛论文章，而《神思》篇已下之文，乃专有所属，非泛为著之竹帛者而言，亦不能遍通于经传诸子。然则拓其疆宇，则文无所不包，揆其本原，则文实有专美。"①可见，黄侃是秉持纯文学观来选择他"手自编校"的《札记》内容，即《神思》以下的"专有所属"的"专美"之文，也就是他在"词章学"课堂讲授的内容。他认为这部分内容乃《文心雕龙》精义所在，故花大气力疏通讲解，所谓"下篇以下，选辞简练而含理闳深，若非反复疏通，广为引喻，诚恐精义等于常理，长义屈于短词；故不避骈枝，为之销解，如有献替，必细加思虑，不敢以瓶蠡之见，轻量古贤也"②。而总论和文体论部分的十一篇札记，因非"专有所属"的"专美"之文，亦非精心结撰，故弃之不取。

第三节　黄札以残为美

近代以来，随着西方文艺思潮的涌入，中国学者在回应时代关切之际，开始把目光投向本土的固有资源。受太炎师在日本讲授《文心雕龙》的启发，黄侃在受聘担任北大教授，讲授"词章学"和"文学概论"课程时，也选择了《文心雕龙》作为讲授内容。章氏在日本讲授《文心雕龙》，分五次讲完全书。黄侃与太炎师不同，或者说超越其师之处，是并非五十篇全讲，而是精选了三十一篇

---

① 黄侃：《文心雕龙札记》，北京：中华书局，1962年，第8页。
② 黄侃：《文心雕龙札记》，北京：中华书局，1962年，第91页。

讲授内容,并撰写了《札记》作为授课讲义。这就使得其书相对于《文心雕龙》原典来说,存在一定的残缺性,而这种残缺性又是由于作者顺应时代发展潮流,参照现代文学观念,对讲授篇目精心选择导致的。故其篇目结构上的古典性残缺,反倒折射出思想内容上的现代性完美,因此可以说《札记》具有一种现代性"残缺美"。对此,学界多有忽略,管见所及,只有韩经太对此略有所悟。他在分析黄侃《札记》"依傍旧文,聊资启发"的特点时曾说:"黄侃在讲说《文心雕龙》一书时,对原书章节是有选择地进行讲疏,这就与完整全面的专书研究不尽相同。……现在需要考虑的问题是:黄侃当年为什么要有所取舍呢?关于这个问题,似乎没有怎么引起人们的注意。殊不知,在此取舍之间,恰恰体现着黄侃的学术理路。按今见黄侃《札记》31 篇篇目为:《原道》《征圣》《宗经》《正纬》《辨骚》《明诗》《乐府》《诠赋》《颂赞》《议对》《书记》《神思》《体性》《风骨》《通变》《定势》《情采》《镕裁》《声律》《章句》《丽辞》《比兴》《夸饰》《事类》《练字》《隐秀》《指瑕》《养气》《附会》《总术》《序志》。与刘勰原作相比照就可以发现,除关乎'文之枢纽'和创作、批评者,黄侃所以舍去不讲《祝盟》以下 14 篇,显然出于'文学'性的考虑,与这里所选讲的诗、骚、赋、颂、乐府、书记、议对相比,祝盟等文体明显不属于文学的范围。于是,问题的实质已很清楚,黄侃讲的是文学的《文心》,而不再是文章的《文心》了。这当然是一个时代的进步。"[1]

《札记》的现代性"残缺美",首先表现在对太炎师泛文学观的超越上。章太炎在其《文心雕龙》开讲前曾与弟子讨论文学定义,

---

[1] 韩经太:《中国文学批评史研究》,福州:福建人民出版社,2006 年,第 66—67 页。

他从泛文学观的角度认为："《文心雕龙》于凡有字者,皆谓之文,故经、传、子、史、诗、赋、歌、谣,以致谐、隐,皆称谓文,唯分其工拙而已。此彦和之见高出于他人者也。"①故其对《文心雕龙》五十篇全讲。黄侃虽然认为其师的泛文学观和阮元的骈文观各有所宜,并调和两者观点,提出了张弛有度的"文辞封略"说;但从《札记》的实际内容来看,黄侃明显站在文选派立场,倾向于阮元和刘师培的骈文观,故把目光集中于"剖情析采"的"专美"之文上,且特别重视下篇"析论为文之术"的篇目,只选择这些篇目的札记单列出书。其"手自编校"的《札记》,宁愿附录弟子骆鸿凯的《物色》篇札记,也不将自己撰写的总论和文体论札记编入,可见其对"为文之术"的重视几乎到了固执的地步,从而使得其书具有鲜明的时代性。

其次,《札记》的现代性"残缺美"还表现在与桐城派的抗争上。民国前后,北大教坛一直被桐城派所把持。桐城派宗奉儒家道统,秉承程朱理学,以唐宋八大家古文为楷式,标榜"桐城义法"。黄侃与民国时桐城派重镇姚永朴同于 1914 年进入北大,黄氏讲授"词章学",姚氏讲授"文学研究法"。姚氏讲义《文学研究法》"发凡起例,仿之《文心雕龙》"②,尤其对《文心雕龙》文体论津津乐道,在讲义中不厌其烦地引用;黄侃则与之唱对台戏,在"词章学"课堂只讲《文心雕龙》创作论,对姚氏看中的《章表》《奏启》《诏策》《诔碑》之类过时的古文文体,一概弃之不顾。同时,黄侃还在《札记》中不遗余力地揭批桐城派,或以汉学家身份斥其不学,或藉骈文家名义责其无文,对"阳刚阴柔""起承转合"之类的

①黄霖编著:《文心雕龙汇评》,上海:上海古籍出版社,2005 年,第 168 页。
②姚永朴撰,许振轩校点:《文学研究法》,合肥:黄山书社,1989 年,第 1 页。

"桐城义法"进行了无情的驳斥,由此彰显出其书强烈的战斗性。太炎师曾回忆:"余弟子黄季刚初亦以阮说为是,在北京时,与桐城姚仲实争,姚自倚老耄,不肯置辩。"①不过,在黄侃等章门弟子的大举进攻下,姚永朴最终还是招架不住,不得不于1918年辞去北大教职。有意思的是,后来黄侃在南京中央大学也曾开设"文学研究法"一课,并"用《文心雕龙》作课本"②。

当然,《札记》的现代性"残缺美"更集中地体现在对西方纯文学观点的回应上。受西方文学独立思潮的影响,近代中国文坛特重文学的偶丽韵律和美感情思,提倡将"纯文学"与"杂文学"区别开来。黄侃治学本以小学著称,而1914年受聘担任北大教授,却受其师影响,选择在课堂上宣讲《文心》大义,在课余时间撰写《札记》讲义,将《文心雕龙》作为本土文化的重要思想资源,以此应对外来文化的强势渗透,顺应时代文学思潮的发展趋势。为了更好地应对西方纯文学观点,找到与之相侔的本土思想资源,黄侃推崇文选派的文学观,以"事出于沉思,义归乎翰藻"为标准,从文术、辞采、偶丽、情思的角度,选择《文心雕龙》的"专美"之文进行讲授,并出版"手自编校"的《札记》专书,从而走出其师倡导的泛

---

① 章太炎:《文学略说》,《章太炎全集(十五)·演讲集(下)》,上海:上海人民出版社,2018年,第1039页。

② 陈祖深回忆说:"予尝选师所开《文学研究法》一课程,师用《文心雕龙》作课本。其教授法稍差,与其鄂省土音有关。性怪僻,一向不布置学生作业,又不肯看考试卷子,不打分数,教务处逼急,则写一字条,上书'每人八十分'五个大字。师之意以为学生总想甲等,给九十分赚多,七十分则非甲等,八十分正恰当也。"(陈祖深:《黄季刚师》,张晖编:《量守庐学记续编:黄侃的生平和学术》,北京:生活·读书·新知三联书店,2006年,第38页)

文学、杂文学传统，直接以《文心雕龙》的"专美"之文和"为文之术"对接西方的纯文学观念，由此奠定了《札记》一书突出的现代性。

第四节 黄札成功的原因

黄侃在北大课堂讲授《文心雕龙》取得了巨大的成功，而与黄侃同时在北大讲授《文心雕龙》的，不仅有其同门朱蓬仙，还有其对手姚永朴，甚至黄侃执贽行弟子礼的刘师培也专门讲授过《文心雕龙》。然而，他们或被学生赶下讲台，或被黄侃斗得落荒而逃，就连刘师培也不过默默无闻，若不是罗常培笔述其《文心雕龙》讲录二种①，后人则很少知之。那么，为何唯独黄侃在北大讲授《文心雕龙》能大获成功呢？仔细推究，这与黄侃的三次选择密切相关。

第一次是受太炎师在日本讲授《文心雕龙》的影响，黄侃亦选

---

① 罗常培曾记录刘师培讲授《文心雕龙·颂赞篇》《文心雕龙·诔碑篇》二种，其谓："曩岁肄业北大，获从仪征刘申叔先生研究文学。不贤识小，辄记录口义，以备遗忘。遇有阙漏，则从亡友天津董子如（威）兄抄补。日积月累，遂亦哀然成帙。综计两年所得，有（一）群经诸子，（二）中古文学史，（三）《文心雕龙》及《文选》，（四）汉魏六朝专家文研究，四种。总名为'左庵文论'。廿年以来，奔走四方，兴趣别属，稿置行箧，理董未遑。友人知其此稿者，每从而索阅，二十五年，钱玄同先生为南桂馨氏纂辑左庵丛书，亦欲以此刊入。均以修订有待，未能应命。非敢敝帚自珍，实恐示人以璞。今值《国文月刊》编者余冠英先生频来索稿，乃嘱赵君西陆将《文心雕龙》札记一卷抽暇校订，陆续刊布，藉以纪念刘、钱两先生及亡友董君。至于《汉魏六朝专家文研究》，则另于《文史杂志》发表云。"（陈引驰编校：《刘师培中古文学论集》，北京：中国社会科学出版社，1997年，第149页）

择《文心雕龙》作为其在北大任教的讲授对象,使传统诗文评的龙头之作进入现代国立大学的课堂。这一选择意义重大,因为黄侃不是偶然、随意地选择了《文心雕龙》作为讲授对象,而是有着自觉的意识和充分的理由。他在《札记·题辞及略例》中说:"论文之书,鲜有专籍。自桓谭《新论》、王充《论衡》,杂论篇章。继此以降,作者间出,然文或湮阙,有如《流别》《翰林》之类;语或简括,有如《典论》《文赋》之俦。其敷陈详核,征证丰多,枝叶扶疏,原流粲然者,惟刘氏《文心》一书耳。"①

与黄侃同时代的陈柱,对《文心雕龙》一书的价值和意义,也与黄侃有相同的看法,可谓英雄所见略同:

> 昔周秦诸子,生当道术之裂,各以其术鸣于天下,莫不著书以自见。或出自一人之手,或出乎其徒之展转传述。其言虽有纯驳之不同,然莫不有其专家之学,故世谓之诸子。《汉书·艺文志》叙九流,莫不曰某家者流,其识卓矣。自汉以后,继踵而作者尤夥,然大抵皆周秦诸子之绪余,虽各有可观,而方诸古昔,瞠乎后矣。唯刘彦和《文心雕龙》之作,独为专家之学,足补周秦诸子之所不逮。虽其时挚虞《流别》,钟嵘《诗品》之类,亦名专书,然或则已阙而不全,或则甚略而弗备。至于魏文《典论》,士衡《文赋》,以及陈思之书,休文之论,尤为具体而微者矣。其传于今日而小大毕具,有条弗紊,足以卓然并列于诸子者,则刘氏此书而已。

陈柱自叙其治舍人之书久矣,且"时有省悟",唯"无暇记录";1924年为锡山国学馆诸生讲授《文心雕龙》,次年又在上海大夏大

---

① 黄侃:《文心雕龙札记》,北京:中华书局,1962年,第1页。

学为诸生讲论是书。"随笔而记,不觉哀然成册。兹为述其略例如下。一曰补……二曰订……三曰校……四曰原……五曰评……六曰参考……"遗憾的是,陈氏《文心雕龙增注》今已失传,唯《叙例》尚存,原载《国学周刊》1925 年第 87 期。《叙例》胜义纷披,且多与黄侃暗合,上引之外,又如谓彦和之书,"其立论也,一则曰自然,再则曰自然。夫曰雕则非自然矣,曰自然则非雕矣。曰雕曰自然,得毋近于矛盾之说邪?呜呼!知乎此,则可以语文矣。"①这种辩证的酌中之论,与黄侃何其相似乃尔!惜无以窥其详矣。

　　周秦诸子时代,专家之学盛行,专门之书迭出,汉代"罢黜百家,独尊儒术",专家之学渐为正统经学所取代,专门之书亦遂被治经之术所遮蔽,博学通儒成为士子的奋斗理想。及至近代,受西方学术思潮的影响,诸子学重新抬头,学者务为专家之学、专门之书。诚如钱穆所说:"中国重和合,西方重分别。民国以来,中国学术界分门别类,务为专家,与中国传统通人通儒之学大相违异。"②于是,《文心雕龙》开始进入学人的视野,成为上接周秦诸子,下启近代新学,外应西学思潮的中华宝典。这就是黄侃选择在北大讲授《文心雕龙》的时代背景和根本原因。因此,他不是像其他学者那样,或毫无准备地就在课堂讲授《文心雕龙》,以致被学生轰下台;或只是零星地讲授一二篇,因此难以给人留下深刻的印象;或大量引录过时的文体论,只能落得食古不化的结果。相反,黄侃顺应现代学术思潮,沿着专家之学、专门之书的治学路

①陈柱:《文心雕龙增注叙例》,《中国学术讨论集》第二集,上海:群众图书公
　　司,1928 年,第 235—236 页。
②钱穆:《现代中国学术论衡·序》,长沙:岳麓书社,1986 年,第 1 页。

径,有选择、有准备地在北大讲授《文心雕龙》,故太炎师谓其"研精彦和《文心》,施之实事"①。

第二次是选择《文心雕龙》中的三十一篇,作为现代《大学规程》新列的专业课程"词章学"和从日本引进的舶来课程"文学概论"的具体讲授内容,积极参与并配合北大文科的教学课程体系改革,并在讲授中突出"剖情析采"的创作论,尝试"文辞封略"的义界探讨,提升有韵之文的文学地位。虽然"词章学"是现代《大学规程》中新列的专业课程,但是黄侃却觉得这门课程的讲义编写起来"不甚费力",因为他决定在这门课上主要讲授《文心雕龙》创作论,而文章作法正是其强项,太炎师曾谓"季刚尤善音韵文辞"②。"文学概论"是当时《文科改订课程会议议决案》规定在1918年开始执行的文学门通科课程,黄侃只是在原课程名称前加上"中国"二字,就在这门新课上讲起了《文心雕龙》总论,并综合太炎师的泛文学观和阮元、刘师培的骈文观,提出了阂通不党的"文辞封略"说,以致所授课程大获成功。

第三次是选择"析论为文之术"的二十篇讲义作为专书出版,使其"手自编校"的《札记》具有鲜明的时代性、强烈的战斗性和突出的现代性。从选择《文心雕龙》这部书作为教学对象,到选择其中的三十一篇作为教学内容,再到选择二十篇讲义作为专书出版,这一递减过程使得其"手自编校"的《札记》,与古典原著《文心雕龙》相较残缺性越来越大。然而,从回应时代关切,正视西方文

---

① 章太炎:《代黄侃定润例》,《章太炎全集(十一)·太炎文录补编(下)》,上海:上海人民出版社,2018年,第1019页。
② 章太炎:《自定年谱》,《章太炎全集(十一)·太炎文录补编(下)》,上海:上海人民出版社,2018年,第763页。

艺思潮的挑战,适应现代文学观念的发展来说,这种古典性残缺正是《札记》现代性完美的体现,而且选择越精粹,残缺性越厉害,则现代性越鲜明! 就此而言,黄侃"手自编校"的《札记》要比后来整理出版的三十一篇全璧,时代性更强,现代性也更突出,当然价值也更大。

第四章　黄札的现代性

　　牟世金曾说:"从黄侃开始,《文心雕龙》研究就是一门独立的学科:龙学。"①就是说,黄侃 1914 年把《文心雕龙》作为一门学科教学内容搬上北大课堂,标志着现代意义"龙学"的诞生;而他为授课撰写的讲义《文心雕龙札记》,则成为现代"龙学"的奠基作②。然而,作为授课讲义的《札记》之所以能成为现代"龙学"诞生的标识,就是因为其具有鲜明的现代性,而这又并非一个不证自明的问题;学界长期忽视对《札记》现代性的论证,导致其现代"龙学"奠基作的结论,更多的是缘于北大地位的象征性和黄侃学术的权威性,实际则缺乏坚实的学理论证过程,犹如"海气之楼

---

① 中国《文心雕龙》学会选编:《文心雕龙研究论文集·序》,北京:人民文学出版社,1990 年,第 3 页。

② 黄侃哲嗣黄念田在《文心雕龙札记·后记》中说:"先君以公元 1914 年至 1919 年间任教于北京大学,用《文心雕龙》等书课及门诸子,所为《札记》三十一篇,即成于是时。"据黄焯《黄季刚先生遗著目录》,《后记》实由黄焯代笔。他在《文心雕龙札记》书名下记曰:"《札记》篇第止三十有一,其《祝盟》讫《奏启》十四篇,又《时序》以下五篇未撰札记,一九五九年中华书局上海编辑所刊行此本,余曾托亡弟念田撰有后记,详著其事。"(程千帆、唐文编辑:《量守庐学记:黄侃的生平和学术》,北京:生活·读书·新知三联书店,1985 年,第 202 页)

台""病眼之空花"①,令人难以践历与把玩。尽管五四运动开始后,黄侃自感与新潮不合而离开北大;尽管其书以"札记"命名,仍属于传统学术笔记一类的体裁②,但这些都无法遮蔽其中所蕴含的现代性光辉。现代性最重要的品质,就是摆脱愚昧的束缚,冲破神圣的威权,崇尚理性、客观的科学精神。《札记》的现代性,既与作者的学术师承和所处的时代环境有关,又表现在作者所立足的现代大学讲坛和报刊园地的公共学术空间方面,当然更是植根于其书的思想内容与研究方法之中。

第一节　学术师承与时代背景

从学术师承的角度说,黄侃《札记》的现代性,受其师章太炎富有革命性的学术思想影响,尤其是与《国故论衡》有直接的渊源关系;而从时代背景方面看,黄侃受聘北大,在"词章学"等科目下,选择讲授《文心雕龙》,并撰写《札记》讲义,则有回应时代关切的隐衷。

一、学术师承

朱维铮说:"晚清的学术,的确属于明末清初中西文化发生近

①黄侃:《文心雕龙札记》,北京:中华书局,1962年,第99—100页。
②梁启超说:"推原札记之性质,本非著书,不过储著书之资料,然清儒最戒轻率著书,非得有极满意之资料,不肯渤为定本,故往往有终其身在预备资料中者。又当时第一流学者所著书,恒不欲有一字余于己所心得之外。著专书或专篇,其范围必较广泛,则不免于所心得外撷拾冗词以相凑附,此非诸师所乐,故宁以札记体存之而已。"(梁启超:《清代学术概论》,朱维铮校注:《梁启超论清学史二种》,上海:复旦大学出版社,1985年,第51页)

代意义交往以后的过程延续,它的资源,固然时时取自先秦至明清不断变异的传统,但更多的是取自异域,当然是经过欧美在华传教士和明治维新后日本学者稗贩的西方古近学说。所谓'西学',早在利玛窦、徐光启的时代,已为中国众多学者相当熟悉。"①1903年,章太炎在上海与章士钊、张继、邹容等主办《苏报》,因发文反对满清统治而被捕。1905年,《国粹学报》在上海创刊,邓实主编,撰稿者有章太炎、刘师培、黄节、陈去病、马叙伦等。《发刊辞》谓:"刊发报章,用存国学,月出一编,颜曰国粹……钩元提要,括(刮)垢磨光,以求学术会通之旨,使东土光明,广照大千,神州旧学,不远而复。"②该刊效法意大利的文艺复兴运动,专门刊载古学复兴方面的文章,"吹秦灰之已死,扬祖国之耿光"③,大力提倡国学,并以国学为阵地,宣传"爱国、保种、存学"。

1906年,章氏出狱,"既而亡命日本,因得广览希腊、德意志哲人之书,又从印度学士,躬习梵文,咨问印土诸宗学说,于是欧陆哲理,梵方绝业,并得厌而饫之。盖至是而新知旧学,融合无间,左右逢源,灼然见文化之根本"④。在东京留学生欢迎会上,章氏首次发表公开演说,认为近日办事的方法,有两件事最要紧:"第一,是用宗教发起信心,增进国民的道德;第二,是用国粹激动种姓,增进爱国的热肠。"关于第二点,他解释说,提倡国粹"不是要人尊信孔教,只是要人爱惜我们汉种的历史。这个历史,是就广

---

① 朱维铮:《求索真文明——晚清学术史论》,上海:上海古籍出版社,1996年,第6页。

② 《国粹学报》1905年2月第1号。

③ 邓实:《古学复兴论》,《国粹学报》1905年10月第9号。

④ 庞俊:《章先生学术述略》,章念驰编:《章太炎生平与学术》,北京:生活·读书·新知三联书店,1988年,第22页。

义说的,其中可以分为三项:一是语言文字,二是典章制度,三是人物事迹"①。

这篇演说,"洋洋洒洒,长六千言,是一篇最警辟有价值之救国文字"②,也是章太炎在狱中反复思考如何开展排满革命、怎样改造中国的思想结晶。他通过中西历史比较的路向,借鉴欧洲走出黑暗中世纪的历史经验,认为"彼意大利之中兴,且以文学复古为之前导。汉学亦然,其于种族固有益无损"③。章氏将意大利文艺复兴理解为"文学复古",故提倡研究发掘"国粹",并致力于传统学术的现代改造,以迎接中国的"文艺复兴"。其与钟正楙论学书曾表露心志:"小学故训萌芽财二百年,媲精者,莫若金坛段氏、高邮王氏、栖霞郝氏,其以柀析《坟》《典》,若导大款。次即董理方言,令民葆爱旧贯,无忘故常,国虽苓落,必有与立。盖闻意大利之兴也,在习罗马古文,七八百岁而后建国,然则光复旧物,岂旦莫事哉?"④从信中可以看出,章氏致力于小学含有"文学复古"之志。在日期间,章氏"提奖光复,未尝废学",在《国粹学报》上发表了一系列重要文章,一代学术名著《国故论衡》中的大部分内容都曾载于该刊⑤。章

---

① 章太炎:《在东京留学生欢迎会上之演讲》,《章太炎全集(十四)·演讲集(上)》,上海:上海人民出版社,2018年,第4、8页。

② 许寿裳:《纪念先师章太炎先生》,《制言》1936年第25期。

③ 章太炎:《革命道德说》,《章太炎全集(八)·太炎文录初编》,上海:上海人民出版社,2018年,第285页。

④ 章太炎:《与钟正楙书》,《章太炎全集(十二)·书信集(上)》,上海:上海人民出版社,2018年,第302页。

⑤《国故论衡》初版共收文二十六篇,其中《一字重音说》《古今音损益说》《古音娘日二纽归泥说》《古双声说》《语言缘起说》《文学总略》《原经》《辨诗》《原学》《原儒》《原道上》《原道中》《原道下》《原名》十四篇,曾刊发于《国粹学报》。

氏本人认为:"此书之作,较陈兰甫《东塾读书记》过之十倍,必有知者,不烦自诩也。"①胡适也认为:"这两千年中只有七八部精心结构,可以称做'著作'的书……章炳麟的《国故论衡》要算是这七八部之中的一部了。"②

"《国故论衡》初版于辛亥革命前夜,在时间意义上既可说是清代汉学的绝唱,又可说是本世纪中国学术从传统走向现代的过程中突出的一部杰作。"③全书收文二十六篇,上卷小学十篇,中卷文学七篇,下卷诸子学九篇,虽由单篇文章结集成书,但经过作者的整理和润色,便显得结构完整,自成体系。当年的一则出版广告,对其内容做了精当的概括:"此书为余杭章先生近与同人讨论旧文而作,分小学、文学、诸子学,二十六篇。叙书契之原流,启声音之秘奥,阐周秦诸子之微言,述魏晋以来文体之蕃变,凡七万余言。"④这些内容既归属于章氏提倡国粹所述的三项历史内涵中,即语言文字、典章制度和人物事迹;也是梁启超所述章氏,"既亡命日本,涉猎西籍,以新知附益旧学,日益闳肆"的学术业绩之表征⑤。书中精彩纷呈的新谊创见,一方面植根于章氏深厚的国学修养,另一方面又与其借鉴西学新知密不可分。正如梁启超所

①章太炎:《与龚宝铨(十六)》,《章太炎全集(十三)·书信集(下)》,上海:上海人民出版社,2018年,第755页。

②胡适:《五十年来中国之文学》,欧阳哲生编:《胡适文集3·胡适文存二集》,北京:北京大学出版社,1998年,第228页。

③朱维铮:《〈国故论衡〉校本引言》,朱维铮:《求索真文明——晚清学术史论》,上海:上海古籍出版社,1996年,第292页。

④《国粹学报》1910年5月第4号。

⑤梁启超:《清代学术概论》,朱维铮校注:《梁启超论清学史二种》,上海:复旦大学出版社,1985年,第78页。

言:"章太炎炳麟《国故论衡》中有《原名》《明见》诸篇,始引西方名学及心理学解《墨经》,其精绝处往往惊心动魄。"[1]

1905 年,二十岁的黄侃,因与友人密谋覆清之事,被学校除名。时任湖广总督的张之洞,遂遣资命侃赴日留学。是年 8 月,孙中山、黄兴等在东京筹建同盟会,黄侃名列会员。章太炎东渡日本后,黄侃正在早稻田大学留学。章、黄共为同盟会会员,同具排满革命热情,又都热衷文化学术事业。相同的心志术业,使他们在日本很快结为师徒,并成为莫逆之交。1907 年,黄侃正式师事章太炎。章氏在《黄季刚墓志铭》中说:"余违难居东,而季刚始从余学。年逾冠耳,所为文辞已渊懿异凡俗,因授以小学经说,时亦赋诗相倡和。出入四年,而武昌倡义。"[2]黄侃本人也说:"丁未(1907)之岁,始事章君,投文请诲,日往其门。"[3]黄侃在日本师事章君长达四年,主要学习小学、经学,在文字、训诂、音韵学方面获益匪浅。同时,黄侃也在其师主持的《民报》上,积极发表文章宣传革命。

在东京投奔章门、受业请诲的过程中,黄侃曾助太炎师编选《国故论衡》一书,并为其书撰写序言,刊于 1910 年 5 月出版的《国粹学报》第 4 号[4]。同期《国粹学报》还刊载了一则《国故论衡》

① 梁启超:《中国近三百年学术史》,朱维铮校注:《梁启超论清学史二种》,上海:复旦大学出版社,1985 年,第 361 页。

② 章太炎:《黄季刚墓志铭》,《章太炎全集(九)·太炎文录续编》,上海:上海人民出版社,2018 年,第 292 页。

③ 黄侃:《先师刘君小祥会奠文》,汤志钧编:《章太炎年谱长编(增订本)》上册,北京:中华书局,2013 年,第 167 页。

④ 黄侃所撰《国故论衡序》并未收入该书 1910 年在日本秀光舍印行的初版本,1915 年上海右文社版《章氏丛书》所收《国故论衡》卷首收录此序,但改为《国故论衡赞》。

的出版广告,其中有言:"先生精心辨秩,一切证定,口授既毕,爰
著纸素。同人传钞,惧其所及未广,因最录成帙,以公诸世。"①黄
侃为太炎师既编书又写序,对其书的内容与价值自然了如指掌。
黄氏在序中"窃抽微旨",以典雅之词,对书中小学、文学和诸子学
三部分,依次概括其主要观点,揭示其基本特色。缘此之故,《国
故论衡》也对黄侃后来撰写《札记》产生了深远的影响。

　　首先,《札记》在《原道》篇所论"文辞封略"的观点,就起于《国
故论衡》中卷之《文学总略》。汉代名儒刘向奉诏"校经传诸子诗
赋",刘歆子承父业,"总群书而奏其《七略》"②。略者,经略土地
也、分界也。章太炎《訄书·征七略》云:"略者,封畛之正名。
《传》曰:'天子经略。'所以标别群书之际,其名实焘然。"③可见,
《文学总略》即论文学之界说。黄侃在序中评《国故论衡》文学卷
内容曰:"又文辞之部,千绪万端,仲任、彦和,独明经略。萧嗣《文
选》,上本挚君,盖乃钞选之常科,非尽文辞之封域。伯元所论,涤
生所钞,牟佹殊涂,悉违律令。"④后来黄侃撰写《札记》,在综合太
炎师与阮元(伯元)之说的基础上,进一步提出自己的"文辞封略"
观,即推而广之,则文无所不包,不限于文饰、句读与否;缩小而
言,有句读者皆为文,不论文饰与否;至于文章,则尚韵语偶词、修
饰润色、敷文摘采。这就将其师的泛文学观和阮元的纯文学观综
合起来,阔通不党,可以解释各种层次的"文"。不过,在黄侃看

---

①《国粹学报》1910 年 5 月第 4 号。
②陈国庆编:《汉书艺文志注释汇编》,北京:中华书局,1983 年,第 5、7 页。
③章太炎:《訄书》(重订本),《章太炎全集(三)》,上海:上海人民出版社,
　　2018 年,第 325 页。
④黄侃:《国故论衡序》,《国粹学报》1910 年 5 月第 4 号。

来，《文心雕龙》所论，重在有韵文饰之文，所谓："彦和泛论文章，而《神思》篇已下之文，乃专有所属，非泛为著之竹帛者而言，亦不能遍通于经传诸子。然则拓其疆宇，则文无所不包，揆其本原，则文实有专美。"①这一观点正应合了 20 世纪初文学独立和专门化的潮流。

其次，《札记》度越明清学者以校勘训诂之法研究《文心》的窠臼，转而以梳理全书的层次脉络、探究篇章的微言大义为主，这种学术宗旨与研究方法上的突破，亦与"以朴学立根基，以玄学致广大"②的《国故论衡》有着深深的渊源关系。学界一般认为，《国故论衡》更能完整体现太炎先生的学术风貌。该书始于小学，亦即朴学；继而文学，实即文史经学；殿以诸子学，就是玄学或哲学③。章氏"少时治经，谨守朴学"；及因系上海，专修相宗，以为其术"以分析名相始，以排遣名相终，从入之途，与平生朴学相似，易于契机，解此以还，乃达大乘深趣"；既而亡命日本，中西佛学融于一炉，新知旧学相合无间；后为诸生说《庄子》而释《齐物》，乃与《瑜伽》《华严》相会，"千载之秘，睹于一曙"；"次及荀卿、墨翟，莫不抽其微言，以为仲尼之功，贤于尧、舜，其玄远终不敢望老、庄矣"。章氏曾将平生学术概括为"始则转俗成真，终乃回真向俗"，并谓："乃若昔人所诮'专志精微，反致陆沈，穷研训诂，遂成无用'者，余虽无腆，固足以雪斯耻。"所谓"雪斯耻"，乃指其学术终于从"笺疏

---

① 黄侃：《文心雕龙札记》，北京：中华书局，1962 年，第 8 页。

② 许寿裳：《纪念先师章太炎先生》，《制言》1936 年第 25 期。

③ 陈平原说："虽然对'哲学'一词略有保留，20 年代以后章太炎还是徇俗，或称'古代关于哲学之书，以子类为最多'；或干脆断言'我国的诸子学，就是现在的西洋所谓哲学'。"（陈平原：《中国现代学术之建立——以章太炎、胡适之为中心》，北京：北京大学出版社，1998 年，第 255 页）

琐碎"中走出,进入"操齐物以解纷,明天倪以为量,割制大理,莫不孙顺"的圆融超迈的境界①。对《国故论衡》由小学拓展的内容和开出的新途,梁启超曾做出评价:"所著《文始》及《国故论衡》中论文字音韵诸篇,其精义多乾嘉诸老所未发明。应用正统派之研究法,而廓大其内容延辟其新径,实炳麟一大成功也。"②而对书中诸子学所追求的玄言哲理、所达成的超迈境界和所具有的革命意义,黄侃心领神会,特在序中予以揭示:"其惟先生,知以天倪,要之名守,通众家之纷蔽,衡所见之少多;令庖丁废其踌躇,为斫轮言其甘苦。咨可谓制割大理,疏观万物,以浅持博,以一持万者也。"③黄侃以小学名家,以文字音韵学见长,其《札记》则不重文字校勘,而以题旨阐释、义理探寻为要,全书三十一篇,只有《议对》《序志》二篇没有题解。这显然与其浸淫于《国故论衡》诸子学研究风格有关,也是其师强调治经与治子有别的学术思想与方法,在其弟子学术事业中的延续与发展,即治经与治集各别,故不以治经之术研究《文心雕龙》。

再次,《札记》秉持唯务折衷的观点,强调修辞立其诚,提倡文

---

① 章太炎:《菿汉微言》,《章太炎全集(七)》,上海:上海人民出版社,2018年,第69—71页。另,贺麟对章氏"始则转俗成真,终乃回真向俗"的学术转向所达到的境界做了这样的述评:"现代西方哲学,大部分陷于支离繁琐之分析名相。能由分析名相而进于排遣名相的哲学家,除怀特海教授外,余不多觏。至转俗成真,回真向俗,俨然柏拉图'洞喻'中所描述的哲学家胸襟。足见章氏实达到相当圆融超迈的境界。"(贺麟:《五十年来的中国哲学》,北京:商务印书馆,2002年,第7页)

② 梁启超:《清代学术概论》,朱维铮校注:《梁启超论清学史二种》,上海:复旦大学出版社,1985年,第78页。

③ 黄侃:《国故论衡序》,《国粹学报》1910年5月第4号。

质兼备、情采相依的创作原则,对采滥忽真、虚情假意的创作倾向给予严厉的批评。这也明显受到《国故论衡》对魏晋文章的推崇和对骈散两派文病的批评的影响。清代文坛,宗尚不同,骈散各异。汪中、李兆洛取法六朝而为俪语,张惠言、曾国藩楷式八家而为散文。章氏为文不慕偶俪,亦不主散行,因而《国故论衡》评论文之法式,对汪、李"浮华"及"桐城义法"都进行了批判。"将取千年朽蠹之余,反之正则,虽容甫、申耆,犹曰采浮华,弃忠信尔。皋文、涤生尚有谵言,虑非修辞立诚之道。"①故其既不欲与汪、李同流,亦对桐城派表示蔑视,所谓"亦何暇訾议桐城义法乎"②。在章氏看来,两汉、唐宋之文各有所短,只有魏晋文章方能兼其所长:"夫雅而不核,近于诵数,汉人之短也;廉而不节,近于强钳,肆而不制,近于流荡,清而不根,近于草野,唐宋之过也。有其利无其病者,莫若魏晋。"因此,他极力推崇魏晋文章之美:"魏晋之文,大体皆埤于汉,独持论仿佛晚周。气体虽异,要其守己有度,伐人有序,和理在中,孚尹旁达,可以为百世师矣。"③黄侃为文亦崇尚魏晋,体式上骈散兼备,风格上清通淡雅,与其师多有不谋而合之处。相近乃至相同的审美趣味与艺术宗尚,使师徒二人惺惺相惜,彼此欣赏。黄侃在《国故论衡序》中表示,因其文风与乃师相近,因而愈加自信:"侃昔属文,颇得统绪,比从师学,转益自信。"对其师宗奉的魏晋文章更是推崇备至:"持论议礼,尊魏晋之笔;

---

① 章太炎:《国故论衡》(校定本),《章太炎全集(五)》,上海:上海人民出版社,2018年,第258页。

② 章太炎:《自述学术次第》,《章太炎全集(十一)·太炎文录补编(下)》,上海:上海人民出版社,2018年,第501页。

③ 章太炎:《国故论衡》(校定本),《章太炎全集(五)》,上海:上海人民出版社,2018年,第260、259页。

缘情体物,本纵横之家,可谓博文约礼,深根宁极者焉。"①章氏对其得意大弟子的文风亦深表赞同,所谓"蕲州黄侃,少承父学,读书多神悟,尤喜音韵,文辞淡雅,上法晋宋,虽以师礼事余,转相启发者多矣⋯⋯若其清通练要之学,幼眇安雅之辞,并世固难其比"②。又谓"蕲春黄侃季刚,弱冠即从学于余。经训文字之学,能得乾嘉诸老正传,而文辞又自有师法。研精彦和《文心》,施之实事。为文单复兼施,简雅有法,不涉方、姚、恽、张之藩,亦与汪、李殊流。至其朴质条达,虽与之异趣者亦无间然"③。这样,对于"颇好大乘,而性少绳检,故尤乐道庄周"④的黄侃来说,在其稍后回国任教北大,于课堂讲授《文心雕龙》并撰写《札记》讲义时,依自家之性,循《国故》之说,申本师之论,推尊老庄道家,痛击"桐城义法",就是脉络清晰且又自然而然的事了。《札记·情采》曰:"若夫言与志反,刘氏所呵,察此过愆,非昔文所独具。夫志深轩冕而泛咏皋壤,心缠几务而虚述人外,此之谲诈,诚可笑嗤,还视后贤,岂无其比?博弈饮酒而高言性道,服食炼药而呵骂浮屠,乞丐权门而夸张介操,不窥章句而傅会六经,从政无闻而空言经济,行才中人而力肩道统,此虽其过于颜、谢、庾、徐百倍,犹谓之采浮华而弃忠信也,焉得谓文胜之世士有夸言,质胜之时人皆笃论哉?盖闻修辞立诚,大《易》之明训,无文不远,古志之嘉谟。称情

① 黄侃:《国故论衡序》,《国粹学报》1910 年 5 月第 4 号。
② 章太炎:《书黄侃〈梦谒母坟图记〉后》,《章太炎全集(十)·太炎文录补编(上)》,上海:上海人民出版社,2018 年,第 363 页。
③ 章太炎:《代黄侃定润例》,《章太炎全集(十一)·太炎文录补编(下)》,上海:上海人民出版社,2018 年,第 1019 页。
④ 章太炎:《书黄侃〈梦谒母坟图记〉后》,《章太炎全集(十)·太炎文录补编(上)》,上海:上海人民出版社,2018 年,第 363 页。

立言,因理舒藻,亦庶几彬彬君子。孰谓中庸不可能哉?"①这里的"谖诈""采浮华而弃忠信""修辞立诚"都来自《国故论衡》,可见受其影响之深。

总之,黄侃是章太炎最早、最著名的大弟子,两人志趣相投,彼此推尊,亦师亦友,相互器重,关系非同一般。学术上,他们师生之间有继承又有发展,形成中国近现代学术史上一个著名的学派——"章黄之学"。而黄侃《札记》之所以能成为一部现代学术经典,则与其从章太炎治学的师承关系密不可分。

二、时代背景

由明入清,中国封建社会已走向没落,传统文化也开始出现衰败的迹象。一些著名的思想家如黄宗羲、顾炎武、王夫之等,开始对封建专制主义和宋明理学展开批判。他们反对传统的"崇本抑末",主张"工商皆本";反对理学"空谈心性"的虚诞学风,注重经世致用;反对科举制度,主张设立学校,从而开辟了一代重实际、重实证、重实践的新学风。然而,这种启蒙思想在清代前期文化专制主义的压制下,出现了曲折回流。雍正、乾隆、嘉庆年间,随着西方传教士被逐出国门,明末清初的"西学东渐"几至中断,"康乾盛世"的背后充斥着闭关锁国的思想、因循守旧的心态和文化高压的政策,最终帝国主义的洋枪洋炮打开了中国的大门。鸦片战争的炮声迫使古老的中华帝国从睡梦中惊醒,使中国传统文化面临严峻的考验,从而也获得在炮火中洗礼并获得新生的机遇。

中国近代史就其在文化上的表现来说,大致可以分为三个时期:一、从鸦片战争,中经1861年开始的洋务自强运动,至1895

---

① 黄侃:《文心雕龙札记》,北京:中华书局,1962年,第111页。

年甲午战争失败,是"经世致用"观念复活,富国强兵呼声高昂,从器物上承认不如西洋文明,而觉得有必要于此舍己从人的时期;二、从甲午战争失败,中经戊戌变法运动,至1911年共和革命成功,是怀疑一切成法,发挥创造精神,从制度上承认不如西洋文明,而勇于革除、勇于建立的时期;三、从辛亥革命,中经粉碎帝制复辟,至1919年五四新文化运动,是新旧思想最后较量,东西文明全面比较,而从文化根本上认真进行反思的时期。这样三个时期是中国传统文化在自身的发展进程中,承受了外来文化(包括西洋文化侵入的冲击和日本文化变革的诱发)的压力,而逐步蜕变、逐步吸收、逐步转型、逐步走向现代文化的乾旋坤转的伟大时期①。

在这股从物质、制度到文化逐渐深入、广泛且持久的西化趋势中,中华帝国的传统正在欧风美雨的裹挟冲击下,变得摇摇欲坠。作为对外来文化压力的回应,晚清"国粹""国学""国故"之词频现,而钱穆《国学概论·弁言》则说:"学术本无国界,'国学'一名,前既无承,将来亦恐不立,特为一时代的名词。"②这是很有见地的观点,一者,如无外来文化的冲击,则中国只有经学、玄学、理学、朴学等,而无所谓"国学";再者,若为外来文化所取代,则中国亦将不复存在,更无所谓"国学"。因此,"国学"只能是中国文化面临外来文化的冲击,处于生死存亡的危急关头,而需要浴火重生的特定时期的一个名词③。正所谓:"提出'国粹''国学''国

①庞朴:《文化结构与近代中国》,《中国社会科学》1986年第5期。
②钱穆:《国学概论》,北京:商务印书馆,1997年,第1页。
③"国学之称,始于清末。首定此名之人,今已无从确知。其原由于五口通商以后,西洋势力侵入中国。当时有识之士,欲研究其故,于是翻译西方书籍——其时如上海制造局,翻译化学、工业、兵事等书;西教士之在中国者,亦翻译格致、历史等书。概称之曰'西学',因是而称中国固（转下页注）

故'，是要找出一个既植根在传统所熟悉的框架，又比现状高出一阶的东西，一种既传统，但实际上是高于目前大家熟悉的学问状态的学问观。这类词汇与概念的涌现与流行，代表一个时代的重大变动，意谓着思想界的地景正在重新形构、学术传统正在重塑，而且这个重塑的过程通常带有两面性。一方面是渴望守住主体性，渴切地想回答'我是谁'的问题；另一方面是想尽翻前案，在新的时局及新的思想资源、新的刺激之下，重新建构所谓的'国学'。"①

章太炎既为"清代学术史的押阵大将"②，自然也就成了这波"国粹""国学""国故"运动的急先锋。1903 年，他曾在狱中感叹："上天以国粹付余……至于支那闳硕壮美之学，而遂斩其统绪，国故民纪，绝于余手，是则余之罪也。"③一帮青年受其节气感染，组

（接上页注）有之学术曰'中学'，以与之对待。至庚子义和团一役以后，西洋势力益膨胀于中国。士人之研究西学者日益众，翻译西书者亦日益多，而哲学、伦理、政治诸说，皆异于旧有之学术。于是概称此种书籍曰'新学'，而称固有之学术曰'旧学'矣。另一方面，不屑以旧学之名称我固有之学术。于是有发行杂志，名之曰《国粹学报》，以与西来之学术相对抗。'国粹'之名随之而起。继则有识之士，以为中国固有之学术，未必尽为精粹也，于是将'保存国粹'之称，改为'整理国故'。研究此项学术者称为'国故学'，简称曰'国学'。当章太炎在日本时，称其研究中国学术之机关曰'国学讲习会'。同时在国内之刘师培等，则有'国学保存会'之设立。于是，'国学'之一名称遂沿用至今日焉。"（王缁尘编著：《国学讲话》，上海：世界书局，1935 年，第 1—3 页）

① 王汎森：《章太炎的思想——兼论其对儒学传统的冲击》，上海：上海人民出版社，2014 年，第 2 页。

② 胡适：《五十年来中国之文学》，欧阳哲生编：《胡适文集 3·胡适文存二集》，北京：北京大学出版社，1998 年，第 228 页。

③ 章太炎：《癸卯狱中自记》，《章太炎全集（八）·太炎文录初编》，上海：上海人民出版社，2018 年，第 145 页。

建"国学保存会",并于 1905 年创办机关刊物《国粹学报》;1906 年章氏刚到日本,就在东京发表演说,呼吁"用国粹激动种姓,增进爱国的热肠"①;旋即成立"国学讲习会",允为宣讲国粹,即语言文字、典章制度和人物事迹方面的内容;1910 年,又将发表于《国粹学报》的系列文章和一些重要的学术成果编辑成书,取名《国故论衡》正式出版。章氏以"国粹""国学""国故"为名的一系列演说、讲学和著述活动,都是对外来文化冲击的一种回应。诚如张灏所说:

> 当时,章氏也积极投入一个"恢复国粹"的思想运动,这个运动 20 世纪初开始席卷中国思想界,不久又在政府学术机构和改良派及革命派知识分子中引起了反响。国粹是从日本借来的新词汇,在那里,类似的运动从 19 世纪后期就已风行。但是,从根本上说,国粹运动必须看作是对西方冲击在中国逐渐扩大的一个反响。这个运动注入了两种有力的互相纠缠的情感。一种是对文化身份的焦虑:中国知识分子已经痛切地感到,在他们的国家与西方对抗中他们自己传统的缺陷,但却不得不为肯定自己文化的价值而自豪。"有人因为我们与西方文化的差异而惭愧,我恰恰为此感到自豪。"当章氏如此回答西方文化的冲击时,这种感情无疑存在于他的胸怀中。与他对文化身份关注紧密相关的是他的另一种信念:传统价值意识对于培养民族主义是十分必要的。他说,正如庄稼依靠外界的养育才能成长一样,人们的爱国主义情感也有赖于他们文化遗产知识的熏陶,只有深知他们传

---

① 章太炎:《在东京留学生欢迎会上之演讲》,《章太炎全集(十四)·演讲集(上)》,上海:上海人民出版社,2018 年,第 4 页。

统文化之丰饶的人，才能热爱自己的祖国。①

章太炎对西学有深厚的修养，除了翻译或合译过《斯宾塞尔文集》，日本岸本能武太著《社会学》和《拜伦诗选》外，还对西方的哲学、科学、文学以及宗教、历史、教育等有广泛的了解，并用以阐释、建构传统国学。尽管如此，他依然坚持弘扬传统文化，致力用国粹激动种姓，增进爱国心。《民报》被封后，他便继续讲学，人问："先生讲何种学？"答曰："中国之小学及历史，此二者，中国独有之学，非共同之学。"②黄侃曾感动地说："（先生）寓庐至数月不举火，日以百钱市麦饼以自度，衣被三年不浣。困厄如此，而德操弥厉。其授人以国学也，以谓国不幸衰亡，学术不绝，民犹有所观感，庶几收硕果之效，有复阳之望。故勤勤恳恳，不惮其劳，弟子至数百人。"③

梁启超曾谓清儒不喜聚徒讲学，而章太炎为了回应时代关切，则在日本东京大力聚徒讲学，且震惊寰宇，名满天下。不过，作为"有学问的革命家"④，章氏讲学除了具有"激动种姓"的革命意义，还具有深刻的学术内涵。他曾致信《国粹学报》社，说明东京讲学为何选择音韵与诸子："弟近所与学子讨论者，以音韵、训诂为基，以周、秦诸子为极，外亦兼讲释典。盖学问以语言为本

①张灏：《危机中的中国知识分子：寻求秩序与意义》，北京：新星出版社，2006年，第139—140页。

②汤志钧编：《章太炎年谱长编（增订本）》上册，北京：中华书局，2013年，第171页。

③黄侃：《太炎先生行事记》，陈平原、杜玲玲编：《追忆章太炎》，北京：中国广播电视出版社，1997年，第21页。

④鲁迅：《且介亭杂文末编·关于太炎先生二三事》，《鲁迅全集》第六卷，北京：人民文学出版社，2005年，第566页。

质,故音韵、训诂,其管籥也;以真理为归宿,故周、秦诸子,其堂奥也。"①晚清诸子学的复兴,正是应对外来文化压力的一种学术表征。面对西方思想观念、文化教育和学术思潮如潮水般涌入,有识之士开始从传统中寻求应对外来压力的资源。"19世纪末叶中国传统的一个重要发展,是古典非正统哲学,即所谓'诸子学'的复兴"②,张灏认为这是影响晚清思想潮流的三大本土资源之一。而章氏的诸子学研究,持续时间之长、发掘程度之深、冲击意义之大,在清末民初都是无人出其右的。

与章氏在日本"为诸生说《庄子》而释《齐物》"的讲学活动相伴随的,还有其对《文心雕龙》一书的讲授。《钱玄同日记》记载了章氏1909年3月11日至4月8日,在东京《民报》社寓所讲授《文心雕龙》的情况,每周一次,五周而毕其事③;21世纪初,学界又发现尘埋于上海图书馆的章门弟子记录其师讲授《文心雕龙》的记录稿④,听课者有钱玄同、龚宝铨、朱希祖、朱宗莱、沈兼士、张传珙、鲁迅、许寿裳、黄侃等人。章氏在日本讲授《文心雕龙》,拉开了现代"龙学"的序幕,意义不容小觑。《文心雕龙》由于自身的结构体系、批评方法及文体形式的特殊性,使其并不见容于以诗话、评点为主要批评形式,以直觉、感悟为重要鉴赏方法的古代文坛,以至长期未受到应有的重视。

---

① 章太炎:《与〈国粹学报〉(二)》,《章太炎全集(十二)·书信集(上)》,上海:上海人民出版社,2018年,第328页。
② 张灏:《危机中的中国知识分子:寻求秩序与意义》,北京:新星出版社,2006年,第14页。
③ 杨天石主编:《钱玄同日记(整理本)》上,北京:北京大学出版社,2014年,第149—154页。
④ 参见黄霖编著《文心雕龙汇评》(上海古籍出版社2005年)一书附录。

20 世纪 20 年代,吴熙曾发现一个值得人们思考的问题:"中国能产出许多著名的文学作品,而不能产出一部有系统的文学史和一部有条理的文学方法论,其原因在于中国文艺界缺乏了一种科学的鉴赏精神与批评精神。"在他看来,刘勰就是一位有科学的鉴赏与批评精神的理论家,所以能"著出一部文学史或文学方法论"方面的著作——《文心雕龙》。"因此,我们不能不佩服六朝时刘勰先生所从事的工作,不能不上他一个'空前的文学批评家'的徽号……但我们觉得很奇怪的,刘氏当日对于文艺界既有那样有价值的贡献,何以竟不曾发生相当的影响,竟没有引起后人的注意和研究?这是一个很值得思索的问题。"他把这一问题归结为三方面的原因:

(一)中国人心目中,从不知批评是一种专门学问,所以也绝不肯去理会什么批评的方法。他们总喜欢站在主观的立足点上,拿一种"随感录"的方式,来做批评论文,以达其"合己则嗟讽,异我则沮弃"的目的。潮流所被,自无人肯去细心领略刘氏那种有条理的、客观的批评方法论了。

(二)中国的文人,向来好弄玄虚:他们极崇信"文无定法"这句老话,因为这四个字是他们抵挡批评家的一面挡箭牌……一般文士的脑筋里,既都存了这种谬论,又如何能容纳刘氏那样具体的文学方法论呢?

(三)刘氏的书,是用六朝时通行的文体著的。到了唐时,这种文体大为韩愈、李翱之徒所攻击,骈文作品此后遂为一般人所忽视。因此刘氏这部奇书,也被人忽视了。

最后总结说:"有此三因,致使刘氏一部惨淡经营的伟著,不闻于世,一直埋没了一千多年,直到清末,才渐渐有人去注意他,

才为章太炎先生所推赏。"①这里所谓"推赏",应该就是指章氏在
日本开讲《文心雕龙》。因为章氏虽然在早年《膏兰室札记》和后
来的《国故论衡》中卷《文学总略》《正赍送》数次引用刘勰之说,但
那都是陈述辨析之义,并不关乎"推赏"之事。

　　章太炎在日本讲授《文心雕龙》,自然是由于他发现舍人之书
的巨大价值,但更重要的是,他将此书作为诸子学研究的一个有
机组成部分,借以回应时代之关切。他在解释《文心雕龙·诸子》
"入道见志之书"时说:"是子书者,凡发表个人意见者,皆得称之,
若《论语》《孝经》,亦子书类也。后人尊孔过甚,乃妄入经类。"②
自《隋书·经籍志》首次著录《文心雕龙》以来,关于该书的著录归
属情况极其复杂,细分约有十三类,大别则不外集部、子部两大
类。唐宋时期始入集部总集类,后又有归入集部文史类的,明清
时期则多归入集部诗文评,同时一些私家目录频频将其归入子
部③。而"起始于唐,盛于明中后期,视《文心》为子书的学界风

①吴熙:《对于刘勰文学的研究》,《时事新报·学灯》1924 年第 9、10 期。另,
宇文所安在 1997 年《文心雕龙》国际学术研讨会的总结发言中,提出了两
个与此密切联系的问题。首先,他问刘勰为什么选择以印度佛教发展
起来的一种严谨分析的话语形式——"论"的模式来写一部巨著? 因为在
中国文学批评中,这种"论"从未被使用过,也不会再使用。其次,他想知
道是什么原因导致了《文心雕龙》在清朝以前相对默默无闻,而在当今文
学批评研究中独占鳌头。(参见〔美〕蔡宗齐编,李卫华译:《中国文心:
〈文心雕龙〉中的文化、创作及修辞理论》,北京:九州出版社,2022 年,第
33 页)
②黄霖编著:《文心雕龙汇评》,上海:上海古籍出版社,2005 年,第 175 页。
③参见〔清〕黄叔琳注、李详补注、杨明照校注拾遗:《增订文心雕龙校注》下
册,北京:中华书局,2000 年,第 625—642 页。

潮,乃是明代目录收《文心》入'子部'的大背景"①。近人谭献明确从子书角度论述彦和之书独一无二的性质特点:"彦和著书,自成一子。上篇廿五,昭晰群言;下篇廿五,发挥众妙。并世则《诗品》让能,后来则《史通》失隽。文苑之学,寡二少双。立言宏旨在于述圣宗经,此所以群言就冶,众妙朝宗者也。"②其后,刘咸炘、陈柱和刘永济等也均持子书说③。

　　章氏以讲授《文心雕龙》回应时代关切的最突出的表现,就是对"文"的概念范围的阐述。受西方文学独立思潮的影响,近代中国文坛亦特重文学的偶俪韵律和美感情思,提倡将"纯文学"与

①梁穗雅、彭玉平:《明清目录中"〈文心雕龙〉子书说"考论》,《文献》2003年第3期。

②〔清〕谭献著,范旭伦、牟晓明整理:《复堂日记》,石家庄:河北教育出版社,2001年,第118页。

③刘咸炘论《文心雕龙·诸子》时说:"彦和此篇,意笼百家,体实一子。故寄怀金石,欲振颓风。后世则诸诗文评,与宋、明杂说为伍,非其意也。"(刘咸炘:《文心雕龙阐说》,刘咸炘:《推十书》(增补全本)戊辑,上海:上海科学技术文献出版社,2009年,第959页)陈柱说:"昔周秦诸子,生当道术之裂,各以其术鸣于天下,莫不著书以自见,或出于一人之手,或出乎其徒之展转传述。其言虽有纯驳之不同,然莫不有其专家之学,故世谓之诸子。《汉书·艺文志》叙九流,莫不曰'某家者流',其识卓矣。自汉以后,继踵而作者尤夥。然大抵皆周秦诸子之绪余,虽各有可观,而方诸古昔,瞠乎后矣。唯刘彦和《文心雕龙》之作,独为专家之学,足补周秦诸子所不逮。"(陈柱:《文心雕龙增注叙例》,《中国学术讨论集》第二集,上海:群众图书公司,1928年,第235—236页)刘永济在《文心雕龙校释·前言》中也说:"以此之故,历代目录学家皆将其书列入诗文评类。但彦和《序志》,则其自许将羽翼经典,于经注家外,别立一帜,专论文章,其意义殆已超出诗文评之上而成为一家之言,与诸子著书之意相同矣。"(刘永济校释:《文心雕龙校释》,北京:中华书局,1962年,第1页)

"杂文学"区别开来。朱自清在《评郭绍虞〈中国文学批评史〉上卷》中说:"现在学术界的趋势,往往以西方观念(如"文学批评")为范围去选择中国的问题……'纯文学''杂文学'是日本的名词,大约从 De Quincey 的'力的文学'与'知的文学'而来,前者的作用在'感',后者的作用在'教'。"①正是在这样的时代背景下,章氏在日本开启了《文心雕龙》的讲授。许寿裳回忆鲁迅曾在课堂与章太炎讨论"文学的定义"问题,章氏问及文学定义如何? 鲁迅答道:"文学和学说不同,学说所以启人思,文学所以增人感。"这显然受戴昆西有关"文学"观念的影响,章氏认为:"这样分法虽较胜于前人,然仍有不当。"②故其以阐述"文学"定义作为讲授《文心雕龙》的开场白:"古者凡字皆曰文,不问其工拙优劣,故即簿录表谱,亦皆得谓之文,犹一字曰书,全部之书亦曰书。"接着从泛文学观的角度,对总集之名、文笔之分做了辨析,并指出古文骈丽有韵"乃易于记忆"所致,最后对刘勰的泛文学观表示赞赏:"《文心雕龙》于凡有字者,皆谓之文,故经、传、子、史、诗、赋、歌、谣,以至谐、隐,皆称谓文,唯分其工拙而已。此彦和之见高出于他人者也。"在具体篇目的讲解中,章氏依然用《文心》证其泛文学观。例如,《原道》"夫玄黄色杂……此盖道之文也",章氏谓:"据此数语,则并无字者,亦得称'文'矣。"释《史传》曰:"彦和以史传列诸文,

---

① 朱自清:《评郭绍虞〈中国文学批评史〉上卷》,朱乔森编:《朱自清全集》第八卷,南京:江苏教育出版社,1996 年,第 197 页。"De Quincey"(戴昆西,1785～1859),英国著名的文学批评家,上引观点来自其 1848 年发表的《蒲伯作品集》的书评。

② 许寿裳:《亡友鲁迅印象记》,张健总主编、刘勇编选:《中国现代学术经典·许寿裳卷》,北京:北京师范大学出版社,2011 年,第 64 页。

是也。昭明以为非文,误矣。"①这些显然都是借《文心》之说,回应时代关切,对受西学纯文学观影响的近代文学独立运动表示不满,力图解构传统的"文笔"说,颠覆以阮元为代表的"文选"派崇尚偶俪的文学观,以达到拒斥来自西方的"学说"与"文辞"相异两分的文学观念,最终建立自己无所不包的泛文学观②。

　　章太炎的这种泛文学观念,"表面上看,他的'文'无所不包,因而也无懈可击,实质上只是通过取消文学的特性而倒退到了一个混沌的世界"③。"尽管他持这种文学观有着实际的目的,就是挽救'今之文科''尚文辞而忽事实'、'重文学而轻政事'的弊端;但却是与20世纪初文学观念的近代化趋向相违背的,也难以得到世人的认同。"④黄侃在接续其师讲授《文心雕龙》时,一方面保持其师借讲授彦和之书回应时代关切的宗旨,另一方面也对其师不合时代潮流的某些观点予以修正,从而更好地凸显了《札记》的现代性。诚如韩经太所言:"黄侃在着重阐发刘勰《文心雕龙》文学思想的时候,一面针对由来已久的古文、骈文之争,一面又针对当时新文学新文化对传统学术和古代文学的挑战,本着于复古中求通变的思路,借助于道家'自然'观念的理论潜力,做出了自己

---

①黄霖编著:《文心雕龙汇评》,上海:上海古籍出版社,2005年,第167—168、
　　168、175页。
②范文澜曾明确指出章氏本彦和之说建立其泛文学观:"彦和之意,书记有
　　广狭二义。自狭义言之,则已如上文所论。自广义言之,则凡书之于简
　　牍,记之以表志意者,片言只句,皆得称为书记。章太炎本此而更扩充之
　　作《文学总略》篇。"(范文澜:《文心雕龙注》下,北京:人民文学出版社,
　　1958年,第481页)
③黄霖:《近代文学批评史》,上海:上海古籍出版社,1993年,第445页。
④周兴陆:《章太炎讲解〈文心雕龙〉辨释》,《复旦学报》2003年第6期。

的积极回应。这种回应，在理论上远非完备。但是，其中一些充满现实感，也充满辩证性的思考，至今都有启示作用于我们。"①

吴承学说："在清末民初，《文心雕龙》仍是传统学者用来捍卫和发扬本土文化的重要思想资源。如来裕恂《汉文典·文章典》（1904）、王葆心《古文辞通义》（1906）、姚永朴《文学研究法》（1914）几种文章学著作都继承了《文心雕龙》的理论体系和传统。"②黄侃治学本以小学著称，而1914年受聘担任北大教授，他却受其师影响，充分认识到舍人之书的重要性，因而选择在课堂上宣讲《文心》大义，在课余时间撰写《札记》讲义，以此应对外来文化的强势渗透，顺应时代学术思潮的发展趋势。与其师看重刘勰的泛文学观不同，黄侃看重的是《文心雕龙》的结构体系。刘勰在"圆鉴区域，大判条例""平理若衡，照辞如镜"③的客观批评标准指引下，走上了建构体系之路，著成"体大虑周"④的文论巨著。而在西学东渐的时代背景下，受西方科学主义和理性精神的挑战，中国知识分子试图在传统文化中找到与之相侔的思想资源，导致国内客观美学思潮大兴，成体系的要求开始抬头。于是，《文心雕龙》特受青睐，成为传统与现代联结的桥梁。黄侃受其师讲

①韩经太：《中国文学批评史研究》，福州：福建人民出版社，2006年，第75—76页。

②吴承学：《近古文章与文体学研究》，广州：广东高等教育出版社，2020年，第26页。

③范文澜注：《文心雕龙注》下，北京：人民文学出版社，1958年，第656、715页。

④章学诚说："《诗品》之于论诗，视《文心雕龙》之于论文，皆专门名家，勒为成书之初祖也。《文心》体大而虑周，《诗品》思深而意远；盖《文心》笼罩群言，而《诗品》深从六艺溯流别也。"（〔清〕章学诚著，叶瑛校注：《文史通义校注》上，北京：中华书局，1994年，第559页）

授《文心雕龙》的启发，敏锐地抓住《文心雕龙》一书的体系性，以与现代学术所强调的理论体系相对接。《札记·题辞及略例》曰："论文之书，鲜有专籍。自桓谭《新论》、王充《论衡》，杂论篇章。继此以降，作者间出，然文或湮阙，有如《流别》《翰林》之类；语或简括，有如《典论》《文赋》之俦。其敷陈详核，征证丰多，枝叶扶疏，原流粲然者，惟刘氏《文心》一书耳。"①对《文心》全书结构体系的严密性，黄侃亦有独到之见，《札记·神思》题解谓："自此至《总术》及《物色》篇，析论为文之术，《时序》及《才略》已下三篇，综论循省前文之方。比于上篇，一则为提挈纲维之言，一则为辨章众体之论。"②与黄侃同为太炎弟子的鲁迅，也曾将《文心雕龙》作为本土文化的重要思想资源，与西方文论的开山之作《诗学》相抗衡："篇章既富，评骘遂生，东则有刘彦和之《文心》，西则有亚里士多德之《诗学》，解析神质，包举洪纤，开源发流，为世楷式。"③

　　结构体系之外，黄侃在文章之本、文学观念以及《文心雕龙》一书的重点等方面，也超越了太炎师的观点和认识，显示出与时俱进的现代意识。首先，受太炎师讲授《庄子》的影响，黄侃亦从老庄道家的"自然"思想中寻求文章之本。《札记·原道》谓："庄、韩之言道，犹言万物之所由然。文章之成，亦由自然，故韩子又言圣人得之以成文章。韩子所言，正彦和所祖也。"④韩子所解正是老庄自然之道也。其次，黄侃受太炎师《文学总略》讨论文学的边

①黄侃:《文心雕龙札记》，北京:中华书局，1962年，第1页。
②黄侃:《文心雕龙札记》，北京:中华书局，1962年，第91页。
③鲁迅:《题记一篇》，《鲁迅全集》第八卷，北京:人民文学出版社，2005年，第370页。
④黄侃:《文心雕龙札记》，北京:中华书局，1962年，第3页。

际范围的影响,在《札记》中也探讨了"文辞封略"问题。与其师泛文学观不同,他既提出张弛有度、纯杂结合的多层次文学观,又强调"《神思》篇已下之文,乃专有所属,非泛为著之竹帛者而言,亦不能遍通于经传诸子"①,就是说《文心》下篇属于纯文学的"专美"之文。再次,章氏因为持泛文学观,故对《文心》上篇的文体论感兴趣,认为刘勰把史传诸子、章表奏议等都列为文,所见在萧统之上。与此相反,黄侃则特别重视下篇的"专美"之文,以为"诠解上篇,惟在探明征证,确举规绳而已,至于下篇以下,选辞简练而含理闳深,若非反复疏通,广为引喻,诚恐精义等于常理,长义屈于短词;故不避骈枝,为之销解,如有献替,必细加思虑,不敢以瓶蠡之见,轻量古贤也"②。故将《文心》下篇作为讲授的重点,其"手自编校"的《札记》亦仅收录《神思》以下二十篇讲义,而所撰文体论札记只有六篇,且多集中在有韵的纯文学文体上,如《明诗》《乐府》《诠赋》《颂赞》,只有《议对》《书记》两篇札记为无韵之体。

　　总之,黄侃从引入阮元、刘师培为代表的文选派崇尚偶俪藻饰的文学观开始,到强调《文心雕龙》下篇的"专美"之文,并以此对应西方的"纯文学"观念,从而走出其师倡导的泛文学、杂文学传统,由此奠定了《札记》一书的现代性特征。

第二节　大学讲坛与报刊园地

　　废除科举制度,进而开办现代大学,是传统学术现代转化的关键一步;《札记》基于现代大学的课堂讲授而成型,新式大学课

---

① 黄侃:《文心雕龙札记》,北京:中华书局,1962年,第8页。
② 黄侃:《文心雕龙札记》,北京:中华书局,1962年,第91页。

堂也赋予了《札记》鲜明的现代性。清末民初学术性刊物及报纸的学术副刊陆续出现,不仅为学术成果的及时刊发提供了重要园地,也开创了一种崭新的学术批评"公共空间",成为现代学术的重要标识。而黄侃《札记》中的相当篇目,都曾在报刊上公开发表过。

一、大学讲坛

陈平原说:"对于现代中国学术而言,大学制度的建立至关重要。废除科举,只是切断了读书致仕之路;推广新学,方才是转变学术范式的关键……本世纪(20世纪——引者注)的中国大学,虽有官办、私立之分,但从教育体制讲,全都是'西式学堂'……要说'西化',最为彻底的,也最为成功的,当推大学教育。"①《札记》孕育于现代大学课堂,其鲜明的现代性亦得益于大学讲坛,并主要从对当时执掌北大教坛的桐城派的尖锐批判中凸显出来。

桐城派为清代文坛最大的散文流派,在康熙、雍正、乾隆三朝,桐城人方苞、刘大櫆、姚鼐以古文享誉天下,称雄百年,被尊为桐城派三祖。其后,追随者络绎不绝,旗下汇聚作家逾千人,至民国初年始衰,主盟文坛长达二百余年。桐城派宗奉儒家道统,秉承程朱理学,以唐宋八大家古文为楷式,标榜"桐城义法",强调"神气、音节、字句"和"义理、考据、文章"之间密不可分的关系。郭绍虞在解释"桐城派成立之因素"时说:"桐城文何以能成派?桐城文之成派,即因桐城文人之文论有其一贯的主张之故。清代文论以古文家为中坚,而古文家之文论,又以'桐城派'为中坚。

---

① 陈平原:《中国现代学术之建立——以章太炎、胡适之为中心》,北京:北京大学出版社,1998年,第18页。

有清一代的古文,前前后后殆无不与桐城生关系。在桐城派未立以前的古文家,大都可视为'桐城派'的前驱;在'桐城派'方立或既立的时候,一般不入宗派或别立宗派的古文家,又都是桐城派之羽翼与支流。由清代的文学史言,由清代的文学批评言,都不能不以桐城为中心。"①

桐城派不仅是清代文坛的盟主,而且在很大程度上左右了清末民初的文化教育,从1898年京师大学堂创办,中经1912年更名为北京大学,直至1916年底蔡元培出长北大,桐城派晚期代表人物及其盟友亲戚,先后执教其中并占据要职,享有绝对的主导地位。可以说,从清末的京师大学堂到民初的北京大学,都是桐城派传授其家法和"义法"的理想讲坛。作为戊戌维新运动的一项成果,京师大学堂开办初期,实质上"仍然是一所封建书院",且因1900年夏义和团进京而停办;"1902年1月10日,清政府正式下令恢复京师大学堂,任命吏部尚书张百熙为管学大臣,负责筹办该事"②。张氏上任后,立即主持拟定了一套学堂章程上奏,政府允以《钦定学堂章程》颁布,史称"壬寅学制",这是首次以政府名义规定的完整学制。同时,聘请桐城派晚期领军人物吴汝纶为大学堂总教习③。吴氏勉强接受任命后,并没有立即上任,而是请求先赴日本考察学制。尽管他回国后尚未赴任便病死原籍,但

---

①郭绍虞:《中国文学批评史》下卷,天津:百花文艺出版社,1999年,第310页。

②萧超然等编著:《北京大学校史(1898—1949)》(增订本),北京:北京大学出版社,1988年,第15页。

③罗惇曧《京师大学堂成立记》谓:"(张百熙)具衣冠诣汝纶,伏拜地下,曰:'吾为全国求人师,当为全国生徒拜请也。先生不出,如中国何!'"(陈学恂主编:《中国近代教育史教学参考资料》上册,北京:人民教育出版社,1986年,第455页)

他在日本考察学制所记录的十余万字的《东游丛录》，则成为次年张之洞会同张百熙、荣庆共同修订的《奏定学堂章程》的重要参考资料，这一"章程"史称"癸卯学制"，一直沿用到清末，是中国近代一部系统而完备的学制，标志着京师大学堂开始由封建书院转向近代大学。

　　吴汝纶逝世后，张百熙又举荐其弟子、阳湖派（桐城派旁支）古文家张筱浦担任总教习；还请吴汝纶的好友严复、"持桐城姚鼐以为天下号者"[1]林纾，分任大学堂译书局正副总办；民国成立，京师大学堂易名为北京大学，严复为首任校长；林纾又先后任大学堂预科及师范经学教员、北大文科教员，并一度主持文科。此外，姚永概的姐夫马其昶，被视为桐城派真正的殿军，曾任学部主事、京师大学堂教习；吴汝纶之婿柯劭忞，任京师大学堂经科监督，并以经科监督暂署京师大学堂总监督。民国时桐城派重镇姚永朴、姚永概兄弟乃桐城名门之后，祖父姚莹为桐城派嫡传弟子和中坚人物，其曾祖姚范与同里刘大櫆友善，共得方苞古文义法，莹又为桐城三祖之一姚鼐侄孙，并随从祖父学古文，与梅曾亮、管同、方东树并称姚鼐四大弟子，为桐城古文八大家之一；严复任北大校长时，姚永概任文科讲席，并继林纾之后出任北大教务长，乃兄姚永朴后亦应聘为北大文科教授，主讲"文学研究法"。

　　桐城派之所以能在京师大学堂和北大初期占据统治地位，是由当时学校的性质和状况决定的。大学堂的开办，实际上是本着张之洞"中学为体，西学为用"的宗旨，建一所中西合璧的大学，为朝廷培养人才，以挽救晚清日趋严重的颓势。"因此，初生的京师大学堂仿佛是'同文馆'与'古太学'的结合体，被深深地烙上了皇

---

[1] 钱基博：《现代中国文学史》，长沙：岳麓书社，1986年，第185页。

家印记。以致林纾在《大学堂师范毕业生纪别图记》中直言：'大学堂制，盖类古太学。'这说明，初生的京师大学堂虽然具有现代大学的雏形，但办学理念上仍然浸染了'古太学'阐道翼教的浓厚色彩。桐城后贤虽倡西学，但仍坚守'孔孟程朱'之道统壁垒，而这正契合大学堂创办宗旨之一衷。因此，援桐城而入大学堂，确为最佳选择。"①

　　黄侃进入北大前，学校处于桐城派一统天下的状况。不过，这种状况随着1913年章门弟子纷纷北上，而发生了明显的变化。民国后，一场新旧之争在北大校园尤其是文科中已然开始。1912年10月，严复因反对停办北大而得罪了北洋政府教育部，被迫辞去校长职务。亲桐城派的校长离职后，浙江籍的何燏时、胡仁源于1913年、1914年先后继任校长，正式揭开新旧之争的帷幕。1914年6月，夏锡祺取代姚永概的教务长之职，被任命为文科学长，陆续引进章门弟子黄侃、马裕藻、沈兼士、朱希祖、钱玄同、沈尹默（系弄假成真）等执教北大。稍后，与章太炎共同撰办《国粹学报》的同仁马叙伦、黄节，与桐城派相对立的文选派代表人物刘师培等，也都进入北大文科执教。于是，学校里的新旧之争日益明朗化。较早进入北大的沈尹默回忆，章门弟子中也有守旧、开新与中间派之分，"虽然如此，但太炎先生门下大批涌进北大以后，对严复手下的旧人则采取一致立场，认为那些老朽应当让位，大学堂的阵地应当由我们来占领。我当时也是如此想的"②。章门弟子秉承乃师汉学家治学严谨的实证学风，注重考据训诂，平

①吴微：《桐城文章与教育》，合肥：安徽大学出版社，2012年，第39页。
②沈尹默：《我和北大》，陈平原、夏晓虹编：《北大旧事》，北京：生活·读书·新知三联书店，1998年，第166—167页。

视九流之学，一扫桐城派"阐道翼教"的腐儒之见和空疏学风，使北大文科教学与科研面貌为之一新。

在章门弟子的大举进攻下，北大文科的重心遂由桐城古文转向章门学术，刘师培、黄侃等年轻教员占据上风，曾经占有绝对优势的桐城派迅速失势去职。正像钱基博所说："在前清光、宣之际，北京大学之文科，以桐城家马其昶、姚永概诸人为重镇。民国新造，浙江派代之而兴，章炳麟之徒乃有多人登文科讲席；至是桐城派乃有式微之叹。"①社会上对北大校内桐城衰而章门兴之情形也有类似的看法："从前大学讲坛为桐城派古文家所占领者，迄入民国，章太炎学派代之以兴，在姚叔节、林琴南辈，目击刘、黄诸后生之皋比坐拥，已不免有文艺衰微之感。"②清末民初，北大校园流行着推崇魏晋文风与取法唐宋古文两股势力，前者尊太炎为师，后者绍桐城余脉；两股势力明争暗斗，角力争雄，以致互不相让，必欲置对方于死地。开始，林纾论文虽宗唐宋，却未尝薄魏晋。及其以高名入北大、主文科，继之而来的桐城后贤马其昶、姚永概，"咸与纾欢好，而纾亦以得桐城学者之盼睐为幸，遂与桐城张目，而持韩、柳、欧、苏之说益力。既而民国兴，章炳麟实为革命先觉，又能识别古书真伪，不如桐城派学者之以空文号天下。于是章氏之学兴，而林纾之说熸。纾、其昶、永概咸去大学，而章氏之徒代之"③。

1913年，林纾、马其昶、姚永概三人去职离开北大④。然而，

---

① 钱基博：《现代中国文学史》，长沙：岳麓书社，1986年，第491页。
② 周作人：《知堂回想录——周作人自传》，兰州：敦煌文艺出版社，1998年，第228页。
③ 钱基博：《现代中国文学史》，长沙：岳麓书社，1986年，第194页。
④ 段祺瑞的心腹谋士徐树铮，喜桐城之学，其时正在北京创办私立正志学校，慕林纾、马其昶、姚永概三人之高名，遂引之入校。

百足之虫死而不僵，桐城派并未随三人的离去而偃旗息鼓。相反，姚永概之兄姚永朴次年仍被聘进入北大当教授，尤其是林纾，虽然被迫离开北大，但对章门的愤怒与仇恨之火，则由郁积而喷发，所谓："非斤斤与此辈争短长，正以骨鲠在喉，不探取而出之，坐卧皆弗爽也。"他将矛头直指章太炎及其弟子，在《与姚叔节书》中说："夫瞢然不审中国四千余年继绍之绝学，则蔽于东人之言，此少年轻僄者所为，虽力攻吾学而不即隳堕于其手。敝在庸妄巨子，剿袭汉人余唾，以拑扯为能，以钉饵为富，补缀以古子之断句，涂垩以《说文》之奇字，意境义法，概置勿讲，侈言于众：吾汉代之文也。"又谓："唐之作者林立，而韩、柳传；宋之作者亦林立，而欧、曾传。正以此四家者，意境义法，皆足资以导后生而进于古，而所言又必衷之道，此其所以传也。孔、孟之徒，传之勿替者，以其善诱也；庄、列恃其聪明，高跱远步，唯晋人绍之，已而光焰熠然。然庄、列之文，亦岂拑扯钉饵如今日庸妄之巨子者耶！"不仅诋毁章太炎为"庸妄巨子"，视其学术为"剿袭""拑扯""钉饵"，就连章氏所尊奉的庄、列之子，魏、晋之文也一概否定。而他据以攻击章氏的武器，仍然是桐城派所力主的孔、孟之道统，唐、宋之古文（韩、柳、欧、曾），以及由此寻索而来的"意境义法"。攻击完章太炎，既而又将矛头对准其弟子："近者其徒某某，腾噪于京师，极力排媚姚氏，昌其师说，意可以口舌之力，挠蔑正宗，且党附于目录之家，矜其淹博，谓古文之根柢在是也。"①甚至在钱玄同痛骂"桐城谬种，选学妖孽"之前，林纾就径呼章氏及其弟子为"庸妄之谬种"

---

① 林纾：《与姚叔节书》，舒芜、陈迩东、周绍良、王利器编选：《中国近代文论选》下，北京：人民文学出版社，1981年，第725—726页。

"无识之谬种"①,可见两派积怨之深、斗争之烈!

　　林纾斥章氏为"庸妄巨子",即使太炎并不介怀,弟子也不会善罢甘休。在与桐城派的斗争中,黄侃虽然作为章门中的守旧派,但仍然一马当先冲在最前面。太炎师对此印象颇深,并甚为弟子的鲁莽担心,《与吴承仕书》谓:"颇闻宛平大学又有新文学、旧文学之争。往者季刚辈与桐城诸子争辩骈散,仆甚谓不宜。老成攘臂未终,而浮薄子又从旁出,无异元祐党人之召章、蔡也。佛法义解非难,要有亲证。如足下则近之,季刚恐如谢康乐耳。"②在章氏看来,黄侃往昔与桐城派斗法及后来与新文学争论都无甚必要③。1919 年 3 月 18 日《公言报》发表长篇记事《请看北京大

---

①1918 年 3 月 15 日,《新青年》六大编辑中的钱玄同和刘半农,在第 4 卷第 3 号《文学革命之反响》专栏,共同导演了一出双簧戏:钱玄同化名"王敬轩",发表了给编者的一封信《王敬轩君来信》,对主张新文化的人进行攻击,其中提到"目桐城为谬种,选学为妖孽"。刘半农则以《新青年》记者的名义,在同期的编辑回信中,对王敬轩的观点逐一加以驳斥。钱、刘二人导演的这出双簧戏,引发了新旧两派的激烈论战。1919 年 2 月 17 日,林纾委托在北大读书的学生张厚载,在上海《新申报》上发表小说《荆生》(随后还有一篇《妖梦》),影射蔡元培、陈独秀、胡适和钱玄同,对北大"新青年"人物加以辱骂与攻击,以泄郁愤,引发林、蔡斗争,最终为人所诉。其实,早在钱玄同开骂之前,林纾就在《与姚叔节书》《慎宜轩文集序》中,痛骂章氏及其弟子"庸妄之谬种""无识之谬种"。
②章太炎:《与吴承仕书》,《章太炎全集(十二)·书信集(上)》,上海:上海人民出版社,2018 年,第 414—415 页。
③黄侃离开北大后,忆及此一段经历,始与太炎师有同样的看法。他在《复许仁书》中说:"文章之事,不可空言,必有思致而后能立言,必善辞令而后能命笔。而思致不可妄致也,读诵多,采取众,校核精,则其思必不凡近。以不凡近之思,求可观采之文,犹以脾朦为嘉肴,取锦缯为美服也。不此之务,而较量汉唐,争执骈散,鏖战不休,同于可笑,谁有志而为(转下页注)

学思潮变迁之近状》,谓陈独秀、胡适、钱玄同、刘半农、沈尹默等为新派,刘师培、黄侃、马叙伦及国史馆之屠敬山、张相文等为旧派,朱希祖等为介于两派之间调停派。在谈到以刘、黄为代表的旧派时说:"刘、黄之学以研究音韵、《说文》、训诂为一切学问之根,以综博考据讲究古代制度,接迹汉代经史之轨,文章则重视八代而轻唐宋,目介甫、子瞻为浅陋寡学,其于清代所谓桐城派之古文则深致不满,谓彼辈学无所根,而徒斤斤于声调,更藉文以载道之说,假义理为文章之面具,殊不值通人一笑。"①其实,相对于共同的对手桐城派来说,北大内部的新旧分歧并不重要,且构成新文学主要阵容的钱玄同或周氏兄,与恪守家法志在选学的刘、黄一系,关系非同寻常,至少并无恶感。"这就使得新文化人之批桐城是实,攻选学则虚。"②同样,性情激烈、脾气暴躁,为人常常意气用事、行动每每有睽常理的黄侃,虽放言攻评桐城,却对新派同门手下留情。对此,太炎师也心知肚明:"得书为之喷饭。季刚四语,正可入新《世说》,于实事无与也。然揣季刚生平,敢于侮

(接上页注)此哉?盖文章之事,无过叙事、论理、抒情三端,诚使叙不必叙之事,论不必谈之理,足下试思其文何若?此无论规摹姚、曾,抑或宗法汪、李,要未足陈于通人之前。而世之浅夫,徒以彼法便于不学者而信道之,吾党之士,又不悟其症结所在,而苟与对垒,自失身分,侃闵笑之久矣(今之新文新诗,即彼法为之作俑,又等于重儓矣)。"(司马朝军、王文晖合撰:《黄侃年谱》,武汉:湖北人民出版社,2005年,第163页)

① 周作人:《知堂回想录——周作人自传》,兰州:敦煌文艺出版社,1998年,第228页。

② 陈平原:《中国现代学术之建立——以章太炎、胡适之为中心》,北京:北京大学出版社,1998年,第384页。

同类,而不敢排异己。昔年与桐城派人争论骈散,然不骂新文化。"①"敢于侮同类",是指针对桐城派,虽同为文人,也毫不留情地予以批判;"不敢排异己",是说对于同门,虽观点不同,亦尽量保持克制,以免反目成仇。

当然,黄侃对"桐城义法"的有力批判,更多的还是表现在课堂讲义《札记》中。可以说,对以"阐道翼教"为核心的"桐城义法"的批判,是贯穿《札记》始终的一根红线,构成其书冲破传统的文以载道的文论思想,进而洋溢着现代反叛精神的一个重要标识。桐城派虽然在清代文坛颇负盛名,但在清代学界,始终未尝占重要位置,章太炎《清儒》斥"桐城诸家,本未得程朱要领,徒援引肤末,大言自壮,故尤被轻蔑"②,且"此派者,以文而论,因袭矫揉,无所取材;以学而论,则奖空疏,阂创获,无益于社会"③。故黄侃在北大课堂将矛头直指桐城派,并非仅为人事、意气、派别之原因,实有新旧、进退、利害之别择。有意思的是,姚永朴与黄侃同于 1914 年进入北大,姚氏讲授"文学研究法",黄氏讲授"词章学"。姚氏门人张玮为其师《文学研究法》制序曰:"今年(1914年——引者注)先生复应文科大学(北京大学——引者注)之聘,编订讲义……每成一篇,辄为玮等诵说。危坐移时,神采奕奕,恒至日昃忘餐。仆御皆环听户外,若有会心者。不数月全书成,颜

①章太炎撰:《致吴承仕书》(1924 年 10 月 23 日),《章太炎全集(十二)·书信集(上)》,上海:上海人民出版社,2018 年,第 445 页。
②章太炎:《訄书》(重订本),《章太炎全集(三)》,上海:上海人民出版社,2018 年,第 156 页。
③梁启超:《清代学术概论》,朱维铮校注:《梁启超论清学史二种》,上海:复旦大学出版社,1985 年,第 56 页。

曰《文学研究法》。其发凡起例,仿之《文心雕龙》。"①更有意思的是,姚氏讲授"文学研究法",逐篇编写授课讲义,"发凡起例,仿之《文心雕龙》";黄氏讲授"词章学",亦选择《文心雕龙》为授课内容,并逐篇编写讲义分发学生。黄侃此举显然有与姚氏唱对台戏的意味,以致其师晚年在苏州"国学讲习会"讲演时,对此还记忆犹新:"余弟子黄季刚初亦以阮说为是,在北京时,与桐城姚仲实争,姚自倚老耄,不肯置辩。或语季刚,呵斥桐城,非姚所惧,诋以末流,自然心服。"②

因此,黄侃在《札记》中遂对桐城派"诋以末流"。首先,《题辞及略例》直揭桐城派所遵奉的"文气、文格、文德诸端,盖皆老生之常谈,而非一家之眇论",从源头上将其置于毫无创意、枯燥乏味的"末流";进而抨击形式僵化、内容空疏的桐城义法:"世人忽远而崇近,遗实而取名,则夫阳刚阴柔之说,起承转合之谈,吾侪所以为难循,而或者方矜为胜义。夫饮食之道,求其可口,是故咸酸大苦,味异而皆容于舌胁;文章之嗜好,亦类是矣,何必尽同?"③"阳刚阴柔"为桐城要论,自始祖姚鼐首倡,经曾国藩推衍,流传甚广,姚永概书中亦设《刚柔》专篇加以申论。而黄侃则在《定势》篇札记中,对其所论加以批驳:"其次以为势有纾急,有刚柔,有阴阳向背,此与徒崇忼慨者异撰矣。然执一而不通,则谓既受成形,不可变革;为春温者,必不能为秋肃,近强阳者,必不能为惨阴。为是取往世之文,分其条品,曰:此阳也,彼阴也,此纯刚而彼略柔

①姚永朴撰,许振轩校点:《文学研究法》,合肥:黄山书社,1989年,第1页。
②章太炎:《文学略说》,《章太炎全集(十五)·演讲集(下)》,上海:上海人民出版社,2018年,第1039页。
③黄侃:《文心雕龙札记》,北京:中华书局,1962年,第1页。

也。一夫倡之，众人和之。"①

其次，擒贼先擒王，黄侃借钱大昕《与友人书》，揭桐城派鼻祖方苞不学无术的老底。《札记》在解释《通变》"龌龊于偏解，矜激乎一致"时，借古喻今，直指桐城："彦和此言，为时人而发，后世有人高谈宗派，垄断文林，据其私心以为文章之要止此，合之则是，不合则非，虽士衡、蔚宗，不免攻击，此亦彦和所讥也。嘉定钱君有与人书一首，足以解拘挛，攻顽顿，录之如左。"②钱氏《与友人书》可谓讨伐方苞之檄文，梁启超在《清代学术概论》中曾节引之，说明桐城派与汉学家交恶之由来。《札记》则全录之，藉以攻讦桐城派鼻祖方苞。钱大昕说："盖方所谓古文义法者，特世俗选本之古文，未尝博观而求其法也。法且不知，而义于何有！昔刘原父讥欧阳公不读书，原父博闻，诚胜于欧阳，然其言未免太过。若方氏乃真不读书之甚者。吾兄特以其文之波澜意度近于古而喜之，予以为方所得者，古文之糟粕，非古文之神理也。王若霖言：'灵皋以古文为时文，却以时文为古文。'方终身病之，若霖可谓洞中垣一方症结者矣。"③后来，周作人在《中国新文学的源流》中认为，桐城派"学行继程朱之后，文章在韩欧之间"的志愿，以及"文即是道"的主张，与八股文很接近，他们的文章统系也和八股文最相近，而且方苞就是一位很好的八股文作家。其观点即来源于此。

再次，曾国藩被胡适称为"桐城古文的中兴第一大将"④。梁

①黄侃：《文心雕龙札记》，北京：中华书局，1962年，第107页。

②黄侃：《文心雕龙札记》，北京：中华书局，1962年，第105页。

③钱大昕：《与友人书》，陈文和主编：《嘉定钱大昕全集（增订本）⑨·潜研堂文集》，南京：凤凰出版社，2016年，第546页。

④胡适：《五十年来中国之文学》，欧阳哲生编：《胡适文集3·胡适文存二集》，北京：北京大学出版社，1998年，第200页。

启超亦谓:"咸同间,曾国藩善为文而极尊'桐城',尝为《圣哲画像赞》,至跻姚鼐与周公、孔子并列。国藩功业既焜耀一世,'桐城'亦缘以增重,至今犹有挟之以媚权贵欺流俗者。"①黄侃在《札记》中,不仅揭桐城派鼻祖方苞之不学,而且斥桐城派中兴大将曾国藩之虚伪。《札记》释《镕裁》"三准说"曰:"草创鸿笔已下八语,亦设言命意谋篇之事,有此经营。总之意定而后敷辞,体具而后取势,则其文自有条理。舍人本意,非立一术以为定程,谓凡文必须循此所谓始中终之步骤也,不可执词以害意。舍人妙达文理,岂有自制一法,使古今之文必出于其道者哉?近世有人论文章命意谋篇之法,大旨谓一篇之内,端绪不宜繁多,譬如万山旁薄,必有主峰,龙衮九章,但挈一领,否则首尾冲决,陈义芜杂,其言本于舍人而私据以为戒律,蔽者不察,则谓文章格局皆宜有定,譬如案谱着棋,依物写貌,戕贼自然以为美,而举世莫敢非之,斯未可假借舍人以自壮也。"②所谓"近世有人",就是指曾国藩;"大旨谓"一段引文,则是曾氏同治八年(1869)五月二十七日《复陈右铭太守书》中所言。黄侃直斥曾氏将彦和之说"私据以为戒律""戕贼自然以为美",完全违背了《镕裁》之本意,是"假借舍人以自壮"的欺骗行为。

　　此外,所谓"桐城义法","义"者,要求关乎圣道,"非阐道翼教,有关人伦风化不苟作""不能发明经义不可轻述";"法"者,提倡文必雅洁,"古文中不可录:语录中语,魏晋六朝人藻丽俳语,汉

---

① 梁启超:《清代学术概论》,朱维铮校注:《梁启超论清学史二种》,上海:复旦大学出版社,1985年,第56页。
② 黄侃:《文心雕龙札记》,北京:中华书局,1962年,第112—113页。

赋中板重字法,诗歌中隽语,南北史佻巧语"①。黄侃对桐城古文
雅洁无文的弊端,同样给予严厉批评。《札记》谓《情采》篇旨,"即
在挽尔日之颓风,令循其本,故所讥独在采溢于情,而于浅露朴陋
之文未遑多责"。尽管如此,"彦和之言文质之宜,亦甚明了矣。
首推文章之称,缘于采绘,次论文质相待,本于神理;上举经子以
证文之未尝质,文之不弃美,其重视文采如此,曷尝有偏畸之论
乎?"而桐城之流则罔顾实际,"或者因彦和之言,遂谓南国之文,
大抵侈艳居多,宜从屏弃,而别求所谓古者,此亦失当之论。盖侈
艳诚不可宗,而文采则不宜去;清真固可为范,而朴陋则不足多。
若引前修以自张,背文质之定律,目质野为淳古,以独造为高奇,
则又堕入边见,未为合中"②。所谓"合中",就是"衔华佩实"——
"此彦和《征圣》篇之本意。文章本之圣哲,而后世专尚华辞,则离
本浸远,故彦和必以华实兼言。孔子曰:质胜文则野,文胜质则
史,文质彬彬,然后君子。包咸注曰:野如野人,言鄙略也。史者,
文多而质少;彬彬者,文质相半之貌。审是,则文多者固孔子所
讥,鄙略更非圣人所许,奈之何后人欲去华辞而专崇朴陋哉? 如
舍人者,可谓得尚于中行者矣。"③

　　黄侃在《札记》中不遗余力地揭批桐城派,或以汉学家身份斥
其不学,或藉骈文家名义责其无文,或从研究者视角揭其虚伪,对
"阳刚阴柔""起承转合"之类的"桐城义法",进行了无情的驳斥,
由此彰显出其书的现代性色彩。而对手姚永朴终于招架不住,不

---

① 参见周作人:《中国新文学的源流》,上海:华东师范大学出版社,1995 年,
　　第 46—47 页。
② 黄侃:《文心雕龙札记》,北京:中华书局,1962 年,第 110 页。
③ 黄侃:《文心雕龙札记》,北京:中华书局,1962 年,第 12 页。

得不于 1918 年辞去北大教职，先入北京正志学校讲学，后南归故里执教乡梓。随着姚永朴的离去，桐城派掌控北大的时代宣告彻底结束。

二、报刊园地

《礼记·学记》曰："独学而无友，则孤陋而寡闻。"《礼记·中庸》又曰："博学之，审问之，慎思之，明辨之，笃行之。"①中国古代文化学术非常重视学者流派之间的切磋交流和讨论辩难，形成了良好的学术批评传统。战国之际风起云涌、竞相争霸的政治局势，推演出诸子蜂起、百家争鸣的文化格局，诸子百家"各引一端，崇其所善，以此驰说，取合诸侯，其言虽殊，譬犹水火，相灭亦相生也"②。魏晋时期玄风大畅，士大夫竞相以清谈为风雅，士族中普遍存在一种辩论风气，郭象从这种风气中概括出"辩名析理"的方法论，简称"名理"，诸如存在本体、佛道养生、言意关系等，都是玄学家谈论辨析的重要内容。及至宋代心性盛行，理学大师朱熹和心学大师陆九渊，分别站在"理"本体和"心"本体的立场，在信州（今上饶）鹅湖寺展开了长达十天的辩论，这就是中国学术史上著名的"鹅湖之会"③。宋明以后，"清儒既不喜效宋明人聚徒讲学，

①〔清〕阮元校刻：《十三经注疏》下册，北京：中华书局，1980 年，第 1523、1632 页。
②陈国庆编：《汉书艺文志注释汇编》，北京：中华书局，1983 年，第 164 页。
③当时与朱熹、张栻齐名为"东南三贤"的浙江学者吕祖谦在宇宙观上倾向于陆，在认识方法上倾向于朱。为了调和朱、陆之间的矛盾，他约请朱熹和陆九渊兄弟到鹅湖寺进行会讲，希望通过讨论争辩，达到两家思想的统一。会址选在鹅湖寺，是因为该寺地处交通要道，又位于江西金溪、福建建阳和浙江金华之间。朱、陆双方一到鹅湖寺后，就展开了辩论。《陆九渊年谱》记载："鹅湖之会，论及教人，元晦之意欲令人泛观博览（转下页注）

又非如今之欧美有种种学会学校为聚集讲习之所,则其交换知识
之机会,自不免缺乏。其赖以补之者,则函札也。后辈之谒先辈,
率以问学书为赘。——有著述者则媵以著述。——先辈视其可
教者,必报书,释其疑滞而奖进之。平辈亦然,每得一义,辄驰书
其共学之友相商榷,答者未尝不尽其词。凡著一书成,必经挚友
数辈严勘得失,乃以问世,而其勘也皆以函札。此类函札,皆精心
结撰,其实即著述也"①。

　　然而,古人的学术交流和批评,大多以著述、会晤形式为主,
间以信函、序跋、评点等方式,没有专门的报刊发表园地,故难以
形成公共的学术批评空间。中国古代最早的报纸是"邸报",但那
只是封建王朝发布消息、法令的传达工具。在唐代,为了加强中
央政府和地方政府的联系,各地方政府就在京城设立了一种叫
"邸"的联络机构,"邸报"(有时也叫"朝报""杂报"等)就是由这种
联络机构发布的,与学术交流和批评没有什么关系。"西方学者
认为现代民族国家的建构和民主制度的发展是和印刷媒体分不
开的,也就是说报章杂志特别重要。"②晚清开始出现专门的文艺

(接上页注)而后归之约。二陆之意欲先发明人之本心,而后使之博览。朱
　　以陆之教人为太简,陆以朱之教人为支离。"陆九渊一向认为朱的方法是
　　"簸弄经语以自傅","浮论虚说,谬悠无根";朱熹则认为陆的方法病在"尽
　　废讲学而专务践履",学术空疏,师心自用。参加鹅湖之会的人员达百人
　　之多,实为一时之盛会。与会者多为江西、浙江、福建的学者。但他们在
　　这次讨论中,大多只是"洗耳恭听",未能发表多少意见。
①梁启超:《清代学术概论》,朱维铮校注:《梁启超论清学史二种》,上海:复
　　旦大学出版社,1985年,第52页。
②李欧梵著,季进编:《现代性的想象——从晚清到当下》,杭州:浙江大学出
　　版社,2019年,第240页。

性期刊和学术性杂志,成为文人、学者发表文艺作品和学术研究成果,进行创作交流和学术批评活动的重要园地。这些专业性期刊杂志,包括报纸的文艺、学术性副刊,逐渐演变为知识分子的一种公共学术空间,他们不仅在报刊上发表其创作、研究成果,而且讨论争辩其文艺、学术观点,对于提倡与鼓励文艺创作、学术研究的风气,推动文艺繁荣和学术发展,起到了前所未有的巨大的作用,同时也构成了中国现代文化学术的一个重要标志。

　　"近代意义的新式学术期刊及新式出版业,是晚清时期从西方引入的。伴随杂志、报纸等新式传媒之兴起及日益普及,中国现代学术交流机制逐渐形成。学术期刊、报纸等新式传媒,为学者迅速将研究成果公布出来提供了极大便利,使学术成果交流便捷化成为可能。近代学术性报刊的兴起,促进了学术交流和学术讨论,亦为现代学者建构了学术成果交流之平台。"①中国人办的第一个杂志《时务报》②,1896 年 8 月 9 日在上海创刊,梁启超为主笔,汪康年任总经理,是当时资产阶级维新派最重要的、影响最大的机关报。梁启超在戊戌时期的重要文章,如《变法通议》《论

①左玉河:《中国近代学术体制之创建》,成都:四川人民出版社,2008 年,第480 页。

②"在西方近代报刊输入中国之初,报纸与期刊两种新式媒介是混合在一起的。早期报纸,实为书本式之刊物,或定期,或不定期。它形似书籍而内容又别于一般书籍,它兼有新闻报道之内涵而又颇似于后世之期刊。故可将戊戌时期之报纸与期刊统称为'报刊'。如梁启超主编的《时务报》、章炳麟主编的《经世报》,均为小册子式之刊物,并非严格意义上的近代报纸。故晚清期刊多以'报纸'名之,致使刊、报不分。实际上,戊戌时期创办的报纸,从其刊期、开本、装订形式及其内容来看,更接近于期刊,与其说是报,莫如谓之刊。"(左玉河:《中国近代学术体制之创建》,成都:四川人民出版社,2008 年,第 486 页)

中国积弱由于防弊》《论君政民政相嬗之理》等，都发表于此报。戊戌变法失败后，康有为、梁启超于 1898 年底在日本横滨创办了《清议报》(旬刊)，以"主持清议，开发民智"为宗旨，是继《时务报》之后，在知识界影响最大的刊物。《清议报》停刊后，1902 年 2 月，梁启超又创办了《新民丛报》(半月刊)，这是戊戌变法以后，改良派最重要、最具代表性的刊物。梁氏以"中国之新民"的笔名，自创刊号起连续发表脍炙人口的《新民说》，其学术名著《论中国学术思想变迁之大势》亦连载于该刊。1896 年创刊于上海的《苏报》，是资产阶级革命派在国内掌握的第一份报纸，不过其进步的政治倾向，则是 1898 年陈范当馆主后才开始的。1903 年，《苏报》在章士钊主持下进行了"大改良"，排满倾向日益浓烈，终于引发"一场革命与反革命的短兵相接——'苏报案'"①，使 1903 年的革命高潮发展到顶点。1905 年创刊的《民报》为同盟会机关报，也是革命派最著名的刊物。章太炎 1906 年出狱赴日本，自第六期起任该报主编，刊发了大量与改良派论战的文字，黄侃也在上面发表了一系列排满逐满、宣传革命的文章。

　　梁启超说："东西各国之有报也，国家以之代宪令，官府以之代条诰，士夫以之代著述，商民以之代学业。郁郁乎，洋洋乎，宗风入人心，附庸蔚为大国，何其盛也。"②据不完全统计，辛亥革命前后出版的各种报刊约有七八百种之多。其中，专业性学术期刊占据一定的比重，对于学者发布研究成果、传播学术思想起到

①丁守和主编：《辛亥革命时期期刊介绍》第一集，北京：人民出版社，1982年，第 387 页。

②梁启超：《知新报叙例》，《饮冰室合集·文集》之三，北京：中华书局，1989年，第 1 页。

了重要作用。1900年11月,杜亚泉在上海创办的《亚泉杂志》,是国人最早自办的自然科学杂志;1904年3月,商务印书馆创办的《东方杂志》,则为综合性大型刊物(月刊),内容广泛,资料丰富,从创刊到1948年底停刊,"前后历时四十五年,一共出版了四十四卷,在中国近代期刊史上,一本大型杂志,连续刊行的时间这样长,它是独一份"①。此外,民国之前,译介传播西学、刊发研究成果的重要学术性专刊还有《译书汇编》《普通学报》《政法学报》《教育杂志》《国粹学报》《北洋学报》《学海》等。民国以后,各种学术性期刊更是层出不穷,仅商务印书馆创办的全国有影响的杂志就有二十多种,除《东方杂志》外,研究教育以促进步的有《教育杂志》,为学生交换知识互通声气的有《学生杂志》,谋求增进少儿知识的有《少年杂志》《儿童世界》《儿童书报》,讨论妇女问题的有《妇女杂志》,促进学生英语知识的有《英语周刊》,研究中外文学的有《小说月报》,研究自然现象的有《自然界杂志》;还有在商务印书馆出版发行的杂志,如《学艺》《农学》《史学》《舆地学》等。至30年代,各种杂志的出版如雨后春笋,呈现空前未有的状况,以致张光年将1934—1935年称为"杂志年"。

民国时期创办的学术期刊大约可分为三种类型,一是新式学会创办的专业性会刊,二是各大学创办的学报及其他学术刊物,三是独立的专业学术研究机构创办的学术刊物。西方近代学会制度传入中国后,新式学会多致力于创办学术刊物,作为会员研讨学术及发表学术成果、进行学术交流的平台。1917年4月,丙辰学社在日本创刊《学艺》杂志,以"昌明学术,灌输文明"为宗旨;

① 丁守和主编:《辛亥革命时期期刊介绍》第三集,北京:人民出版社,1983年,第178页。

1922年杂志改在上海发行,由郑贞文、周昌寿、范寿康等人主持,并改名中华学艺社。由中国科学社创办的《科学》杂志,1915年1月在上海问世,以传播世界最新科学知识为宗旨。《创刊号》例言谓:"文明之国,学必有会,会必有报,以发表其学术研究之进步与新理之发明。故各国学界期刊,实最近之学术发达史而当世学者所赖以交通智识者也。"①1926年,中华图书馆协会创办《图书馆学季刊》,作为图书馆学界学术交流之园地。其宗旨为:"本新图书馆运动之原则,一方稽考我先民对于斯学之贡献,一方参酌欧美之成规,以期形成一种合于我国国情之图书馆学。"②

　　中央研究院及其各研究所创建后,均创办了专门的学术刊物,以加强学术成果交流,进而确立其全国学术研究中心之地位。首先,中研院拟创办院务月报,以加强学术交流:"本院研究所之已成立者九处,图书馆、博物馆筹备处尚不计在内,纵不能谓每月每处均有特殊之贡献,而一月之中,必有若干事可以陈述,公之于世,亦自然之势也。且实际上,各研究所陆续印行专刊与集刊,性质专门,各自为书。月报所收,不过荟萃群著,摘录要旨,作简明之报告而已。"③其次,中研院、所出版的学术刊物主要有三类:材料丰富、篇幅较长者,以"专集"形式出版;多篇研究论文汇编结集出版者,称"集刊";专门性的研究论文,以"专刊"形式出版。其中,中研院史语所创办的《中央研究院史语所集刊》和《中央研究院史语所专刊》,在学界享有盛名,影响很大。

　　专业学术刊物的创办,也是现代大学制度的重要组成部分。1917 年 11 月,《北京大学日刊》出版,由于《日刊》不能载长篇学术论文,次年 9 月又决定出版《北京大学月刊》,这是全校性的学术刊物,专门刊登全校师生的研究论文和学术稿件。《月刊》由各研究所主任轮流编辑,1919 年 1 月出版的第一卷第一号上,有蔡元培、钱玄同、朱希祖、冯祖荀、何育杰等人的文章。继《月刊》之后,北大师生还陆续创办了《新潮》《国故》《奋斗》《数理杂志》《音乐杂志》《绘学杂志》等刊物,扩大了学术思想的交流,推动了学术研究的发展。1922 年,学校评议会决定刊印自然科学、社会科学、国学和文艺四种学术性较强的学术季刊。由于经费及其他原因,后来仅有国学门之《国学季刊》问世,初为季刊,后改为不定期刊,1937 年 6 月出至第六卷第二号停刊,在学界颇有反响。在北京大学的影响带动下,清华大学、南开大学、燕京大学、辅仁大学、金陵大学、东吴大学等高校,也先后创办了各自的综合性学报或其他学术专刊,作为学术研讨和交流的平台。《清华学报》1915 年创刊,1915—1919 年每年一卷,每卷分八期,中、英文各四期;1920—1923 年停刊,1924 年复刊后改为半年刊;另有《清华年报》《清华周刊》等。燕京大学有《燕京学报》,1927 年创刊;燕大国文学会还编辑出版《文学年报》。辅仁大学的《辅仁学志》,1928 年创刊,为纯学术刊物;还有《辅仁杂志》《辅仁文苑》《辅仁周刊》等十余种期刊。此外,南开大学有《南开周刊》,金陵大学有《金陵学报》,东吴大学有《东吴学报》等等①。

---

① 以上参阅左玉河《中国近代学术体制之创建》第七章相关内容,成都:四川人民出版社,2008 年。

　　"新兴学术之创立,与夫一般学者之讨论,多藉期刊为发表之地,官厅政令亦藉期刊公布。故期刊实为现代之重要参考物。"[1]新式学术期刊对现代"龙学"的发展起到了很大的推动作用,20世纪以来的重要"龙学"成果几乎都曾"藉期刊为发表之地"。版本校注方面,近人李详的"龙学"著作《文心雕龙黄注补正》,最初就发表在权威性国学刊物《国粹学报》上。该刊1905年2月23日创刊于上海,由邓实任总纂,每月发行一期,闰月照出,连续刊行七年,从创刊到1912年初停刊,共出八十二期。李详《黄注补正》于该刊1909年9月4日第57期、10月3日第58期,1910年1月1日第61期、1月30日第62期,1911年6月16日第79期连载,黄侃的《文心雕龙札记》和范文澜的《文心雕龙讲疏》,都曾据该刊引录李详的《黄注补正》。唐写本《文心雕龙》残卷为现存最早的《文心雕龙》版本,具有重要的版本校勘价值。《清华学报》1926年第3卷1期刊载了赵万里的《唐写本文心雕龙残卷校记》[2],为国内学者利用这一珍贵版本,校勘和研究《文心雕龙》,提供了极大的便利。颜虚心曾较早为《文心雕龙》做集注,其成果则刊布在《国文月刊》1943年4月第21期,1944年3月第26期、6月第27期,1945年3月第33期、4月第34期。

　　综合研究方面,杨鸿烈的《〈文心雕龙〉的研究》发表于《晨报副刊》1922年10月24—29日《文艺谈》栏目[3],胡侯楚的《刘彦和

---

①中华图书馆协会编:《中国图书馆协会概况》,中华图书馆协会1933年刊印,第34页。

②1926年,日本学者铃木虎雄的《敦煌本文心雕龙校勘记》也刊载于《内藤博士还历祝贺支那学论丛》,不过,国内学者不易见到。

③《晨报》初名为《晨钟报》,1916年8月15日创刊,李大钊曾任第一任总编,并写代发刊词《晨钟之使命》,不久辞去。1918年9月,因刊载(转下页注)

底文学通论》刊登于《南开周刊》1925 年 12 月 7 日第 1 卷第 13 号、14 日第 1 卷第 14 号、21 日第 1 卷第 15 号，陈延杰的《读〈文心雕龙〉》刊发于《东方杂志》1926 年 9 月 25 日第 23 卷第 18 号，刘节的《刘勰评传》载于《国学月报》1927 年 3 月 31 日第 2 卷第 3 期，梁绳袆的《文学批评家刘彦和评传》发在《小说月报》17 卷号外《中国文学研究》1927 年 6 月第 6 期上，李仰南的《〈文心雕龙〉研究》刊于《采社杂志》1931 年 10 月 1 日第 6 期，吴益曾的《〈文心雕龙〉中之文学观》登在《进德月刊》1937 年 5 月 1 日第 2 卷第 9 期。

　　此外，在《文心雕龙》的篇章研究方面，各种学术期刊也发表了不少论文。尤其是专业期刊的出现，使有关《文心雕龙》的书评有了发表的园地，有效地促进了"龙学"学术批评的开展，推动了"龙学"的现代化进程。例如，范文澜的《文心雕龙讲疏》和《文心雕龙注》出版后，学界迅速通过报刊杂志对其书展开学术评论，主要有寿昀《介绍范文澜著〈文心雕龙讲疏〉》（《南开周刊》1925 年 10 月 17 日第 1 卷第 5、6 号），章用《〈文心雕龙讲疏〉提要》（《甲寅周刊》1925 年 12 月第 1 卷第 20 号），李笠《读〈文心雕龙讲疏〉》（《图书馆学季刊》1926 年 6 月第 1 卷第 2 期），萧叔讷《范氏〈文心雕龙注〉评》（《申报》1936 年 9 月 1 日），杨明照《范文澜〈文心雕龙注〉举正》（《文学年报》1937 年 5 月第 3 期）和《评开明本范文澜

（接上页注）政府向日本借款消息被封闭。同年 12 月，改名为《晨报》后重新出版。由于《晨报》先后依附多位军阀，1928 年 6 月，国民党军队进入北京后一度停刊。1928 年 8 月 5 日，由阎锡山操纵再度出版，改名《新晨报》。阎锡山撤出北京后，恢复《晨报》报名。1931 年日本帝国主义发动侵略中国的"九一八"事变后，依附南京国民党政府，抗日战争胜利前夕停刊。该报及其副刊在当时的社会影响极大，鲁迅、徐志摩等名流都曾为其主笔。

〈文心雕龙注〉》(《燕京学报》1938 年 12 月第 24 期)①,赵西陆《评范文澜〈文心雕龙注〉》(《国文月刊》1945 年 3 月第 37 期)等。其中,既有高度的赞扬,如寿昀、萧叔讷;也有尖锐的批评,如章用、杨明照;当然还有肯定长处、指陈不足的,如李笠、赵西陆。这些学术批评,对范文澜修订、完善其书,无疑具有重要的意义。

唐纳德·肯尼迪说:"无论如何,出版物是一种媒介,学者们的成果通过它而得到传播和评价。因而,学者的声誉在很大程度上有赖于其发表了什么,在哪儿发表,发表了多少,以及其他人对这些成果的反响如何。"②像梁启超的学术名著《清代学术概论》脱稿后,曾在 1920 年 11、12 月出版的《改造》3 卷 3、4、5 期连载一样,黄侃的《札记》讲义在正式出版之前,亦曾陆续发表于一些报刊上。而且黄侃在日本时还曾是《学林》杂志的编者,太炎师的一系列长篇学术论文,如《封建考》《信史》《征信论》《秦政论》《五朝学》《非黄》《释戴》等,都发表于该杂志。

据检核,黄侃发表的最早的"龙学"文章,当是刊于北京大学《国故》1919 年第 1 期的《补文心雕龙隐秀篇(并序)》,这是他为残缺的《隐秀》篇另作的一篇补文,属于创作性质,刊于《国故》带有祝贺之意。1919 年 1 月 26 日,在北京大学部分教师的支持下,国文系学生俞士镇、薛祥绥、杨湜生、张煊等,发起成立《国故》月刊

① 这篇文章登在《燕京学报》"国内学术界消息"栏目,是作为第二条书讯刊发的,原名"《文心雕龙注》(范文澜纂 民国二十五年七月 开明书店出版 七册一函 定价三元六角)",文章的实际内容是对开明本"范注"的举正,故杨明照在《我和〈文心雕龙〉》一文中开列自己陆续发表的各种相关论文时,将其定名为《评开明本范文澜〈文心雕龙注〉》。

② 〔美〕唐纳德·肯尼迪著,阎凤桥等译:《学术责任》,北京:新华出版社,2002 年,第 254 页。

社,通过章程并选举职员,总编辑为刘师培、黄侃,特别编辑为陈汉章、马叙伦、康宝忠、吴梅、黄节、屠孝寔、林损、陈钟凡。3月20日《国故》创刊,以"昌明中国固有之学术"为宗旨,出至第5期停刊。黄侃还撰写了《国故题辞》发表于第一期,谓"是编之作,聊欲以讲习之勤,图商兑之庆。邦人诸友,庶几比意同力,求得废遗"①。《隐秀》补文后又发表于《华国月刊》1923年11月第1卷第3期,《晨报副刊·艺林旬刊》1925年第9期②,并得到学界的积极回应。徐复撰《黄补文心雕龙隐秀篇笺注》,刊于《金陵学报》1938年第8卷第1、2期;赵西陆撰《黄侃补文心雕龙隐秀篇笺》,刊于《国文月刊》1945年9月第38期。

　　稍后,黄侃又在《新中国》1919年6月15日第1卷第2号发表了《文心雕龙札记夸饰篇评》,并于天津《大公报·文苑》1919年6月27—30日连载;在《新中国》1919年7月15日第1卷第3号发表《文心雕龙附会篇评》,并于天津《大公报·文苑》1919年7月24—25日连载。《新中国》杂志创刊于1919年5月,1920年8月停刊,为综合性月刊,内容涉及政治、经济、外交和文化生活各方面,作者多为当时文化教育界知名学者,其中北大教授占据很大比例,如蔡元培、胡适、刘师培、黄侃、刘叔雅、何思源、朱谦之、高一涵、朱自清、章士钊、黎锦熙、叶恭绰等都在杂志上发过文章。而1902年在天津创刊的《大公报》,则是中国发行时间最长的中文报纸之一,在社会上具有广泛的影响。《札记》二文,先刊于《新中国》,又连载于《大公报》,对于传播"龙学"来说,无疑起到如虎添翼的作用。

---

① 黄侃:《国故题辞》,《国故》1919年第1期。
② 《晨报副刊·艺林旬刊》刊发时,将题目误作《补心文雕龙隐秀篇(并序)》。

接下来,黄侃则在《华国月刊》连续刊发了一组《文心雕龙札记》的文章:《文心雕龙札记〈题词及略例〉〈原道〉》,载《华国月刊》1925年3月第2卷第5期(后又在《晨报副刊·艺林旬刊》1925年第1、2、3期连载);《文心雕龙札记〈征圣〉〈宗经〉〈正纬〉》,载《华国月刊》1925年4月第2卷第6期;《文心雕龙札记〈辨骚〉〈明诗〉》,载《华国月刊》1925年10月第2卷第10期;《文心雕龙札记〈乐府〉》,载《华国月刊》1926年4月第3卷第1期;《文心雕龙札记〈诠赋〉〈颂赞〉》,载《华国月刊》1926年6月第3卷第2期。《华国月刊》是以国学研究为主的综合性刊物,1923年9月在上海创刊,章太炎亲任社长,章门弟子汪东任编辑兼撰述,黄侃为主要撰稿人之一。每月一期,十二期为一卷,出至三卷四期,共二十八期,1926年7月停刊。该刊以"甄明学术、发扬国光"为宗旨,欲提奖"国故",挽救"人心"。内容广泛,主要栏目有通论、学术、文苑、杂著、记事、通讯等。黄侃将总论与文体论的大部分札记刊发于该刊,也是对章门办刊事业的大力支持。

现代"龙学"的一个显著特点,就是学人的研究成果和学术交流,不再像古人那样仅仅局限于序跋、日记、书信等的往来中,而是更多地见诸各类报刊,能够及时得到学界同行的评议与检验。而在传统"龙学"的现代转化过程之中,黄侃发挥了积极有效的促进作用,他不仅在现代大学课堂为学生讲授《文心雕龙》,而且努力撰写《札记》作为授课讲义,并在《国故》《新中国》《华国月刊》《大公报》《晨报副刊》等报刊上公开发表,借助现代报刊的动员力量来表明观点,宣传"龙学",以期打开局面,既扩大了现代"龙学"的影响,也促进了《文心雕龙》的学术交流。在现代"龙学"史上,黄侃是紧接李详之后,在报刊上公开发表《文心雕龙》研究论文的学者,而且截止1935年黄侃逝世,他是所有学者中在报刊发表

"龙学"文章最多的人,共有八篇文章,十三次刊发;其他学者大多发表一篇,少数发表二篇,最多的是李详有五篇;1909—1935年,总共发表了四十余篇"龙学"文章,其中黄侃一人就占了五分之一,确实无愧于现代"龙学"奠基人的地位。

第三节　思想内容与研究方法

无论是学术师承、时代背景,还是大学讲堂、报刊园地,都只是《札记》现代性的外在因素;思想内容和研究方法上的突破,才构成《札记》现代性的内在因素。《札记》宗奉自然、崇尚美文的思想,导致其侧重《文心雕龙》创作论内容的分析,进而与现代文学思潮对接;而将文字校勘、资料笺证和理论阐述三者结合起来的研究方法,则超越了传统"龙学"的校勘训诂范式,不仅给人以全新的视野,而且尽显现代学术重视理论分析,强调科学论证的特色[①]。

一、思想内容

《札记》由黄侃在北大讲授《文心雕龙》所撰授课讲义组合而成,即总论五篇,文体论六篇,创作论十九篇,《序志》一篇,合计三

[①] 韩经太说:"其实,黄侃着重阐发刘勰文学思想的意图,首先就体现在略于文体分辨的选择取舍上……毕竟时代已经到了20世纪,再保守的学者,也不能不应对新文化和西方文化的冲击。至于黄侃,不仅通过略文体分辨而详理论思考来展现自己的学术态度,而且就像他在讲疏《章句》时引入《马氏文通》一样,当其阐发《文心》之文心思想时,每每'依傍旧文,聊资启发'而展开新的理论思考。"(韩经太:《中国文学批评史研究》,福州:福建人民出版社,2006年,第68页)

十一篇。其中洋溢的自然思想、美文观念和创造内容，使其书具有鲜明的现代性。

太炎师庄学精湛，尤善《齐物》，为黄侃崇尚自然的思想提供了绝佳的师承路径，而其本人则性少绳检，乐道庄周，又是天生的道家种子。于是，自然之道遂成为黄侃撰写《札记》的指导思想，并用以统领全书，一贯到底。《札记》开篇曰："《序志》篇云：文心之作也，本乎道。案彦和之意，以为文章本由自然生，故篇中数言自然，一则曰：心生而言立，言立而文明，自然之道也。再则曰：夫岂外饰，盖自然耳。三则曰：谁其尸之，亦神理而已。寻绎其旨，甚为平易。盖人有思心，即有言语，既有言语，即有文章，言语以表思心，文章以代言语，惟圣人为能尽文之妙，所谓道者，如此而已。"①从文章起源来看，黄侃受经由郭象阐释的庄子自然思想的影响，主张造物者无主而物各自造，认为从大千万有到思心文章，一切皆自然而然，故曰"文章本由自然生"。以文章体势来说，黄侃从自然之道出发，揭示舍人"标其篇曰《定势》，而篇中所言，则皆言势之无定也"。所谓"因情立体，即体成势。明势不自成，随体而成也"，如"机发矢直，涧曲湍回，自然之趣；激水不漪，槁木无阴，自然之势"②。就创作心态来谈，黄侃秉持自然创作论的思想，认为彦和云"意得则舒怀命笔，理伏则投笔卷怀；亦惟听其自然，不复强思以自困，若云心虚静者，即能无滞于为文，则亦不定之说也"③。对为文之术而言，"絜其纲维，不外命意修词二者"，"然命意修词，皆本自然以为质，必知骈拇悬疣，诚为形累，凫胫鹤

①黄侃：《文心雕龙札记》，北京：中华书局，1962年，第3页。
②黄侃：《文心雕龙札记》，北京：中华书局，1962年，第107页。
③黄侃：《文心雕龙札记》，北京：中华书局，1962年，第204页。

膝,亦由性生。意多者未必尽可訾謷,辞众者未必尽堪删剟;惟意多而杂,词众而芜,庶将施以炉锤,加之剪截耳"①。即声律、丽辞、事类、练字而论,也都因于自然。《札记·声律》曰:"详文章原于言语,疾徐高下,本自天倪,宣之于口而顺,听之于耳而调,斯已矣。"《札记·丽辞》曰:"文之有骈俪,因于自然,不以一时一人之言而遂废。"《札记·事类》曰:"是以后世之文,转视古人,增其繁缛,非必文士之失,实乃本于自然。"《札记·练字》曰:"文饰之言,非效古固不能工妙,而人之好尚,不能尽同,此当听其自为,不必齐以一是。"②

　　要之,黄侃不遗余力地推崇自然之道,也是为了不失时机地痛击桐城派循礼卫道、矫揉造作的所谓"义法",藉以突破一直居于正统地位的儒家思想的束缚,遂使其崇尚自然的思想闪烁着现代性光辉。他特别强调刘勰在《原道》篇所原之道乃自然之道,"此与后世言文以载道者截然不同"③,从而与桐城派所宗奉的理学家的"文以载道"思想划清了界限。桐城派创始人方苞被誉为"学行继程朱之后,文章在韩欧之间",其文虽大体雅洁,然亦缺少变化。黄侃借《通变》"龌龊于偏解,矜激乎一致"对其进行讽刺,并录钱大昕《与友人书》斥其不学无术。《札记·丽辞》又将矛头对准桐城派:"近世褊隘者流,竟称唐宋古文,而于前此之文,类多讥诮,其所称述,至于晋宋而止。不悟唐人所不满意,止于大同已后轻艳之词,宋人所诋为俳优。亦裁上及徐庾,下尽西崑,初非举

①黄侃:《文心雕龙札记》,北京:中华书局,1962年,第112页。
②黄侃:《文心雕龙札记》,北京:中华书局,1962年,第116、163、189、194页。
③黄侃:《文心雕龙札记》,北京:中华书局,1962年,第3页。

自古丽辞一概废阁之也。"①六朝文学虽有淫靡之风,然亦不可一概否定,其发明的声韵之美及倡导的偶俪之辞,极大地推动了中国古代纯文学的发展,为四六之文、近体之诗的形成,奠定了声韵格律和形式技巧的基础。何况唐世之文,亦骈散皆有,而桐城派以散废骈,对其彻底否定,故黄侃斥其为"褊隘者流"。黄侃对"载道"文学的反对,使"他因此而以'自然'为《文心》作者《原道》之旨,从而有着凸显文学自身独立价值的意向"②。

因此,黄侃自然之道思想的形成,除了师承与自性的因素,当然也得益于新文化运动所形塑的时代之风气。然而,《札记》所凸显的自然思想,在浸淫于西化思潮的同时,又自然而然地契合了新文学的精神气质,并显著地影响了当时文论破旧开新的发展趋势,进而汇聚到反传统的时代潮流中。这也是黄侃始料不及的。正如有人所说:"综观民国《文心》论者,罕见拘守儒道之论者,不能不说,黄侃居功至伟。……当日'自然之道'说一出,竟能造成风行草偃的态势,其故安在? ……原来,黄侃对'道'的新诠所以流行,乃是他反对的新文学为之作了观念准备,可谓历史开的玩笑了。"③

受太炎师《文学总略》阐释文学义界和西方学者区分纯杂文学思潮的影响,文学的边界、范围也成了黄侃在《札记》中讨论的核心问题,他在综合古今、调和纯杂、兼顾骈散、融合文笔的基础上,提出了自己的"文辞封略"观。

---

① 黄侃:《文心雕龙札记》,北京:中华书局,1962 年,第 165 页。
② 韩经太:《中国文学批评史研究》,福州:福建人民出版社,2006 年,第 70 页。
③ 成玮:《新旧之间——黄侃〈文心雕龙札记〉的思想结构与民国学术》,《南开学报》2019 年第 3 期。

　　案阮氏之言，诚有见于文章之始，而不足以尽文辞之封域。本师章氏驳之（见《国故论衡·文学总略》篇），以为《文选》乃裒次总集，体例适然，非不易之定论；又谓文笔文辞之分，皆足自陷，诚中其失矣。窃谓文辞封略，本可弛张，推而广之，则凡书以文字，著之竹帛者，皆谓之文，非独不论有文饰与无文饰，抑且不论有句读与无句读，此至大之范围也。故《文心·书记》篇，杂文多品，悉可入录。再缩小之，则凡有句读者皆为文，而不论其文饰与否，纯任文饰，固谓之文矣，即朴质简拙，亦不得不谓之文。此类所包，稍小于前，而经传诸子，皆在其笼罩。若夫文章之初，实先韵语；传久行远，实贵偶词；修饰润色，实为文事；敷文摛采，实异质言；则阮氏之言，良有不可废者。即彦和泛论文章，而《神思》篇已下之文，乃专有所属，非泛为著之竹帛者而言，亦不能遍通于经传诸子。然则拓其疆宇，则文无所不包，揆其本原，则文实有专美。特雕饰逾甚，则质日以漓，浅露是崇，则文失其本。又况文辞之事，章采为要，尽去既不可法，太过亦足召讥，必也酌文质之宜而不偏，尽奇偶之变而不滞，复古以定则，裕学以立言，文章之宗，其在此乎？①

　　阮元在《书梁昭明太子〈文选序〉后》中强调："必沉思翰藻，始名之为文。"②章太炎《国故论衡·文学总略》则谓："文学者，以有文字著于竹帛，故谓之文。论其法式，谓之文学。"③黄侃认为阮

---

① 黄侃：《文心雕龙札记》，北京：中华书局，1962 年，第 8 页。
② 〔清〕阮元撰，邓经元点校：《研经室集》下，北京：中华书局，1993 年，第 608 页。
③ 章太炎：《国故论衡》（校定本），《章太炎全集（五）》，上海：上海人民出版社，2018 年，第 218 页。

元之说过于狭窄，"不足以尽文辞之封域"；炎师之论又失之宽泛，故"阮氏之言，良有不可废者"。在调和两者观点的基础上，他提出一个张弛有度的三层次"文辞封略"说：一是推而广之的范围至大、无所不包的文，即"凡书以文字，著之竹帛者，皆谓之文"，此即太炎师的文学观；二是缩小范围，"凡有句读者皆为文"，"不论其文饰与否"，故经传诸子皆在其中；三是"专有所属"的"专美"之文，即"《神思》篇已下之文"，近似萧统、阮元的文学观。在综合纯、杂两种文学观的同时，黄侃也表明了自己的态度。在他看来，韵语偶词、修饰润色、敷文摘采，皆文之必备，彦和虽"泛论文章"，但重点乃是《神思》以下的"专美"之文，故其"手自编校"的《札记》即专论"专美"之文。不过，他又强调此"专美"之文，美就美在华实相配、骈散相宜，所谓"酌文质之宜而不偏，尽奇偶之变而不滞"。

《札记·丽辞》在综述历代骈散交融兴替之后指出："自尔以后，骈散竟判若胡秦，为散文者力避对偶，为骈文者又自安于声韵对仗，而无复迭用奇偶之能。"在他看来，一味尊崇骈文偶对，只认沉思翰藻为文，则不能迭用奇偶，"反尊散文为经史子"；"以隋以前文为骈文，而唐以后反得为古文"。这与刘勰的丽辞说扞格不入。黄侃本于自然之道，立足奇偶迭用，对《丽辞》之精义做了概括："一曰高下相须，自然成对。明对偶之文依于天理，非由人力矫揉而成也。次曰岂营丽辞，率然对尔。明上古简质，文不饰雕，而出语必双，非由刻意也。三曰句字或殊，偶意一也。明对偶之文，但取配俪，不必比其句度，使语律齐同也。四曰奇偶适变，不劳经营。明用奇用偶，初无成律，应偶者不得不偶，犹应奇者不得不奇也。终曰迭用奇偶，节以杂佩。明缀文之士，于用奇用偶，勿师成心，或舍偶用奇，或专崇俪对，皆非为文之正轨也。舍人之言，明白如此，真可以息两家之纷难，总殊轨而齐归者矣。"这就在迭用奇偶、兼顾骈散的基础上,为其倾向丽辞偶对找到了自然之道的依据。黄侃还借用裴度之言,对韩愈等古文家为革骈文"多偶对俪句,属缀风云,羁束声韵"之病,于文章的文字、句式、结构等方面,故意"高之、下之、详之、略之",以示与骈文家趣味截然不同的错误做法给予正告:"故文之异,在气格之高下,思致之深浅,不在碟裂章句,隳废声韵也。人之异,在风神之清浊,心志之通塞,不在于倒置眉目,反易冠带也。"①

《文心雕龙·总术》曰:"今之常言,有文有笔,以为无韵者笔也,有韵者文也。夫文以足言,理兼诗书,别目两名,自近代耳。"②文笔说虽是晋宋时期才出现的文体分类观点,但刘勰以"论文叙笔"分述众体,自《明诗》至《谐隐》皆文之属,自《史传》至《书记》皆笔之属,则亦从俗而论。然"《文心》之书,兼赅众制,明其体裁,上下洽通,古今兼照,既不从范晔之说,以有韵无韵分难易,亦不如梁元帝之说,以有情采声律与否分工拙,斯所以为笼圈条贯之书。"③黄侃非常赞同刘勰的观点,也主张文笔并重,反对像阮元那样以有韵之文排斥无韵之笔,结果不仅使文苑狭隘,亦不合于文学发展史。他说:"近世仪征阮君《文笔对》,综合蔚宗、二萧(昭明、元帝)之论,以立文笔之分,因谓无情辞藻韵者不得称文,此其说实有救弊之功,亦私心凤所喜好,但求之文体之真谛,与舍人之微旨,实不得如阮君所言;且彦和既目为今之常言,而《金楼子》亦云今人之学,则其判析,不自古初明矣。与其屏笔于文外,而文域狭隘,曷若合笔于文中,而文囿恢弘?屏笔于文外,

①黄侃:《文心雕龙札记》,北京:中华书局,1962年,第163、165页。
②范文澜注:《文心雕龙注》下,北京:人民文学出版社,1958年,第655页。
③黄侃:《文心雕龙札记》,北京:中华书局,1962年,第210页。

则与之对垒而徒启斗争,合笔于文中,则驱于一途而可施鞭策;阮君之言诚善,而未为至懿也,救弊诚有心,而于古未尽合也。学者诚服习舍人之说,则宜兼习文笔之体,洞谙文笔之术,古今虽异,可以一理推,流派虽多,可以一术订,不亦足以张皇阮君之志事哉?"[1]黄侃虽主文笔并重,然亦透露其个人志趣喜好在于情辞藻韵之文。验之于《札记》内容,则其志趣喜好亦在在可见。"文之枢纽"部分论文辞封略,谓"拓其疆宇,则文无所不包,揆其本原,则文实有专美",而其"手自编校"的《札记》即专论"专美"之文;"论文叙笔"部分虽然只有六篇札记,但有韵之文占了四篇,无韵之笔只有两篇;"剖情析采"部分则只选"析论为文之术"的十九篇,至于"综论循省前文之方"的《时序》及《才略》以下三篇,因多为文学外部因素,故弃之不论。

自古以来在文学问题上的文笔、骈散、纯杂之争,发展到 20 世纪初中国文坛,最终衍变为一场轰轰烈烈的"文学革命"运动。在山雨欲来风满楼的"文学革命"前夜,黄侃于相关的争辩和斗争中,虽然秉持综合、调和、兼顾与融合的立场,但是仍然表现出强烈的倾向性,即在融合文笔的基础上倾向于文,在兼顾骈散的基础上钟情于骈,在调和纯杂的基础上又侧重于纯。那么,黄侃为何既持折衷调和的态度,又表现出明显的倾向性? 这一方面有其才性气质的内在因素,另一方面也与时代发展趋势息息相关。近代以来,受西学影响,文学独立运动来势汹汹,纯杂文学相分势不可挡。即使身为民国元勋与国学泰斗的太炎师,其所主张的杂文学观,非但不能抗拒纯文学的历史潮流,就连章门弟子也收拾不住,鲁迅、朱希祖、钱玄同乃至黄侃等纷纷"变节反水"。

---

[1]黄侃:《文心雕龙札记》,北京:中华书局,1962 年,第 211 页。

　　鲁迅因受戴昆西"力的文学"和"知的文学"观点的影响,在作于1907年的《摩罗诗力说》中说:"由纯文学上言之,则以一切美术之本质,皆在使观听之人,为之兴感怡悦。文章为美术之一,质亦当然。"①故次年在与太炎师讨论"文学的定义"时,认为"文学和学说不同,学说所以启人思,文学所以增人感",太炎师则认为"这样分法虽较胜于前人,然仍有不当",鲁迅"默然不服",并对好友许寿裳说:"先生诠释文学,范围过于宽泛,把有句读的和无句读的悉数归入文学,其实文字与文学固当有分别的"②。朱希祖初入北大讲授"中国文学史",所编讲义即据太炎师杂文学说,两年后他颇觉此说之不妥,乃于《文学论》(《北京大学月刊》1919年第1卷第1号)中改持纯文学观念,主张文学独立。稍后,又借为讲义出版作序之机,与过去的杂文学观做了切割:"《中国文学史要略》,乃余于民国五年为北京大学校所编之讲义,与余今日之主张,已大不相同。盖此编所讲,乃广义之文学,今则主张狭义之文学矣。以为文学必须独立,与哲学、史学及其他科学,可以并立,所谓纯文学也。此编所讲,佀述广义文学之沿革兴废,今则以为文学史必须述文学中之思想及艺术之变迁。其他不同之点尚多,颇难缕陈,且其中疏误漏略,可议必多,则此书直可以废矣。惟新编文学史尚未蒇事,姑印此为学生之参考书,讲演时当别授新义也。民国九年十月朱希祖自叙。"③

①鲁迅:《坟·摩罗诗力说》,《鲁迅全集》第一卷,北京:人民文学出版社,2005年,第73页。

②许寿裳:《亡友鲁迅印象记》,张健总主编、刘勇编选:《中国现代学术经典·许寿裳卷》,北京:北京师范大学出版社,2011年,第64页。

③朱希祖:《中国文学史要略叙》,林传甲、朱希祖、吴梅著,陈平原辑:《早期北大文学史讲义三种》,北京:北京大学出版社,2005年,第241页。

　　与朱希祖讲授"中国文学史"先杂后纯稍有不同,朱蓬仙和钱玄同则基于文学的范围边界难以定夺,而踌躇于讲授中到底是运用文艺性教法还是学术性教法、是纯讲美文还是兼顾杂文?《钱玄同日记》记载:"蓬仙谓大学分科讲文学,未知其范围如何? 如系西洋式的讲授,则无从讲起,不特无以逾于桐城派,且恐流于金圣叹一路。此说余未敢谓然。论文学自身之价值,自当以美文为主(即所谓西洋式的),然说理、记事两种,既用文字记载,亦自不可不说明白,前此之文能区此(未完,以后补续)。"①这里所谓"西洋式的讲授""文学自身之价值""美文"等概念,充分反映了当时西方纯文学观念对高校文学课程教学的影响;而所谓"桐城派"教法、"金圣叹一路"及"说理、记事"之文,又体现出当时北大学制演变和教学改革的过渡性。

　　姚鼐为刘大櫆撰述寿序曾引言曰:"天下文章,其出于桐城乎。"②清末民初,桐城派势力由民间文坛转向高等学府,在北大占据绝对优势的地位。然而,无论是林纾的《春觉斋论文》所述"应知八则""论文十六忌""用字四法",还是姚永朴的《文学研究法》所论"神理气味""格律声色""阴阳刚柔",都充满了文人气息而缺乏学者品味,都是具体的文章作法而不是真正的学术研究。故陈平原谓其"偏于具体写作经验的传授,与新学制的规定不尽吻合"③。民国以后,随着教育部《大学规程》的颁布,现代大学的

①杨天石主编:《钱玄同日记(整理本)》上,北京:北京大学出版社,2014年,第307页。钱氏记载已说明"未完,以后补续",不过日记中并未有这方面的补续内容。

②姚鼐:《刘海峰先生八十寿序》,《惜抱轩全集》,北京:中国书店,1991年,第87页。

③陈平原:《古典散文的现代阐释》,《中山大学学报》2004年第6期。

建设借鉴日本和西方的大学制度,朝着研究型和专业化方向发展,需要的是专家、学者而不是文人、作家,强调的是知识、理论而不是感觉、经验。于是,北大在学制改革的同时,亦尽力摒除桐城派模拟因袭、感觉体验式的教法,提倡科学实证、治学严谨的学风。随着章门弟子纷纷北上,太炎派汉学家渐渐取代桐城派古文家在北大的地位,最终"以空文号天下"的桐城派老者,败在"以朴学立根基"的年轻汉学家手下。

朱蓬仙担心"中国文学"的教学,如采取"西洋式的讲授",即"以美文为主",则"不特无以逾于桐城派,且恐流于金圣叹一路"。其实,这是一种误解,因为"以美文为主"的"西洋式的讲授",虽说重文艺性,但与桐城派专注"义法"和金圣叹即兴"评点"不啻天壤之别。北大要改桐城派文人式教法为汉学家学者式教法,并不是要抵制"美文"或纯文学,而是要求针对教学内容,加强理论分析和学术研究,不能再搞传统的文话、评点那一套。朱氏未能理解现代大学的专业化特点和北大学制改革的研究性本质,而误以为放弃"西洋式的讲授",就既可超越桐城派,也不至落入"金圣叹一路"的窠臼,结果导致被学生赶下讲台。钱玄同则承认"论文学自身之价值,自当以美文为主",只是感觉"说理、记事两种"亦当适当讲解。这也说明当时北大课程体系改革的复杂性。相较之下,黄侃对"以美文为主"的时代潮流,以及北大由文人化书院性质向学者型现代大学转化的改制,都有很好的理解,并将学术性与文艺性有机地结合起来,融汇于《文心雕龙》的教学实践中,既以汉学家身份对舍人之书的内容,进行辨章学术、考镜源流的学理性研究,又以文学家眼光精选"专有所属"的"专美"之文,"反复疏通""广为引喻""为之销解",以免"精义等于常理,长义屈于短词"。因而,黄侃在北大《文心雕龙》的课堂能够独占鳌头,完胜他人。

《札记》内容的现代性还有一个突出的表现，就是其书性质虽然是诠释性的，但是其中却不乏创造性内容，尤其是《章句》《隐秀》两篇，几乎完全属于黄侃自己的论述和创作。刘永济曾对黄侃弟子程千帆说："季刚的《札记》，《章句篇》写得最详；我的《校释》，《论说篇》写得最详。"①《札记·章句》两万五千多字，篇幅远超其他各篇札记。周法高说："在二十世纪的前夕，发生了几件学术界的大事，那便是：一八九八年（光绪二十四年戊戌），马建忠完成了《马氏文通》，是中国人写的第一部语法书；一八九九年河南安阳发现了殷代的甲骨文；一九〇〇年（光绪二十六年庚子）甘肃敦煌发现了大量的六朝唐人写本。这三件学术界的大事和当时动荡不安的政治局面（戊戌政变和庚子拳乱）相呼应，象征着一切都在变，来迎接二十世纪的新时代。"②黄侃充分认识到《马氏文通》在中国学术现代转型中的重大意义，谓"及至丹徒马氏学于西土，取彼成法，析论此方之文，张设科条，标举品性，考验经传，而驾驭众制，信前世所未有也。《文通》之书具在，凡致思于章句者所宜览省，小有罅隙，亦未足为疵，盖创始之难也"③。他欲与马氏配合，借阐释《文心雕龙·章句》之机，以通古今之邮，创建文言语法学。诚如张之强所说："自《马氏文通》1898 年印行之后，《文心雕龙札记·章句篇》实际上是我国语法学史上发表较早的一篇重要论文。尤其重要的是，它并不是沿着《马氏文通》研究语法的

① 程千帆：《刘永济先生传略》，《闲堂文薮》，济南：齐鲁书社，1984 年，第 285 页。
② 周法高：《地下资料与书本资料的参互研究》，吴福助编：《国学方法论文集》，台北：文史哲出版社，1984 年，第 125—126 页。
③ 黄侃：《文心雕龙札记》，北京：中华书局，1962 年，第 126 页。

道路而前进的续作,而是对文言语法研究提出了许多宝贵的、带有指导方向性的意见。"①在黄侃看来,"一切文辞学术,皆以章句为始基"。"章句"者,句读之学、造句之术,即今所谓语法也。不过,汉语主要靠词序和虚词来造句,语法相对简单,而字义训诂则特别重要,故音韵(声)、文字(形)、训诂(义)之学发达,语法学则不易产生,"是以中土但有训诂之书,初无文法之作"。然而,黄侃通过剔抉爬梳,发现本土文献中也有不少涉及文法的名辞辨说内容,特别是《荀子·正名》,"其解析文理有伦有脊若此,孰谓文法之书,惟西土擅长乎"②? 于是,他释舍人之文,加以己意,分"释章句之名""辨汉师章句之体""论句读有系于音节与系于文义之异""陈辨句简捷之术""约论古书文句异例""论安章之总术""论句中字数""论句末用韵""词言通释"九章详说之,对《马氏文通》既补之又正之。尤其是方法上大胆突破,已由诠释舍人《章句》而进于著述立论。正所谓:"黄侃先生有关语法学方面的意见集中地反映在他所著的《文心雕龙札记·章句篇》的札记里。依黄先生自订的《文心雕龙札记》一书的略例,各篇札记的写法大都是:'自宜依用刘氏成书,加之诠释。'但《章句篇》札记的写法却与众不同,完全不依傍刘勰本文,而是按照黄先生所分的九个题目,自成体系,成为一篇完整的有关语法学的论文。这一特点充分说明了《章句篇》札记在黄先生的全部著作中是很重要的。"③

---

①张之强:《读〈文心雕龙札记·章句〉》,《训诂研究》第 1 辑,北京:北京师范大学出版社,1981 年。

②黄侃:《文心雕龙札记》,北京:中华书局,1962 年,第 125、133 页。

③张之强:《读〈文心雕龙札记·章句〉》,《训诂研究》第 1 辑,北京:北京师范大学出版社,1981 年。

《文心雕龙·隐秀》最迟在元代已成残篇，自“始正而末奇”至“朔风动秋草”之“朔”四百余字，为明人伪撰①。黄侃先证明人补文之伪：“详此补亡之文，出辞肤浅，无所甄明，且原文明云：思合自逢，非由研虑，即补亡者，亦知不劳妆点，无待裁镕，乃中篇忽羼入驰心、溺思、呕心、煅岁诸语，此之矛盾，令人笑诧，岂以彦和而至于斯？至如用字之庸杂，举证之阔疏，又不足诮也。案此纸亡于元时，则宋时尚得见之，惜少征引者，惟张戒《岁寒堂诗话》引刘勰云：情在词外曰隐，状溢目前曰秀，此真《隐秀》篇之文。今本既云出于宋椠，何以遗此二言？然则赝迹至斯愈显，不待考索文理而亦知之矣。”再述自己补作之由：“夫隐秀之义，诠明极艰，彦和既立专篇，可知于文苑为最要，但篇简佚空，微言遂阕，是用仰窥刘旨，旁缉旧闻，作此一篇，以备搴采。”②韩经太明确说：“我以为，这一行为本身就是值得关注的，它所体现出来的学术精神，实质上是述而有作，分明区别于传统的‘述而不作’。正是在此‘有

①纪昀曰：“癸巳三月，以《永乐大典》所收旧本校勘，凡阮本所补，悉无之，然后知其真出伪撰。”又曰：“此一页词殊不类，究属可疑。‘呕心吐胆’似摭玉溪《李贺小传》‘呕出心肝’语。‘煅岁炼年’似摭《六一诗话》周朴‘月煅季炼’语。称渊明为彭泽，乃唐人语，六朝但有征士之称，不称其官也。称班姬为匹妇，亦摭钟嵘《诗品》语。此书成于齐代，不应述梁代之说也。且《隐秀》二段，皆论诗而不论文，亦非此书之体，似乎明人伪托，不如从元本缺之。”此据道光十三年(1833)冬刊于两广节署的芸香堂本《文心雕龙》引录，据芸香堂本覆刻的翰墨园本以及据翰墨园本翻印的《四部备要》本，《隐秀》篇“纪评”均有严重的阙漏；“范注”据扫叶山房石印本引录“纪评”则有讹误，如“隐秀二段”误作“隐秀三段”，李曰刚的《文心雕龙斠诠》和詹锳的《文心雕龙义证》皆从“范注”过录“纪评”，故均误。

②黄侃：《文心雕龙札记》，北京：中华书局，1962年，第196页。

作'的过程中,会产生一些对原著的创造性的阐释。"①黄侃文辞渊懿,自成家数,骈散兼擅,言意俱佳,所作《补文心雕龙隐秀》具有极高的艺术水准,堪与彦和原作相媲美。陈冠一谓:"黄氏此文,取材浩博,训诂深茂,补葺遗漏,殊非浅鲜,苟非通德达才,直可盖与勰书并垂千古,而不朽者矣。"②傅庚生谓黄侃"补作《隐秀》一篇,大体说来还不失彦和立篇的初意"③。周振甫亦谓"黄侃《札记》又拟了一篇《隐秀》,其中颇有胜义"④。李开金更是强调:"其实,《隐秀》一篇,在《札记》中也最为重要,可以说是点睛之笔。"⑤郭鹏曾将黄侃补作与伪补文进行对比研究,得出结论:"黄侃思想与伪补文不合处,正是其合于刘勰原意之处。黄氏的补文是对《文心》整体思想透彻了悟的基础上作出的,它理应成为我们理解'隐秀',理解《文心雕龙》思想的重要津梁。"⑥文成之后,先载于《国故》,继又刊于《华国》,后又在发行量和影响更大的《晨报》艺林社副刊发表,可见作者本人对此甚为满意。补作一经发表,学界震动,海内争诵,不仅收入当时流行的《文学论集》一书,而且徐复、赵西陆等学者纷纷为之笺注⑦,摭拾典记,傅以诂训,俾便称说,用启来学,恰如黄侃为舍人之书做札记一样。这种由

---

①韩经太:《中国文学批评史研究》,福州:福建人民出版社,2006年,第80页。

②陈冠一:《〈文心雕龙〉之研究》,《楚雁》1935年第2期。

③傅庚生:《论文学的隐与秀》,《东方杂志》1947年第43卷第3号。

④周振甫:《文心雕龙注释》,北京:人民文学出版社,1983年,第438页。

⑤李开金:《读〈文心雕龙札记〉》,《武汉大学学报》1986年第1期。

⑥郭鹏:《试论黄侃补文与〈文心雕龙〉的"隐秀"》,《文学前沿》2008年第13辑。

⑦徐复的《黄补〈文心雕龙·隐秀篇〉笺注》,发表于《金陵学报》1938年第8卷第1、2期;赵西陆的《黄侃补〈文心雕龙·隐秀篇〉笺》,刊发于《国文月刊》1945年9月第38期。

诠释而进入创造的境地,充分体现了《札记》一书的现代性特色①。

二、研究方法

　　传统"龙学"不外校注、评点二途,《札记》则在研究方法上有了重大突破,从而凸显其书鲜明的现代性。黄侃在太炎师讲解《文心雕龙》时采用的总评、解句加简单校注的基础上,形成了文字校注、资料笺证和义理诠释三结合的研究方法,且特别注重篇旨意蕴的阐释和术语命题的辨析,表现出强烈的理论性和严密的逻辑性。我们将《札记》的全部内容进行分类统计,其研究方法的特点则清晰可见。

表 1　黄侃《文心雕龙札记》内容分类统计表

类别 篇名		总　评		解　　句			附　录		备　注
		解题	撮述	校勘	出典	释义	文献	作品	
1	原道	1		2	7	5	3		论文辞封略
2	征圣	1		1	4	3			
3	宗经	1			5	10			
4	正纬	1		2	3	3	2		
5	辨骚	1		1	3	5			
6	明诗	1		3	8	2	4	1	录《诗品讲疏》

①韩经太在分析黄侃《隐秀》补作的价值和意义时说:"注重融情思于景象,但又不拘束于物色形似,而将视野放展到叙事与抒情领域,其思路既清晰,其见解亦精确。而这种清晰与精确,不能不考虑到黄侃毕竟已身处 20世纪 20 年代这一历史的真实。"(韩经太:《中国文学批评史研究》,福州:福建人民出版社,2006 年,第 81 页)

类别 篇名		总　评		解　　句			附　录		备　　注
		解题	撰述	校勘	出典	释义	文献	作品	
7	乐府	1		2	10	4	12	3	录《乐府诗集》
8	诠赋	1		2	2	5	2	5	录《国故论衡》
9	颂赞	1			9	7			篇中分解题旨
10	议对			2	11	3		1	此篇无总评
11	书记	1		1	18	17	6		于解句中解题
12	神思		1		1	10			论全书结构
13	体性	1			13	16			
14	风骨	1				8			创意解题
15	通变	1		1	2	7	1		创意解题
16	定势	1		2		3			创意解题
17	情采	1							此篇仅有解题
18	镕裁	1					1		此篇仅有解题
19	声律	1		5	2	12	4		
20	章句	1					3		此篇多自造
21	丽辞	1					4		
22	比兴	1		4	10	3		1	
23	夸饰		1		3		2		
24	事类	1							此篇仅有解题
25	练字	1		2	1				
26	隐秀		1						此篇为创作
27	指瑕	1		1	9	2			
28	养气	1			2				

续表

类别　　篇名	总评		解　句			附　录		备　注
	解题	撮述	校勘	出典	释义	文献	作品	
29　附会	1							此篇仅有解题
30　总术	1		2		7	4		详论文笔源流
31　序志			1	10	6	4		此篇无总评
合　计	26	3	34	133	140	52	11	
	29		307			63		

　　《札记》内容可分为总评、解句和附录三大类，其中总评以推考源流、解释题号为主，间以撮述内容要点；解句大致包含校勘、出典和释义三项，少数篇目的解题寓于解句之中；附录主要包括作品和文献两类材料，或在篇末，或在解句条目之中。对于这些内容的研究方法，《札记·题辞及略例》首先做了说明："今为讲说计，自宜依用刘氏成书，加以诠释。"这就揭示了对《文心雕龙》的诠释是《札记》主要的研究方法，而且在具体篇目中，黄侃又不断地强调这一研究方法。《札记·乐府》谓"今先顺释舍人之文，次录《乐府诗集》每类序说于后"；《札记·声律》又谓"今仍顺释舍人之文，附沈、陆、钟三君之说于后"。就是说总评之后，先诠释正文，再附录材料。有时，黄侃还特别强调诠释的目的、过程和重点。《札记·章句》曰："今释舍人之文，加以己意，期于夷易易遵，分为九章说之。"此乃说明诠释目的。《札记·夸饰》曰："今且求之经传，以征夸饰之不能悉祛，更为析言夸饰所由成之理，而终之以去夸不去饰之说。"此乃说明论证过程。《札记·总术》曰："自篇首至知言之选句，乃言文体众多。自此以下，则明文体虽多，皆宜研术，即以证圆鉴区域大判条例之不可轻。纪氏于前段则云汗

漫,于次节则云与前后二段不相属,愚诚未喻纪氏之意也。今当取全文而为之销解,庶览者毋惑焉。"①此乃说明销解重点在理清原文的逻辑脉络。

　　黄侃以诠释为主要研究方法,故总评、解句和附录三类中,总评乃重中之重,是《札记》的灵魂和核心,全书三十一篇札记,除《序志》作为全书序言无需解题外,只有《议对》一篇无总评,《颂赞》《书记》两篇于解句中解题,而《情采》《镕裁》《事类》《附会》四篇则只有解题,没有校注。这既体现了黄侃对总评题解的高度重视,又反映出《札记》侧重理论分析的现代特色。凭借对《文心雕龙》相关篇目的总评,黄侃不仅阐释了刘勰许多重要的文学思想,而且也提出了不少自己独到的理论见解。如《原道》解题,一方面分析彦和所原之道为自然之道,另一方面又指出自然之道源自"庄韩之言道",与后人所言"文以载道"截然不同。又如《明诗》解题,在肯定"彦和析论文体,首以《明诗》,可谓得其统绪"的同时,也指出其不足:"然篇中所论,亦但局于雅俗所称为诗者,则时序所拘,虽欲复古而不可得也。"接着提出自己的观点:"自我观之,诗体有时而变迁,诗道无时而可易,欲求上继风雅,下异讴谣,革下里之庸音,绍词人之正辙,则固有共循之术焉。曰:本之情性,协之声音,正之以文采,齐之以法度而已矣。"②《札记·书记》虽无总评,然黄侃于解句中穿插解题,且表明其兼顾纯、杂文学的文辞封域观:"……据此诸文,知古代凡竹箸简策者,皆书之类。又记者,疏也。疋,记也。知记之名,亦缘有文字箸之竹帛,不限于

---

① 黄侃:《文心雕龙札记》,北京:中华书局,1962 年,第 1、34、117、100、126、178、209 页。

② 黄侃:《文心雕龙札记》,北京:中华书局,1962 年,第 23 页。

告人，故书记之科，所包至广。彦和谓书记广大，衣被事体，笔札杂名，古今多品，是真能悉文章之原者。纪氏乃欲删其繁文，是则有意狭小文辞之封域，乌足与知舍人之妙谊哉？"①

　　黄侃学殖深厚，又擅长文辞，故能妙解文心，深得文理。在《札记》的题解总评中，不乏极富创意的理解和精妙绝伦的阐释。《文心雕龙·风骨》历来争议最大，因为"风骨"二者皆为喻象，若胶柱于字词表面，则难免凿空之论。黄侃深谙个中三昧，因此采取了独特的解题方法："《风骨》篇之说易于凌虚，故首则诠释其实质，继则指明其途径，仍令学者不致迷罔，其斯以为文术之圭臬者乎。"在他看来，"风骨"的实质在于命意与修辞，"文之有意，所以宣达思理，纲维全篇，譬之于物，则犹风也。文之有辞，所以摅写中怀，显明条贯，譬之于物，则犹骨也。必知风即文意，骨即文辞，然后不蹈空虚之弊。或者舍辞意而别求风骨，言之愈高，即之愈渺，彦和本意不如此也"。故其首先指出刘勰以"风骨之名"为比，以"意辞之实"为所比，揭示"风骨"与"意辞"之间的名实关系，即能指与所指关系；接着用八个"其曰"，结合文本所述，阐释"刘氏之论，风骨与意辞，初非有二"。为文者欲健其风骨、美其风骨，则必致力于命意修辞，以此为途径，文章方能有风骨。因此，黄侃在诠其实质之后，继以指明途径："彦和既明言风骨即辞意，复恐学者失命意修辞之本而以奇巧为务也，故更揭示其术曰：镕铸经典之范，翔集子史之术，洞晓情变，曲昭文体，然后能孚甲新意，雕画奇辞。昭体故意新而不乱，晓变故辞奇而不黩。明命意修辞，皆有法式，合于法式者，以新为美，不合法式者，以新为病。推此言之，风藉意显，骨缘辞章，意显辞章，皆遵轨辙，非夫弄虚响以为

①黄侃：《文心雕龙札记》，北京：中华书局，1962 年，第 80 页。

风,结奇辞以为骨者矣。"①黄侃认为"作文之术,诚非一二言能尽,然挈其纲维,不外命意修词二者而已"②。"风骨"乃中国文人孜孜以求的理想风格境界,而命意修辞又是为文之术的核心要义所在,黄侃将两者合为一体,强调在命意修辞中熔铸风清骨峻、遍体光华的文章风格。此乃创造性诠释,不仅道出了原典实际上说了什么(实谓),想要表达什么(意谓),而且阐释了原典可能蕴含哪些意义(蕴谓),应该指谓什么(当谓),甚至还包含阐释者必须践行什么、创造性地表达什么(创谓)。

　　如此创造性诠释,《札记》中还有很多。《通变》题解论"通变"即为复古、师古,见似不得要领,实则深契彦和之意,将《文心》蕴含的意旨和盘托出。所谓:"此篇大指,示人勿为循俗之文,宜反之于古。其要语曰:矫讹翻浅,还宗经诰。斯斟酌乎质文之间,而櫽括乎雅俗之际,可与言通变矣。此则彦和之言通变,犹补偏救弊云尔。文有可变革者,有不可变革者。可变革者,遣辞捶字,宅句安章,随手之变,人各不同。不可变革者,规矩法律是也,虽历千载,而粲然如新,由之则成文,不由之而师心自用,苟作聪明,虽或要誉一时,徒党猥盛,曾不转瞬而为人唾弃矣。"然而,黄侃认为通变"宜反之于古"的观点,是建立在"根柢无易其固"的基础上,即立足于《通变》原文的论述,同时又力求"裁断必出于己",即通过文本诠释得出独创的结论。"彦和此篇,既以通变为旨,而章内乃历举古人转相因袭之文,可知通变之道,惟在师古,所谓变者,变世俗之文,非变古昔之法也。自世人误会昌黎韩氏之言,以为文必己出;不悟文固贵出于己,然亦必求合于古人之法,博览往

①黄侃:《文心雕龙札记》,北京:中华书局,1962年,第99—100页。
②黄侃:《文心雕龙札记》,北京:中华书局,1962年,第112页。

载,熟精文律,则虽自有造作,不害于义,用古人之法,是亦古人
也。若夫小智自私,讦言欺世,既违故训,复背文条,于此而欲以
善变成名,适为识者所嗤笑耳。彦和云:夸张声貌,汉初已极,自
兹厥后,循环相因,虽轩翥出辙,而终入笼内。明古有善作,虽工
变者不能越其范围,知此,则通变之为复古,更无疑义矣。陆士衡
曰:收百世之阙文,采千载之遗韵,谢朝华于已披,启夕秀于未振。
此言通变也。普辞条与文律,良余膺之所服,练世情之常尤,识前
修之所淑。此言师古也。抽绎其意,盖谓法必师古,而放言造辞,
宜补苴古人之阙遗。究之美自我成,术由前授,以此求新,人不厌
其新,以此率旧,人不厌其旧。"①

　　《札记》的解句内容有校字、出典、释义三项,而校字仅有三十
四条,其中还包括引孙诒让和李详的校字各占五条,可见黄侃本
意并不在校勘方面。出典一百三十三条,释义一百四十条,相较
于"范注"和"杨注"侧重于出典,"黄札"显然以诠释为主。要之,
"黄札"在总评解题和解句释义中,特别重视各篇主旨和文本要义
的揭示,非常关注整体结构和内在联系的指点,黄侃凭借其深厚
的学养、敏锐的感悟和独到的眼光,钩玄剔抉,探骊得珠,张皇幽
眇,指示关节,致力于对《文心雕龙》全书主旨要义的探讨和逻辑
结构的把握,表现出强烈的现代学术意识。

　　先看揭示篇目主旨和文本要义方面的内容。《征圣》解题曰:
"此篇所谓宗师仲尼以重其言。纪氏谓为装点门面,不悟宣尼赞
《易》、序《诗》、制作《春秋》,所以继往开来,唯文是赖。后之人将
欲隆文术于既颓,简群言而取正,微孔子复安归乎?"解"或简言以
达旨"四句曰:"文术虽多,要不过繁简隐显而已,故彦和征举圣

①黄侃:《文心雕龙札记》,北京:中华书局,1962年,第102—103页。

文,立四者以示例。"释"衔华佩实"曰:"此彦和《征圣》篇之本意。"
又,解《宗经》"禀经以制式"二句曰:"此二句为《宗经》篇正意。"评
《正纬》"无益经典,而有助文章"曰:"此言甚谛。"评《辨骚》"虽取
镕经意,亦自铸伟词"曰:"二语最谛。"解《明诗》"诗有恒裁"八句
曰:"此数语见似肤廓,实则为诗之道已具于此,随性适分四字,已
将古今家数派别不同之故包举无遗矣。"又,《乐府》解题曰:"彦和此
篇大恉,在于止节淫滥。"《诠赋》解题曰:"观彦和此篇,亦以丽辞雅
义,符采相胜,风归丽则,辞翦美稗为要,盖与仲治同其意恉。"评《议
对》"郊祀必洞于礼"四句曰:"彦和此四语,真扼要之言。"①

　　下篇创作论部分,黄侃的评解之言更是胜义纷披。释《神思》
"陶钧文思,贵在虚静"曰:"文章之事,形态蕃变,条理纷纭,如令
心无天游,适令万状相攘。故为文之术,首在治心,迟速纵殊,而
心未尝不静,大小或异,而气未尝不虚。执璇机以运大象,处户牖
而得天倪,惟虚与静之故也。"释"博而能一"曰:"四字最要。不
博,则苦其空疏;不一,则忧其凌杂。于此致意,庶思学不致偏废,
而罔殆之患可以免。"释"杼轴献功"曰:"此言文贵修饰润色。拙
辞孕巧义,修饰则巧义显;庸事萌新意,润色则新意出。凡言文不
加点,文如宿构者,其刊改之功,已用之平日,练术既熟,斯疵累渐
除,非生而能然者也。"《体性》解题曰:"体斥文章形状,性谓人性
气有殊,缘性气之殊而所为之文异状。然性由天定,亦可以人力
辅助之,是故慎于所习。此篇大恉在斯。"释《通变》"先博览以精
阅"曰:"博精二字最要,不博则师资不广,不精则去取不明,不博
不精而好变古,必有陷沔之忧矣。"《情采》解题曰:"舍人处齐梁之

① 黄侃:《文心雕龙札记》,北京:中华书局,1962 年,第 10、11、12、15、19、21、
　　29、33、56、78 页。

世,其时文体方趋于缛丽,以藻饰相高,文胜质衰,是以不得无救正之术。此篇恉归,即在挽尔日之颓风,令循其本,故所讥独在采溢于情,而于浅露朴陋之文未遑多责,盖揉曲木者未有不过其直者也。"《比兴》解题曰:"题云比兴,实侧注论比,盖以兴义罕用,故难得而繁称。"《指瑕》解题曰:"此篇所指之瑕,凡为六类:一、文义失当之瑕;二、比拟不类之瑕;三、字义依稀之瑕;四、语音犯忌之瑕;五、掠人美辞之瑕;六、注解谬误之瑕。"释《总术》"思无定契,理有恒存"曰:"八字最要。不知思无定契,则谓文有定格,不知理有恒存,则谓文可妄为,救此二流,咨惟舍人矣。"释《序志》"古来文章,以雕缛成体"曰:"此与后章文绣鞶帨离本弥甚之说,似有差违,实则彦和之意,以为文章本贵修饰,特去甚去泰耳。全书皆此旨。"释"及其品列成文"七句曰:"此义最要。同异是非,称心而论,本无成见,自少纷纭。故《文心》多袭前人之论,而不嫌其钞袭,未若世之君子必以己言为贵也。即如《颂赞》篇大意本之《文章流别》,《哀吊》篇亦有取于挚君,信乎通人之识,自有殊于流俗已。"①

　　再看指点结构体系和篇目关系方面的内容。对于舍人之书严密的结构体系,前人若有所悟,提出过一些零星的赞语,其中论述稍详的要算曹学佺。他在《文心雕龙·序》中说:"雕龙上廿五篇,铨次文体;下廿五篇,驱引笔术。而古今短长,时错综焉。其原道以心,即运思于神也;其征圣以情,即体性于习也。宗经诎纬,存乎风雅;诠赋及余,穷乎变通。良工心苦,可得而言。"②曹

---

① 黄侃:《文心雕龙札记》,北京:中华书局,1962 年,第 91、93、94、105、110、173、200、217、218、222 页。

② 中国《文心雕龙》学会、全国高校古籍整理委员会编辑:《文心雕龙资料丛书》(下),北京:学苑出版社,2004 年,第 839—840 页。

氏试图从《文心》上下篇目之间的对应关系来探讨全书的结构体
系,"可是稍一思量,便知他在玩弄语词,乱加联系,并没有道出刘
氏的'苦心'"①。首次道出彦和的"良工心苦",揭示《文心雕龙》
的结构体系的人是黄侃。他在《神思》篇解题说:"自此至《总术》
及《物色》篇,析论为文之术,《时序》及《才略》已下三篇,综论循省
前文之方。比于上篇,一则为提挈纲维之言,一则为辨章众体之
论。诠解上篇,惟在探明征证,确举规绳而已,至于下篇以下,选
辞简练而含理闳深,若非反复疏通,广为引喻,诚恐精义等于常
理,长义屈于短词;故不避骈枝,为之销解。"②这段论述表明《札
记》对《文心雕龙》上下篇之间的整体关系及各自特点,尤其是下
篇的内在结构有明确的认识,如将其论述以图表形式表现出来,
则可以清晰地显示舍人之书的结构体系。

表 2　黄侃《文心雕龙札记》论《文心雕龙》结构体系表

文心雕龙			
上　篇		下　篇	
辨章众体之论		提挈纲维之言	
(文之枢纽)	(论文叙笔)	析论为文之术	综论循省前文之方
(原道—辨骚)	(明诗—书记)	神思—总术、物色	时序、才略、知音、程器
	探明征证,确举规绳	反复疏通,为之销解	

　　黄侃"手自编校"的《札记》集中论述"析论为文之术"部分的

---

①祖保泉:《试论杨、曹、钟对〈文心雕龙〉的批点》,《文心雕龙学刊》第 4 辑,
　济南:齐鲁书社,1986 年。
②黄侃:《文心雕龙札记》,北京:中华书局,1962 年,第 91 页。

内容,故对其中篇目之间的内在联系多有揭示,如对《神思》篇的"陶钧文思,贵在虚静"问题,谓"此与《养气》篇参看";就《养气》篇而言,"此篇之作,所以补《神思》篇之未备,而求文思常利之术也"。此外,认为《章句》之作,"当与《镕裁》《附会》二篇合观,又证以《文赋》所言,则于安章之术灼然无疑矣"。而《附会》"亦有附辞会义之言……与《镕裁》《章句》二篇所说相备,然《镕裁》篇但言定术,至于术定以后,用何道以联属众辞,则未暇晰言也。《章句》篇致意安章,至于章安以还,用何理以斟量乖顺,亦未申说也。二篇各有首尾圆合、首尾一体之言,又有纲领昭畅、内义脉注之论,而总文理定首尾之术,必宜更有专篇以备言之,此《附会》篇所以作也"。《总术》篇解题又强调:"此篇乃总会《神思》以至《附会》之旨,而丁宁郑重以言之,非别有所谓总术也。篇末曰:文体多术,共相弥纶,一物携贰,莫不解体,所以列在一篇,备总情变。然则彦和之撰斯文,意在提挈纲维,指陈枢要明矣。"①

《札记》以诠释为主,即使附录材料亦不离诠解辨析,更有甚者,黄侃一些重要的文论思想和学术观点,就是在附录材料时提出的。《原道》"乾坤两位,独制文言,言之文也,天地之心哉"解句谓:"仪征阮君因以推衍为《文言说》,而本师章氏非之。今并陈二说于后,决之以己意。"黄侃在附录阮元《文言说》《书梁昭明太子文选序后》《与友人论古文书》后,再陈述太炎师的观点,最后提出自己的文辞封略观。《通变》附录钱大昕《与友人书》,以示对桐城义法的强烈不满!《声律》附录沈约、陆厥、钟嵘三家之说,并于解题中明确表示赞同钟嵘的观点:"善乎钟记室之言曰:文制本须讽读,不可塞碍,但令清浊通流,口吻调利,斯为足矣。斯可谓晓音

---

① 黄侃:《文心雕龙札记》,北京:中华书局,1962年,第91、204、144、206、209页。

节之理,药声律之拘。"《丽辞》附录阮元、李兆洛四文,并于解题中对骈散两家各执一端的偏颇给予批评,主张骈散兼顾的中道观。《夸饰》附录太炎师《征信论》并评曰:"本师所著《征信论》二篇,其于考案前文,求其谛实,言甚卓绝,远过王仲任《艺增》诸篇,兹录于左,以供参镜。"《总术》节录范晔《在狱与甥侄书》、沈约《宋书·谢灵运传论》、昭明太子《文选序》、梁元帝《金楼子·立言》诸篇,并对阮元《文笔对》的观点进行评述,进而提出"合笔于文中,而文囿恢弘"的文笔兼顾的文学观①。

结　语

李曰刚曾对《札记》的历史背景和现代价值做过精彩的评价,这一评价经常为学界所引用。我当初读到这一评价时也认为其精彩绝伦,同时又有陈义过高的感觉,因为缺乏理解的阶梯。现在经过上述三节六个方面的论述,则发现李氏之评不仅精彩绝伦,而且恰如其分。因此,引用李评来结束本章,当是最好的结语——"民国鼎革以前,清代学士大夫多以读经之法读《文心》,大别不外校勘、评解二途,于彦和之文论思想甚少阐发。黄氏《札记》适完稿于人文荟萃之北大,复于中西文化剧烈交绥之时,因此《札记》初出,即震惊文坛,从而令学术思想界对《文心雕龙》之实用价值,研究角度,均作革命性之调整,故季刚不仅是彦和之功臣,尤为我国近代文学批评之前驱。"②

---

①黄侃:《文心雕龙札记》,北京:中华书局,1962年,第3—4、117、181、211页。
②李曰刚:《文心雕龙斠诠》下编,台北:"中华丛书"编审委员会,1982年,第2515页。

第五章　范文澜对黄札的承袭与超越

　　范文澜的《文心雕龙注》是 20 世纪重要的学术经典,被誉为《文心雕龙》研究史上的一座里程碑!"范注"集前人校注之大成,奠后人注书之基石,从深度和广度两个方面,把《文心雕龙》研究推上了一个新的高峰,成为"龙学"研究者必读的进阶书目,范氏也由此成为彦和隔世之知音,《文心》异代之功臣。

　　1925 年,范文澜的第一部学术著作《文心雕龙讲疏》由天津新懋印书局出版发行。随后,范氏以《讲疏》为基础,又另著新的《文心雕龙注》,1929—1931 年由北平文化学社分上、中、下三册出版;接着范氏又对新《注》进行修订改版,1936 年由上海开明书店出版七册线装本《文心雕龙注》。北平文化学社本系根据新懋印书局本大加修订而重造的一本新《注》,开明书店本又是从文化学社本改编修订而来,至此"范注"基本定型。1958 年经作者请人核对和责任编辑又一次订正,人民文学出版社分两册重印,这就是现在流行的本子。

　　范书各版本之间前后增删损益之脉络,相继订补修正之状况,不仅反映了范氏精益求精的治学态度,而且牵涉范书与其师黄侃《文心雕龙札记》之间错综复杂的承袭与超越之关系,是我们正确把握这一学术公案的一条重要路径。学界不时有人提出"范注"过于倚重《札记》,对其承袭过多乃至抄袭的问题。然而,笼统地这样说并不符合事实真相,通过各版本之间的仔细比勘,笔者发现《讲疏》确实存在这样的问题,不仅体例上以《札记》为准,而且内容上尽收"黄札",甚至著述风格也与"黄札"保持一致。不过,文化学社本"范注"已采取多种方法对《札记》进行淡化处理,并根据新的例言体例,消解原书的讲疏体色彩,以合新的校注体特点,从而凸显其书自身的价值,经过开明书店本的进一步完善,最终确立了《文心雕龙》校注的新范式,完成了对《札记》的学术超越,使"范注"成为继《札记》之后"龙学"史上又一里程碑式的著作。

第一节　《讲疏》对黄札的承袭

范文澜 1913 年入北大文预科,次年转入本科国学门,1917 年毕业。此间正值黄侃在校讲授《文心雕龙》,《札记》即是其任教北大的授课讲义。对于在北大的学习往事,范氏对其助手蔡美彪回忆说:"那时北大的教员,我们前一班是桐城派的姚永概。我们这一班就是文选派了。教员有黄季刚、陈汉章、刘申叔等人。"①可见其对《文心雕龙》的研究渊源有自。

《讲疏》是范文澜的处女作,该书的写作深受其师影响,而出版则在《札记》之前。范氏在自序中说:"曩岁游京师,从蕲州黄季刚先生治词章之学。黄先生授以《文心雕龙札记》二十余篇,精义妙旨,启发无遗。退而深惟曰:'《文心》五十篇,而先生授我者仅半,殆反三之微意也。'用是耿耿,常不敢忘,今兹此编之成,盖亦

---

① 蔡美彪:《旧国学传人　新史学宗师——范文澜与北大》,蔡美彪:《学林旧事》,北京:中华书局,2012 年,第 13—14 页。

遵师教耳。异日苟复捧手于先生之门乎,知必有以指正之,使成
完书矣。"①在《札记》的影响下,范氏因教学需要,撰写了《讲疏》
一书,而其书的匆忙出版又与当时中共地下活动有关。范氏虽然
1926 年才加入共产党,但是此前他已有秘密的地下革命活动,天
津新懋印书局就是当时地下党的秘密印刷机构。范氏对蔡美彪
说过:"那时有位姓李的同志,在天津搞印刷厂,掩护党的地下活
动。没有东西印,就把我的《文心雕龙讲疏》稿子拿去印了。"②

　　匆忙之际自然很难顾及体例的完备,故《讲疏》在体例方面多
取《札记》之例。首先,其自序谓:"论文之书,莫善于刘勰《文心雕
龙》。旧有黄叔琳校注本。治学之士,相沿诵习,迄今流传百有余
年,可谓盛矣。惟黄书初行,即多讥难,纪晓岚云……今观注本,
纰缪弘多,所引书往往为今世所无,展转取载,而不著其出处,显
系浅人之为。纪氏云云,洵非妄语。然则补苴之责,舍后学者,其
谁任之?"③此乃针对黄注不足,而欲补苴罅漏,别撰新疏,体现了
一个学者的学术勇气和担当精神。而此意正本于《札记·题辞及
略例》:"《文心》旧有黄注,其书大抵成于宾客之手,故纰缪弘多,
所引书往往为今世所无,展转取载而不著其出处,此是大病。今
于黄注遗脱处偶加补苴,亦不能一一征举也。"④此外,范氏又在
自序中直接引录《札记·题辞及略例》曰:

　　　　瑞安孙君《札迻》有校《文心》之语,并皆精美,兹悉取之,

①范文澜:《文心雕龙讲疏·自序》,天津:新懋印书局,1925 年,第 3 页。
②蔡美彪:《旧国学传人　新史学宗师——范文澜与北大》,蔡美彪:《学林旧
　事》,北京:中华书局,2012 年,第 15 页。
③范文澜:《文心雕龙讲疏·自序》,天津:新懋印书局,1925 年,第 3 页。
④黄侃:《文心雕龙札记》,北京:中华书局,1962 年,第 1—2 页。

以入录。今人李详审言有《黄注补正》，时有善言，间或疏漏；兹亦采取而别白之。

　　《序志篇》云："选文以定篇。"然则诸篇所举旧文，悉是彦和所取以为程式者，惜多有残佚；今凡可见者，并皆缮录，以备稽考。惟除《楚辞》《文选》《史记》《汉书》所载，其未举篇名，但举人名者，亦择其佳篇随宜移写。若有彦和所不载，而私意以为可作楷槷者，偶为抄撮，以便讲谈，非敢谓愚所去取尽当也。

　　《讲疏》卷首有梁启超序和作者自序，没有例言，缺乏体例，故以《札记》之例代之。所谓："窃本《略例》之义，稍拓其境宇，凡古今人文辞，可与《文心》相发明印征者，耳目所及，悉采入录。虽《楚辞》《文选》《史》《汉》所载，亦间取之，为便讲解计也。黄注有未善，则多为补正，其或不劳更张，则直书'黄注曰云云''黄注引某书云云'。"①就是说《讲疏》之体例，本《札记》而稍广之。一者，孙诒让《札迻》、李详《黄注补正》所校《文心》之语，并皆录入；二者，《文心》所述相关作品、刘勰论及的相关人物的代表作品，乃至古今人等文辞，凡可与《文心》相互发明印证者悉采入录，甚至《札记》所不取之《楚辞》《文选》《史记》《汉书》所载，亦间或取之；三者，对黄注未善未备之处进行补充订正，而黄注精当者则直接引录。

　　《讲疏》不仅体例上以《札记》为准，内容上也秉持多多益善的态度，"于黄氏之说，唯恐或遗"，因而采取探囊揭箧的方法，几乎将《札记》悉数收于《讲疏》之中。范氏在《声律》篇自谓："此篇文

---

① 范文澜：《文心雕龙讲疏·自序》，天津：新懋印书局，1925 年，第 3—4 页。

颇难读，前后释义，盖采黄先生之说为多云。"①其实，不止是《声律》篇多采《札记》，这种现象在全书都很普遍。我们以《原道》为例，略作说明。在《原道》篇，《讲疏》于《札记》一方面采其大者、要者、多者。所谓大者，就是《札记》开篇关于"原道"八百余字的解题，《讲疏》于篇末注后尽录之，并按"本篇以'原道'名篇，黄先生论之曰……"所谓要者，就是《札记》在附录阮元三文后，有一段关于"文辞封略"的重要论述，《讲疏》也以"黄先生论文辞封略"为题全录之。所谓多者，就是《札记》于篇中附录或节录的阮元《文言说》《书梁昭明太子文选序后》《与友人论古文书》，三文篇幅不小，《讲疏》不仅连同黄氏评语依样照录，而且还模仿其师的语意说："清儒阮元著'文言'说，虽不足以尽文章之封域，而实有见于文章之原始。黄先生复为之评语，是非昭然。兹录其文如下。"②另一方面，《讲疏》又对《札记》具体的词条注文，或直录、或暗引、或略改，几乎全盘照收。《札记·原道》连同题解一共有十五条注文，范氏除"肇自太极""观天文以极变""发辉事业"三条未取外，其他都予以采录。其中，直接标示"黄先生曰"的六条，暗引的五条，略作改动的一条。

《讲疏》内容上过于倚重《札记》的又一表现，诚如章用所言："总观全书，一以黄氏《札记》之繁简为详略焉。《札记》所曾涉者，虽连篇累牍，未厌其多；《札记》所不及者，只依黄注笺释，略有出入。"③黄侃精于小学，以为"一切文辞学术，皆以章句为始基"，故《札记·章句》写得最详，共九章约两万五千余言，却没有一条词

---

①范文澜：《文心雕龙讲疏》卷七，天津：新懋印书局，1925年，第14页。
②范文澜：《文心雕龙讲疏》卷一，天津：新懋印书局，1925年，第8—9、3、9页。
③章用：《〈文心雕龙讲疏〉提要》，《甲寅周刊》1925年第1卷第20号。

语校注,全是阐释发挥之言。所谓:"今释舍人之文,加以己意,期于夷易易遵,分为九章说之:一释章句之名,二辨汉师章句之体,三论句读之分有系于音节与系于文义之异,四陈辨句简捷之术,五略论古书文句异例,六论安章之总术,七论句中字数,八论句末用韵,九词言通释。"①《讲疏·章句》全篇只有六个注,而对《札记》所释所论则大加移录,九章中仅第四章"陈辨句简捷之术"未录。如此直接稗贩其师所长,恰好暴露了《讲疏》所短。《札记》于《文心》下篇《时序》以下五篇阙如,其中《时序》不仅是《文心》五十篇中文字最长的一篇,而且内容也极其重要,《讲疏》理当加详注细才是。然而,由于此篇失去了《札记》的依傍,《讲疏》只好转而依赖黄注,全篇一共七段七十四条注,引录黄注竟然高达四十七条,约占百分之六十五,看来失去了《札记》就只剩下黄注了!难怪章用会说:"《章句》泛论篇章,无可采撷,所宜从简,则反致详;《时序》总括文史,推演变迁,本宜加详,则反从略。"②

　　由于《讲疏》对《札记》几乎是逢文必录,因而常常不及仔细辨析,以致"黄札"与"范疏"两相矛盾,连引文出现明显讹误时,范氏亦全然不知!例如,《颂赞》有言:"马融之《广成》《上林》,雅而似赋,何弄文而失质乎?"《讲疏》释曰:"《上林》无可考。黄注谓《上林》疑作《东巡》。案《东巡颂》佚文见《古文苑》。"这是沿袭《札记》之说。然而,对下文"挚虞品藻,颇为精核"一句,《讲疏》又录挚虞《文章流别论》云:"颂,诗之美者也……扬雄《赵充国颂》,颂而似雅,傅毅《显宗颂》,文与《周颂》相似,而杂以风雅之意。若马融《广成》《上林》之属,纯为今赋之体,而谓之颂,失之远矣!"这里明

①黄侃:《文心雕龙札记》,北京:中华书局,1962年,第125—126页。
②章用:《〈文心雕龙讲疏〉提要》,《甲寅周刊》1925年第1卷第20号。

确提到"若马融《广成》《上林》之属",与上文《札记》之说自相矛盾,可谓以己之矛伐己之盾!再如,《明诗》第二段注十三全部照录《札记》,先是分段引"黄先生《诗品讲疏》曰……",再分段录"挚仲治《文章流别论》曰……"①,而此段文字中又有"以挚氏之言推之……",显然错乱!《札记》引《文章流别论》至"不入歌谣之章"已结束并画上句号,下面"以挚氏之言推之……"系黄侃的申说。范氏不察,于"不入歌谣之章"后加逗号,并接"以挚氏之言推之",遂致淆乱。

此外,《讲疏》在文体样式上是对其师《诗品讲疏》的直接继承,同时在叙述方式上也与《札记》保持了连续性和一致性。五四新文化运动前后,大学教师以"讲疏"的形式,即梳理讲义、侧重义理阐发的形式,阐释古代学术经典的微言大义,满足新时代学生的求学需要,是古典新义背景下的一个潮流。黄侃在北大任教期间,不仅撰有《文心雕龙札记》,而且还有《诗品讲疏》,只是未完稿,且为讲义形式,其部分内容见于自著《札记》和范氏《讲疏》。"不过黄侃在当时还另外发表过一篇《诗品笺》,其他书中所征引的《诗品讲疏》片段悉数见于其中,仅个别字句略有增损修订。由此推断,《诗品笺》应当非常接近《诗品讲疏》的原貌,甚至就是《诗品讲疏》的别称。根据目前掌握的资料,黄侃应该是首位在大学讲授《诗品》专题研究课程的学者。"②可以说,范文澜《文心雕龙讲疏》是其师《诗品讲疏》和《文心雕龙札记》综合影响的结果。从

---

①范文澜:《文心雕龙讲疏》卷二,天津:新懋印书局,1925年,第77、78—79、8—11页。

②黄侃等撰,杨焄整理:《钟嵘诗品讲义四种》,上海:上海古籍出版社,2018年,第3页。

文体来说,他选择了当时流行的,也是其师正在尝试的"讲疏"体①;就经典而言,他看上了诗文评的龙头,也是其师已经开讲的《文心雕龙》。而在叙述方式和文体风格上,范氏《讲疏》对《札记》也多有继承,不仅摘记论讲任由发挥,而且材料附录多多益善。

> 《舜典》帝曰:"诗言志,歌永言,声依永,律和声。"《孔传》曰:"声谓五声,律谓六律六吕;言当依声律以和乐。"案古者诗皆可歌,歌皆合律,后世文人,不晓丝竹之音节,惟藻采章句是务,诗与乐遂分途,而不可复合。黄先生论之曰……(《乐府》注一)②

> 文之有丽辞,实本乎自然,经传诸子之文,骈句偶意,不可胜举,彼非有意为之,故彦和曰:"高下相须,自然成对。"又曰:"岂营丽辞,率然对尔。"又曰:"奇偶适变,不劳经营。"又曰:"迭用奇偶,节以杂佩,乃其贵耳。"凡此诸语,皆明奇偶无定,惟取其适。而自魏晋以来,竞为纤巧。亦犹声韵本出自然,而沈约以来,益深靡丽之病。夫文形文声,贵得自然之美,强以人为之规矩拟之,必不可得矣。范晔《狱中与诸甥侄书》,讥切当时文士之文,以为纵有会宫商清浊者,不必从根本中来。兹节录其文如下……(《丽辞》注一)③

诸如此类疏通文本内涵、阐释篇章大义的文字,在书中比比

---

① 范著之后,有其徒许文雨的《文论讲疏》,肇自 1929 年讲学北大,出版于 1937年初,书中多引范说。可见范氏《讲疏》接续其师,惠泽其徒,影响颇大。
② 范文澜:《文心雕龙讲疏》卷二,天津:新懋印书局,1925 年,第 22 页。
③ 范文澜:《文心雕龙讲疏》卷七,天津:新懋印书局,1925 年,第 57—58 页。

皆是。此种叙述方式,尽显札记讲疏之特色,而与一般的训诂校注大异其趣! 同时,受《札记》影响,《讲疏》极重材料移录,比起其师是有过之而无不及。诚如同门金毓黻所说:"范君因先生旧稿,并用其体而作新注";"称引故书连篇累牍,体同札记,殊背注体"①。

综上所述,《讲疏》对《札记》的承袭,从体例到方法、从观点到材料、从出典到校字、从文体到风格,几乎无所不包。因此,说《讲疏》是《札记》的扩展版也不为过。然而,这种情况的出现又具有一定的必然性。

首先,从学术事业薪火相传的角度看,五四运动前后,在北大教书的黄侃、陈汉章、刘师培等古文经学大师,视范文澜为衣钵传人;而范氏也立志"追踪乾嘉老辈",并以此为全部生活的唯一目标。他说:"我在大学里,被'当代大师'们'谬奖',认为颇堪传授'衣钵',鼓舞我'好自为之,勉求成立'。""我在五四运动前后,硬抱着几本经书,《汉书》《说文》《文选》,诵习师说,孜孜不倦,自以为这是学术正统,文学嫡传。"②在这样的背景下,《讲疏》之作就成了范氏继承"衣钵""诵习师说"的最好体现。范氏在《讲疏》中唯其师马首是瞻,凡《札记》所言几乎悉数收录。然而,"先生授我者仅半",范氏要在传承师说的基础上,补足《札记》缺略的另一半内容,并在文体上将"札记"推进为"讲疏"。总之,"早年的范文澜,以师从黄侃为骄傲,明确地擎起学术家派的旗帜"③;《讲疏》

① 金毓黻:《静晤室日记》第七册,沈阳:辽沈书社,1993年,第5162页。

② 陈其泰:《范文澜学术思想评传》,北京:北京图书馆出版社,2000年,第21、23页。

③ 周文玖:《史家三巨擘　同门而异彩——傅斯年、范文澜、金毓黻的交往及学术人生论析》,《史学史研究》2015年第2期。

"对黄先生的学术见解大量引用作为依据,充分说明范文澜国学成就的渊源所自,和他对老师的充分尊重"①。

其次,从大学教育内容设置的方面说,"在光绪二十九年(1903)颁布实施的《奏定大学堂章程》中,文学科大学的中国文学门科目内列有'古人论文要言'一项,规定授课内容为'历代名家论文要言(如《文心雕龙》之类,凡散见子史集部者,由教员搜集,编为讲义)'。这意味着《文心雕龙》等传统诗文评著作已不再仅供人们于闲暇时随意披览,而是被正式纳入现代大学的学科体系之中,藉助新的学术理念和研究视角,用于进行专业的文学教育。刘师培、黄侃、范文澜、刘永济等近现代学者都曾经在大学课堂上讲授过《文心雕龙》,不但积极地促进了传统观念的转换,也有效地推动了研究范式的变革"②。1922 年,范文澜到南开大学任国文教授,受其师影响,在他开设的大学课程"文论名著"中,也主要讲授《文心雕龙》,课本为其所著《文心雕龙讲疏》③。无论是"黄札",还是"范疏",原本都是他们在大学课堂讲授《文心雕龙》课程的讲义,范氏在《讲疏》自序中说:"予任南开学校教职,殆将两载,见其生徒好学若饥渴,孜孜无怠意,心焉乐之。亟谋所以餍其欲望者。会诸生时持《文心雕龙》来问难,为之讲释征引,惟恐惑迷,口说不休,则笔之于书;一年以还,竟成巨帙。以类编辑,因而名

①陈其泰:《范文澜学术思想评传》,北京:北京图书馆出版社,2000 年,第161 页。
②黄侃等撰、杨焄整理:《钟嵘诗品讲义四种》,上海:上海古籍出版社,2018年,第1 页。
③王文俊等选编:《南开大学校史资料选》,天津:南开大学出版社,1989 年,第195 页。

之曰《文心雕龙讲疏》。"①作为弟子，范氏因教学活动之急需，在自己的讲义中大量摘抄引录其师《札记》，也是很自然的事情！

再次，从时代发展历史变革的潮流讲，《札记》具有一定的革命性和批判性。一方面，《札记》具有挑战传统的革命精神，因不满《文心雕龙》传统校注的典范黄叔琳的《辑注》，而以订补其书为职志："补苴罅漏，张皇幽眇，是在吾党之有志者矣。"②另一方面，《札记》又具有针对当下的批判态度，因不满桐城派的文学观，特别是"文以载道"的保守思想，而借道家"自然之道"阐释《文心·原道》，以突破儒家正统思想的束缚。同时，在研究方法上，《札记》从传统的校注、评点中超越出来，把文字校注、资料笺证和义理诠释三者结合起来，给人以全新的视野。诚如李曰刚所说："民国鼎革以前，清代学士大夫多以读经之法读《文心》，大别不外校勘、评解二途，于彦和之文论思想甚少阐发。黄氏《札记》适完稿于人文荟萃之北大，复于中西文化剧烈交绥之时，因此《札记》初出，即震惊文坛，从而令学术思想界对《文心雕龙》之实用价值、研究角度，均作革命性之调整，故季刚不仅是彦和之功臣，尤为我国近代文学批评之前驱。"③同样，《讲疏》也具有鲜明的时代特色。范氏在继承乾嘉学风，恪守传统师法的同时，也努力顺应时代发展之潮流，将自己的首部著作，界定为追随时人从事"文艺复兴"工作之一环：

> 近时海内鸿硕，努力于文艺之复兴，汲汲如恐不及，高掌

①范文澜：《文心雕龙讲疏·自序》，天津：新懋印书局，1925年，第3页。
②黄侃：《文心雕龙札记》，北京：中华书局，1962年，第1页。
③李曰刚：《文心雕龙斠诠》下编，台北："中华丛书"编审委员会，1982年，第2515页。

远跖，驽骀者固乌足以追之。然窃谓一切读书之士，亦宜从而自勉，不得专责诸三数名宿，以为可以集事也。本此鄙怀，致忘愚昧，敬持此编，进之大雅诸君子，乞予严正之弹评。①

这里所谓"海内鸿硕"主要指梁启超和胡适等人，梁氏最早将"清学"视为中国的"文艺复兴"，胡氏则极力宣扬"五四"为中国的"文艺复兴"，"即将西方的'Renaissance'时代为标尺，用以比附/述说中国自身的学术思想的时代性格，甚或悬为文化事业的理想目标，也是和同一时代的文化人同声齐唱的具体表征"②。对他们而言，"文艺复兴"意味着通变革新，而不是完全破坏传统，这与"黄侃此时的思想并无二致"。于是，"范文澜得以不改所学，继续'追踪乾嘉老辈'，并且孜孜矻矻以文艺复兴'从而自勉'"③，最终使这部古典讲疏之作体现了鲜明的时代特色，也超越了传统的校勘评解模式，凸显了现代学术精神。所谓："读《文心》者，当知崇自然、贵通变二要义；虽谓为全书精神可也。讲疏中屡言之者，即以此故。"④此说与《札记》所论何其相似乃尔！

第二节　新《注》对黄札的超越

1927 年 5 月，范氏因面临被捕的危险从天津潜回北京。因为重新回到当时的文化学术中心，遇到赵万里、孙蜀丞、陈准等人，

① 范文澜：《文心雕龙讲疏·自序》，天津：新懋印书局，1925 年，第 4 页。
② 潘光哲：《画定"国族精神"的疆界：关于梁启超〈论中国学术思想变迁之大势〉的思考》，《中央研究院近代史研究所集刊》2006 年总第 53 期。
③ 叶毅均：《范文澜与整理国故运动》，《近代史研究》2018 年第 1 期。
④ 范文澜：《文心雕龙讲疏·自序》，天津：新懋印书局，1925 年，第 4 页。

为修订《讲疏》提供了良好的学术环境，于是他开始修订、改造自己的第一部学术著作。这次对《讲疏》的修订，不仅大大地淡化了对《札记》的因袭痕迹，而且对原书做了全方位的、颠覆性的改造，无论是书名、结构、体例，还是校勘、出典、释义，都发生了根本性的变化，几乎重造一部新《注》。可以说，文化学社本《文心雕龙注》既摆脱了对《札记》的简单承袭，又开创了《文心雕龙》校注的新范式，从而在一定意义上实现了对《札记》的超越。

《讲疏》写成后，范氏曾请寿普暄审阅，自序谓："此编荷寿普暄先生任订正标点之劳，献替臧否，获益良多。"①寿普暄即寿昀，寿镜吾长子，河北省立女子师范学院教授，后转任燕京大学教授，浙江绍兴人，与范氏同乡。1925 年 10 月 1 日，《讲疏》正式出版，寿昀旋即发表书评：

> 范仲沄先生……费了一年多的功夫"旁搜博引"，仔仔细细地著成一部"讲疏"。他这部书，我曾经读过一遍，虽然不敢过于恭维，认为是"尽善矣，又尽美也！"但是敢负责任地说，这部书实在比通行的注本好得多。我们读他这部书，旁的好处都不算，至少也可以减少好些翻书的麻烦，经济了好些时间。所以朋友们……请你们赶快买读这——《文心雕龙讲疏》。②

如果说这一书评带有强烈的广告色彩的话，那么接下来的评论则主要指陈其书的问题与不足。《讲疏》出版的同年，章用就在

①范文澜:《文心雕龙讲疏·自序》，天津:新懋印书局，1925 年，第 4 页。
②寿昀:《介绍范文澜著〈文心雕龙讲疏〉》，《南开周刊》1925 年第 1 卷第 5、6 号。

《甲寅周刊·书林丛讯》栏目发表评论文章,具体指陈其不足:
"《讲疏》之作,搜辑群书,考证根据,意求详赡,不惮裒集。乃其割
裂篇章,文情不属;以数系注,不按章句;旁引文论,钞撮全篇;囿
于师说,并所案语。"尤其对《讲疏》承袭"黄札"的问题,章氏明确
表示不满:"黄氏《札记》,自为一书。注疏自有义例,当以本书为
体,未可倚钞袭为能。尚论昔贤,取则不远,今之君子,宜矜式
焉。"①《讲疏》出版的次年,李笠又撰写了书评,对其书提出增补、
修改意见,认为当增补者有八:书考、著者年谱、刘勰遗文、旁证、
引书出处、注释、校勘、补辑;当整理者有二:正文与注疏之别异、
注疏自身之区别②。李笠主要针对《讲疏》的体例提出修改意见,
范氏后来修订其书时,有些已据以改正,有些则限于体例和著述
特点而一仍其旧。章用所述《讲疏》不足之处,有的未必确当,不
过他指出范书"一以黄氏《札记》之繁简为详略焉",则是切中肯綮
之言,也引起了范氏的高度重视!《讲疏》明显倚重《札记》,对其
承袭过多,一定程度上成了"黄札"的扩展版。对此,范氏心知肚
明,当他着手修订《讲疏》时,就明确意识到《札记》对其影响过大,
如不加以处理则其书将成为《札记》第二。因此,削减书中不厌其
烦的"黄先生曰",淡化遍布全书的"黄札"痕迹,也就成了修订的
一个重要任务。大致说来,范氏主要通过以下几种方式淡化《札
记》对其书的影响。

　　一是采取最简单的方法,即直接删除《讲疏》据《札记》、引"黄
札"的注释条目。例如,《征圣》"体要与微辞偕通,正言共精义并
用",《讲疏》大段引录"黄先生曰"以为注,修订时删此条注文。

①章用:《〈文心雕龙讲疏〉提要》,《甲寅周刊》1925 年第 1 卷第 20 号。
②李笠:《读〈文心雕龙讲疏〉》,《图书馆学季刊》1926 年第 1 卷第 2 期。

又，"然则圣文之雅丽，固衔华而佩实者也"，《讲疏》引黄先生曰："此彦和《征圣》篇之本意，文章本之圣哲，而后世专尚华辞，离本寖远，故彦和必以华实兼言。孔子曰：'质胜文则野，文胜质则史；文质彬彬，然后君子。'包咸注曰：'野如野人，言鄙略也。史者文多而质少，彬彬者，文质相半之貌。'审是则文多者固孔子所讥，鄙略更非圣人所许，奈之何后人欲去华辞，而专隆朴陋哉！如舍人者，得尚于中行者矣。"修订时亦删此条注文，连如此重要的概括篇旨之论，范老都忍痛割爱，可见"去黄"决心之大！

二是采取删除《札记》，另外出典以代之的方法。《明诗》："古诗佳丽，或称枚叔，其《孤竹》一篇，则傅毅之词，比采而推，两汉之作乎？"《讲疏》全录"黄札"以为注，修订时则尽删《札记》，先据唐写本校字，再录枚乘杂诗九首和古诗十一首，最后录朱彝尊《曝书亭集·书〈玉台新咏〉后》所作辨析。《乐府》："至于斩伐鼓吹，汉世铙挽，虽戎丧殊事，而并总入乐府。"《讲疏》据"黄札"出注，修订时改用其他文献出典，并另录《讲疏》所引崔豹《古今注》引文。

三是对书中一些既录《札记》又有己注的条目，采取删"黄札"留己注的方法。如《宗经》"……其婉章志晦，谅以邃矣"，《讲疏》先引黄先生曰："此《左氏》义。上文五石六鹢之辞，乃《公羊》说。其实《春秋》精谊，并不在此，欲详其说，宜览杜元凯《春秋经传集解序》。"再补引杜序："二曰志而晦，约言示制，推以知例，参会不地，与谋曰及之类是也。三曰婉而成章，曲从义训，以示大顺，诸所讳避，璧假许田之类是也。"[①]修订时删"黄先生曰"，仅保留自己补录的"杜序"。

四是《讲疏》从《札记》之说，而修订时则改从"纪评"、陈汉章

[①] 范文澜：《文心雕龙讲疏》卷一，天津：新懋印书局，1925年，第105、25页。

之说，或提出自己的不同看法。如《议对》："及陆机断议，亦有锋颖，而谀辞弗翦，颇累文骨：亦各有美，风格存焉。"《讲疏》全袭"黄札"以为注："案此谓士衡议《晋书》限断也。李充《翰林论》曰：'在朝辨政，而议奏出，宜以远大为本。陆机议晋断，亦名其美矣。'谀辞，正谓谄谀之辞。纪云'谀当作腴'，未知何据？陆文已阙，《全晋文》（九十七）录其数语……"①修订时改变《讲疏》观点，在《翰林论》引文之后，录"纪评"曰"谀当作腴"，并谓："士衡撰文，每失繁富，下云'颇累文骨'，则作'腴'者是也。"②"去黄"之意甚明。

当然，范氏淡化《札记》影响的最常用手法，还是对"黄札"进行发挥、改造或增删，以避免直接袭用。《正纬》："神道阐幽，天命微显，马龙出而《大易》兴，神龟见而《洪范》耀。"《讲疏》先引黄先生曰："九畴本于雒书，故《庄子》谓之九雒。先儒不言龟负，惟《中候》及诸纬言之，《洪范》伪古传，乃用其说，刘又用伪孔说也。"③又据"黄札"申述题义。修订时为了淡化《札记》影响，解题改引胡应麟、徐养原、刘师培诸说，以明谶纬性质不同及纬之起源、兴盛等。另对《札记》进行扩展、发挥，分别为"马龙出而《大易》兴，神龟见而《洪范》耀"出注。先注前句曰："《礼记·礼运》'河出马图'，郑注云：'马图，龙马负图而出也。'《正义》引《中候·握河纪》：'伏羲氏有天下，龙马负图出于河，法之以画八卦。'又引《握河纪》注云：'龙而形象马。'"再注后句曰："《易·上系》：'河出图，洛出书，圣人则之。'《正义》引《春秋纬》云：'河以通乾出天苞，洛以流坤吐地符。河龙图发，洛龟书感。河图有九篇，洛书有六篇。

---

① 范文澜：《文心雕龙讲疏》卷五，天津：新懋印书局，1925年，第32页。
② 范文澜：《文心雕龙注》中册，北平：文化学社，1929年，第492页。
③ 范文澜：《文心雕龙讲疏》卷一，天津：新懋印书局，1925年，第27页。

孔安国以为河图则八卦是也,洛书则九畴是也。'《尚书·洪范》:'天锡禹以《洪范》九篇。'"①

《序志》篇《讲疏》只有二十条注,其中直接引"黄先生曰"达十八条,可谓基本是"黄札"。修订时只有一条保留了《讲疏》所引《札记》原貌,其他都做了或多或少的修订补充,可见"去黄"之甚。例如:"夫文心者,言为文之用心也。昔涓子《琴心》,王孙《巧心》,心哉美矣,故用之焉。"《讲疏》引黄先生曰:"涓子,盖即《史记·孟子荀卿列传》之环渊。环渊楚人,为齐稷下先生(此《列仙传》所以称为齐人),言黄老道德之术,著书上下篇(《琴心》盖即此书之名,犹《王孙子》一名《巧心》也)。环,一作蠉,一作蜎,声类并同。"②修订时先引释慧远《阿毗昙心序》,并谓:"彦和精湛佛理,《文心》之作,科条分明,往古所无。盖采取释书法式而为之,故能科条明晰若此。"后接《讲疏》所录"黄先生曰",再补以"《汉书·艺文志》道家《蜎子》十三篇。自注'名渊,楚人,老子弟子'。又儒家《王孙子》一篇。自注'一曰巧心'。《释名·释言语》:'文者,会集众采以成锦绣,会集众字以成辞义,如文绣然也。'"③

值得注意的是,范氏删减、修订《札记》主要是从提高其书质量的角度考虑的,新《注》中绝大部分经过删改、补充、修订的条目,都较原来有所提高。而在无更好的补充、替代内容时,范氏则保留《讲疏》所录"黄札",不作硬性删减。甚至《讲疏》未录"黄札",只要有利于注解原文,修订时也会适当补录。如《议对》:"张敏之断轻侮,郭躬之议擅诛,程晓之驳校事,司马芝之议货钱,何

---

① 范文澜:《文心雕龙注》中册,北平:文化学社,1929年,第32页。
② 范文澜:《文心雕龙讲疏》卷十,天津:新懋印书局,1925年,第26页。
③ 范文澜:《文心雕龙注》下册,北平:文化学社,1931年,第217页。

曾蠲出女之科,秦秀定贾充之谥。"《讲疏》每句一注,共六注,全部袭自"黄札",修订时亦基本保持原貌。《体性》"是以贾生俊发,故文洁而体清……士衡矜重,故情繁而辞隐"一段,修订时特以小字标注"自此至'士衡矜重'多录《札记》语",故对《讲疏》据"黄札"所出十余条注,亦多保持原貌,仅少数略作修补。《神思》:"古人云:'形在江海之上,心存魏阙之下。'神思之谓也。文之思也,其神远矣。"《讲疏》仅录《庄子·让王篇》出典,修订时则补录《札记》曰:"此言思心之用,不限于身观,或感物而造端,或凭心而构象,无有幽深远近,皆思理之所行也。寻心智之象,约有二尚:一则缘此知彼,有斠量之能;一则即异求同,有综合之用。由此二方,以驭万里,学术之原悉从此出,文章之富,亦职兹之由矣。"①概而言之,范氏修订《讲疏》,并非仅仅为了"去黄"而删除《札记》。其对"黄札"或修订增删,或保留补录,完全视文本注疏的具体情况而定,表现出作者严谨的著述态度和崇高的人格精神。如果说《讲疏》尚处于《札记》的襁褓之中,那么文化学社本新《注》则已从"黄札"中脱颖而出,名列20世纪中国学术经典之林。

其实,《讲疏》出版后,从学界的反映来看,并未获得应有的成功。学界的批评意见,使范氏意识到不能跟在《札记》后面亦步亦趋,必须有所突破并形成特色鲜明的学术个性。有鉴于此,范氏修订其书时,从内容到形式确立了一整套规范体例,实际上是另起炉灶,别撰新《注》。

文化学社本与新懋印书局本表面看最大的区别就是书名不同,前者将原来的"讲疏"改为"注",书名的变化也意味着著述体例的不同。因此,范氏修订时尽可能地消解原书的讲疏体色彩,

---

① 范文澜:《文心雕龙注》下册,北平:文化学社,1931年,第2页。

删改原来既讲又疏的文字内容,以符合新书校注体的风格和要求。如《征圣》:"故知繁略殊形,隐显异术,抑引随时,变通会适。"《讲疏》引荀子曰:"久则论略,近则论详。略则举大,详则举小。"并谓"《史通》因之,而作《烦省篇》"①,然后节录其文,又详录《日知录》论文章繁简、刘师培论古代文词句简语文之故,尽显讲疏体特色。修订时则一改讲疏体特点,谓"会适"当据唐写本作"适会",并引《周易·系辞》及韩康伯注为证,再引"纪评"解释"繁略殊形,隐显异术",颇合注书体例。另外,《讲疏》因文体特点,书中常常关注时代精神,强调现实之用。因其不合注书体例,修订时亦予以删节调整。又,《讲疏》有些注目既有出典内容,又有讲疏之论,修订时则仅保留其出典内容,而删除其讲疏之论。

　　《讲疏》的篇章结构是各篇原文分为若干段落,注文附于每段之后,注号每段重新编排。文化学社本改变了原来的结构,将五十篇正文集中于上册,把内容丰富的注文安排在中册和下册,中册为上篇二十五篇的注文,下册为下篇二十五篇的注文,使正文与注文分册而列,相对独立,各篇注号顺序一贯到底。另外,《讲疏》成书于匆忙之中,仅有梁序和自序,缺乏明确的体例,故录"黄札"《略例》以代之。文化学社本则删《略例》,于卷首立十条例言以为全书体例。例言明确交待了注书所据底本及参校本,陈述了著述原由,指出有关正文逐条出典,征引文献详标出处,以及注疏贵在探求作意、究极微旨的方法和原则,同时强调详附材料、酌取旧说、采录雅论的写作特点,并说明注中有关称谓简称所指,最后表明祈盼读者批评指正的态度。

---

① 范文澜:《文心雕龙讲疏》卷一,天津:新懋印书局,1925 年,第 15—18 页。

　　与书名、结构和体例方面的变化相伴随的，是文本校勘、出典和释义方面的增补与修订。文化学社本与《讲疏》相对照，新补注释条目三百七十五条、修改原注条目七百二十一条、保留原注条目二百二十三条、删除原注条目三十一条。其中，新补注释条目和修改原注条目合计达到一千零九十六条，占全部注释条目的百分之八十以上，而保留原注未作任何修订的只有二百二十三条，不到全部注释条目的百分之十七，由此可见文化学社本新《注》几于重造的性质。

　　《讲疏》出版于仓促之中，加之体裁性质的限制，致使正文多有失校失注之处，"补苴之责"尚任重而道远！文化学社本利用古刻名椠校雠文本字句，通过增补条目丰富文本注释，使新《注》在字句校雠和征典释义方面有了长足的进步，有效地解决了《讲疏》存在的大量失校失注问题。撰写《讲疏》时，范氏身处天津，所见版本和资料有限，加之印刷匆忙，不及细校文本。回到北京后，范氏获得《文心》诸多善本和最新的校勘资料，为其着手校雠文本提供了可能。文化学社本正文夹校内容，就是例言首条提到的诸家校勘成果：一是黄叔琳底本及其所保留的明人校语，二是孙诒让手录顾、黄合校本校语，三是谭献、赵万里和孙蜀丞等人的校语。其中，二、三均为新增补的校雠内容，而顾、黄合校本及赵、孙所校唐写本，尤为珍贵的名椠和最新的校勘材料，具有重要的版本文献价值①。

　　新增注释条目除了正常的出典释义外，还特别重视题注的增补。《讲疏》没有题注，文化学社本给二十六篇题目增加了题注。

────────────

① 详参李平：《论文化学社本"范注"的修订特色》，《古代文学理论研究》2019年第49辑。

此外,增补的新注在出典释义方面,非唯只重典章制度与名物训诂,且亦关注是非辨正与曲折探讨。如《诸子》"研夫孟荀所述,理懿而辞雅",补注:"孟荀皆战国大儒,传孔门之学,不容轩轾于其间。荀子著书,主于明周孔之教,崇礼而劝学。其中最为口实者,莫过于《非十二子》及《性恶》两篇。王应麟《困学纪闻》据《韩诗外传》所引卿但非十子而无子思孟子,以今本为其徒李斯等所增。不知子思孟子,后来论定为圣贤耳,其在当时固亦卿之曹偶,是犹朱陆之相非,不足讶也。至其以性为伪,杨倞注曰'性为也',其义甚明。后人昧于训诂,误以为真伪之伪,遂哗然掊击,是非惟未睹其书,即《性恶》一篇,自篇首二句以外,亦未竟读矣。彦和称孟荀'理懿而辞雅',识力远胜韩愈大醇小疵之论,宋儒盲攻,更不足道。"①如此辨析评论,遂使事理昭晰。

范氏早年对《文心雕龙》一书情有独钟,文化学社本新《注》出齐后,他并没有停下脚步,而是本着精益求精、不断完善的治学态度,又着手对其进行修订,并于1936年由开明书店出版了新修订的《文心雕龙注》,这也是范氏本人修订的最后定本。至文化学社本,范氏已基本完成了对其书的重造任务,大致确立了《文心雕龙》校注的新范式,开明书店本所做的主要是局部调整与细节完善工作,其中比较重要的修订体现在以下几个方面。一是结构体例上,开明书店本将文化学社本集中在中、下册的注文,移到了每篇正文之后,以便正文与注文相互对照,不仅方便阅读,而且也符合现代著述规范。二是开明书店本书末多了一个重要的附录,即章锡琛的《校记》。章氏为开明书店的创办人,书店出版"范注"时,章氏将其据日本静嘉堂文库藏宋刊本《太平御览》所校内容附

①范文澜注:《文心雕龙注》中册,北平:文化学社,1929年,第344—345页。

之卷末,为"范注"增色颇多。三是增补了日本学者铃木虎雄的《黄叔琳本文心雕龙校勘记》,铃木是开启日本《文心雕龙》正式研究的代表人物,其《校勘记》又是具有现代学术规范的早期"龙学"著作之一,范氏此次修订不仅充分吸收其校勘成果,而且还在例言后移录其绪言与校勘所用书目。

　　《讲疏》是范氏在《札记》的基础上,对《文心雕龙》这一古代文论经典进行现代学术研究的一次尝试,由于作者在撰写过程中过于依赖"黄札",致使两者在体例、内容和风格方面相似度过高,因而这次尝试留下了诸多遗憾,招致学界不少疵议。但是,范氏并未因此感到失望,他虚心接受批评,并着手修订其书。几年后,焕然一新的文化学社本新《注》展现在人们面前。新《注》是范氏充分吸收前人及同时代学者的研究成果,尽力摆脱对《札记》的依赖,以期建立《文心雕龙》校注新范式的一次努力。这次努力获得了学界的高度称赞,新《注》被认为是"是不能否认的《文心雕龙》注释史上的划时代作品"①。而随后的开明书店本则是这一新范式的进一步完善,同时也是对《札记》的进一步超越,从此"范注"与"黄札"各自独立,花开两朵,成为两部既相关更有别的现代"龙学"经典。至人民文学出版社本,经范氏请人再次核对引文和王利器进一步订补修正②,终于使"范注"彻底取代黄注,成为学界普遍接受与认可的《文心雕龙》权威注本,在大陆、港台及海外学界具有持续深远的学术影响。

---

① 〔日〕户田浩晓著,曹旭译:《文心雕龙研究》,上海:上海古籍出版社,1992年,第30页。
② 详参李平:《王利器"范注"订补考辨》,《文献》2002年第2期。

第三节　对"似觉可怪"问题的思考

修订重造的"范注"在学界流行后,逐渐取代了原先的《讲疏》,以致《讲疏》淹没不彰。直到 21 世纪初,才有王运熙一篇介绍《讲疏》的短文。王文开头说:"范文澜同志的《文心雕龙讲疏》一书,是他的《文心雕龙注》的前身。范氏的《文心雕龙注》著称于世,今天尚流传颇广;其《文心雕龙讲疏》则知者甚少,故特作简介。"接着,王文提出了《讲疏》与新《注》之间"似觉可怪"的问题:"《讲疏》卷首原有梁启超序一篇,范氏自序一篇;《注》不录此两序,而有'例言'10 条。'例言'中没有提到《注》是在《讲疏》基础上扩展而成,似觉可怪。"①

近来,学界对王文提出的"似觉可怪"的问题似乎颇感兴趣,陆续有人发表文章,探幽索隐,以究个中三昧,以期大发人覆。张海明在其四万余字的长文《范文澜〈文心雕龙讲疏〉发覆》中说:"梁启超为范《疏》所作序言对其多有褒奖,称其'征证详核,考据精审,于训诂义理,皆多所发明,荟萃通人之说,而折衷之,使义无不明,句无不达。是非特嘉惠于今世学子,而实有大勋劳于舍人也。'梁序所言是否过誉姑置不论,以梁氏在学界的声望,得此称誉,堪比沈约之重刘勰,范氏怎会轻易割舍?"②与此同时,刘文勇在《民国时期的〈文心雕龙〉研究》(上)一文中,也对王运熙"似觉可怪"的问题发表了自己的看法:"范文澜先生《文心雕龙讲疏》中有梁

①王运熙:《范文澜的〈文心雕龙讲疏〉》,《江苏大学学报》2003 年第 2 期。
②张海明:《范文澜〈文心雕龙讲疏〉发覆》,《清华大学学报》2020 年第 4 期。
　下引此文不再出注。

启超的序和作者的自序，但在后来的《文心雕龙注》中这两序均未录入，这一奇怪现象在《文心雕龙讲疏》面世后近八十年的 2003 年，被王运熙先生观察到了。这种'可怪'现象的原因估计王运熙先生应该已经有答案了，只是为前辈讳而不肯明说而已……梁氏赐序当为著作者的荣光，很多人求之而不得，但却被范文澜先生在《讲疏》的扩充版《文心雕龙注》中取消不载，这也确实令人奇怪。"①

是的，以梁启超在学界的声望、地位和影响，能为青年学者范文澜的新书写一篇充满褒扬之词的序言，对于作者来说当然是"求之不得"的，那么范氏在后来的新《注》中"怎会轻易割舍"呢？张文对此的解释是：根源乃在范氏《讲疏》大量抄录黄侃《札记》，致使黄、范二人失和，此后范氏另起炉灶，完成《文心雕龙注》一书的写作，而绝口不提此书与《讲疏》之关系。总之，范氏新《注》之所以不录梁序、不提《讲疏》，"原因乃在不欲人知"。刘文根据当时学界对《讲疏》的一些批评意见和王文的某种暗示，认为大体可以推测出其中的某些奥秘："也许是范文澜先生悔其前作且自认为该书对不起梁启超先生的序，故而在《文心雕龙注》出版时候在心理上欲斩断《注》与《讲疏》的关系，既不提《注》是在《讲疏》基础上扩充而成，也不录入梁序与自序。再者，'托张伯苓请梁氏作序文'是辗转托人写序，这在学界也不是一件很有面子的事情，而这事又在梁氏序文中曝露了出来，估计这也是《文心雕龙注》中不载梁序的原因。"这些解释不免给人牵强附会、故弄玄虚的感觉，终因缺乏凭据而难以令人信服。

《讲疏》确实存在因袭《札记》的问题，章用和李笠的批评虽不

① 刘文勇：《民国时期的〈文心雕龙〉研究（上）》，《古代文学理论研究》2020 年第 50 辑。下引此文不再出注。

能说完全正确，但切中肯綮的地方也不少。故范氏对章用所谓"囿于师说，并所案语"的批评意见甚为重视，在新《注》中立即着手对《札记》进行淡化处理；同时，对李笠提出的体例和行文方面的问题，也酌情予以采纳，并且破疏为注，将原来的讲疏体改变为新的校注体。这当中，范氏确实没有在新《注》中保留梁序和自序，也没有在例言中提到新《注》是在《讲疏》的基础上扩展而成。不过，这既不是因为《讲疏》承袭《札记》，导致黄、范失和，现在别撰新《注》，范氏便不提《讲疏》，以便不欲人知；也不是因为范氏托人写序，悔其前作，自认对不起梁启超，故在新《注》中忍痛割爱，不录梁序，以斩断与过去的联系。而是因为实际情况与人们猜测的并不一样，且范氏对自己的著述有新的考量和安排，所以才有意不录梁序和自序，不提新《注》与《讲疏》的关系。

人们一般认为，范氏的《文心雕龙注》是在《文心雕龙讲疏》的基础上扩展而成，实际情况并非如此。1927 年，范氏从天津回到北京，开始着手修订自己的第一部学术著作。然而，在修订过程中，范氏意识到不能再唯黄师马首是瞻，对《札记》照单全收，而是要形成自己的著述体例和风格特色，故认为章用所言甚有道理："黄氏《札记》，自为一书。注疏自有义例，当以本书为体，未可倚钞袭为能。"于是，在对《札记》进行淡化处理的同时，范氏决定不再将《讲疏》当作初版，只是在其基础上修订、扩展成新书，而是对其进行全方位的、颠覆性的改造，从书名到文体，从结构到体例，从校勘到出典，增删订补，匡讹纠谬，另起炉灶，别撰新《注》①。

①在此问题上，张文与我的意见是一致的。张文说："学界普遍认为范《疏》是范《注》的前身，范《注》是对《疏》的增益，这其实只说出了部分事实。增益诚然有之，但在范氏眼中，《注》绝非只是《疏》的增益，或者（转下页注）

这样看来,《讲疏》只是为此次重写准备了一些基本的材料,现在要从书名、结构、体例和校勘、出典、释义各个方面,对其进行脱胎换骨的彻底重造,从而撰写一部崭新的学术著作,而不是在原来的基础上简单地扩展而成。就是说,修订之初,范氏就有意将《文心雕龙注》作为一部新书来写,因此在各方面都表现出回避《讲疏》和梁序的意图。这正是他在文化学社本卷首不录梁序和自序,在例言中又不提《讲疏》的一个重要原因。

范氏不仅有意将《文心雕龙注》作为一部新书来写,而且写成后又有意将《讲疏》与新《注》作为两部著作来安排。对此,范氏的助手蔡美彪曾做过很好的解释:

> 1927年范文澜回北大执教,此后六年间相继出版著述五种。1929年出版的《水经注写景文钞》曾自题为"范文澜所论第七种",《文心雕龙注》题为"范文澜所论第四种",晚出的《群经概论》题为"范文澜所论第一种",读者对此或以为费解。这其实表明,他回北大执教后,打算把多年来所学所教

(接上页注)说,不是在先前成功的基础上再接再厉,倒更像是汲取失败教训之后的改弦更张。范《注》之于范《疏》,与其说是增补,不如说是重写,而重写远较增补困难。范《注》的写作之所以耗时五、六年,原因即在于此。也许,时人对《讲疏》的批评使范氏明白了一条道理,即完全承袭黄《札》体例,亦步亦趋,即便在材料上有所丰富,到底还是步人后尘,唯有另辟蹊径,扬长避短,才有可能辟出一块真正属于自己的学术领地。既然'疏'之一体非范氏所长,且有黄《札》在前,难以逾越,那就不如易'疏'为'注',削减'疏'的内容,加大'注'的分量。毕竟相对于黄《札》来说,先前黄注、李补阙漏尚多,可以改进、完善的空间更大。选择黄《札》用力不多的校勘注释作为新书之主攻方向,对于范氏的《文心》研究来说,确实是明智的战略转移。"

的学术作一全面的总结,计划编写一系列的著述。列为第一种的是《群经概论》,第二种是《正史考略》,第三种不见题署,当是北大出版的《诸子略义》,第四种是《文心雕龙注》,第五种当是拟列《文心雕龙讲疏》,出版时尚未题署种次。题署第七种的是《写景文钞》,只有第六种不见着落。范文澜在京津各大学以及后来在河南大学都曾讲授过中国文学史,有讲义印行。吕振羽曾几次和我说起,他早年读过此讲义,颇为赞赏,嘱我设法找到。我曾就此事问过范老。他说当年确曾印过这部讲义,但印数不多,他手边早已无存,不知下落了。由此可知,他在公开出版的几种著作上题署"范文澜所论"第几种,并非依据出版时间先后,而是依据经、史、子、集(文论、文学史、文钞)顺序排比,计划构成一套国学著述系列。只是由于其中三种是作为讲义刊行,迄未能按照原计划出版完帙。①

这表明大约在 1927 年《诸子略义》刊印以后,1929 年重造的《文心雕龙注》出版以前,范氏对其已有的和将要撰写的讲义著述做了详细的规划,就是按照传统目录学经、史、子、集的类别,对其已出和将出的全部著述予以编排,以"范文澜所论第几种"的形式排列,计划构成一套国学著述系列。他本人在已出版的著作扉页明确标识的有四种:1929 年出版的《文心雕龙注》标为"范文澜所论第四种",同年出版的《水经注写景文钞》标为"范文澜所论第七种",1931 年出版的《正史考略》标为"范文澜所论第二种",1933年最晚出版的《群经概论》标为"范文澜所论第一种"。从其标识的顺序来看,是按四部目录顺序而非出版时间顺序排列的。以此

---

① 蔡美彪:《范文澜治学录》,蔡美彪:《学林旧事》,北京:中华书局,2012 年,第 27 页。

推断，"范文澜所论第三种"当为《诸子略义》，这是 1926 年至 1927
年间，作者在南开大学和北京大学授课的讲义，自序作于 1926 年
12 月，由北京大学（时称京师大学校）文科出版课刊印，未经出版
社正式出版，故流传不广。书名虽据开课名称题为《诸子文选》，
但作者序言则为《诸子略义序》，范氏在文章中也说"我在十五年
做一部《诸子略义》"①。"范文澜所论第五种"当是其最早出版的
在南开大学的授课讲义《文心雕龙讲疏》，因其性质与《文心雕龙
注》相同，故与之次第相接，名列第五显得很合理。接下来的"范
文澜所论第六种"，则是范氏已确认、吕振羽早年也读过的《中国
文学史》讲义，这是范氏早年在京津各大学都上过课的一种讲义，
非常遗憾，这部讲义后来遗失了。综上所述，范文澜所论一至七
种大致如下：

　　　　范文澜所论第一种：《群经概论》（1933 年，朴社）

　　　　范文澜所论第二种：《正史考略》（1931 年，文化学社）

　　　　范文澜所论第三种：《诸子略义》（1927 年，北大印）

　　　　范文澜所论第四种：《文心雕龙注》（1929—1931 年，文化
学社）

　　　　范文澜所论第五种：《文心雕龙讲疏》（1925 年，新懋印书
局）

　　　　范文澜所论第六种：《中国文学史》（原来印有讲义，后来
失传）

　　　　范文澜所论第七种：《水经注写景文钞》（1929 年，朴社）

　　以上第三、五、六种系授课讲义，其中第三种《诸子略义》与第

---

① 范文澜：《与颉刚论五行说的起源》，《史学年报》1931 年第 3 期。

六种《中国文学史》为校内印刷讲义,第五种《文心雕龙讲疏》为正式出版讲义。无论是校内印刷的讲义,还是正式出版的讲义,时间都在范氏对其著述进行全面总结和系统规划之前,故未及标识"范文澜所论第几种",但从范氏自己所标识的四种次第来看,他对有此计划之前已刊印和出版的三种讲义的次第,已经做出了预留性安排,待这三种讲义正式出版和再版时,再予以统一标识。

既然《文心雕龙讲疏》(范文澜所论第五种)与《文心雕龙注》(范文澜所论第四种)是其系列论著中次第相接的两部独立的著述,那么《讲疏》中的梁序和自序当然也就没有必要在新《注》中重复移录了,再说新《注》有自身的体例和规范(见例言),相对于《讲疏》来说,完全是另起炉灶,别撰新书,因此例言也就不可能提到《注》是在《讲疏》的基础上扩充而成。应该说,认为《注》是在《讲疏》的基础上扩充而成,只是后人的想法,而不是范氏的初衷。实际情况是,文化学社本新《注》与《讲疏》相对照,新补注释条目和修改原注条目合计达到一千零九十六条,占全部注释条目的百分之八十以上,可见新《注》的重造性质。这就是范氏在文化学社本卷首不录梁序和自序,在例言中又不提《讲疏》的另一个重要原因。为了尊重范氏对自己著作的这种安排,今人编纂《范文澜全集》时,也是将《文心雕龙讲疏》和《文心雕龙注》作为两部著作来收录。

然而,随着时间的推移,范氏并没有按原计划完成其系列国学著述的整体构造,而是最终放弃了这一计划。1936年7月,上海开明书店同时出版了范氏两部著作:《文心雕龙注》和《大丈夫》。这两部著作以范氏第二次被捕为契机,既是其学术事业前后延续拓展的标志,也是其著述生涯开始明显转向的见证。1934年8月,范氏因参加革命活动,再次以"共党嫌疑"的罪名被捕,开

始关押在北平宪兵三团监狱,后来又被押往南京宪兵看守所。通
过北平各大学校长和教授二十余人的联名保释,范氏在被关押五
个月后,于1935年1月释放。

　　第二次被捕以前,范氏正在对文化学社本《文心雕龙注》进行
修订,修订工作大约是在1933年前后进行的,至范氏第二次被捕
入狱前已基本完成。此间他还出版了《群经概论》(范文澜所论第
一种),故《文心雕龙注》(范文澜所论第四种)的修订,表明他正在
按原计划系统地整理其国学著述。然而,至开明书店出版《文心
雕龙注》时,却不再标识"范文澜所论第四种",这意味着1936年
该书出版前,范氏已放弃原先系统地规划其国学著述的计划。其
中原因与他第二次被捕入狱有关。

　　范文澜当时已明确认识到:"'九一八'以后中国明明只有抗
战一条道路,我虽说是个'学究'也还懂得不抗战就要亡国。"有了
这样的认识,范氏亲近、拥护、支持共产党就是很自然的事了。
"共产党抗日主张的言行一致,想救自己免当亡国奴,理应对共产
党以及好青年表示亲近。于是乎我'老学究'又被宪兵请去。这
一请是比前次进步多了,一是路途远了,'从北平,到南京',二是
木栅子小屋变成铁栅子小屋,木器进到铁器了。"①范氏在狱中的
亲历所见,加深了他对国民党政府对外妥协退让、对内残酷镇压
的本质特征的认识,促使他明白唤醒民众比整理国故更重要。于
是出狱后,他的思想与学术都发生了较大的转变,以致放弃原先
系统整理自己国学著述的计划,立即着手《大丈夫》一书的编写。
这部书以历史人物为题材,选取二十五位民族英雄、爱国志士的

---

① 范文澜:《从烦恼到快乐》,《中国青年》(延安)1940年1月5日第3卷第
　　2期。

感人事迹,用浅显生动的语言进行描述和概括,以激发读者的民族气节,唤醒民众的爱国热情。"《大丈夫》一书的出版,在范文澜的著作生涯中是一个转折。他作为深研经学和《文心雕龙》的专家转而致力于历史人物和历史事件的研究,从继承汉学家法,校勘考释,转而编写贡献于民众教育的深入浅出的读物,为尔后《中国通史简编》一书的编写,开拓了先路。"①

可以说,1936年文化学社出版的范氏两部书是其学术生涯前后期的分水岭。其二次被捕前已基本完成修订的《文心雕龙注》,实际是对其前期"追踪乾嘉老辈"学术生涯所做的一次总结,而出版时不再标识"范文澜所论第四种",则是告知学界:他已放弃此前国学著述的系统规划;其二次被捕出狱后新撰写的《大丈夫》一书,则是开启其后期"马克思主义史学"学术生涯的新篇章,而与代表其专家国学治学路径的旧著《文心雕龙注》同时出版,无非昭示天下:其学术生命在经历痛苦的凤凰涅槃后已经浴火重生。

---

① 蔡美彪:《范文澜治学录》,蔡美彪:《学林旧事》,北京:中华书局,2012年,第27页。

下 编

———— ＊ ————

第六章　黄侃在北京大学讲授《文心雕龙》考论

　　周作人说:"要想讲北大名人的故事,这似乎断不可缺少黄季刚。"①而要讲黄季刚在北大的故事,则不能不提他讲授的《文心雕龙》课程和编撰的《文心雕龙札记》讲义。因为黄侃在北大讲授《文心雕龙》的名声实在太大了,以致成为他在北大教学生涯的一个标志。黄侃曾开列八部必读的国学书,被人戏称为"八部书外皆狗屁",但同为太炎弟子和北大同事的周作人,则认为还应加上《文心雕龙》一部书②。正因为如此,20世纪初,黄侃在北大讲授

①周作人:《知堂回想录——周作人自传》,兰州:敦煌文艺出版社,1998年,第321页。
②周作人说:"当时在北大的章门的同学做柏梁台体的诗,分咏校内的名人,关于他们(指陈独秀和黄侃——引者注)的两句,恰巧都还记得,陈仲甫的一句是'毁孔子庙罢其祀',说的很得要领,黄季刚的一句则是'八部书外皆狗屁',也是很能传达他的精神的。所谓八部书者,是他所信奉的经典,即是《毛诗》《左传》《周礼》《说文解字》《广韵》《史记》《汉书》和《文选》,不过还有一部《文心雕龙》,似乎也应该加了上去才对。"(周作人:《知堂回想录——周作人自传》,兰州:敦煌文艺出版社,1998年,第322页)关于"八部书外皆狗屁"一说,最近《南方周末》连续刊文讨论,先是戴建华撰《黄季刚先生轶事辨正》,其中第一则就是对"八部书外皆狗屁"的辨正。(转下页注)

《文心雕龙》,成了中国现代学术史上一个标志性的事件。牟世金说:"从黄侃开始,《文心雕龙》研究就是一门独立的学科:龙学。"①而他为授课撰写的《札记》,则被誉为"现代科学的《文心雕

（接上页注）作者首先指出"八部书外皆狗屁"不是季刚的话,本无需辨正,需要辨正的是有没有"八部书"的提法。然后引季刚《治小学门径·小学所须之书籍》及相关日记材料,结论是季刚读书治学,经学文学兼擅,尤邃于小学。虽有主次,而博观约取,厚积薄发,甚至还看爱因斯坦的书,绝不是"八部书"所能范围的。针对戴文,宋一石撰《黄季刚先生究竟有没有说过"八部书"》进行商榷,认为戴文所引材料,只能证明季刚买书多、读书多,或开列过"八部书"之外的其他书目,不足以证明季刚没有说过"八部书"。宋文强调"八部书外皆狗屁",不过是一句运用了夸张修辞手法的诗,是一种精神的传达,旨在表明季刚重视（或者说最重视）八部书,并非说其他书就真的一文不值。关键是宋文提到一条重要的材料,戴文却没有提到,就是程千帆发表在《文史哲》1981年第3期的《詹詹录》。其中第六则说:"要精读几部书,打下根柢。黄季刚老师主要在八部书上下功夫:《说文》《尔雅》《广韵》《诗经》《周礼》《汉书》《文选》《文心雕龙》。每部书都非常精熟。触类旁通,就成为一代大师。"这里同样提到"八部书",但程先生所列的八部书,与周作人所列的八部书有些出入。正是这个小小的差异,引起了当时还在读大学三年级的傅杰的兴趣。为此,他给程先生写了一封信,并很快得到答复:"傅杰同志:来函奉悉。我说的是黄老师精通的八部书,周书说的是'他所信奉的经典'八部,二者相关而不全同。我是在1934年（或1935年）跟黄先生学习时听他老人家亲口说的。老师当然不会自己说'精通',只是说'平生得力于……'（假如我没有记错的话）。至于知堂的话根据如何,则我不知。此复,即颂近好! 程千帆（1982年）7月15日。"此信已收入《闲堂书简》,本事参见傅杰《记忆宝匣中的珠串——忆程千帆先生》。可见,季刚的"八部书"之说,并非子虚乌有,只是具体指哪"八部书",因时间、地点及谈话对象不同,则略有差异。

① 中国《文心雕龙》学会选编:《文心雕龙研究论文集·序》,北京:人民文学出版社,1990年,第3页。

龙》研究的奠基之作"①。不过,令人遗憾的是,黄侃在北大讲授《文心雕龙》这样一件意义重大的事情,至今仍然存在诸多谜团,例如他是在何时讲授的? 又是在哪些课上讲授的? 具体讲授了哪些篇目? 对这样一些重要的问题,学界至今众说纷纭,莫衷一是。

第一节　受聘担任北京大学教授

1907 年,章太炎在日本主持《民报》,并在国学讲习会进行系列讲学活动。当时正在日本早稻田大学留学的黄侃,就在这一年正式投入章门,他说:"丁未(1907)之岁,始事章君,投文请诲,日往其门。"②黄侃师事章太炎,主要学习小学、经学和文学,在文字、训诂、音韵学以及《文心雕龙》方面获益匪浅③。辛亥革命前后,章、黄先后回国。

作为民国元勋和国学泰斗的章太炎,在教育方面却并不看好新式学校,故多次拒绝进入大学当教授④,只热衷于传统书院式

---

① 张少康等:《文心雕龙研究史》,北京:北京大学出版社,2001 年,第 149 页。

② 黄侃:《先师刘君小祥会奠文》,汤志钧编:《章太炎年谱长编(增订本)》上册,北京:中华书局,2013 年,第 167 页。

③ 详参本书第七章《章太炎对黄侃〈文心雕龙〉教研活动的影响》。

④ 1924 年,清华学校准备改办大学。次年,成立了以校长曹云祥为首的"临时校务委员会",负责改组工作。在成立大学部的同时,学校又增设了一个研究院,先立国学门,故又称"国学研究院",由清华西洋文学教授吴宓担任主任委员,负责筹备工作。曹校长又请他留美时的老同学胡适代为设计一个筹办研究院的计划。胡适参照我国古代书院讲学方式和英美学院教学方式,搞了一个中西合璧的研究院计划,主张以科学的(转下页注)

的私人讲学。然而现代大学仍然尊崇其一代宗匠的学术地位,在不获大师亲自担纲教职的情况下,退而求其次,礼聘章门弟子,也不失为一种有效的方法。不过,这种方法一开始竟导致一个"乌龙"事件。1912年初,中华民国临时政府成立,蔡元培受孙中山之召,出任临时政府第一任教育总长,对全国教育进了一些重要改革,包括改订教育宗旨,废除忠君、尊孔,将京师大学堂改名为国立北京大学,原京师大学堂总监督严复改任北大校长。他还主持制定《大学令》,将经科与文科合并,取消经学科①。1913年,严复辞职后,由原北大工科学长何燏时代理校长,11月何辞职,改由原预科学长胡仁源代理校长(1916年辞职)。沈尹默说他是1913年

(接上页注)方法整理国故,专任教授称导师,以示学术地位高于一般大学的教授,年轻的教师称讲师。曹又请胡担任导师,胡很谦虚地说:"非第一流学者,不配作研究院的导师。我实在不敢当,你最好去请梁任公、王静安、章太炎三位大师,方能把研究院办好。"(蓝文征:《清华大学国学研究院始末》,张杰、杨燕丽选编:《追忆陈寅恪》,北京:社会科学文献出版社,1999年,第79页)并偕曹到地安门内织染局10号拜访王国维,王接受了聘请,同意担任清华国学研究院的导师。梁启超本来就与清华关系较深,他不仅自己乐意来研究院担任导师,而且还积极推荐陈寅恪任研究院导师。章太炎则因不愿在北京与那帮清朝遗老和保皇派搅到一起,所以没有接受聘请,清华后来改聘赵元任为导师。1927年王国维死后,清华研究院急于找新的导师,以巩固学术地位,首先考虑的人选还是章太炎。梁启超"曾以私人资格托友人往询,章以老病且耳聋辞,不愿北来"(陈守实:《学术日录》1928年2月8日,《中国文化研究辑刊》第1辑,上海:复旦大学出版社,1984年)。

① 周作人曾说:"蔡子民在民国元年(1912)南京临时政府任教育总长的时候,首先即停止祭孔,其次是北京大学废去经科,正式定名为文科,这两件事在中国的影响极大,是绝不可估计得太低的。"(周作人:《知堂回想录——周作人自传》,兰州:敦煌文艺出版社,1998年,第222页)

2月进北大的,到1929年离开,前后一共十六年。那么,主持北大校务的何燏时和胡仁源,为什么要请他去北大呢?他说:"当时,太炎先生负重名,他的门生都已陆续从日本回国,由于我弟兼士是太炎的门生,何、胡等以此推论我必然也是太炎门下。其实,我在日本九个月即回国,未从太炎先生受业,但何、胡并未明言此一道理,我当时也就无法否认,只好硬着头皮,挂了太炎先生门生的招牌到北京去了。"①可见,沈尹默进北大教书,是沾了太炎先生的光而弄假成真的,不过与他同去的朱希祖,则是太炎先生名副其实的入室弟子。"接着,何燏时、胡仁源把太炎先生的弟子马裕藻(幼渔)、沈兼士、钱玄同都陆续聘请来了。最后,太炎先生的大弟子黄侃(季刚)也应邀到北大教课。"②1913年起,章门弟子纷纷北上,北大文史两系几乎成了章门的天下,中文系与史学系分别由马裕藻与朱希祖担任主任,国学门主任则是沈兼士,沈尹默一度出任文科学长。难怪牟润孙感叹:"可惜北大国文系仍不免有被浙江同乡会、章氏同学会包办的嫌疑。"③

　　黄侃进入北大教书,同样得益于其章门大弟子的身份。至于黄侃进入北大任教的时间,学界说法不一,大体有民国二年(1913)和民国三年(1914)两种观点。周勋初认为:"民国二年,北

①沈尹默:《我和北大》,陈平原、夏晓虹编:《北大旧事》,北京:生活·读书·新知三联书店,1998年,第164页。
②沈尹默:《我和北大》,陈平原、夏晓虹编:《北大旧事》,北京:生活·读书·新知三联书店,1998年,第166页。
③牟润孙:《发展学术与延揽人才——陈援庵先生的学人丰度》,牟润孙:《海遗丛稿》(二编),北京:中华书局,2009年,第115页。另,以上马裕藻、朱希祖、沈兼士和沈尹默都是浙江人,而同一时期在北大国文系任教的钱玄同、林损、郑奠、刘毓盘、周树人、周作人等也均为浙籍。

京大学礼聘章太炎到校讲授音韵、文字之学,章氏不往,而荐弟子黄季刚(侃)先生前去任教。"①黄侃妻子黄菊英在纪念文章中提到"1913 年他任北大教授"②,也认为是 1913 年进北大的。黄侃女婿潘重规持同样的看法:"民国二年冬北上,任北京大学教授,时年二十有八矣。"③而黄焯《黄季刚先生年谱》注曰:"先生以民国三年秋应北京大学聘,见残叶日记中。其他记载皆以为民国二年,误。"④《北京大学校史》也说:"从 1914 年 6 月,夏锡祺被任命为文科学长后,北大文科的学风也发生了显著变化。在此之前,姚永概任文科教务长,桐城派的学风在北大文科居于优势。……夏锡祺代替姚永概主持北大文科后,引进了章太炎一派的学者,如黄侃(季刚)、马裕藻(幼渔)、沈兼士、钱玄同等先后到北大文科教书,他们注重考据训诂,以治学严谨见称。"⑤《黄侃年谱》的作者解释道:"黄侃任北京大学教授时间在 1914 年秋。民国二年(1913)冬北上是为了出任赵秉钧幕僚长,而不是出任北京大学教授。"⑥此说较为可信。

① 周勋初:《黄季刚先生〈文心雕龙札记〉的学术渊源》,《文学遗产》1987 年第 1 期。

② 黄菊英:《我的丈夫——国学大师黄季刚》,张晖编:《量守庐学记续编:黄侃的生平和学术》,北京:生活·读书·新知三联书店,2006 年,第 18 页。

③ 潘重规:《季刚公传》,司马朝军、王文晖合撰:《黄侃年谱》,武汉:湖北人民出版社,2005 年,第 10 页。

④ 黄侃:《黄侃日记》,南京:江苏教育出版社,2001 年,第 1105 页。

⑤ 萧超然等编著:《北京大学校史(1898—1949)》(增订本),北京:北京大学出版社,1988 年,第 48 页。

⑥ 司马朝军、王文晖合撰:《黄侃年谱》,武汉:湖北人民出版社,2005 年,第 10 页。

第二节　前期"词章学"课程讲授内容

　　黄侃 1914 年 9 月应夏锡祺之聘担任北大教授,至 1919 年 9 月转赴武昌高师任教,在北大凡五年。这五年,若以其讲授《文心雕龙》为线索,以蔡元培 1917 年初出长北大、陈独秀出任文科学长为界限,则可分为前后两期。前期(1914—1916 年)讲授的课程主要是"词章学"和"中国文学史",黄焯在《季刚先生生平及其著述》一文中说:"故自甲寅(1914)秋,即受北京大学教授之聘(时年二十八岁),讲授词章学及中国文学史,讲义有《文心雕龙札记》《诗品疏》《咏怀诗补注》等。"①徐一士也回忆说:"章氏民国三年夏末,由本司胡同迁入钱粮胡同新居(房租每月五十四元)后,眷属未至,甚感寂寞。未几,其门人黄季刚(侃)应北京大学教席之聘来京。所担任讲授之科目,为中国文学史及词章学。谒章之后,即请求借住章寓。盖词章学教材等在黄觉不甚费力,即可应付裕如。惟文学史一门,其时治者犹罕,编撰讲义,为创作之性质,有详审推求之必要。故欲与章同寓,俾常近本师,遇有疑难之处,可以随时请教也。黄本章氏最得意之弟子,章亦愿其常相晤谈,以稍解郁闷。因欣然许之。"②这里提到的"词章学"和"中国文学史",都是 1913 年教育部颁布的《大学规程》中文学门国文学类的专业课程,只不过"文学史"是从国外新引进的一门课程,而"词章学"则属于中国传统的文化学术门类。

---

①程千帆、唐文编辑:《量守庐学记:黄侃的生平和学术》,北京:生活·读书·新知三联书店,1985 年,第 28 页。
②徐一士著,李吉奎整理:《一士类稿》,北京:中华书局,2023 年,第 102 页。

张百熙执掌京师大学堂时,曾提出课本讲义的编纂问题:"然欲令教者少有依据,学者稍傍津涯,则必须有此循序渐进、由浅入深之等级。故学堂又以编辑课本为第一要事。"①可见,自大学堂时期,北大就形成了各任课教师自编讲义的制度和习惯,而这也成了中学与大学上课的一个重要区别,周作人曾回忆:

> 其时我才从地方中学出来,一下子就进到最高学府,不知道如何是好,也只好照着中学的规矩,敷衍做去。点名报到,还是中学的那一套;但是教课,中学是有教科书的,现在却要用讲义,这须得自己来编,那便是很繁重的工作了。课程上规定,我所担任的欧洲文学史是三单位,希腊罗马文学史三单位,计一星期只要上六小时的课程,可是事先却须得预备六小时用的讲义,这大约需要写稿纸至少二十张;再加上看参考书的时间,实在是够忙的了。于是在白天里把草稿起好,到晚上等鲁迅修正字句之后,第二天再来誊正并起草,如是继续下去,在六天里总可以完成所需的稿件,交到学校里油印备用。②

因此,讲义成了北大学生评价老师的一个重要尺度。正如冯友兰所说:"那时候,对于教师的考验,是看他能不能发讲义,以及讲义有什么内容。"③所以,我们在《钱玄同日记》中不时看到这样

---

① 张百熙:《奏筹办京师大学堂情形疏》,北京大学校史研究室编:《北京大学史料》第一卷,北京:北京大学出版社,1993年,第54页。
② 周作人:《知堂回想录——周作人自传》,兰州:敦煌文艺出版社,1998年,第249—250页。
③ 冯友兰:《三松堂自序》,冯友兰:《三松堂全集》第一卷,郑州:河南人民出版社,2001年,第269页。

的记载也就不足为怪了："今日，大学有二小时小学，国文有一小时小学，均因讲义不及告假。""晚编大学讲义七纸，直至夜半三时始睡，疲惫极矣。""晨起已十时矣。将昨夕未曾编完之讲义编完，午间交校付印，备明日之用。"①

　　虽然"词章学"和"中国文学史"都是现代《大学规程》中新列的专业课程，但是黄侃觉得传统的"词章学"课程讲义编写起来"不甚费力"，而新的"中国文学史"课程讲义的编撰则颇为棘手，以致"欲与章同寓，俾常近本师，遇有疑难之处，可以随时请教"。就是说，在黄侃接受北大所授课程的教学任务后，关于"词章学"讲什么内容以及课程讲义怎么编写，他已胸有成竹。"惟文学史一门，其时治者犹罕"，故心中有些茫然。我们感兴趣的是，黄侃在北大开讲的"词章学"课程，到底准备讲什么内容，以致他如此笃定？这个问题可以从黄侃的学生范文澜那里找到答案。范氏1913年考取北大预科，次年又考入本科国学门。他回忆说："那时北大的教员，我们前一班是桐城派的姚永概。我们这一班就是文选派了。教员有黄季刚、陈汉章、刘申叔等人。"②那么，黄侃在"词章学"课程上讲什么呢？范氏第一部学术著作《文心雕龙讲疏·自序》明言："曩岁游京师，从蕲州黄季刚先生治词章之学。黄先生授以《文心雕龙札记》二十余篇，精义妙旨，启发无遗。"③由此可见，黄侃的"词章学"课程讲的就是《文心雕龙》，二十余篇

---

① 杨天石主编：《钱玄同日记（整理本）》上，北京：北京大学出版社，2014年，第286—287页。

② 蔡美彪：《旧国学传人　新史学宗师——范文澜与北大》，蔡美彪：《学林旧事》，北京：中华书局，2012年，第13—14页。

③ 范文澜：《文心雕龙讲疏·自序》，天津：新懋印书局，1925年，第3页。

《札记》则是其授课的讲义。北大档案馆藏有范文澜 1914—1916 年的考试成绩记录,其中"词章学"成绩分别是 86、90、180①。与范文澜一起听黄侃讲授《文心雕龙》的还有金毓黻,他说"余受业于先生之门凡二年,时为民国三年秋至五年夏"②,并认为"黄先生《札记》只缺末四篇"③。据 1915 年 9 月入学的冯友兰回忆,黄侃当时讲授《文心雕龙》十分受欢迎,听讲的学生也特别多,且反响强烈:"当时北大中国文学系有一位很叫座的名教授,叫黄侃。他上课的时候,听讲的人最多,我也常去听讲。他在课堂上讲《文选》和《文心雕龙》,这些书我从前连名字也不知道。黄侃善于念诗念文章,他讲完一篇文章或一首诗,就高声念一遍,听起来抑扬顿挫,很好听。他念的时候,下边的听众都高声跟着念,当时称为'黄调'。在当时宿舍中,到晚上各处都可以听到'黄调'。"④

原来,"《文心雕龙》在进入大学课堂时是顶着'词章学'的'帽子'的","1914 年 9 月黄侃开始在北京大学讲授'词章学'时,《文心雕龙》即已成为其授课内容"⑤,难怪他如此笃定呢! 首先,《文心雕龙》的讲授已由其师在日本导夫先路,黄侃亲耳聆听了太炎先生精彩的讲座,并激发起自己进一步研治《文心雕龙》的学术兴

①参见谢一彪:《范文澜传》上卷,北京:中国社会科学出版社,2015 年,第 67、74 页。

②金毓黻:《静晤室日记》第八册,沈阳:辽沈书社,1993 年,第 6385 页。

③金毓黻:《静晤室日记》第七册,沈阳:辽沈书社,1993 年,第 5162 页。

④冯友兰:《三松堂自序》,冯友兰:《三松堂全集》第一卷,郑州:河南人民出版社,2001 年,第 36 页。

⑤栗永清:《学科史视野下的中国古代文论研究——从黄侃在北京大学开设的课程谈起》,《东方丛刊》2008 年第 3 期。

趣,现在要在北大登坛开讲,正是大显身手的好机会。其次,开设
"词章学"这门课的目的是为了指导学生写作,其性质相当于中国
古代的文章作法。而这恰好是黄侃的看家本领! 太炎师《自定年
谱》谓"季刚尤善音韵文辞",对其创作成就极为推许。其徒程千
帆则说得更具体:"至于文学创作,无论是骈文、散文、诗、词,都写
得很好,自成家数。虽然老师对自己文学上的成就并不满意,认
为古人是'天九',而他只是'地八'(见刘博平先生《师门忆语》),
但'地八'终究是仅次于'天九'的'地八'。"①复次,《文心雕龙》一
书的性质和内容,也是黄侃选择其作为讲授对象的重要原因。刘
勰自谓其书乃"言为文之用心也",书中丰富而又精彩的创作论内
容,最适合"词章学"的教学需要。这一点黄侃看得很清楚,他在
讲义的《题辞及略例》中说:"论文之书,鲜有专籍。自桓谭《新
论》、王充《论衡》,杂论篇章。继此以降,作者间出,然文或湮阙,
有如《流别》《翰林》之类;语或简括,有如《典论》《文赋》之侪。其
敷陈详核,征证丰多,枝叶扶疏,原流粲然者,惟刘氏《文心》一书
耳。"因此,他于"词章学"课程讲授《文心雕龙》实属当然之事。故
曰:"今为讲说计,自宜依用刘氏成书,加以诠释;引申触类,既任
学者之自为,曲畅旁推,亦缘版业而散见。"②1923 年 3 月 17 日,
他在武昌所作《讲文心雕龙大旨》的演讲中,也表达了同样的
观点:

> 大抵先唐评文之书,约分四类:一则评文士之生平,二则
> 记文章之篇目,三则辨文章之体制,四则论文章之用心。始

---

① 程千帆:《忆黄季刚老师》,程千帆、唐文编辑:《量守庐学记:黄侃的生平和
学术》,北京:生活・读书・新知三联书店,1985 年,第 169 页。
② 黄侃:《文心雕龙札记》,北京:中华书局,1962 年,第 1 页。

自荀勖,终于姚察,纷纶葳蕤,湮灭而不称。略可道者,刘、钟二子而已。详刘氏之为书,惟于文士生平不能悉见,至余三者,则囊括众说,得其枢会归。其所树精义,后人或标为门法,或矜为己宗,实则被其牢,无能逾越。今故取为讲授之本,以杜野言。①

《文心雕龙》结构严谨,体大思精,全书共十卷五十篇,上篇二十五篇为"文之枢纽"(总论五篇)和"论文叙笔"(文体论二十篇),下篇二十五篇为"剖情析采"(创作、批评论二十四篇)和"长怀序志"(总序一篇)。那么,黄侃在"词章学"的课堂上,是讲授《文心雕龙》全书的内容,还是某些部分的内容呢?从其为授课编写的讲义来看,黄侃在北大讲授的肯定是《文心雕龙》的部分内容②。现存《札记》共三十一篇(总论五篇,文体论六篇,创作论十九篇,《序志》一篇),"论文叙笔"部分《祝盟》以下十四篇和"剖情析采"部分《时序》以下的批评鉴赏论五篇无札记。而就是在"词章学"课堂上,黄侃讲授的也不是全部《札记》的三十一篇。其实,课堂上讲什么内容是由课程性质决定的,同时也受制于其他因素。就课程性质而言,"词章学"的性质类似中国古代的文章作法,讲授内容当然以《文心雕龙》下篇"剖情析采"为主,即主要讲授创作论部分的内容,这是最佳的选择。其次,教学时间也在很大程度上制约了讲授内容。当时的"词章学"贯穿本科三年,课时比较充分,

---

① 黄侃著,黄延祖重辑:《文心雕龙札记》,北京:中华书局,2006年,第3页。
② 黄焯《黄季刚先生年谱》谓:"《文心札记》共得三十一篇。盖当时所讲诸篇,撰有札记,未讲者则阙。"(黄侃:《黄侃日记》,南京:江苏教育出版社,2001年,第1114页)

选择内容丰富的创作论(十九篇)作为主要讲授内容,加上文体论
(六篇)作为文学史和文学作品方面的例证材料,无疑是恰当的。
当然,课堂上讲什么内容也与授课人的观点和认识分不开。换
句话说,黄侃的文学观和他对《文心雕龙》的认识,也在一定程度
上决定了他选择什么内容来讲。黄侃认为《文心雕龙》下篇特别
重要,而且必须详加疏解才能领悟其中的精妙奥义:"至于下篇
以下,选辞简练而含理闳深,若非反复疏通,广为引喻,诚恐精义
等于常理,长义屈于短词。故不避骈枝,为之销解,如有献替,必
细加思虑,不敢以瓶蠡之见,轻量古贤也。"①他说《神思》至《总
术》及《物色》篇乃"析论为文之术",其"手自编校"的《札记》一书
就专论这一部分内容,并将门生骆鸿凯所作《物色》篇札记附于
书末。

　　因此,我们有充分的理由认为,1927年北京文化学社出版的
黄侃自编《札记》,即《神思》以下的创作论二十篇,就是他在北大
"词章学"课堂上讲授的主要内容。当时课堂听课的学生范文澜
的话可以为证:"黄先生授以《文心雕龙札记》二十余篇,精义妙
旨,启发无遗。退而深惟曰:《文心》五十篇,而先生授我者仅半,
殆反三之微意也。"②黄侃自编《札记》二十篇,加上《题辞及略例》
为二十一篇,正合范氏所谓"二十余篇"之数,亦近五十篇之半数;
若从《札记》二十篇,加上作为例证材料的文体论六篇来说,合计
二十六篇,同样正合"先生授我者仅半"之数,亦契"二十余篇"
之说。

---

①黄侃:《文心雕龙札记》,北京:中华书局,1962年,第91页。
②范文澜:《文心雕龙讲疏·自序》,天津:新懋印书局,1925年,第3页。

第三节　后期"中国文学概论"课程讲授内容

　　1917 年 1 月,随着蔡元培正式到校视事①,陈独秀被任命为文科学长②,北大的学制和教学改革也被提上了议事日程,这次改革总的设想是压缩预科,扩充文、理二科,把北大办成以本科文、理两科为主的大学。《钱玄同日记》1 月 20 日记载:"午后二时,大学开会,议今秋以后,改良大学编制事。蔡君之意,预科改为一年,专习国文、英文、算学三门,以补中学之不足。本科分文、理二科,皆三年,所修学科皆为治专门学之预备。"③同时,文科课程的改革也在紧锣密鼓地进行中。2 月,蔡元培与陈独秀商讨,拟在文、理分科的基础上,以"文学"取代原来的"词章学",在本科一年级中分科开设。"文学教授之法,拟与文学史相联络,如文学史讲姬旦、孔丘时代之文学,则文学即讲经典。文学史拟分时代,各

----

①1916 年 9 月,北京黎元洪政府的教育总长范源濂致电蔡元培,请他回国担任北京大学校长。稍后任命下达,北大校内曾发通知:"为通告事。民国五年十二月二十六日奉大总统令:任命蔡元培为北京大学校长,此令。等因奉此,遵于六年一月四日到校就职。除呈报外,特此通知。"(北京大学档案室藏)

②蔡元培担任北大校长后,他首先咨询北京医专校长汤尔和有关文科学长的人选问题,汤向他推荐陈独秀,在征得陈同意后,他正式致函北京政府教育部,说前安徽高等学校校长陈独秀品学兼优,堪任文科学长一职。教育部遂下令正式任命。《教育部令》第三号:"兹派陈独秀为北京大学文科学长。此令。中华民国六年一月十三日,教育总长范源濂。"(北京大学档案室藏)

③杨天石主编:《钱玄同日记(整理本)》上,北京:北京大学出版社,2014 年,第 303 页。

请专家讲授,不专属之一人。"钱玄同说:"吾谓此法甚通。前此因'词章学'之名费解,故担任者皆各以意教授学生,实无从受益也。"①秋季,陈独秀将一部分不适合担任国文门教学任务的教员调出,与国史编纂处一部分人员合并,另行组成中国史学门,为文科课程改订做好人事方面的准备。年底,陈氏主持召开北大文科改订课程会议,正式删除了原先的"词章学"和"文学研究法"课程,代之以"文学""文学史""文学概论"三门并立的课程体系。在《北京大学日刊》所载《改订文科课程会议纪要(第二次第三次会议议决案)》及《文科改订课程会议议决案修正》中,这次新增的"文学概论"课程被列为必修课,且两份文件中其排名均为中国文学门国文学类课程第一位。这个以"文学概论""文学"及"文学史"为核心的课程架构体系,效仿并吸收了日本及西方学制的经验,涵盖了文、史、论三大方面,具有明显的现代高等教育文学学科课程设置的特色,对后来中国高校中文系的课程体系产生了深远的影响。

"为了加强集中统一的领导,及时传布学校的规章法令,并交流全校教学情况,活跃学术空气,1917 年 11 月出版了《北京大学日刊》。"②《日刊》及时刊登全校各学科教学计划和课程安排情况,使我们对黄侃后期在北大所授课程有了进一步的了解。现据《北京大学史料》《中国近代学制史料》《北京大学校史》等文献资料,将黄侃后期在北大任课情况统计如下:

---

① 杨天石主编:《钱玄同日记(整理本)》上,北京:北京大学出版社,2014 年,第 307 页。

② 萧超然等编著:《北京大学校史(1898—1949)》(增订本),北京:北京大学出版社,1988 年,第 67 页。

表3　黄侃1917—1919年在北京大学中国文学门任课情况统计表

《文科本科现行课程》（《北京大学日刊》第十二号 1917 年 11 月 29 日）					
学期/时间	科　目	年　级	周学时	任课教师	担任课时
1917 年秋	中国文学	第一年级	6	黄季刚	3
				刘申叔	3
		第二年级	7	黄季刚	4
				刘申叔	3
		第三年级	9	黄季刚	6
				吴瞿安	3
《文本科第二学期课程表》（《北京大学日刊》第三十八号 1918 年 1 月 5 日）					
1918 年春	中国文学概论	第一年级	3	黄季刚	3
	汉魏六朝文学	第二年级	3	黄季刚	3
		第三年级	3	黄季刚	3
	唐宋文学	第三年级	3	黄季刚	3
《文本科本学年各门课程表》（《北京大学日刊》第二一三号 1918 年 9 月 26 日）					
1918 年秋	文（一）	第一年级	3	黄季刚	3
	诗（一）	第一年级	2	黄季刚	2
《北京大学文科一览（1918 年）》（北京大学档案馆藏）					
1918 年	中国文学①		16	黄　侃	10
				刘师培	6

---

①1918—1919 年是北大文科课程体系改革的初始实验期，难免新旧杂陈、抵牾反复。此处的"中国文学"疑为高年级沿袭旧制的课程，后分解为"文""诗""词曲"等。巴黎法兰西学院汉学研究所收藏的老北大讲义中，有黄侃的《文钞》和《文式》，系作品选一类的讲义，可能就是用于（转下页注）

续表

《国立北京大学学科课程一览》(八年度至九年度)				
1919—1920 学年	文(二)	第二年级	2	黄季刚	2
	诗(二)	第二年级	2	黄季刚	2
备注:因为黄侃1919年9月离开北大,此课表中的课程可能没有开讲。				
《各研究所研究科目及担任教员》(国文门)				
1917—1918 学年	文字孳乳			黄季刚	
	文			黄季刚	

由上表可知,黄侃后期(1917—1919)在北大本科讲授的课程,主要有"中国文学""中国文学概论""汉魏六朝文学""唐宋文学"以及"文""诗"等。显然,这些课程就是1917年底改订后的国文学门"文学""文学史"(分段)和"文学概论"的课程。那么,黄侃后期在北大讲授《文心雕龙》,又是顶着以上哪一门课程的名义进行的呢?《北京大学日刊》第一二六号(1918年5月2日)所载《文科国文学门文学教授案》(1918年4月30日):"文科国文学门设有文学史及文学两科,其目的本截然不同,故教授方法不能不有所区别。兹分述其不同与当注重之点如下:习文学史在使学者知各代文学之变迁及其派别;习文学则使学者研寻作文之妙用,有以窥见作者之用心,俾增进其文学之技术。教授文学史所注重

(接上页注)"中国文学""文""诗"等课程。其中,《文钞》封面为"中国文学",内文为"文钞"。目录后有"右文百三十五篇,凡《文选》所具者不更缮印,此略依时序编次,讲授则依照便宜为后先"字样。《文式》包括:赋颂第一,论说第二,告语第三,记志第四等,规模颇大,目录后亦有"凡《文选》所具者不更缮印,讲授次叙从便宜进退之"字样(参见陈平原:《在巴黎邂逅"老北大"》,《读书》2005年第3期)。

者,在述明文章各体之起源及各家之派别,至其变迁递演因于时地才性政教风俗诸端者,尤当推迹周尽使源委明了。教授文学所注重者,则在各体技术之研究,只须就各代文学家著作中取其技能最高,足以代表一时或虽不足以代表一时而有一二特长者,选择研究之。"①这就从学生的学习和老师的教授两个方面,把"文学史"与"文学"两科的不同内容及特点阐述得非常清楚。从以上阐述看,在"文学史"和"文学"的课堂上,都不适宜讲《文心雕龙》。于是,就只剩下新增的"文学概论"课了。由于这是一门新课,《教授案》对其也有一个简单的说明:"文学概论'单位'当道贯古今中外,《文心雕龙》《诗品》等书虽可取,截然不合于讲授之用,以另编为宜。"②"文学概论"是一门综合性、概括性很强的理论课,主要讲授文学基本概念和知识,范例当贯穿古今中外,《文心雕龙》《诗品》等书属于"中"和"古",虽可取用,但不宜直接以其作为讲授之本,而应另行编写与课程性质相符的讲义。

---

① 王学珍、郭建荣主编:《北京大学史料》第二卷,北京:北京大学出版社,2000 年,第 1709 页。

② 王学珍、郭建荣主编:《北京大学史料》第二卷,北京:北京大学出版社,2000 年,第 1710 页。另,文中"单位"为课时,一单位约一百小时。《钱玄同日记》1917 年 1 月 6 日:"十时至大学,孑民先生问对于文字学教授之意见,我谓照部章,此学分为音韵、《说文》、《尔雅》三种,合为三单位(约三百小时)。音韵中含有今音、古音,须一单位始能竣事。《说文》《尔雅》二单位恐有不敷,又训诂之书专讲《尔雅》未免有漏。《广雅》《方言》《释名》之训诂岂可不讲求? 孑民先生谓:单位增减无有不可……我谓部章所云既当作如是解,则'音韵学'约占一单位,'说文学'不过三十小时即可讲了,而'尔雅学'虽一七〇小时,尤恐不敷。蔡谓此可酌办。"(杨天石主编:《钱玄同日记(整理本)》上,北京:北京大学出版社,2014 年,第 298 页)

　　黄侃为本科一年级开设的"中国文学概论"，正是《文科改订课程会议议决案》在 1918 年开始执行的文学门通科课程，只是将原课程名称"文学概论"稍加限制，加上"中国"。就是在这门新课上，黄侃又开始讲起了《文心雕龙》。核验《1918 年北京大学文理法科改定课程一览》，文学门通科课程"文学概论"后有一括号说明："文学概论（略如《文心雕龙》《文史通义》等类）"①。有人认为，这"应该正是对此时黄侃以《文心雕龙》授文学概论课的实录"②。能否这样理解呢？答案显然是否定的，因为这个《课程一览》应该在 1918 年初就形成并公布了，《北京大学廿周年纪念册》将其收录其中就是证明，而此时黄侃的课还未上或刚上，《课程一览》根本无法对其"实录"。再说，即使时间上来得及，在一份公之于众的《课程一览》中，实录某位教师的授课内容，也是不合情理的。其实，括号内容就是一种提示，因为"文学概论"是一门新开设的课程，所以提示一下，其性质类似《文心雕龙》《文史通义》等综合性较强的古代典籍。就像"文学概论"后面的课程"外国语（欧洲古代及近代语）"，哲学门通科课程"玄学（即纯正哲学）"一样，课程名称后面的括号内容，也都是对这门课程的性质、范围等所作的一种提示。不过，这种提示正好提醒了黄侃，可以顶着"文学概论"的名义来讲《文心雕龙》。

　　《文心雕龙》被视为"中国古代文论的秘宝"，是那个时代文化的"百科全书"，它兼容并包，出入经史，旁涉道玄，最后归宗文学。

---

① 朱有瓛主编：《中国近代学制史料》第三辑下册，上海：华东师范大学出版社，1992 年，第 114 页。

② 李婧：《黄侃文学研究》，北京：中国社会科学出版社，2016 年，第 192 页。

鲁迅说它可与亚理士多德的《诗学》相媲美①，王元化则认为它可与黑格尔的《美学》相并论②。胡适还说过："这两千年中只有七八部精心结构，可以称做'著作'的书——如《文心雕龙》《史通》《文史通义》等——其余的只是结集，只是语录，只是稿本，但不是著作。"③《文心雕龙》实际上是中国封建社会前半期的一部文学概论，当黄侃接受一门叫作"文学概论"的新课时，自然会想到《文心雕龙》，因为他的"龙学"研究渊源有自，且在前面"词章学"的课堂上刚讲过《文心雕龙》。只不过为了照顾这门新课的性质和特点，黄侃此次讲授《文心雕龙》的具体内容，与"词章学"课堂上讲的有所不同。这次讲授的主要是"文之枢纽"部分的篇目，辅之以文体论部分的几篇作为例证。这是因为"文之枢纽"的《原道》《征圣》《宗经》《正纬》《辨骚》五篇，属于《文心雕龙》的总纲部分，阐述了贯穿全书的基本理论和建立体系的指导思想，故曰"枢纽"。而这正好契合了"文学概论"新课的性质和特点。再说，前期"词章学"的课时较长，贯穿三年，讲"剖情析采"的创作论部分，不仅性质、内容相符，而且二十篇左右的体量也正好与课时相配。新课"文

---

① "而篇章既富，评骘遂生，东则有刘彦和之《文心》，西则有亚理士多德之《诗学》，解析神质，包举洪纤，开源发流，为世楷式。"（鲁迅：《题记一篇》，《鲁迅全集》第八卷，北京：人民文学出版社，2005年，第370页）

② "关于文学理论或美学的体系，我觉得有两位理论家的论著值得我们参考和借鉴。一个是黑格尔的《美学》，一个是刘勰的《文心雕龙》。这两部著作都可以称得上具有自己理论体系的著作。"（王元化：《文艺理论体系问题》，王元化：《文学沉思录》，上海：上海文艺出版社，1983年，第2页）

③ 胡适：《五十年来中国之文学》，欧阳哲生编：《胡适文集3·胡适文存二集》，北京：北京大学出版社，1998年，第228页。

学概论"在1917年12月2日《北京大学日刊》刊登的《改订文科课程会议纪事》中，只有二个单位①，性质、特点除外，从体量上说，讲总论的五篇，再配以适当的文体论部分的例证，则显得十分恰当。我们现在看到的《札记》内容，明显由创作论二十篇和总论五篇（附带六篇文体论）两大部分组成，而其成书也经历了从创作论的二十篇本到三十一篇本的过程②，这一过程恰好与黄侃当初授课及编写讲义要配合前后期不同课程和不同讲授内容相吻合。诚如栗永清所说："1918年初，黄侃以《文心雕龙》（或许还包括他的《诗品疏》）为'讲义'，以'中国文学概论'为名来替代'文学概论'，并在其前冠以'中国'以示同'文学概论'的区别，或许去事实不远。如果这个揣测成立的话，那么《文心雕龙》这部向来被视作中国'古代文论'的著作，极有可能是最早的中国文学学科中的'文学概论'课程讲义。中国文学学界对于'文学概论'这个从'日本'进入的学科名目，向被视作'舶来'的学科的最早架构方式，其

---

① 在《文科国文学门文学教授案》中，"文学概论"课时"单位"没有确定，《北京大学日刊》1917年12月9日和29日刊登的《文科改订课程会议议决案修正》和《文科大学现行科目修正案》中，课时分别被修改为一单位和三单位。

② 《札记》部分内容前期曾在报刊陆续刊发，至1927年，作者集《神思》以下二十篇（即"剖情析采"的创作论部分）成书，交北京文化学社印行。1935年黄侃逝世后，前南京中央大学所办《文艺丛刊》又将《原道》以下十一篇（即"文之枢纽"的总论五篇加"论文叙笔"的文体论六篇）发表。1947年四川大学中文系曾将上述三十一篇合印一册，在校内交流，绝少外传。1962年中华书局上海编辑所将三十一篇合为一集，由黄念田重加勘校，并断句读，正式出版。至此，《札记》全璧方流行于世。

实并非'外求'而是'内溯'。"①

　　范文澜 1914 年考入国学门本科,1917 年毕业。其在校时间正好是黄侃前期在北大以"词章学"课程之名讲授《文心雕龙》的时候,故其曰:"从蕲州黄季刚先生治词章之学,黄先生授以《文心雕龙札记》二十余篇。"与此相应,黄侃后期在北大以"中国文学概论"课程之名讲授《文心雕龙》,也有听课学生的回忆材料可以印证。1917 年考入北大中文系的杨亮功,1920 年毕业,后赴美国留学,1927 年获纽约大学哲学博士学位,回国后曾任上海中国公学副校长、安徽大学校长、北京大学教育系主任等。他在《早期三十年的教学生活》一书中回忆:"当时中文系教授有刘申叔(师培)先生讲授中古文学史,黄季刚先生教文学概论,黄晦闻(节)先生教诗,吴瞿安(梅)先生教词曲,皆是一时之选。""黄季刚先生教文学概论以《文心雕龙》为教本,著有《文心雕龙札记》。"②作为黄侃"中国文学概论"课堂的亲历者,杨氏所谓"以《文心雕龙》为教本",当是最有力的证明。另外,与杨氏同年考入北大中文系,又同年毕业的萧劳,也对黄侃后期在北大讲授《文心雕龙》印象深刻。他在《六十年前我在北大的几点回忆》一文说:"中国文学门是由黄侃先生讲授古文。第一天上课就出了个《文心雕龙》上的题目,叫学生作文。我刚写了一百多字,黄先生看见了说:'好!'便拿到讲台上念一遍……黄侃先生当时在北大教授《文心雕龙》,他对古典文学有相当造诣。他是'国故派'的一位首领,常常身穿

①栗永清:《知识生产与学科规训——晚清以来的中国文学学科史探微》,北京:中国社会科学出版社,2012 年,第 190—191 页。
②杨亮功:《早期三十年的教学生活·五四》,合肥:黄山书社,2008 年,第19、22 页。

蓝缎子团花长袍,黑缎子马褂,头戴一顶黑绒瓜皮帽,腰间露出一条白绸带。"①据《北京大学日刊》所载《文本科本学年各门课程表》,黄侃1918—1919年曾为一、二年级学生开设"文"(不论骈散,凡非诗赋歌曲之属皆属之)和"诗"(诗经楚辞汉赋以及近代诗歌皆属之)课程。而他即使在讲古文的课上,也仍然出《文心雕龙》的题目让学生作文,至于他当时在北大教授《文心雕龙》,更是名满天下,连1917年才进北大附设的国史编纂处充任编纂之职的周作人,也认为评价黄侃不能离开《文心雕龙》,因为这是他人生最信奉的几部经典之一。

第四节　接替朱蓬仙讲授《文心雕龙》

黄侃在北大讲授《文心雕龙》的过程中,还发生了一件有趣的事情,这件事从另一方面体现了黄侃在北大讲授《文心雕龙》的地位和影响。北大初期常有学生挑老师的毛病,如果被抓住辫子则将其赶下讲台。当时校园东边的教员休息室被称为"卯字号",卯字号里最有名的逸事,便是所谓两个老兔子和三个小兔子的事,所谓老兔子指己卯年生的陈独秀与朱希祖,而小兔子则是指胡适之、刘半农和刘文典,他们三人都是辛卯年生的。这五位卯年生

---

① 司马朝军、王文晖合撰:《黄侃年谱》,武汉:湖北人民出版社,2005年,第440页。另,罗常培《自传》回忆说,他1916年考入北大本科,文科国学门的三道考题就是黄侃拟的。"中文出了三道题:(一)九流皆六艺与流裔论;(二)附词会义总纲领说;(三)尔雅以观于古说。事后知道这几个题都是黄季刚(侃)先生出的。"(司马朝军、王文晖合撰:《黄侃年谱》,武汉:湖北人民出版社,2005年,第112—113页)其中,第二题出自《文心雕龙·附会》。

的名人中，在北大资格最老的朱希祖差点就被赶下讲台。朱是章太炎的弟子，在北大主讲中国文学史，但是他的海盐话很不好懂。讲文学史讲到周朝，学生听他反复说孔子是"厌世思想"，而在黑板上所写引用孔子的话，都是积极的，就觉得很奇怪。原来，朱用方言说的"厌世"实际是"现世"。"但是北方学生很是老实，虽然听不懂他的说话，却很安分，不曾表示反对，那些出来和他为难的反而是南方尤其是浙江的学生，这也是一件很有趣的事。在同班的学生中有一位姓范的，他捣乱得顶厉害，可是外面一点都看不出来，大家还觉得他是用功安分的好学生。在他毕业了过了几时，才自己告诉我们说，凡遇见讲义上有什么漏洞可指的时候，他自己并不出头开口，只写一小纸条搓团，丢给别的学生，让他起来说话，于是每星期几乎总有人对先生质问指摘……学校方面终于弄得不能付之不问了，于是把一位向来出头反对他们的学生，在将要毕业的之前除了名，而那位姓范的仁兄安然毕业，成了文学士。这位姓范的是区区的同乡，而那顶了缸的姓孙的则是朱老夫子自己的同乡，都是浙江人，可以说是颇有意思的一段因缘。"那位"范君是历史大家，又关于《文心雕龙》得到黄季刚的传授，有特别的造诣"①。显然这位范君就是范文澜。这件事范氏还曾亲口对其辅仁大学和河南大学的同事牟润孙讲过②。而范文澜毕业那年才进入本科的杨亮功也曾说过此事："朱希祖先生，教的是上古文学史，与刘申叔先生所教的中古文学史比较起来，自然相

① 周作人：《知堂回想录——周作人自传》，兰州：敦煌文艺出版社，1998 年，第 237—238 页。
② 牟润孙：《北京学林话旧——跋钱玄同给魏建功的两封信》，牟润孙：《海遗丛稿（二编）》，北京：中华书局，2009 年，第 27—28 页。

形见绌,因为有了同门黄季刚先生之斡旋,未被赶走。"他还说:
"周作人先生教的是欧洲文学史,周所编的讲义既枯燥无味,讲
起课来又不善言辞。正如拜伦所描写的波桑(Porson)教授:'他
讲起希腊文来,活像个斯巴达的醉鬼,吞吞吐吐,且说且噎。'因为
我们并不重视此学科,所以不打算赶他。"①仅仅因为学生对此学
科不感兴趣,周作人才幸免被赶下台,可见当时老师的处境也很
艰难。

　　类似的事也曾发生在《文心雕龙》的课堂上。罗家伦在《元气
淋漓的傅孟真》一文中说了一件顽皮的趣事:

　　　　我和孟真是民国六年开始在北京大学认识的。他经过
　　三年标准很高的北大预科的训练以后,升入文科本科,所以
　　他的中国学问的基础很好,而且浏览英文的能力很强。这是
　　一件研究中国学问的人不容易兼有的条件。我是从上海直
　　接考进文科本科的学生,当时读的是外国文学,和他的中国
　　文学虽然隔系,可是我们两人在学问方面都有贪多务得的坏
　　习惯,所以常常彼此越系选科,弄到同班的功课很多,就在哲
　　学系方面,也同过三样功课的班。……在这当儿,让我……
　　说一件孟真那时候顽皮的趣事……就在当时的北大,有一位
　　朱蓬仙教授(注意不是朱逷先先生),也是太炎弟子,可是所
　　教的《文心雕龙》却非所长,在教室里不免出了好些错误,可
　　是要举发这些错误,学生的笔记终究难以为凭。恰好有一位
　　姓张的同学借到那部朱教授的讲义全稿,交给孟真。孟真一
　　夜看完,摘出三十几条错误,由全班签名上书校长蔡先生,请

---

① 杨亮功:《早期三十年的教学生活　五四》,合肥:黄山书社,2008 年,第
　23 页。

求补救，书中附列这错误的三十几条。蔡先生自己对于这问题是内行，看了自然明白，可是他不信这是由学生们自己发觉的，并且似乎要预防教授们互相攻诘之风，于是突然召见签名的全班同学。那时候同学们也慌了，害怕蔡先生要考，又怕孟真一人担负责任，未免太重，于是大家在见蔡先生之前，每人分任几条，预备好了，方才进去。果然蔡先生当面口试起来了，分担的人回答的头头是道。考完之后，蔡先生一声不发，学生们也一声不发，一鞠躬鱼贯退出。到了适当的时候，这门功课重新调整了。这件事可以表示一点当时的学风。我那年不曾选这样功课，可是我在旁边看得清清楚楚。①

作为当事人，傅斯年（孟真）也回忆了当年的情景："当年我在北大念书时，听朱蓬仙讲《文心雕龙》。大家不满意，有些地方讲不到，有些地方又讲错了，我和罗家伦、顾颉刚等同学上书蔡子民校长反映此事，后来，此课程就由黄季刚先生担任了。"②这两段回忆材料反映的事件内容大体一致，我以往据此认为，"在黄侃到来之前，北大已开设《文心雕龙》课，黄侃是代替别人讲授《文心雕龙》的"③。其实，这是误解。因为 1917 年以前，朱蓬仙在家乡禾城浙江省立第二中学（今嘉兴中学）任教，而不在北大工作。《钱

---

① 王大鹏编著：《百年国士》之三《楚天辽阔一诗人》，北京：商务印书馆，2010年，第 235—236 页。
② 王利器：《我与〈文心雕龙〉》，王贞琼、王贞一整理：《王利器学述》，杭州：浙江人民出版社，1999 年，第 221 页。
③ 李平：《〈文心雕龙札记〉成书及版本述略》，《安徽商贸职业技术学院学报》2009 年第 1 期。

玄同日记》1917 年 1 月 6 日记载："得幼渔电话相告,知预科教习周、缪、桂三人,又教德文之某甲均已辞去,嘱我速致函促蓬仙来,继周或缪之后。"①钱、朱当年一起留学日本,一同听太炎师讲学,是十几年的老朋友,关系十分亲密。钱氏 1913 年 8 月先到北京,在国立北京高等师范学校及附属中学任教,1916 年兼任北大预科文字学教员。他或许曾向当时的北大中文系主任马裕藻(幼渔)推荐朱到预科任教,于是当预科教席有空缺时,马立即电话相告,嘱其"速致函促蓬仙来"顶缺。而他 8 日即"将致蓬仙信挂号寄出",14 日就"得蓬仙信,知愿来京,甚喜",旋即又"致书蓬仙,告以初到京时,先下客栈,即以电话告我,当来招呼"②,显得热情周到。朱蓬仙 1 月 31 日始抵京,钱氏当日白天在北大上课六小时,晚上在家编写高师授课讲义,"十时顷逸鸿来条,知蓬仙已到,寓逸鸿处,即命车往。四年不见,一旦聚首,畅谈忘倦,直至五时许始就寝,即与蓬仙同榻"③。1910 年 5 月,钱玄同从日本回国后,曾任中学教员、浙江省教育总署教育司视学。1912 年 10 月,朱蓬仙曾来杭州,钱氏"闻蓬仙来杭,未获相晤,甚怅";1913 年 1 月 11 日,朱再来杭州,钱氏与其晤谈终日④。自此一别,"四年不见",直至 1917 年 1 月 31 日,两人"一旦聚首,

---

①杨天石主编:《钱玄同日记(整理本)》上,北京:北京大学出版社,2014 年,第 298 页。

②杨天石主编:《钱玄同日记(整理本)》上,北京:北京大学出版社,2014 年,第 299、302、307 页。

③杨天石主编:《钱玄同日记(整理本)》上,北京:北京大学出版社,2014 年,第 307 页。

④杨天石主编:《钱玄同日记(整理本)》上,北京:北京大学出版社,2014 年,第 228、253 页。

畅谈忘倦"。

　　1917年，朱蓬仙始入北大预科任教也是有案可查的。据《北京大学日刊》第十号（1917年11月30日）所载该年北大《专任教员题名》，朱蓬仙列为"文科预科教授"。他既为预科教授，又怎么讲起《文心雕龙》了呢？钱玄同本年2月1日日记记载："午后二时许偕蓬仙同访尹默，知蔡、陈二君欲以分科一年级文学（旧称"词章学"）请蓬仙担任，而减少其预科时间。……现在欲请逖先（朱希祖——引者注）担任三代秦汉文学史，即请蓬仙担任三代秦汉之文学。"①当时本科教授同时在预科上课，或预科教授兼上本科的课都是很常见的。蔡元培和陈独秀实施学制和课程改革，压缩预科，扩大本科，分科以后的本科教学任务明显增加，故拟请新聘的预科教授朱蓬仙担任本科一年级文学课。不过，朱蓬仙在得知自己欲担任此课后，对于怎么上课心中并无把握。旋即，他对钱玄同表示："大学分科讲文学，未知其范围如何？如系西洋式的讲授，则无从讲起，不特无以逾于桐城派，且恐流于金圣叹一路。"所谓"西洋式的讲授"，就是以纯文学的美文为主，故曰既难以逾越重词章义法的桐城派，也难免落入重艺术分析的金圣叹一路。钱玄同则认为："论文学自身之价值，自当以美文为主（即所谓西洋式的），然说理、记事两种，既用文字记载，亦自不可不说明白，前此之文能区此。"②从以上情况看，朱蓬仙1917年下半年始任分

---

①杨天石主编：《钱玄同日记（整理本）》上，北京：北京大学出版社，2014年，第307页。

②杨天石主编：《钱玄同日记（整理本）》上，北京：北京大学出版社，2014年，第307页。

科一年级文学课①，讲授三代秦汉文学。这门课也就是以前的
"词章学"，课时单位多，延续时间长。至 1918 年上半年，即第二
学期，课程当进入汉魏六朝文学的讲解。在没有更多的材料证明
之前，说朱蓬仙就是在此时讲授《文心雕龙》，虽不中亦不远矣。

　　有人认为朱蓬仙可能是在文预科讲授《文心雕龙》的，据《北
京大学日刊》1918 年 1 月 6 日刊登的《文预科第二学期课程表》，
朱蓬仙与马幼渔共同担任一年级国文甲、乙班的"文字学"课，朱
又担任丙班的"学术文"课，还担任二年级国文班的"文字学"课。
"朱蓬仙授《文心雕龙》虽然显得'狼狈'了不少，不过，朱蓬仙为什
么要选择这么一个学非所长的'文本'作为讲授的内容。答案似
乎只能解释为这是'课程'设置的需要。史料所限，朱蓬仙究竟是
在什么课程名目之下来讲这门课程的，不能确定，只能通过一些
蛛丝马迹略作推论……《文心雕龙》作为'诗文评'的著述，选为
'学术文'的讲授教案似有可能。"②预科设置的目的在于补中学
之不足，与本科所修学科皆为治专门之学做准备不同，其所习科

---

① 蔡元培和陈独秀拟让朱蓬仙担任的分科一年级文学课，显然是指 1917 年
　　9 月开始的新生第一学期的课，而不是 1917 年 2 月开始的老生第二学期
　　的课。因为，若是老生第二学期的课，一则时间上来不及，授课讲义无法
　　编写；二则课程内容对不上号，三代秦汉文学显然是新生第一学期文学课
　　要讲授的内容；三则不合学校课程安排的惯例，学校对任课教师一般都要
　　提前一到半个学期确定，以便教务部门安排课表，提前公布。钱玄同 1917
　　年 2 月 11 日日记，就完全证实了这一点："午后访蓬仙，渠近日颇开展，对
　　于校课不但无推辞之说，且有欣然愿教之意矣。"（杨天石主编：《钱玄同日
　　记（整理本）》上，北京：北京大学出版社，2014 年，第 309 页）
② 栗永清：《知识生产与学科规训——晚清以来的中国文学学科史探微》，北
　　京：中国社会科学出版社，2012 年，第 188 页。

目如"论理学大意""哲学概论""模范文""学术文""文字学"（后改为"文法"），重在基础知识的积累和基本技能的训练，而《文心雕龙》作为专门之书和专门之学，在预科讲授的可能性不大。再说，既然安排朱蓬仙担任本科文学课程，学校也就考虑要减少其预科课程和教学时间。《钱玄同日记》1917 年 2 月 4 日记载："昨约与蓬仙、逷先、幼渔今日同至尹默处。晨十时顷，偕蓬仙同往，并晤刘三，知预科中蓬仙名下减去之时间，今请刘三担任矣。"①刘三，即刘宗龢，字季平，1916 年任北大文科教授。如果刘三接替朱蓬仙的正好是"学术文"这门课呢？而这种可能性是很大的，因为朱担任三个班的"文字学"课，只有一个班的"学术文"课，减去此课就可以少备一门课了。

　　持上述看法者认为还有一种可能，李小峰回忆 1920 年《新潮丛书》出版时曾经提到，丛书的"第一种是王星拱的《科学方法论》。王星拱是北大理科的教授，当时北大为改变文科和理科同学的相互轻视为互相尊重，理预科添开'文学概论'课，文预科添开'科学方法论'课，这册《科学方法论》，就是他在文预科开这门课时所编的讲义，经整理修改后交新潮社出版的"②。王星拱在撰于 1920 年 1 月的《科学方法论》序言中也说："这一部书是我从北京大学讲义稿子编辑起来的。自从蔡孑民先生到北京大学之后，大学里的各部分，都极力的要革除'文理分驰'的弊病：因为'文''理'不能沟通，那文学哲学方面的学生，流于空谈玄想，没有

① 杨天石主编：《钱玄同日记（整理本）》上，北京：北京大学出版社，2014 年，第 308 页。
② 李小峰：《新潮社的始末》，中国社会科学院近代史研究所编：《五四运动回忆录（续）》，北京：中国社会科学出版社，1979 年，第 216 页。

实验的精神,就成些变形的举子了。那科学工程方面的学生,只知道片段的事实,没有综合的权能,就成些被动的机械了。"①李小峰 1918 年进入北大预科,他"所说的'当时'应在 1918 年前后,考虑到蔡元培 1917 年初始到校履职,正式设课也不当早于 1917年秋。这样看来,作为预科教授的朱蓬仙,极有可能以《文心雕龙》作为教本去承担理预科的'文学概论',但因教非所长,终被'替代'"②。检核《国立北京大学学科课程一览》(八年度至九年度),文理科通用的本科第一年课程(新制)中的共同必修科课程就有胡适的"哲学史大纲"和王星拱的"科学概论"③;而本科分系课程(旧制)之六中国文学系(现行选科制)的选修科目中,也有胡适的"哲学史大纲"和王星拱的"科学概论"④。但是,遗憾的是,1918 年 1 月的《理预科本学期课程表》中,第一、二、三年级都只有"国文"而没有"文学概论"⑤;1919 年 8 月的《修正大学预科课程》中,也找不到"文学概论"的课程⑥。王星拱为文科开设的"科学概论"已经列入课表实施教学,而要为理科开设的"文学概论"却迟迟排不进课表,以致无法实施教学活动。原因很简单,就是开

①王星拱编:《科学方法论》,北京:北京大学出版部,1920 年,第 1 页。
②栗永清:《知识生产与学科规训——晚清以来的中国文学学科史探微》,北京:中国社会科学出版社,2012 年,第 189 页。
③参见王学珍、郭建荣主编:《北京大学史料》第二卷,北京:北京大学出版社,2000 年,第 1080 页。
④参见王学珍、郭建荣主编:《北京大学史料》第二卷,北京:北京大学出版社,2000 年,第 1086 页。
⑤参见王学珍、郭建荣主编:《北京大学史料》第二卷,北京:北京大学出版社,2000 年,第 1070—1073 页。
⑥参见王学珍、郭建荣主编:《北京大学史料》第二卷,北京:北京大学出版社,2000 年,第 1077—1078 页。

设"文学概论"这门课的条件在当时还不成熟。不要说为理科开设了,就是当时的中国文学门也未能开出这门课;更不要说为理预科开设了,即便最当开设这门课的文本科也因时机未到而暂缺。如此看来,朱蓬仙可能以《文心雕龙》作为教本去承担理预科的"文学概论",就失去了可能。所以持论者自己也承认:"朱蓬仙以《文心雕龙》讲'文学概论'自有'证据不足'之嫌。"①

　　需要解释的是,举发朱蓬仙事件的始作俑者傅斯年和顾颉刚是 1913 年进入北大预科的,1916 年夏升入本科,罗家伦则是 1917 年直接考入北大本科的,三人分属中国文学门、哲学门和外国文学门。1918 年上半年,罗家伦还是一年级的学生,他没有选那门课,只是事件的亲历者和参与者。傅斯年和顾颉刚则已是二年级的学生,由于他们贪多务得,常常越系甚至越年级选课,所以弄到同班的功课很多,这次在朱蓬仙的课堂又同班了。没想到朱蓬仙把《文心雕龙》讲砸了,导致听课的学生要到蔡校长那里告状,把他赶下台。从同学把朱教授的讲义交给傅斯年审查鉴定,而他一夜看完并能找出三十几处错误来看,班上同学将其视为国学功底好的高年级学长,是大概率的事情。因为顾颉刚毕竟是哲学门的,挑《文心雕龙》讲义的错,当然是找傅斯年最合适。巧合的是,同样在 1918 年上半年,黄侃也在"中国文学概论"的课堂上,给一年级的学生在讲授《文心雕龙》,并且大受学生欢迎。由于黄侃在北大讲授《文心雕龙》名声在外,有口皆碑,"后来,此课程就由黄季刚先生担任了"。

　　总之,1914 年,黄侃在北大讲授"词章学"课程,为帮助学生理

① 栗永清:《知识生产与学科规训——晚清以来的中国文学学科史探微》,北京:中国社会科学出版社,2012 年,第 190 页。

解文章作法,以《文心雕龙》为诠释文本,主讲《神思》以下创作论部分,再选择数篇文体论篇目作为案例,并编撰二十余篇讲授篇目的《札记》作为授课讲义,此为前期讲授;1917年后,黄侃又借学校新开设的通科课程"文学概论"(实际授课名称为"中国文学概论"),继续以《文心雕龙》为教本,主讲"文之枢纽"的总论部分,同样撰写了相关篇目的《札记》作为授课讲义,此为后期讲授。黄侃在北大有关《文心雕龙》的前后期讲授,是继其师太炎先生在日本私门传授舍人之书后,第一次把古代文论的经典之作《文心雕龙》,作为一门学科教学的内容搬上了国立大学的课堂,开启了具有现代意义的《文心雕龙》教学和研究,标志着现代"龙学"作为一门独立的学科正式诞生,这一事件在20世纪中国学术史上具有重要的里程碑意义。

第七章　章太炎对黄侃《文心雕龙》
　　　　教研活动的影响

　　"龙学"界一般认为,1914 年黄侃把《文心雕龙》搬上北大课堂,意味着现代"龙学"的诞生;而他为授课撰写的讲义《文心雕龙札记》,则成为现代"龙学"的奠基作。其实,黄侃应北大之聘担任教授,在校讲授《文心雕龙》,并撰写授课讲义《札记》,均与其师章太炎有关。而黄侃的《文心雕龙》教研活动,从学术兴趣的激发,到著述体例的选择,直至思想方法的特色,也都深受太炎师的影响。因此,梳理章太炎对黄侃《文心雕龙》教研活动的影响,不仅可以上推现代"龙学"的诞生时间,而且有助于进一步理解黄侃《札记》的学术资源和时代特色。

第一节　投师章门

　　1903 年,章太炎在上海与章士钊、张继、邹容等主办《苏报》,因发文反对满清统治而被捕,1906 年出狱后,东适日本。"《苏报》案"后,章太炎的学术思想有了很大的变化,他一方面潜心研读佛典,"乃知《瑜伽》为不可加"[1];一方面"涉猎西籍,以新知附益旧学,

---

[1] 章太炎说:"余少年独治经史、《通典》诸书,旁及当代政书而已,(转下页注)

日益闳肆"①，遂致力于传统学术的现代改造②。太炎先生《自定年谱》谓："自三十九岁亡命日本，提奖光复，未尝废学……先后成《小学答问》《新方言》《文始》三书，又为《国故论衡》《齐物论释》，《訄书》亦多所修治矣。"③其中，《文始》以明语言之根，《小学答问》以见文字之本，《新方言》以通古今之邮，意在将传统小学转换为现代语言文字学④。诚所谓："余以寡昧，属兹衰乱，悼古义之沦丧，愍民言之未理，故作《文始》以明语原，次《小学答问》以见本

（接上页注）不好宋学，尤无意于释氏。三十岁顷，与宋平子交，平子劝读佛书，始观《涅槃》《维摩诘》《起信论》《华严》《法华》诸书，渐近玄门，而未有所专精也。遭祸系狱，始专读《瑜伽师地论》及《因明论》《唯识论》，乃知《瑜伽》为不可加。既东游日本，提倡改革，人事繁多，而暇辄读藏经。又取魏译《楞伽》及《密严》诵之，参以近代康德、萧宾诃尔之书，益信玄理无过《楞伽》《瑜伽》者。"（章太炎：《自述学术次第》，《章太炎全集（十一）·太炎文录补编（下）》，上海：上海人民出版社，2018年，第494—495页）

① 梁启超：《清代学术概论》，朱维铮校注：《梁启超论清学史二种》，上海：复旦大学出版社，1985年，第78页。

② 陈平原指出：在《中国近代启蒙思想史》中，侯外庐将《国故论衡》上卷的《语言缘起说》和下卷的《原名》相勾连，强调"太炎综合东西名学而作《原名》，和文字学的研究融合而成为一种'以分析名相始'的朴学，亦他所谓近代的科学所趋。"（章太炎撰，陈平原导读：《国故论衡》，上海：上海古籍出版社，2003年，第14页）

③ 章太炎：《自定年谱》，《章太炎全集（十一）·太炎文录补编（下）》，上海：上海人民出版社，2018年，第762—763页。

④ 裘锡圭等说："章氏的理论和实践都证明他已经有了比较明确的语言学思想。他提出'语言文字之学'这一名称，标志着中国现代语言学的发端。"（裘锡圭、沈培：《二十世纪的语言文字学》，刘坚主编：《二十世纪的中国语言学》，北京：北京大学出版社，1998年，第92页）

字,述《新方言》以一萌俗。"①陈平原著《中国现代学术之建立》,副题即"以章太炎、胡适之为中心",其基本设想就是:"晚清及'五四'两代学人的共同努力,促成了中国学术的转型。"②章氏抵日后,遂赴东京,应孙中山之邀,入同盟会,主《民报》笔政。

1905年,二十岁的黄侃,因与友人密谋覆清之事,被学校除名。时任湖广总督的张之洞,与侃父翔云公为旧交,不忍心故人子废学,遂遣资命侃赴日留学。是年8月,孙中山、黄兴等在东京筹建同盟会,黄侃名列会员。章太炎东渡日本后,黄侃正在早稻田大学留学。章、黄共为同盟会会员,同具排满、革命热情,又都热衷文化学术事业。相同的心志术业,使他们在日本很快结为师徒,并成为莫逆之交。不过,在此之前,还有一段小插曲。章氏刚到东京,在日中国留学生,竞趋章门请业。一日,黄侃亦随众往谒,见其壁间大书四语:"我若仲尼长东鲁,大禹出西羌,独步天下,谁与为偶?"此乃东汉戴良语。既退,侃颇疑章氏矜洁难近,故无意复往。稍后,章氏看到黄侃所撰文章,大奇之,并以书约见,许为天下奇才。

1907年,黄侃正式师事章太炎。黄焯《黄季刚先生年谱》云:"秋,章君闻先生将归国省亲,谓之曰:'务学莫如务求师。回顾国内,能为君师者少,君乡人杨惺吾(守敬)治舆地非不精,察君意似不欲务此。瑞安孙仲容(诒让)先生尚在,君归可往见之。'(焯案:孙先生于次年五月卒)先生未即答。章君徐曰:'君如不即归,必

---

① 章太炎:《国故论衡》(校定本),《章太炎全集(五)》,上海:上海人民出版社,2018年,第167页。

② 陈平原:《中国现代学术之建立——以章太炎、胡适之为中心》,北京:北京大学出版社,1998年,第22页。

欲得师,如仆亦可。'先生瞿然起,即日执贽往,叩头称弟子。自是日相追随,所学益进。章君曰:恒言学问进益之速,如日行千里,今汝殆一日万里也。"①章太炎则在《黄季刚墓志铭》中谈到两人的交谊:"余违难居东,而季刚始从余学,年逾冠耳,所为文辞已渊懿异凡俗。因授以小学经说,时亦作诗相倡和,出入四年,而武昌倡义。"②黄侃本人也说:"丁未(1907)之岁,始事章君,投文请诲,日往其门。"③黄侃在日本师事章君,接闻侍问其旁长达四年,主要学习小学、经学和文学,在文字、训诂、音韵学以及《文心雕龙》方面获益匪浅。同时,黄侃也在章氏主持的《民报》上积极发表文章,宣传革命。仅1907年,黄侃就以"运甓"为笔名,作《专一之驱满主义》,载同年《民报》第十七号;起草《讨满洲檄》,载同年4月《民报》增刊《天讨》;作《释侠》,载同年《民报》第十八号;又以"不佞"为笔名,作《论立宪党人与中国国民道德前途之关系》,载同年《民报》第十八号④。

　　章太炎于诸弟子中,最为推崇黄侃,曾自言其门下当赐四王:黄侃为天王,汪东为东王,吴承仕为北王,钱玄同为翼王⑤。故其

①黄侃:《黄侃日记》,南京:江苏教育出版社,2001年,第1098—1099页。

②章太炎:《黄季刚墓志铭》,《章太炎全集(九)·太炎文录续编》,上海:上海人民出版社,2018年,第292页。

③黄侃:《先师刘君小祥会奠文》,汤志钧编:《章太炎年谱长编(增订本)》上册,北京:中华书局,2013年,第167页。

④参见司马朝军、王文晖合撰:《黄侃年谱》,武汉:湖北人民出版社,2005年,第39—42页。

⑤汪东《寄庵谈荟》曾回忆此事:"先生晚年居吴,余寒暑假归,必侍侧。一日,戏言余门下当赐四王,问其人,曰:'季刚(黄侃)尝节老子语天大地大道亦大,丐余作书,是其所自命也,宜为天王;汝为东王,吴承仕为北王,钱玄同为翼王。'余问钱何以独为翼王?先生笑曰:'以其尝造反(转下页注)

常与黄侃讨论学术问题,且亦采录黄氏有价值的学术论断,其《丁未与黄侃书》即谓:"前得《蕲州方言小志》二纸,佳者即采入《新方言》,自余犹有未了。"①《新方言》撰成后,黄侃作《后序》;其《文录》辑有《与黄侃书》《再与黄侃书》《与刘光汉黄侃问答记》等,《小学答问》的解答词也有数条署名"黄侃答曰";1908年再作《三与黄侃书》,讨论文字音韵问题;同时又致书《国粹学报》社,盛赞黄侃的才力:"前此蕲州黄君名侃,曾以著撰亲致贵处。黄君学问精专,言必有中,每下一义,切理厌心,故为之介绍。愿贵报馆加以甄采,必能钩深致远,宣扬国光。"②《国粹学报》1910年第四号刊登黄侃撰《国故论衡序》,署名黄刚。可见,章、黄关系亲密,实在师友之间。

第二节　聆听师说

　　章太炎在日本讲学,大体分为前后两个阶段。1906年9月上旬,国学讲习会成立后为前一阶段。《民报》第七号(1906年9月

(接上页注)耳。'越半载,先生忽言,以朱遯先为西王。"(司马朝军、王文晖合撰:《黄侃年谱》,武汉:湖北人民出版社,2005年,第36—37页)章太炎《自定年谱》亦曰:"弟子成就者,蕲(春)黄侃季刚、归安钱夏季中、海盐朱希祖遯先。季刚、季中皆明小学,季刚尤善音韵文辞。遯先博览,能知条理。"(《章太炎全集(十一)·太炎文录补编(下)》,上海:上海人民出版社,2018年,第763页)

① 章太炎:《丁未与黄侃书》,《章太炎全集(八)·太炎文录初编》,上海:上海人民出版社,2018年,第159页。

② 章太炎:《与〈国粹学报〉(一)》,《章太炎全集(十二)·书信集(上)》,上海:上海人民出版社,2018年,第327页。

5日发行)所载《国学讲习会序》曰:"真新学者,未有不能与国学相契合者也。国学之不知,未有可与言爱国者也。知国学者,未有能诋为无用者也。作《訄书》之章氏者,即余杭太炎先生也。先生为国学界之泰斗,凡能读先生书者,无不知之。今先生避地日本,以七次逋逃,三年禁狱之后,道心发越,体益加丰,是天特留此一席以待先生,而吾人之欲治国闻者,乃幸得与此百年不逢之会。同人拟创设一国学讲习会,请先生临席宣讲,取为师资,别为规则,附录于后。先生之已允为宣讲者:一,中国语言文字制作之原;一,典章制度所以设施之旨趣;一,古来人物事迹之可为法式者。"①1907年,章氏因主持《民报》,写了大量的文章,外加繁忙的政治活动,其讲学暂停一段时间。1908年开始,章氏主持《民报》工作外,又为青年讲学,被鲁迅称为"有学问的革命家"②。由于是年10月19日,日本政府"徇清政府之请,下令封禁《民报》"。《民报》被封后,章氏主要精力都放在继续讲学上,并持续到1909年以后。《章太炎先生答问》:"问:'《民报》既停,先生作何生活?'答:'讲学。'问:'生徒何国人?'答:'中国之留学生,师范班、法政班居多数,日本人亦有来听者,不多也。'问:'人数多少?'答:'先后百数十人。'问:'先生讲何种学?'答:'中国之小学及历史,此二者,中国独有之学,非共同之学。'"③

　　章氏1908年开始的有系统、多序列的讲学活动,地点主要集

---

①汤志钧编:《章太炎年谱长编(增订本)》上册,北京:中华书局,2013年,第125页。

②鲁迅:《且介亭杂文末编·关于太炎先生二三事》,《鲁迅全集》第六卷,北京:人民文学出版社,2005年,第566页。

③汤志钧编:《章太炎年谱长编(增订本)》上册,北京:中华书局,2013年,第171页。

中于大成学校讲堂和《民报》社寓所。大成学校的讲学，听者人数
较多，属于普通班；《民报》社寓所的讲学，则多为小规模精讲性
质，属于提高班，人数较少。讲学的内容，章氏自谓皆中国独有之
"小学及历史"。据《朱希祖日记》记载，讲学涉及《说文》《新方言》
《说文解字注》《尔雅义疏》《庄子》《楚辞》《广雅疏证》《四声切韵
表》以及音韵之学等。受业者中，比较突出的有：黄侃、钱玄同、朱
希祖、龚宝铨、许寿裳、周树人、周作人、朱宗莱、钱家治、任鸿隽、
汪东、刘文典、马幼渔、沈兼士等。黄侃追忆其师讲学情况曰："日
本政府受言于清廷，假事封《民报》馆，禁报不得刊鬻。先生与日
本政府讼，数月，卒不得胜，遂退居，教授诸游学者以国学。睹国
事愈坏，党人无远略，则大愤，思适印度为浮屠，资斧困绝，不能
行。寓庐至数月不举火，日以百钱市麦饼以自度，衣被三年不浣。
困厄如此，而德操弥厉。其授人以国学也，以谓国不幸衰亡，学术
不绝，民犹有所观感，庶几收硕果之效，有复阳之望。故勤勤恳
恳，不惮其劳，弟子至数百人。"①

　　不过，据当年聆听章氏讲学人员的回忆及《朱希祖日记》中有
关章氏讲学的记录，似乎都没有提到章氏讲授过《文心雕龙》。詹
锳在《文心雕龙义证》"引用书名简称"中，列示的最后一种引用文
献则是"朱遏先等笔记"，并解释说："朱遏先、沈兼士等听讲《文心
雕龙》笔记原稿，只有前十八篇。朱、沈皆章太炎弟子，疑为章太
炎所讲。"②遗憾的是，詹锳"疑为章太炎所讲"的这份听课笔记，
由于材料所限，长期未能得到确证。进入 21 世纪，周兴陆在甄选

---

①黄侃：《太炎先生行事记》，陈平原、杜玲玲编：《追忆章太炎》，北京：中国广
　播电视出版社，1997 年，第 21 页。
②詹锳义证：《文心雕龙义证》上，上海：上海古籍出版社，1989 年，第 38 页。

民国《文心雕龙》研究资料的过程中,幸而发现尘埋于上海图书馆的章门弟子记录章氏讲授《文心雕龙》的记录稿①。此稿实际包含两种稿本,甲种为蓝格竖行稿纸,封面内题"钱东浥记　文心雕龙札记　稿本",背面题"蓝本五人:钱东潜、朱逖先、朱蓬仙、沈兼士、张卓身"。正文半页十行,毛笔草书。记录的听课内容为《原道》至《诠赋》八篇。乙种为右角印有"松屋制"(日本一家专门制造稿纸的店名——引者注)的簿本,封面无题字,正文半页十行,硬笔书写。首页"《原道》第一"下行,题"文学定谊详《国学讲习会略说》"。其中有一张教学进度表,注明讲授的次第、篇目、日期和六位听讲人考勤情况:一、一至八篇,三月十一日;二、九至十八篇,三月十八日;三、十九至廿九篇,三月廿五日;四、三十至卅八篇,四月初一;五、卅九至五十,四月初八。每周一次,五周而毕其事。六位听讲者姓名省作"潜、未、逖、蓬、兼、卓",考勤情况为:潜(钱玄同,自名东潜、东浥,未上第四次课)、未(龚宝铨,号未生,太炎先生长婿,全上)、逖(朱希祖,字逖先,又遏先,全上)、蓬(朱宗莱,字蓬仙,只上第四、五次课)、兼(沈兼士,只上第一、二次课)、卓(张传琨,字卓身,只上第二次课)。簿本记录的听课内容为《原道》至《论说》十八篇。

　　结合稿本署名和《钱玄同日记》看,两套笔记的记录者为钱玄同,而非上图古籍著录卡片上的朱希祖(逖先)。钱玄同1909年3、4月日记具体记载了章氏讲授《文心雕龙》的篇目和次数:

　　3月11日:今日讲《文心雕龙》八篇,讲毕即归。

　　3月18日:是日《文心雕龙》讲了九篇(九至十八)。在炎

①详见黄霖编著《文心雕龙汇评》(上海:上海古籍出版社,2005年)一书附录。

处午餐。傍晚时归。与季刚同行,彼走得甚快,余追不上,不知其去向。晚间叔美未来。季刚有阮胡子《燕子笺》一部,借来于枕上看,一夜看完。

3月22日:下午借取逖先、未生、卓身、兼士及余自己五本《文心雕龙》札记,草录一通。

3月25日:《文心雕龙》今日讲至廿九篇。

4月7日:午后札《文心雕龙》稿二纸。

4月8日:上午去上《文心雕龙》课,今日恰好讲完了。①

根据两种记录稿本的实际情况看,乙种为钱玄同本人前两讲的听课笔记,记录笔迹甚为清晰规整,只有一处涂抹,基本无改动痕迹,不像课堂听讲的原始记录,当为课后整理誊录本。其4月7日日记有"午后札《文心雕龙》稿二纸"之说。甲种是钱氏整理汇录诸人的听课笔记,因为甲种不仅开讲时对"文学定义"的阐释内容比乙种丰富、全面得多,而且每一篇记录的条目也较乙种更多、更细致,显然是汇集多人笔记的结果②。正如钱氏3月22日日记所载:"下午借取逖先、未生、卓身、兼士及余自己五本《文心雕龙》札记,草录一通。"不过,从其涂抹删改处甚多,相较乙种所记尚有遗漏条目等情况来看,这个整理汇录诸人听课笔记的稿本,也仅

---

① 杨天石主编:《钱玄同日记(整理本)》上,北京:北京大学出版社,2014年,第149—154页。

② 在日本留学期间的日记表明,钱玄同有借阅同学笔记并加以整理的习惯。今存的钱玄同《说文解字》听课笔记有两套,均为1908年4月至7月间章太炎同一次授课内容的笔记,其中第一套是在钱玄同、朱希祖、朱宗莱、龚宝铨、张敬铭五人的笔记基础上整理的,第二套则据朱希祖第一次笔记校过。详参董婧宸:《章太炎〈说文解字〉授课笔记史料新考》,《北京师范大学学报》2017年第1期。

仅是"草录一通"的初稿，尚需进一步完善誊录。遗憾的是，钱氏日记除上引两条外，再未见整理《文心雕龙》笔记的记录。故今存稿本，甲种截止于第八篇，仅为第一讲的汇录草稿；乙种截止于第十八篇，也只是前两讲的个人记录整理稿。至于说甲种"蓝本五人"中的朱宗莱(蓬仙)与日记中的龚宝铨(未生)不一致的问题，有人认为"当有一误"①，其实未必。因为这几位听讲人彼此都非常熟悉，不至于张冠李戴。钱氏集五人笔记是为整理汇集前两讲的授课内容，而当其发现朱宗莱前两讲均缺席时，再补借出满勤的龚宝铨的笔记，则完全在情理之中。因此，甲种"蓝本五人"中实无朱宗莱的笔记内容，所以日记中将其替换为龚宝铨。这大概就是稿本与日记名单不一致的原因，而两者的名单相加，正好是乙种簿本教学进度表中所列的六个听讲人。

　　章太炎讲授《文心雕龙》记录稿本的发现，加之《钱玄同日记》稿本的影印和整理出版，坐实了章氏在日本讲学活动中，确曾讲授过《文心雕龙》。其实，章氏在日本系列讲学活动中讲授《文心雕龙》一书并非毫无前因，早年他在杭州诂经精舍从俞樾治学时，曾作读书笔记《膏兰室札记》四卷②，考释载籍，驳正疏失，其中就有涉及《文心雕龙·夸饰》者，从其评论来看，他早就精研《文心》，并深通彦和"夸饰"之妙义。《夸饰》有言"倒戈立漂杵之论"，此乃伪古文《尚书·武成》之说："罔有敌于我师，前徒倒戈，攻于后以

① 董婧宸:《章太炎〈文心雕龙札记〉史料补正》,《国际中国文学研究丛刊》2019 年第 7 集。
② 《膏兰室札记》为章太炎肄业诂经精舍时,于 1891—1893 年间随日札记的考释驳论之作。原有四卷,抗战时期遗失一卷,现存世三卷,卷一有二百三十一条,卷二有一百五十五条,卷三有八十八条,共四百七十四条。生前未发表,1982 年据章氏家属收藏未刊稿本校点刊印。

北,血流漂杵。"《正义》曰:"《孟子》云:'信《书》不如无《书》,吾于《武成》取二三策而已。仁者无敌于天下,以至仁伐不仁,如何其血流漂杵也?'是言不实也。"①阎若璩《尚书古文疏证》卷八第一百十九曰:"按《文心雕龙·夸饰》篇云……余谓诸说皆可,独'漂杵'之论不然。所以孟子特为武王辨白,正以有害于义。此非刘勰辈文士所知。"②章氏对此评论说:

> 《文心雕龙·夸饰》篇:"是以言峻则嵩高极天,论狭则河不容舠,说多则子孙千亿,称少则民靡孑遗,襄陵举滔天之目,倒戈立漂杵之论,辞虽已甚,其义无害也。"此于漂杵之前,先举倒戈,固溺于伪书。然以漂杵为夸饰之辞,无害于义,则甚确。阎百诗谓孟子特为辨白,正以有害于义也。不知"尽信《书》,则不如无《书》"下《注》曰:"经有所美,言事或过。若《康诰》曰:'冒闻于上帝。'《甫刑》曰:'皇帝清问下民。'《梓材》曰:'欲至于万年。'又曰:'子子孙孙永保民。'人不能闻天,天亦不能问于民,万年永保,皆不可得为,《书》岂可案文而皆信之哉。"据赵《注》则孟子谓《书》之不可尽信者,正是此等。《武成》血流漂杵亦然。盖虽至仁无敌,犹有曹触龙逆命而断于军者,增其辞则曰血流杵也。且孟子于《诗》固自发其例矣,曰:"不以文害辞,不以辞害志。如以辞而已矣,'周余黎民,靡有孑遗',信斯言也,是周无遗民也。"于《书》何独不然。其曰"取二三策而已",盖谓《武成》全篇皆如血流漂杵之夸饰,二三策可信,是以取之。虽然,周初良史,何至夸

---

① 〔清〕阮元校刻:《十三经注疏·尚书正义》上册,北京:中华书局,1980 年,第 185 页。
② 〔清〕阎若璩:《尚书古文疏证》下,上海:上海古籍出版社,2023 年,第 1172 页。

饰如是之多？孟子以《书》言为过甚，而己言亦过甚矣。然以为夸饰，犹愈于以为害义也。若孟子谓血流漂杵为害义，全篇皆然，唯二三策不害义，是以取之，则是以《武成》为秽史矣，何至诟厉圣经一至于此乎？百诗又谓《帝王世纪》《战国策》皆有血流漂卤之语，盖七国时，日以杀人为事，而问所藉口者，则《武成》也。故孟子欲并《书》废之。呜呼！是又妄语矣。若因后人藉口，转以罪经，则"皇帝清问下民"，即宋真宗作《天书》所藉口；"欲至于万年""子子孙孙永保民"，即秦始皇欲推二世三世以至万世所藉口：可归罪于圣经乎？①

章氏以孟子"自发其例"之矛，攻其"血流漂杵"之盾，从而证成"漂杵为夸饰之辞，无害于义"的结论。而章氏客观求实、尊重艺文特点的科学反叛精神，与腐儒所谓"言为过甚""有害于义"的伪善卫道思想相较，不啻天壤之别。此亦可证章氏早年便熟读精研《文心》，故其于东京讲授此书乃理所当然。钱玄同日记所谓"在炎处午餐"，证明讲授地点就在《民报》社章氏寓所；而"与季刚同行"，又表明黄侃曾参与听讲。不过，周作人和许寿裳所述《民报》社八人小班中都没有黄侃。

　　往《民报》社听讲，听章太炎先生讲《说文》，是一九〇八至九年的事，大约继续了有一年少的光景。这事是由龚未生发起的，太炎当时在东京一面主持同盟会的机关报《民报》，一面办国学讲习会，借神田地方的大成中学讲堂定期讲学，在留学界很有影响。鲁迅与许季茀和龚未生谈起，想听章先

①章太炎：《膏兰室札记》，《章太炎全集（一）》，上海：上海人民出版社，2014年，第116—117页。

生讲书,怕大班太杂沓,未生去对太炎说了,请他可否于星期日午前在《民报》社另开一班,他便答应了。伍舍方面去了四人,即许季茀和钱家治,还有我们两人(指周作人和周树人——引者注)。未生和钱夏(后改名玄同)、朱希祖、朱宗莱,都是原来在大成的,也跑来参加,一总是八个听讲的人。《民报》社在小石川区新小川町,一间八席的房子,当中放了一张矮桌子;先生坐在一面,学生围着三面听,用的书是《说文解字》,一个字一个字的讲上去,有的沿用旧说,有的发挥新义,干燥的材料却运用说来,很有趣味。①

　　章先生讲书这样活泼,所以新谊创见,层出不穷。就是有时随便谈天,也复诙谐间作,妙语解颐。其《新方言》及《小学答问》两书,都是课余写成的,其体大思精的《文始》,初稿也起于此时。我们同班听讲的,是朱蓬仙(名宗莱)、龚未生、钱玄同(夏)、朱逷先(希祖)、周豫才(树人即鲁迅)、周起孟(作人)、钱均夫(家治)和我共八人。前四人是由大成再来听讲的。听讲时,以逷先笔记为最勤;谈天时以玄同说话为最多,而且在席上爬来爬去。所以鲁迅给玄同的绰号曰"爬来爬去"。②

　　黄侃虽然在章太炎1908年正式讲学之前即从其问学,为章氏最早的弟子之一,却没有参加章氏1908年的讲学活动。因为1908年春,黄侃生母周氏病危,慈母田氏电召其回家侍疾。七月

---

①周作人:《知堂回想录——周作人自传》,兰州:敦煌文艺出版社,1998年,第146页。

②许寿裳:《亡友鲁迅印象记》,张健总主编、刘勇编选:《中国现代学术经典·许寿裳卷》,北京:北京师范大学出版社,2011年,第64页。

生母逝世,侃一恸几绝,从此闭门养病①。后清廷探知革命党人黄侃在家养病,急命吏逮捕。侃闻县役在途,遂仓皇出奔,再潜至日本。因此,《民报》社八人小班中没有黄侃。

不过,1909年3月开始的《文心雕龙》讲授,黄侃则是参加的。钱玄同1909年3月3日日记:"因季刚今日要到,故至炎处,促未生速至ヨコハマ(横滨——引者注)去接,而季刚早至中村馆。午后与逷先同来炎处。"②黄侃与钱玄同、朱希祖等人同住在中村馆。就是说,黄侃在章氏1909年3月11日开讲《文心雕龙》前,已由国内回到日本,并至少听了3月18日第二讲。而据黄侃《札记》,他至少还听了4月1日第四讲,也即钱玄同缺席的那一次,讲解内容为三十至卅八篇,并记有笔记。因为,钱氏记录与汇集的章氏在日本讲《文心雕龙》的稿本,目前能见到的内容只有前十八篇,而《札记》则在第三十三篇《声律》和第三十四篇《章句》中,分别引录了章氏讲解《文心雕龙》的内容。《声律》"若长风之过籁,东郭之吹竽耳",黄侃引章先生云:"当作'南郭之吹于耳',正与上文相连。《庄子》'前者唱于而随者唱喁',此本南郭子綦语,而彦和遂以为南郭事,俪语之文,固多此类,后人不明吹于之义,遂误加竹耳。"《章句》札记"释章句之名"中,又引章先生曰:"《史

---

① 黄菊英《我的丈夫——国学大师黄季刚》一文说:"季刚为人重孝友。他幼年丧父,事母至孝。他反对清朝帝制,著文宣传革命。1907年逃亡日本。次年母病垂危,他闻讯赶回国内,昼夜侍奉汤药,母病重去世,他捶胸痛哭,哀伤欲绝,竟至跌在火盆上,衣燎炙股而不自知。"(张晖编:《量守庐学记续编——黄侃的生平和学术》,北京:生活·读书·新知三联书店,2006年,第16页)

② 杨天石主编:《钱玄同日记(整理本)》上,北京:北京大学出版社,2014年,第148页。

记·滑稽列传》，东方朔至公车上书，公车令两人共持举其书，人主从上方读之。止，辄乙其处。乙非甲乙之乙，乃钩识之レ。レ字见于传记，惟有此耳。"①

　　那么，钱玄同记录的乙种簿本教学进度表所列听讲者名单（潜、未、逖、蓬、兼、卓）中，为什么也没有黄侃呢？其实，钱氏表中所列六人，只涉及据其笔记以汇总整理者，并不包括所有的听讲人。许寿裳曾明确表示："这是先生东京讲学的实际情况，同班听讲者朱宗莱、龚宝铨、钱玄同、朱希祖、周树人、周作人、钱家治与我共八人。前四人是由大成再来听讲的。其他同门尚甚众，如黄侃、汪东、马裕藻、沈兼士等，不备举。"②且许曾回忆鲁迅与章太炎在课堂讨论"文学定义"的情况③，可见他与鲁迅至少听过《文心雕龙》第一讲，但他们也都不在钱氏所列的名单上。

　　钱氏早在太炎流亡日本开始讲学时，就追随其左右，先在帝国教育会和大成中学听讲，后又参加《民报》社八人小班听讲。《民报》社八人小班主要由两部分组成，一是原来大成班的龚宝

----

① 黄侃：《文心雕龙札记》，北京：中华书局，1962年，第119、126页。
② 许寿裳：《章炳麟》，张健总主编、刘勇编选：《中国现代学术经典·许寿裳卷》，北京：北京师范大学出版社，2011年，第173页。
③ 许寿裳在《亡友鲁迅印象记》中，回忆鲁迅曾在课堂与章太炎讨论"文学的定义"："鲁迅听讲，极少发言，只有一次，因为章先生问及文学的定义如何，鲁迅答道：'文学和学说不同，学说所以启人思，文学所以增人感。'先生听了说：这样分法虽较胜于前人，然仍有不当。郭璞的《江赋》、木华的《海赋》，何尝能动人哀乐呢。鲁迅默然不服，退而和我说：先生诠释文学，范围过于宽泛，把有句读的和无句读的悉数归入文学。其实文字与文学固当有分别的，《江赋》《海赋》之类，辞虽奥博，而其文学价值就很难说。"（张健总主编，刘勇编选：《中国现代学术经典·许寿裳卷》，北京：北京师范大学出版社，2011年，第64页）

铨、钱玄同、朱希祖和朱宗莱,另四人是同住伍舍的许寿裳、钱家治、周作人和周树人。钱氏与大成班的几位听讲人,都是原国学讲习会的,相处既久,关系密切,故借其笔记以汇集整理,则不显得贸然突兀。至于沈兼士和张传琨两位,他们与钱氏的关系也非同一般。1912 年 2 月 28 日,报载章氏弟子马裕藻等十人发起"国学会",请章太炎为会长。以上大成班四人及沈兼士、张传琨均名列其中①,而无伍舍四人。至于黄侃,因为没有参与 1908 年的讲学活动,1909 年 3 月方由国内回到日本,钱氏始与其订交②,当不至贸然借阅其笔记。而钱氏在教学进度表上,详细标识六人上未上课的具体情况,实际是注明每讲汇集整理的内容,出自哪几人的记录笔记。如甲稿是根据钱玄同、朱希祖、龚宝铨、沈兼士、张卓身五人笔记整理汇总的结果,即钱氏日记中所记五人,而没有稿本所谓"蓝本五人"中朱宗莱笔记,因为其缺席前一、二、三讲。

　　总之,根据现有材料,在章氏于日本讲授《文心雕龙》的五讲中,黄侃至少听了第二、四两讲,也有可能听了三讲以上,甚至全部听完,且记有详细的笔记。正是这一经历,激发了黄侃研习"龙学"的兴趣,提振了稍后他在北大课堂讲授《文心雕龙》的信心,并为他撰写《札记》提供了体例、思想和方法上的资鉴。

---

① 参见汤志钧编:《章太炎年谱长编(增订本)》上册,北京:中华书局,2013 年,第 225—226 页。
② 钱玄同 1935 年写的《挽季刚》曰:"与季刚自己酉年(1909)订交,至今廿有六岁。"(汤志钧编:《章太炎年谱长编(增订本)》上册,北京:中华书局,2013 年,第 167 页)

第三节　登坛开讲

得益于章门大弟子的身份，黄侃 1914 年被聘为北大教授。黄焯在《季刚先生生平及其著述》一文中说："自甲寅（1914）秋，即受北京大学教授之聘（时年二十八岁），讲授词章学及中国文学史，讲义有《文心雕龙札记》《诗品疏》《咏怀诗补注》等。"①徐一士也曾回忆说：

> 章氏（太炎——引者注）民国三年夏末，由本司胡同迁入钱粮胡同新居（房租每月五十四元）后，眷属未至，甚感寂寞。未几，其门人黄季刚（侃）应北京大学教席之聘来京。所担任讲授之科目，为中国文学史及词章学。谒章之后，即请求借住章寓。盖词章学教材等在黄觉不甚费力，即可应付裕如。惟文学史一门，其时治者犹罕，编撰讲义，为创作之性质，有详审推求之必要。故欲与章同寓，俾常近本师，遇有疑难之处，可以随时请教也。黄本章氏最得意之弟子，章亦愿其常相晤谈，以稍解郁闷。因欣然许之。②

总之，1914 年，黄侃在北大讲授"词章学"课程，为帮助学生理解文章作法，以《文心雕龙》为诠释文本，主讲《神思》以下创作论部分，并编撰二十余篇讲授篇目的《札记》作为授课讲义，此为前期讲授；1917 年后，黄侃又借学校新开设的通科课程"文学概论"，

---

① 程千帆、唐文编辑：《量守庐学记：黄侃的生平和学术》，北京：生活·读书·新知三联书店，1985 年，第 28 页。
② 徐一士著，李吉奎整理：《一士类稿》，北京：中华书局，2023 年，第 102 页。

继续以《文心雕龙》为教本,主讲"文之枢纽"的总论部分,并选择数篇文体论篇目作为案例,同样撰写了相关篇目的《札记》作为授课讲义,此为后期讲授。黄侃在北大有关《文心雕龙》的前后期讲授,是继其师太炎先生在日本私门传授舍人之书后,第一次把古代文论的经典之作《文心雕龙》,作为一门学科教学的内容搬上了国立大学的课堂,开启了具有现代意义的《文心雕龙》教学和研究,标志着现代"龙学"作为一门独立的学科正式诞生,这一事件在 20 世纪中国学术史上具有重要的里程碑意义①。

第四节　编写讲义

1902 年 1 月 10 日,清政府正式下令恢复京师大学堂,任命吏部尚书张百熙为管学大臣。张氏执掌京师大学堂时,曾提出课本讲义的编纂问题,《张百熙奏筹办京师大学堂情形疏》曰:"然欲令教者少有依据,学者稍傍津涯,则必须有此循序渐进由浅入深之等级。故学堂又以编辑课本为第一要事。现各处学堂皆急待国家编定,方有教法。"②在此倡议下,光绪二十九年(1903)颁布实施的《奏定大学堂章程》中,文学科大学的中国文学门科目内列有"文学研究法""说文学""音韵学""历代文章流别""古人论文要言""周秦至今文章名家""周秦传记杂史周秦诸子"等主课,其中"历代文章流别"和"古人论文要言"课程,在规定授课内容时,都强调教员要搜集材料,编撰讲义。可见,北大自其前身京师大学

---

①本节内容详参第六章《黄侃在北京大学如何讲授〈文心雕龙〉》第二、三节。
②北京大学校史研究室编:《北京大学史料》第一卷,北京:北京大学出版社,1993 年,第 54 页。

堂开始,就形成了各任课教师自编讲义的制度和习惯①。由于授课必须编写讲义,因此讲义也成了北大学生评价老师的一个重要尺度。正如冯友兰所说:"那时候,对于教师的考验,是看他能不能发讲义,以及讲义有什么内容。"②

黄侃在北大授课既多,先后上过的课程有"词章学""中国文学史""中国文学""中国文学概论""汉魏六朝文学""唐宋文学""文""诗"等,因而编写的讲义也不少,除了黄焯说的《文心雕龙札记》《诗品疏》《咏怀诗补注》,还有听课者或看讲义者提到的《文选》《词辨选》《文字学》《音韵学》等,以及陈平原发现的巴黎法兰西学院汉学研究所所藏《文钞》《文式》③。这些讲义有的藏于海外且价值不高,"属于作品选,而非个人著述"④,如《文钞》《文式》;有的是将精彩部分择要录入其他讲义或专文刊发,讲义全稿

---

① 林传甲 1904 年被聘为京师大学堂国文教习,他撰写并于当年刊印的国文讲义《中国文学史》,是中国人撰写的第一部中国文学史。该讲义依据《奏定大学堂章程》的提议,效仿日本人所作《历朝文学史》,参照《章程》"研究文学之要义"前十六项而成书。

② 冯友兰:《三松堂自序》,冯友兰:《三松堂全集》第一卷,郑州:河南人民出版社,2001 年,第 269 页。

③ 巴黎法兰西学院汉学研究所收藏的老北大讲义中,有黄侃的《文钞》和《文式》,其中,《文钞》封面为"中国文学",内文为"文钞"。目录后有"右文百三十五篇,凡《文选》所具者不更缮印,此略依时序编次,讲授则依照便宜为后先"字样。《文式》包括:赋颂第一,论说第二,告语第三,记志第四等,规模颇大,目录后亦有"凡《文选》所具者不更缮印,讲授次叙从便宜进退之"字样(参见陈平原:《在巴黎邂逅"老北大"》,《读书》2005 年第 3 期)。

④ 陈平原:《知识、技能与情怀(上)——新文化运动时期北大国文系的文学教育》,《北京大学学报》2009 年第 6 期。

今不可见,如《诗品讲疏》①;有的则由黄侃"手自编校"而成书,后又增补再版,如《文心雕龙札记》;有的先是门下诸生竞相传录,再经后人整理而成书,如《文选平点》;有的据听讲人记录整理,附于新版《文心雕龙札记》之后,如《阮籍咏怀诗补注》;有的尽管回忆人说"讲义至今尚存",但已难得一见,如《词辨选》;有的虽然被人提及,实际恐怕并不存在,如《文字学》《音韵学》。

　　这些讲义中,最富有学术价值,意义也最重大,且黄侃本人也极为重视,生前就将其中部分内容编为专书出版,并成为现代"龙学"奠基作和一代学术名著的,就是为讲授《文心雕龙》而编写的授课讲义——《文心雕龙札记》。《札记》以其独有的学术价值和意义,跻身于北大国文系一批由授课讲义而升华为传世名著的行列。陈平原说:"当年北大教授编纂的讲义大都有较高的学术价值。有事先写好,到北大后,因开课需要而刊印的,如黄节《诗学》;也有当初只在课堂上讲授,日后方才修订成书的,如黄侃《文心雕龙札记》。作为北大讲义,有一锤定音的,如刘师培的《中国中古文学史》;也有不断修订逐步完善的,如鲁迅的《中国小说史略》……教授们编写讲义,大都十分用心,不满足于只是充当辅助资料,而是历经周折,最后修得正果,成为学术史上的名著。若刘师培的《中国中古文学史》、黄侃的《文心雕龙札记》、吴梅的《词余讲义》(日后改名《曲学概论》,1935 年由商务印书馆刊行)、鲁迅的《中国小说史略》,以及周作人的《欧洲文学史》等。"②

　　据徐一士和黄焯所说,黄侃刚进北大时,主要讲授"词章学"

① 参见杨焄:《黄侃〈诗品讲疏〉探原》,《安徽大学学报》2016 年第 4 期。
② 陈平原:《知识、技能与情怀(上)——新文化运动时期北大国文系的文学教育》,《北京大学学报》2009 年第 6 期。

和"中国文学史"科目。这两门课都是《大学规程》中的新课,只不过"文学史"是由国外引进的一门课程,而"词章学"则属于传统国学。当时,"词章学"用以取代《奏定大学堂章程》中的"古人论文要言",《章程》规定授课内容为:"历代名家论文要言,如《文心雕龙》之类,凡散见子史集部者,由教员搜集编为讲义。""中国文学史"用以取代原来的"历代文章流别",《章程》在这门课后也有提示:"日本有《中国文学史》,可仿其意自行编纂讲授。"①可见,民国教育部《大学规程》中的"中国文学史"课程,就是从日本引进过来的。当时治者犹罕,"编撰讲义,为创作之性质",因此黄侃"欲与章同寓,俾常近本师,遇有疑难之处,可以随时请教也"②。相反,"词章学教材等在黄觉不甚费力,即可应付裕如"③。黄侃认

---

① 北京大学校史研究室编:《北京大学史料》第一卷,北京:北京大学出版社,1993 年,第 108 页。

② 朱希祖 1913 年受聘于北大,初期教授的是"中国文学史",作为授课讲义的《中国文学史要略》,1916 年完稿,1920 年刊行,作者在《叙》中说:"《中国文学史要略》,乃余于民国五年为北京大学校所编之讲义。"(林传甲、朱希祖、吴梅著,陈平原辑:《早期北大文学史讲义三种》,北京:北京大学出版社,2005 年,第 241 页)1917 年,北大实行文科课程体系改革,朱希祖仍然主讲文学史。当时用"文学"取代"词章学",钱玄同回忆文学与文学史讲授之别时说:"文学教授之法,拟与文学史相联络,如文学史讲姬旦、孔丘时代之文学,则文学即讲经典。文学史拟分时代,各请专家讲授,不专属一人。现在欲请逖先(朱希祖——引者注)担任三代秦汉文学史,即请蓬仙(朱宗莱——引者注)担任三代秦汉之文学。"(杨天石主编:《钱玄同日记(整理本)》上,北京:北京大学出版社,2014 年,第 307 页)据 1917年 11 月 29 日《北京大学日刊》所载《文科本科现行课程》,朱希祖给中国文学门一年级开设"中国古代文学史"(上古讫建安)、二年级开设"中国古代文学史",给英国文学门一、二年级开设"中国文学史要略"。

③ 徐一士著,李吉奎整理:《一士类稿》,北京:中华书局,2023 年,第 102 页。

为"可应付裕如"的"词章学教材"，就是他编写的《札记》讲义，因为《章程》提示授课内容时，举的例子就是《文心雕龙》，而在东京听本师讲授"龙学"，已为他打下了坚实的基础，加之"文章自有师法"，后来又"精研彦和《文心》"①，这就是他笃定的本钱。《札记》的成功胜出，也验证了他的感觉不错。

黄焯在《黄季刚先生年谱》中说："《文心札记》共得三十一篇。盖当时所讲诸篇，撰有札记，未讲者则阙。或以《祝盟》以下十四篇及《时序》以下五篇无札记，疑有脱漏，非其实也。"②现存《札记》讲义共三十一篇，包括总论五篇，文体论六篇，创作论十九篇，《序志》一篇，为黄侃在北大讲授《文心雕龙》时所撰写。根据对相关文献材料的研究和分析，《札记》讲义的编写情况大致为："词章学"课程主讲《神思》以下创作论部分，并以文体论部分少量篇目作为案例，且撰有二十余篇讲授篇目的讲义；"中国文学概论"课堂主讲"文之枢纽"的总论部分，即《原道》《征圣》《宗经》《正纬》《辨骚》五篇，也撰写了授课讲义③。另外，《札记》讲义在正式出版之前，亦曾零星发表于一些报刊上，大体有以下篇目：

（1）《补文心雕龙·隐秀篇（并序）》，北京大学《国故》1919 年第 1 期（后又发表于《华国》月刊 1923 年 4 月第 1 卷第 3 期，《晨报副刊·艺林旬刊》1925 年第 9 期）；

（2）《文心雕龙札记夸饰篇评》，《新中国》1919 年 6 月 15 日第 1 卷第 2 期（后又在天津《大公报》1919 年 6 月 27—30 日连载）；

---

① 章太炎：《代黄侃定润例》，《章太炎全集（十一）·太炎文录补编（下）》，上海：上海人民出版社，2018 年，第 1019 页。
② 黄侃：《黄侃日记》，南京：江苏教育出版社，2001 年，第 1114 页。
③ 详参本书第六章《黄侃在北京大学如何讲授〈文心雕龙〉》。

（3）《文心雕龙附会篇评》，《新中国》1919 年 7 月 15 日第 1 卷第 3 期（后又在天津《大公报》1919 年 7 月 24—25 日连载）；

（4）《文心雕龙札记·题词及略例·原道》，《华国》月刊 1925 年 3 月第 2 卷第 5 期（后又在《晨报副刊·艺林旬刊》1925 年 4 月 10、12、13 日连载）；

（5）《文心雕龙札记·征圣·宗经·正纬》，《华国》月刊 1925 年 4 月第 2 卷第 6 期；

（6）《文心雕龙札记·辨骚·明诗》，《华国》月刊 1925 年 10 月第 2 卷第 10 期；

（7）《文心雕龙札记·乐府》，《华国》月刊 1926 年 4 月第 3 卷第 1 期；

（8）《文心雕龙札记·诠赋·颂赞》，《华国》月刊 1926 年 6 月第 3 卷第 2 期。

从讲义刊发的轨迹来看，基本符合其授课及编写的顺序。1919 年刊发的三篇，属于《文心雕龙》创作论部分讲义，亦即前期"词章学"课堂讲授的部分内容，《隐秀》篇补文为创作，《夸饰》《附会》之评为据讲义修改润色的文章。1925—1926 年刊发的五篇，包括八篇讲义和一篇《题词及略例》，属于《文心雕龙》总论和文体论部分讲义，主要为后期"中国文学概论"课堂讲授的内容。那么，前期"词章学"课堂讲授的创作论部分讲义，为何只刊发了两篇呢？因为黄侃特重"析论为文之术"的创作论部分，认为必须详加疏解才能领悟其奥义："至于下篇以下，选辞简练而含理闳深，若非反复疏通，广为引喻，诚恐精义等于常理，长义屈于短词。故不避骈枝，为之销解，如有献替，必细加思虑，不敢以瓶蠡之见，轻量古贤也。"①故其对《神

────────

① 黄侃：《文心雕龙札记》，北京：中华书局，1962 年，第 91 页。

思》以下创作论部分讲义，不仅精心结撰，而且早有编为专书的设想，在《华国月刊》刊发总论和文体论部分讲义时①，他正着手编校《文心雕龙札记》，亦即《神思》以下的二十篇讲义，亲手交北京文化学社，于 1927 年正式出版。1935 年黄侃逝世后，前南京中央大学所办《文艺丛刊》，又将《原道》以下十一篇发表。1947 年四川大学中文系曾将上述三十一篇合印一册，在校内交流，绝少外传。1962 年，中华书局上海编辑所将三十一篇合为一集，由黄念田重加勘校，并断句读，正式出版。至此，《札记》全璧方流行于世。

黄侃师从晚清朴学正统派殿军章太炎，其《札记》讲义的编写及治学特色，亦颇受其师撰述体例和学术态度的影响。章氏治学以晚清俞樾、黄以周、孙诒让为尊，以"研精故训而不支，博考事实而不乱，文理密察，发前修所未见，每下一义，泰山不移"为尚②，早年的《膏兰室札记》便是考证周详之作，可与王念孙《读书杂志》、俞樾《诸子平议》、孙诒让《札迻》相媲美。章氏曾建议黄侃以孙诒让为师，黄侃虽未应允，但对孙氏学术却极其尊崇，《札记·题辞略例》曰："瑞安孙君《札迻》有校《文心》之语，并皆精美，兹悉取以入录。"③此亦黄侃遵奉师说之表现。同时，他对著述要求严

---

① 黄侃将其《文心雕龙》总论和文体论部分的讲义，集中交由《华国月刊》刊发，亦有支持该刊的用意。1923 年 9 月，《华国月刊》在上海创刊，章太炎亲任社长，汪东任编辑兼撰述，黄侃为最主要的撰稿人之一。该刊宗旨为："志在甄明学术，发扬国光，选材则慎，而体例至宽，举凡《七略》所录，分科所隶，以及艺术之微，稗官之说，靡不兼收并容。"（司马朝军、王文晖合撰：《黄侃年谱》，武汉：湖北人民出版社，2005 年，第 197—198 页）

② 章太炎：《说林下》，《章太炎全集（八）·太炎文录初编》，上海：上海人民出版社，2018 年，第 118 页。

③ 黄侃：《文心雕龙札记》，北京：中华书局，1962 年，第 2 页。

苛，一生不轻易著书。太炎师谓其："始从余问，后自为家法，然不肯轻著书。余数趣之，曰：'人轻著书妄也，子重著书吝也。妄不智，吝不仁。'答曰：'年五十当著纸笔矣。'"①其《文心雕龙》讲义之首发文章《文心雕龙札记夸饰篇评》，即以"札记"为名；而"手自编校"的讲义出版物，亦命名为《文心雕龙札记》。选择"札记"体，正是其不轻易著书所致。"札"本来指短木片，后来有读书笔记之义。自明清以来，"札记"常指考订类的读书笔记。梁启超说："推原札记之性质，本非著书，不过储著书之资料，然清儒最戒轻率著书，非得有极满意之资料，不肯泐为定本，故往往有终其身在预备资料中者。又当时第一流学者所著书，恒不欲有一字余于己所心得之外。著专书或专篇，其范围必较广泛，则不免于所心得外摭拾冗词以相凑附，此非诸师所乐，故宁以札记体存之而已。"②这也是黄侃其后一直对《札记》一书不满意的原因③，因为那毕竟只是记录读书心得、储备著书资料的札记体。

尽管如此，当初《札记》刊行实有效法其师之隐衷。弟子潘重规在其所编《文心雕龙札记·跋》中说："先师平生不轻著书，门人

① 章太炎：《黄季刚墓志铭》，《章太炎全集（九）·太炎文录续编》，上海：上海人民出版社，2018年，第293页。

② 梁启超：《清代学术概论》，朱维铮校注：《梁启超论清学史二种》，上海：复旦大学出版社，1985年，第51页。

③ 黄侃知交汪辟疆《悼黄季刚先生》曾说到他对早年著作的态度："旧撰《音略》、《文心雕龙札记》，皆非其笃意之作。有询及之者，心辄不怿，盖早已刍狗视之矣。"弟子殷孟伦在《谈黄侃先生的治学态度和方法》一文中也回忆说："在我接触他的年代，他对他的旧作如《文心雕龙札记》、《音略》之类都认为非他笃意之作。"（程千帆、唐文编辑：《量守庐学记：黄侃的生平和学术》，北京：生活·读书·新知三联书店，1985年，第98、45页）

坚请刊布,惟取《神思》以次二十篇界之。意谓下篇以下,选辞简练而含理闳深,若非反复疏通,虑难畅宣胜义。"①其实,"门人坚请刊布"仅仅是一方面原因,"不轻著书"的黄侃之所以亲自编校出版《札记》,还有另一方面的原因。在东京投奔章门、听其讲学的过程中,黄侃曾助太炎师编选《国故论衡》一书,并为其书撰写《国故论衡序》,刊于1910年5月出版的《国粹学报》第四号。同期《国粹学报》还刊载了一则《国故论衡》的出版广告,其中有言:"先生精心辨秩,一切证定,口授既毕,爰著纸素。同人传钞,惧其所及未广,因最录成帙,以公诸世。"②黄侃为太炎师既编书又写序,对其书的内容与价值自然了如指掌,而"本书分小学、文学、诸子学三类,用讲义体裁",此三类讲义,"本在学会口说,次为文辞"。因此,《国故论衡》可说是章太炎在国学讲习会的讲义汇编③。黄侃助其师编选的这本"讲义汇编",也可以看作是十余年后他"手自编校"《文心雕龙札记》讲义汇编的一次预演。

清代文坛,宗尚不同,骈散各异。汪中、李兆洛取法六朝而为俪语,张惠言、曾国藩楷式八家而为散文。章太炎以为两汉、唐宋之文各有所短,只有魏晋之文方能兼其所长:"夫雅而不核,近于诵数,汉人之短也;廉而不节,近于强钳,肆而不制,近于流荡,清而不根,近于草野,唐宋之过也。有其利无其病者,莫若魏晋。"故其极力推崇魏晋文章之美:"魏晋之文,大体皆坿于汉,独持论仿佛晚周,气体虽异,要其守己有度,伐人有序,和理在中,孚尹旁

①黄侃:《文心雕龙札记》,香港:新亚书院中国文学系,1962年,第232页。
②《国粹学报》1910年5月第4号。
③朱维铮:《〈国故论衡〉校本引言》,朱维铮:《求索真文明——晚清学术史论》,上海:上海古籍出版社,1996年,第284页。

达,可以为百世师矣。"①章氏早年"慕退之造词之则,为文奥衍不驯",后"宗法容甫、申耆";"三十四岁以后,欲以清和流美自化,读三国、两晋文辞,以为至美,由是体裁初变";"中岁所作,既异少年之体,而清远本之吴、魏,风骨兼存周、汉,不欲纯与汪、李同流……亦何暇訾议桐城义法乎"②。至此,章氏为文不慕偶俪,亦不主散行,唯尚"仪容穆若,气自卷舒"的魏晋之美,既凌轹崇尚唐宋古文的桐城派,又含跨追摹六朝浮华的汪、李之流,形成清远与风骨并存的独特风格。太炎师对魏晋玄言的推崇和对"桐城义法"的否定,深深地影响了黄侃。为对抗姚永朴以"阐道翼教"为核心的"桐城义法",黄侃在北大讲授《文心雕龙》,标"自然"以为宗,推尊老庄道家,试图将道家自然之道与儒家圣人之道融为一体。《札记》开篇曰:

> 《序志》篇云:盖文心之作也,本乎道。案彦和之意,以为文章本由自然生,故篇中数言自然,一则曰:心生而言立,言立而文明,自然之道也;再则曰:夫岂外饰,盖自然耳;三则曰:谁其尸之,亦神理而已。寻绎其旨,甚为平易。盖人有思心,即有言语,既有言语,即有文章,言语以表思心,文章以代言语,惟圣人为能尽文之妙,所谓道者,如此而已。③

《原道》是《文心雕龙》首篇,道是纲维全书的根本,黄侃于此标举自然,实际是为《札记》全书定下崇尚"自然"的基调。而黄侃

---

① 章太炎:《国故论衡》(校定本),《章太炎全集(五)》,上海:上海人民出版社,2018年,第260、259页。
② 章太炎:《自述学术次第》,《章太炎全集(十一)·太炎文录补编(下)》,上海:上海人民出版社,2018年,第500—501页。
③ 黄侃:《文心雕龙札记》,北京:中华书局,1962年,第3页。

崇尚道家"自然之道"的思想，与太炎师在日本讲学时，对诸子之学的提倡一脉相承。张灏认为，"19 世纪末叶中国传统的一个重要发展，是古典非正统哲学，即所谓'诸子学'的复兴"①，并强调这是影响晚清思想潮流的三大本土资源之一。就是说，在儒术独尊、经学至上的传统文化背景下，清代学者选择诸子作为研究对象，难免有挑战主流意识形态的意味，故谓"晚清诸子学兴起，乃中国学术史上的一大转机"②。而在这一转机中，对诸子学研究做出突破性贡献的正是章太炎。胡适曾总结说：

> 校勘是书的本子上的整理，训诂是书的字义上的整理……贯通便是把每一部书的内容要旨融汇贯串，寻出一个脉络条例，演成一家有头绪有条理的学说。宋儒注重贯通，汉学家注重校勘训诂。但是宋儒不明校勘训诂之学（朱子稍知之，而不甚精），故流于空疏，流于臆说。清代的汉学家，最精校勘训诂，但多不肯做贯通的工夫，故流于支离碎琐。校勘训诂的工夫，到了孙诒让的《墨子闲诂》，可谓最完备了（此书尚多缺点，此所云最完备，乃比较之辞耳）。但终不能贯通全书，述墨学的大恉。到章太炎方才于校勘训诂的诸子学之外，别出一种有条理系统的诸子学。太炎的《原道》《原名》《明见》《原墨》《订孔》《原法》《齐物论释》都属于贯通的一类。《原名》《明见》《齐物论释》三篇，更为空前的著作。今细看这三篇，所以能如此精到，正因太炎精于佛学，先有佛家的因明

---

① 张灏：《危机中的中国知识分子：寻求秩序与意义》，北京：新星出版社，
　　2006 年，第 14 页。

② 陈平原：《中国现代学术之建立——以章太炎、胡适之为中心》，北京：北京
　　大学出版社，1998 年，第 245 页。

学、心理学、纯粹哲学,作为比较印证的材料,故能融会贯通,于墨翟、庄周、惠施、荀卿的学说里面,寻出一个条理系统。①

　　这就把章太炎在清儒复兴诸子学运动中的独特贡献和巨大价值揭示出来,即"于校勘训诂的诸子学之外,别出一种有条理系统的诸子学",并指出章氏之所以能做到这一点,与其精于佛学和哲学有关。所谓"《原名》《明见》《齐物论释》三篇,更为空前的著作",则表明章氏治诸子,墨学和庄子成就最大。章氏也自诩《齐物论释》,"千六百年未有等匹"②,"可谓一字千金矣"③。据《朱希祖日记》记载,1908 年章氏在日本东京讲学期间,除讲授《说文》《尔雅》外,还于 8、9 月间讲授了《庄子》《楚辞》,其中《庄子》讲了六次,《楚辞》讲了四次。章氏在《三与黄侃书》之末特意说明此事:"近与诸生讲《说文》竟,方讨论庄周书。"④因为他知道黄侃也特别喜欢庄周,所谓"颇好大乘,而性少绳检,故尤乐道庄周"⑤。章氏讲授《庄子》的内容,于 1909 年以《庄子解故》为名,在《国粹学报》第 51—61 期连载。其文首题记曰:

　　《庄子》三十三篇,旧有《经典释文》,故世人讨治者

①欧阳哲生编:《胡适文集 6·中国古代哲学史》,北京:北京大学出版社,1998 年,第 181—182 页。
②章太炎:《与龚宝铨(一)》,《章太炎全集(十三)·书信集(下)》,上海:上海人民出版社,2018 年,第 746 页。
③章太炎:《自述学术次第》,《章太炎全集(十一)·太炎文录补编(下)》,上海:上海人民出版社,2018 年,第 494 页。
④章太炎:《三与黄侃书》,《章太炎全集(八)·太炎文录初编》,上海:上海人民出版社,2018 年,第 164 页。
⑤章太炎:《书黄侃〈梦谒母坟图记〉后》,《章太炎全集(十)·太炎文录补编(上)》,上海:上海人民出版社,2018 年,第 363 页。

寡……余念《庄子》疑义甚众，会与诸生讲习旧文，即以己意发正百数十事，亦或杂采诸家，音义大抵备矣。若夫九流繁会，各于其党，命世哲人，莫若庄氏，消摇任万物之各适，齐物得彼是之环枢，以视孔墨，犹尘垢也；又况九渊、守仁之流，牵一理以宰万类者哉。微言幼眇，别为述义，非《解故》所具也。①

章太炎研究《庄子》有年，其早年《膏兰室札记》就有《庄子》诸篇的校勘解诂内容，尤其是《天下》篇"历物之意"一节，以算术为之疏证，充满了科学实证精神。其《小引》曰："算术积世愈精，然欧几里生周末，《几何原理》遂为百世学者所宗，是算理固备于二千年前矣。中国惠施与欧几里时代相先后，其说见于《庄子》者，人第以名家缴绕视之，不知其言算术，早与几何之理相符。间及致用，亦自算出。今录《天下》篇历物之意一节，为之疏证，以见保氏古学，固佚存于他书矣。"②后在东京讲授《庄子》，成专书《庄子解故》，题记所谓"微言幼眇，别为述义"之作，当是稍后的《齐物论释》。至此，章氏认为庄子可兼佛家之"内圣"与孔老之"外王"，而《齐物论》就是为佛、儒所不及的"内外之鸿宝"③，故花大气力阐

---

① 章太炎：《庄子解故》，《章太炎全集（六）》，上海：上海人民出版社，2018年，第149页。

② 章太炎：《膏兰室札记》，《章太炎全集（一）》，上海：上海人民出版社，2014年，第210页。

③ 《菿汉微言》曰："印度素未一统，小国林立，地陕民寡，才比此土县邑聚落，其君长则宗子祭酒之伦也。其务减省，其国易为，则政治非所亟，加以气候温燠，谷实易孰，裘絮可捐，则生业亦非所亟。释迦应之，故出世之法多，而详于内典。支那广土众民，竞于衣食，情实相反，故学者以君相之业自效，以经国治民利用厚生为职志。孔老应之，则世间之法多，（转下页注）

释之。这样一来,太炎师的《齐物论释》,就为黄侃融合道家自然之道与儒家圣人之道提供了理论依据。

　　治学方法上,黄侃编写《札记》讲义也深受其师影响。章太炎强调,学者的治学活动,在经过校勘训诂的筑基功夫后,治经与治子对象不同,研究的路径与目的也不相同,必须各有所主。他在《诸子学略说》中指出:"此说经与诸子之异也。说经之学,所谓疏证,惟是考其典章制度与其事迹而已,其是非且勿论也。欲考索者,则不得不博览传记。而汉世太常诸生,唯守一家之说,不知今之经典,古之官书,其用在考迹异同,而不在寻求义理。故孔子删定六经,与太史公、班孟坚辈,初无高下。其书既为记事之书,其学惟为客观之学……若诸子则不然。彼所学者,主观之学,要在寻求义理,不在考迹异同。既立一宗,则必自坚其说。一切载籍,可以供我之用,非束书不观也。虽异己者,亦必睹其籍。知其义趣,惟往复辩论,不稍假借而已。"①清儒在治经之余,亦曾旁及诸子,然其治子方法则不外校勘训诂而已,即以治经的方法来治子,故章氏对此表示不满。十多年后,针对胡适所谓《墨经》"争彼"为"争佊"之误的说法,章氏仍然说:"此未知说诸子之法与说经有异。"而胡适则说:"我是浅学的人,实在不知说诸子之法与说经有

<hr/>

（接上页注）而详于外王。兼是二者,厥为庄生。即《齐物》一篇,内以疏观万物,持阅众甫,破名相之封执,等酸咸于一味;外以治国保民,不立中德,论有正负,无异门之衅,人无愚智,尽一曲之用,所谓衣养万物而不为主者也。远西工宰,亦粗明其一指。彼是之论,异同之党,正乏为用,攖宁而相成,云行雨施而天下平。故《齐物论》者,内外之鸿宝也。"(《章太炎全集(七)》,上海:上海人民出版社,2018年,第25—26页)

① 章太炎:《论诸子学》,《章太炎全集(十四)·演讲集(上)》,上海:上海人民出版社,2018年,第49页。

何异点。"同时,还抬出高邮王氏父子及俞樾、孙诒让诸老辈,以证明治经治子方法上没有什么不同,并郑重请求章氏指明其异:"究竟说诸子之法,与说经有什么不同? 这一点是治学方法上的根本问题,故不敢轻易放过。"章氏不得不在回复章士钊第二书中具体作答:

> 前因论《墨辩》事,言治经与治诸子不同法,昨弟出示适之来书,谓校勘训诂,为说经说诸子通则,并举王、俞两先生为例。按校勘训诂,以治经治诸子,特最初门径然也。经多陈事实,诸子多明义理(此就大略言之,经中《周易》亦明义理,诸子中管、荀亦陈事实,然诸子专言事实,不及义理者绝少)。治此二部书者,自校勘训诂而后,即不得不各有所主。此其术有不得同者。故贾、马不能理诸子,而郭象、张湛不能治经。若王、俞两先生,则暂为初步而已耳。①

章氏于1906年《诸子学略说》中首先提出:说经之学,其用在考迹异同,不在寻求义理,乃为客观之学,讲究实事求是;诸子之学,其要在寻求义理,不在考迹异同,故为主观之学,崇尚自坚其说;中经1910年《国故论衡》下卷诸子学九篇,在极具洞见而又"惊心动魄"的分析中,"别出一种有条理系统的诸子学";直到1923年与章士钊、胡适之书信讨论《墨经》时,再次强调治经与治诸子其术不同,经多陈事实,诸子多明义理,故自校勘训诂而后,即不得不各有所主。尽管章氏前后期有关诸子学的某些观点或有时而变化,但是"强调经学与子学不只在目录学上、而且在学术

① 以上俱见欧阳哲生编:《胡适文集3·胡适文存二集》,北京:北京大学出版社,1998年,第138—139页。

史上有很大区别,进而突出治经与治子两种不同的学术路向,这
是章太炎的一贯思路"①。尽管章氏诸子学研究中的某些主张
"或有时而可商"②,不过关于说经与治子之术不同的灼见,真可
谓千古发覆、烛幽照微。章氏曾致信《国粹学报》,解释其东京讲
学为何选择音韵与诸子:"弟近所与学子讨论者,以音韵、训诂为
基,以周、秦诸子为极,外亦兼讲释典。盖学问以语言为本质,故
音韵、训诂,其管籥也;以真理为归宿,故周、秦诸子,其堂奥也。"
基于此,章氏强调:"我所发明者,又非汉学专门之业,使魏、晋诸
贤尚在,可与对谈。"③即以"求真理"而不是"释名物"的态度来治
诸子,故能不再"以治经的方法来治子",正是这一学术思路,使章
氏所治诸子学超越了清儒窠臼,在近代学术史上具有现代性革命
意义④。

　　黄侃编写《札记》讲义时,受其师不以治经方法治子的学术路

---

① 陈平原:《中国现代学术之建立——以章太炎、胡适之为中心》,北京:北京
　 大学出版社,1998年,第243—244页。
② "若其早年持论,志在光复,或矫枉以救时,或权说以动众,若《诸子学略
　 说》之属,譬之刍狗,用在一陈,本非定论也。"(庞俊:《章先生学术述略》,
　 章念驰编:《章太炎生平与学术》,北京:生活·读书·新知三联书店,1988
　 年,第23—24页)
③ 章太炎:《与〈国粹学报〉(二)》,《章太炎全集(十二)·书信集(上)》,上海:
　 上海人民出版社,2018年,第328页。
④ 贺麟评价章太炎哲学思想的贡献时说:"他对哲学的贡献,第一,在于提倡
　 诸子之学的研究,表扬诸子,特别表扬老、庄,以与儒家抗衡,使学者勿墨
　 守儒家。这是他承孙诒让、俞曲园之绪而加以发扬的地方。其对革新思
　 想和纯学术研究的贡献,其深度远超出当时的今文学派,而开新文化运动
　 时,打孔家店的潮流之先河。"(贺麟:《五十年来的中国哲学》,北京:商务
　 印书馆,2002年,第5页)

向影响，也不再以治经的方法来治《文心雕龙》。《札记》重在"破"，即致力于突破古典"龙学"的集大成者——清代黄叔琳的《文心雕龙辑注》，故特重题旨阐释、义理探寻，三十一篇讲义只有《议对》《书记》《序志》三篇没有题记，且不在意篇目的完整和体例的规范，不仅篇目不及五十篇，而且《情采》《镕裁》《章句》《丽辞》《事类》《附会》六篇还没有注释。另外，体例上，黄侃亦明显效法太炎师讲解《文心》文本时，采用的总评、解句加简单校注的方法，编写其《札记》讲义，并保持其师校注简洁、不做繁琐考证的风格。当然，黄侃《札记》对太炎师所讲授的《文心雕龙》也有重要的发展和超越。具体而言，《札记》从传统的校注、评点中超越出来，开创了把文字校勘、资料笺证和义理诠释三者结合起来的研究方法，给人以全新的视野。诚如台湾著名"龙学"家李曰刚所说："民国鼎革以前，清代学士大夫多以读经之法读《文心》，大别不外校勘、评解二途，于彦和之文论思想甚少阐发。黄氏《札记》适完稿于人文荟萃之北大，复于中西文化剧烈交绥之时，因此《札记》初出，即震惊文坛，从而令学术思想界对《文心雕龙》之实用价值，研究角度，均作革命性之调整，故季刚不仅是彦和之功臣，尤为我国近代文学批评之前驱。"①

---

① 李曰刚：《文心雕龙斠诠》下编，台北："中华丛书"编审委员会，1982 年，第 2515 页。

第八章 《黄侃〈文心雕龙札记〉考原》一文论证前提不可靠

张海明最近发表长文《黄侃〈文心雕龙札记〉考原》,对黄侃在北大"词章学"课堂讲授《文心雕龙》的具体情形,以及授课讲义《文心雕龙札记》的编撰情况,进行了全面详尽的考证和辨析,胜义纷披,新谊迭出,令人大开眼界。然而,争胜求新则难免移的就矢,以致曲为之说、强为之论,故文中亦不乏可商榷之处。《考原》撰述的一个重要前提或者说一条重要路径,就是从范文澜《文心雕龙讲疏》对《札记》的征引,管窥《札记》北京大学讲义的原貌。而恰恰是这个重要的前提并不可靠。

第一节 《考原》论证前提经不起推敲

1914年,黄侃受聘担任北大教授,讲授"词章学"和"中国文学史",这两门课都是1913年教育部颁布的《大学规程》中文学门国文学类的专业课程,在"词章学"课堂,黄侃开始讲授《文心雕龙》。《考原》认为,范文澜1925年出版的《讲疏》中抄录、引用的《札记》讲义,就是黄侃在北大"词章学"课堂讲授的内容。他通过逐篇比对,指出范氏《讲疏》参考、抄录黄侃《札记》讲义情况如下:

上篇:1.《原道》第一;2.《征圣》第二;3.《宗经》第三;4.《正纬》第四;5.《辨骚》第五;6.《明诗》第六;7.《乐府》第七;8.《诠赋》第八;9.《颂赞》第九;10.《议对》第二十四;11.《书记》第二十五。

下篇:1.《神思》第二十六;2.《体性》第二十七;3.《风骨》第二十八;4.《通变》第二十九;5.《定势》第三十;6.《情采》第三十一;7.《镕裁》第三十二;8.《声律》第三十三;9.《章句》第三十四;10.《丽辞》第三十五;11.《比兴》第三十六;12.《隐秀》第四十;13.《指瑕》第四十一;14.《序志》第五十。

《考原》总结说:"以上合计25篇,加上《讲疏·自序》引《札记·题辞及略例》,共计26篇。看来范文澜之言'《文心》五十篇,而先生授我者仅半',殆非虚语。如此说来,范文澜当年所得黄侃《札记》讲义二十余篇中,出自《文心雕龙》下篇部分的不过14篇,占其总数之一半略多,其余各篇皆出自《文心雕龙》上篇。这无疑表明黄侃所授之词章学并不止于'文章作法'或'创作论'。"[1]

这是张文立论的一个重要前提,文中许多观点和结论都以此为依据,同时文中很多说法(如怀疑和否定他人观点)和阐释(如说明"词章学"无所不包)也都是为了维护这个前提。然而,这个前提并不可靠,因而由此得出的一些结论也就难以令人信服。《讲疏》作于1923年,赵西陆谓:"范氏原著有《文心雕龙讲疏》,脱稿于民国十二年(北平罗莘田先生有藏本)。据其书前自序,则任南开学校教职时所作。"[2]此时,黄侃早已离开北大至武昌任教,

---

① 张海明:《黄侃〈文心雕龙札记〉考原》,《清华大学学报》2023 年第 5 期。以下引张文均见于此,不再出注。
② 赵西陆:《评范文澜文心雕龙注》,《国文月刊》1945 年第 37 期。

而范文澜也在北大毕业后,几经周折转至南开任教。范氏离开北大至《讲疏》脱稿有五六年时间,期间存在多种可能,何以在没有证据的情况下,断然认定《讲疏》所引录《札记》,就是当年黄侃所授"词章学"内容,亦即范氏三年间听"词章学"课所得之讲义?

　　按张文统计,《讲疏》所引《札记》讲义有上篇总论的五篇和文体论的六篇,下篇创作论的十四篇,合计二十五篇,加上《题辞及略例》则二十六篇。未引录的有下篇创作论的六篇:《夸饰》《事类》《练字》《养气》《附会》《总术》。因为这六篇乃黄侃在范氏毕业以后讲授的内容,"应该就完成于 1917 年秋至 1919 年秋两年间",故范氏无缘得之,《讲疏》也就无从录之。稍加思考就会发现,这种看法经不起推敲。《讲疏》未引录的六篇讲义,就算范氏上课时无缘得之,难道其毕业后直至书稿脱稿前也一直无缘得之?何况范氏毕业后并没有立即离开学校,而是继续留在北大从事国学研究,成为北大第一批研究生①。再说,就是范氏 1918 年

————————

① 1917 年 11 月,北大本科国文门研究所成立,聘请专家担任研究导师,并规定本科毕业生可以入所做研究员,高年级学生也可以报名入所认定研究科目,在主任教员的指导下进行研究。"范文澜在学期间,日夜苦读,博览群书,取得超群的成绩。1917 年夏季毕业后,被当时任北大校长的蔡元培聘为私人秘书,并在北大文科研究所国文门(后改为国学门)做研究员,继续进修。当时的北大文研所由本校文科毕业生自愿入所做研究员。在校的本科高年级学生经主任教员认为合格,也可以入所。范文澜在本科毕业前已在该所研习。毕业后和他同时在文研所的本科生,有三年级的冯友兰、二年级的傅斯年、俞平伯等。担任文研所国文门各研究科目的教员,音韵是钱玄同,训诂是陈伯弢,文字孳乳是黄季刚,文学史是刘师培、吴梅(瞿安)等人。在文研所期间,范文澜继续得到了诸位名师的指点与熏陶。"(蔡美彪:《旧国学传人 新史学宗师——范文澜与北大》,蔡美彪:《学林旧事》,北京:中华书局,2012 年,第 14 页)

初离开北京,先到沈阳高师任教,后到河南汲县中学任教,直至1922 年下半年到南开任教,期间若要得到所缺讲义,也是易如反掌。因为北大发给学生的讲义从来都是公开的,流传于外的也很多①。冯友兰就说过北大分发授课讲义很随意:

> 学校四门大开,上课铃一响,谁愿意来听课都可以到教室门口要一份讲义,进去坐下来就听。发讲义的人,也不管你是谁,只要向他要,他就发,发完为止。有时应该上这门课的人,讲义没有拿到手,不应该上这门课的人倒先把讲义拿完了。②

龙榆生的回忆也证实了这一点:

> 我在高小毕业之后,便抱着一种雄心,想不经过中学和大学预科的阶段,一直跳到北大本科国文系去。那时我有一个堂兄名叫沐光的,在北大国文系肄业,一个胞兄名叫沐棠的,在北大法科肄业。他们两个,都和北大那时最有权威的教授黄季刚先生很好。每次暑假回家,总是把黄先生编的讲义,如《文字学》《音韵学》《文心雕龙札记》之类,带给我看。我最初治学的门径间接是从北大国文系得来,这是无庸否认的。③

---

① "京师大学堂的讲义,也有不只使用于校内,还传播到全国各地,如国文科教员林传甲的《中国文学史》,1904 年的原刊本难得一见,而 1910 年武林谋新室的翻印本则流传甚广。"(陈平原:《知识、技能与情怀(上)——新文化运动时期北大国文系的文学教育》,《北京大学学报》2009 年第 6 期)

② 冯友兰:《我在北京大学当学生的时候》,陈平原、夏晓虹编:《北大旧事》,北京:生活·读书·新知三联书店,1998 年,第 208 页。

③ 张晖:《龙榆生先生年谱》,上海:学林出版社,2001 年,第 11 页。

　　既然获取北大讲义并非难事,范文澜 1917 年夏本科毕业后仍然在校,而且还在文科研究所继续得到黄侃的教诲,如果其师有他所缺之《札记》新讲义,必当索要。如果新讲义是 1918 年他离校以后才有,他也可以很方便地通过在北大的师友同学获取①。当然,他确实通过上述方式,获得了他上课期间所没有的《札记》新讲义,但不是《讲疏》未引录的创作论的六篇,而是总论的五篇。因为创作论的六篇在他上课期间已经拿到了,至于《讲疏》为何未录,则是事出有因。

第二节　范氏撰《讲疏》时拥有全部黄札

　　为什么说范文澜写作《讲疏》前已拿到未引录的创作论六篇讲义呢?因为他在撰写《讲疏》时曾参考过这几篇讲义,只是出于各种原因未作明显的征录罢了。未引录的六篇中,《夸饰》和《附会》两篇札记,曾以《文心雕龙札记夸饰篇评》和《文心雕龙附会篇评》为题,于 1919 年在报刊发表②。如果《讲疏》要引录的话,即使当初课堂上黄侃没有讲授这两篇内容,范文澜也无从拿到这两篇

---

① 如篇幅最大的《章句》篇札记,最迟 1916 年即在校内流传。《钱玄同日记》1917 年 1 月 3 日记载:"季刚所编《文心雕龙章句篇札记》,余从尹默处借观,觉其无甚精采,且立过于陈旧,不但《马氏文通》分句、读、顿为三之说,彼不谓然,即自来句读之说亦所不取……"(杨天石主编:《钱玄同日记(整理本)》上,北京:北京大学出版社,2014 年,第 297 页)
② 《文心雕龙札记夸饰篇评》,《新中国》1919 年 6 月 15 日第 1 卷第 2 期(后又在天津《大公报》1919 年 6 月 27—30 日连载);《文心雕龙附会篇评》,《新中国》1919 年 7 月 15 日第 1 卷第 3 期(后又在天津《大公报》1919 年 7 月 24—25 日连载)。

讲义,他还是可以从黄侃公开发表在报刊上的文章中引录。因而,我们就不能以《讲疏》是否引录作为判断黄侃在"词章学"课堂是否讲授的依据。若以此为据,则显然会出现误判。其实,范文澜引录《札记》与否,完全视《讲疏》写作内容的需要,该引录时则引录,无需引录时则不引录,引录与否跟课堂是否讲授没有必然关系,只要手头有《札记》讲义或能通过其他渠道获得讲义内容即可。

就《夸饰》来说,范文澜撰写《讲疏》时,手上就有其师上课所发讲义并明显参考过,只是未作征引。黄侃在该篇讲义文末附录章太炎的《征信论》上、下,并谓:"本师所著《征信论》二篇,其于考案前文,求其谛实,言甚卓绝,远过王仲任《艺增》诸篇。兹录于左,以供参镜。"①《讲疏》则谓:"刘申叔有《美术与征实之学不同论》,立义甚精,兹节录之如左。"②1901 年,章太炎"撰《征实论》上、下,亦为批判康有为等借今文经学以'治史'而写"③。黄侃以其为附录,当然是为了配合讲义以便学生更好地理解文本,然亦隐含尊崇本师之意。范文澜阅后,觉得刘文论美术(文艺)与实学之区别更精当,也更贴切《夸饰》所述内容,故未从讲义而改录刘文,表现出以文章内容为选录标准而非一味遵从师说的著述精神。另,讲义释《夸饰》"河不容舠"曰:"孙云:《诗·释文》:刀,《字书》作舠。(《广雅》作艞)彦和依字书作。《说文》有舢字。云:舢,船行不安也。从舟,刋省声,读若兀。与《诗》容刀字音义

---

① 黄侃:《文心雕龙札记》,北京:文化学社,1927 年,第 178 页。

② 范文澜:《文心雕龙讲疏》卷八,天津:新懋印书局,1925 年,第 11 页。

③ 汤志钧编:《章太炎年谱长编(增订本)》上册,北京:中华书局,2013 年,第
　　72 页。

俱别。"①此乃引孙诒让《札迻》之说。《讲疏》受此启发,稍作增删,注曰:"《毛诗·鄘(当作"卫"——引者注)风·河广》:'谁谓河广,曾不容刀。'笺云:'不容刀亦喻狭。小船曰刀。'《释文》:'刀如字。《字书》作舠,《说文》作䑠(原作"舳"——引者注),并音刀。'"②两相比较,"范注"出典释义明显受"黄札"所引"孙云"启发。不过"范注"也对"孙云"从增删两个方面做了改造:增者,补引"郑笺",并将孙氏所引《释文》省略内容补齐;减者,孙云"《说文》有舳字……"因与《诗》"容刀"字、音、义均不合,故删。经此改换眉目的处理,此注便不复归诸原人,也不再标明出处,而属于"范注"的内容了。另,黄侃讲义中附录本师之文和"河不容舳"释义,在报刊发表的文章中都删除了,故范氏所见为课堂讲义而非报刊文章。

《讲疏》虽未引《札记·养气》讲义,但从"范注"中不难见出他曾参阅讲义。"黄札"此篇有两条词语出典和注释:

> 仲任置砚以综述　李详云:《北堂书钞·著述篇》,引谢承《后汉书》云:王充贫无书,往市中省所卖书,一见便忆。门墙屋柱皆施笔砚而著《论衡》。

> 虽非胎息之迈术　李详云:《后汉书·方术传》:王真能为胎息服食之法。章怀注:《汉武内传》曰:王真,字叔经,上党人,习闭气而吞之,名曰胎息。③

我们再看《讲疏》对这两条词语的出典与注释:

---

①黄侃:《文心雕龙札记》,北京:文化学社,1927年,第177页。
②范文澜:《文心雕龙讲疏》卷八,天津:新懋印书局,1925年,第8页。
③黄侃:《文心雕龙札记》,北京:文化学社,1927年,第225、226页。

仲任置砚以综述 李详曰：《北堂书钞·著述篇》，谢承《后汉书》：王充贫无书，往市中省所卖书，一见便忆；门墙屋柱，皆施笔砚而著《论衡》。

虽非胎息之迈术 李详曰：《后汉书·方术传》：王真能行胎息复（"复"，人民文学本又误作"胎"，当为"服"——引者注）食之法。章怀注：《汉武内传》曰：'王真字叔经，上党人，习闭气而吞之，名曰："胎息。"①

两者对比后，我们还会怀疑范文澜写作《讲疏》时，手头没有《札记·养气》讲义吗？当然，我们也不会怀疑范氏曾对照李详《文心雕龙黄注补正》原稿（包括孙诒让《札迻》原稿）进行过核对②，但黄侃讲课时的启发开导和课程讲义的门径提示作用显然不能忽略。而在文化学社本《文心雕龙注》中，范氏则将上述"李详曰"改作"李详《黄注补正》曰"，这一完善细节的行为，无疑昭示着《讲疏》的"李详曰"直接来自其师讲义的"李详云"。

比较有意思的是《总术》，该篇虽未引录"黄札"，但受其影响甚明，甚至直接化用《札记》解题之语。如《札记》曰："此篇乃总会《神思》以至《附会》之旨。"③《讲疏》曰："本篇以《总术》为名，盖总

①范文澜：《文心雕龙讲疏》卷九，天津：新懋印书局，1925年，第12、14页。
②李详《文心雕龙黄注补正》最初刊于《国粹学报》1909年9月4日第57期第5卷第8号、10月3日第58期第5卷第8号；1910年1月1日第61期第5卷第12号、1月30日第62期第5卷第13号；1911年6月16日第79期第7卷第5号。1916年以《文心雕龙补注》名收入潮阳郑氏（国勋）所刊《龙溪精舍丛书》。1926年上海中原书局出版以思贤讲舍本为底本的《文心雕龙补注》。1989年江苏古籍出版社出版的《李审言文集》也收入《文心雕龙补注》。
③黄侃：《文心雕龙札记》，北京：文化学社，1927年，第233页。

括《神思》以下诸篇之义。"①又如《札记》曰："欲为文者,其可不先治练术之功哉。"②《讲疏》曰："此节极言造文必先明术之故。"③可能范文澜自己也觉得这样有所不妥,故在其后的文化学社本《文心雕龙注》中直接引录《札记》,几乎将该篇"黄札"全部收录于自己的注中。从《讲疏》到新《注》,范文澜或化用或直录,虽有隐显明暗之别,但受《札记》讲义影响这一点则是相同的。

　　除《夸饰》《养气》《总术》外,《讲疏》未引《札记》讲义的篇目尚有《事类》《附会》《练字》三篇。这三篇讲义范氏当时手头也有,至于未作引录的原因,我们从1929—1931年文化学社出版的《文心雕龙注》中,可以探得一些头绪。文化学社本"范注"出版时,黄侃亲手编辑的《札记》已问世两年多,故范氏新《注》引文化学社本"黄札"即称"《札记》曰",引文化学社本所缺之上篇"黄札"则标"黄先生曰"。范文澜修订文化学社本新《注》时,不仅有北大所发讲义,还有其师新出的《札记》,引用起来自然方便得多。但检核后发现,新《注》不时增录"黄札",仅就《神思》看,《讲疏》引"黄先生曰"只有两处,而新《注》则有六条"《札记》曰",较原先多了两倍④。相反,《讲疏》未引录"黄札"的六篇,文化学社本只有《总

①范文澜:《文心雕龙讲疏》卷九,天津:新懋印书局,1925年,第21页。

②黄侃:《文心雕龙札记》,北京:文化学社,1927年,第235页。

③范文澜:《文心雕龙讲疏》卷九,天津:新懋印书局,1925年,第21页。

④文化学社本"范注"在《神思》篇新增录的四条《札记》如下:"古人云:'形在江海之上,心存魏阙之下。'神思之谓也。文之思也,其神远矣。"《讲疏》仅引《庄子·让王篇》出典,新《注》补录《札记》曰:"此言思心之用,不限于身观,或感物而造端,或凭心而构象,无有幽深远近,皆physics理之所行也。寻心智之象,约有二尚:一则缘此知彼,有斟量之能;一则即异求同,有综合之用。由此二方,以驭万里,学术之原悉从此出,文章之富,亦职（转下页注）

术》例外,先后八次引录"黄札",原因如上所述。其他《夸饰》《养气》与原先一样,未做引录;《事类》《附会》也只是在注①中分别补引一条"黄札",以作解题之用;《练字》则只在末注补引一条"黄札"校字:"字靡异流,《札记》曰'异当作易'。"①这一情况表明:《讲疏》在《夸饰》《事类》《练字》《养气》《附会》《总术》六篇中未征引"黄札",并不是因为当时范文澜手头没有这几篇讲义,而是因为他根本就没有征引的打算,是不为也,非不能也。如果是因为当时没有这几篇讲义而无法征引,那么撰写新《注》时,《札记》已

（接上页注）兹之由矣。"又,"故思理为妙,神与物游",《讲疏》解释为:"神者,精神作用也;物者,观念也。"新《注》补录《札记》曰:"此言内心与外境相接也。内心与外境,非能一往相符会,当其窒塞,则耳目之近,神有不周;及其怡怿,则八极之外,理无不浃。然则以心求境,境足以役心,取境赴心,心难于照境。必令心境相得,见相交融,斯则成连所以移情,庖丁所以满志也。"又,"是以陶钧文思,贵在虚静,疏瀹五藏,澡雪精神;积学以储宝,酌理以富才,研阅以穷照,驯致以怿辞"。《讲疏》运用心理学原理释义,新《注》则引典释义。先注前四句,引《庄子》《白虎通》及"纪评",复录《札记》曰:"此与《养气篇》参看。《庄子》之言曰:'惟道集虚。'《老子》之言曰:'三十辐共一毂,当其无,有车之用。'尔则宰有者无,制实者虚,物之常理也。文章之事,形态蕃变,条理纷纭,如令心无天游,适令万状相攘。故为文之术,首在治心,迟速纵殊,而心未尝不静,大小或异,而气未尝不虚。执璇机以运大象,处户牖而得天倪,惟虚与静之故也。"再注后四句,先阐释四句之间的关系,再录《札记》曰:"此下四语,其事皆立于神思之先,故曰:'驭文之首术,谋篇之大端。'言于此未尝致功,即徒思无益。故后文又曰:'秉心养术,无务苦虑,含章司契,不必劳情。'言诚能秉心养术,则思虑不至有困;诚能含章司契,则情志无用徒劳。纪氏以为彦和练字未稳,乃明于解下四字,而未遑细审上四字之过也。"(范文澜注:《文心雕龙注》下册,北平:文化学社,1931 年,第 2、3、4、5 页)

① 范文澜注:《文心雕龙注》下册,北平:文化学社,1931 年,第 130 页。

正式出版，当多多采录才是。实际情况却并非如此，除《总术》事出有因而做了一些补录外，《夸饰》《养气》一如既往地不录《札记》，《练字》补录的一条校字可能是原先就拟引用而遗漏了，《事类》《附会》各补一条题解完全是出于此次修订的需要。这次对《讲疏》的修订，可以说是全方位的、颠覆性的改造，从结构到体例，从校勘到出典，增删订补，取精用弘，几于重造。其中一项修订特别引人注目，就是增补题注。《讲疏》没有一个题注，文化学社本给二十六篇的题目增加了题注。对题注的增补，除了别撰新注外，更多的还是引录"纪评"和"黄札"以为题注，如《史传》《诸子》《才略》《序志》即移录"纪评"为题注，《风骨》《定势》《情采》《镕裁》《章句》《事类》《指瑕》《附会》《总术》则是节录"黄札"为题注。换句话说，如果不是增补题注，新《注》中《事类》《附会》两篇也不会征引《札记》。

可见，不能以范氏是否征引"黄札"来认定他手里掌握了哪些篇目的讲义。范氏欲撰写《讲疏》，当然会尽力搜集相关资料，特别是与其书研究对象、性质宗旨和撰述体例都相同的《札记》，必欲搜罗殆尽。实际上，在撰写《讲疏》前，他已拥有其师在北大讲授《文心雕龙》的全部三十一篇讲义。尽管《讲疏》的撰写颇为倚重《札记》，所谓"于舍人之旨，惟恐不尽；于黄氏之说，唯恐或遗……一以黄氏《札记》之繁简为详略焉"[1]，但是范氏也完全没有必要篇篇征录、处处引用。

综上所述，范文澜撰写《讲疏》时，虽然有六篇没有征引《札记》，但是他手头已拥有这六篇讲义，加上已有征引的二十五篇，实际掌握了全部三十一篇《札记》讲义。那么，这三十一篇是否就是他在北大上黄侃"词章学"课时获得的讲义呢？这样的结论不

————————

[1] 章用：《文心雕龙讲疏提要》，《甲寅周刊》1925 年第 1 卷第 20 号。

但我们不同意,就是张文也不会同意,因为这与范文澜所说"黄先生授以《文心雕龙札记》二十余篇……《文心》五十篇,而先生授我者仅半"完全不符。《考原》认为范文澜在校所获《文心雕龙》讲义的篇目,就是《讲疏》中引录的二十五篇(上篇总论和文体论十一篇,下篇创作论十四篇),而这二十五篇也正是黄侃在北大"词章学"课堂上所讲授的篇目,《讲疏》未引录的创作论六篇,则是范氏毕业以后黄侃在校所作,故为范氏所缺。我们则认为范文澜在"词章学"课堂获得的讲义篇目,主要是《神思》以下创作论的二十篇(即文化学社出版的《札记》篇目),还有文体论的几篇(不一定是全部六篇),这些才是黄侃在"词章学"课堂讲授的篇目,总论的五篇(《原道》《征圣》《宗经》《正纬》《辨骚》)是范氏毕业后,黄侃在"中国文学概论"课上讲授的篇目,范文澜是通过其他渠道在《讲疏》撰写前获得这几篇讲义的。这就是我们与《考原》一文在观点和结论方面的主要区别。

第三节 "词章学"课程并非无所不包

《考原》以《讲疏》引录的二十五篇讲义为黄侃"词章学"讲授的内容,而这二十五篇又分属《文心雕龙》的总论、文体论和创作论各部分,因而必然致力于解释"词章学"课程的"内容涵盖今日所谓文学概论、名作讲析及诗文写作训练等方面"①。因为涵盖文学概论,所以讲《文心雕龙》总论篇目非常适合;又涵盖名作讲析,因此讲《文心雕龙》文体论篇目也很恰当;还涵盖诗文写作训

---

① 《考原》明确说:"黄侃讲授的'词章学'课程内容驳杂,不仅包含了部分文学史、文学理论教学的内容,还兼有作品赏析和写作实践的训练。"

练,故而讲《文心雕龙》创作论篇目则理所当然。即如《考原》所说:"《札记》正是黄侃专为词章学课程编撰的教材,其所选篇目实由该课讲授内容决定,故除《文心雕龙》下篇文术论部分外,上篇'文之枢纽'5 篇及'论文叙笔'中的《明诗》等 6 篇也纳入其中。"然而,"词章学"并非一个筐,不是什么东西都能往里装。汉代施行"罢黜百家,独尊儒术"之策,经学一统天下,士人崇尚通人通儒之学,"博学"成为士子的理想境界。近代以来,受西学影响,这种风气有所转变。钱穆说:"中国重和合,西方重分别。民国以来,中国学术界分门别类,务为专家,与中国传统通人通儒之学大相违异。"①桐城派之前,清代经学与史学已出现专门化趋势,至桐城派提出义理、考据、词章三分,学术分途进一步明显。1910 年 3月,京师大学堂分科大学开办,文科设立中国文学门,文学成为一门独立的学科,文化教育、学术研究也开始走向专业化、现代化的道路。1913 年颁布的《大学规程》,将"文学研究法""词章学""中国文学史",作为中国文学门的三门专业课,这三门课之间既有区分,又有配合。其中,"文学研究法"是老课程,列于 1903 年颁布的《奏定大学堂章程》中第一位,目标是"研究文学之要义"②,接近后来的文学理论;"词章学"顶替原来《章程》中的"古人论文要言",侧重诗文写作训练③;"中国文学史"顶替原来《章程》中的

---

① 钱穆:《现代中国学术论衡·序》,长沙:岳麓书社,1986 年,第 1 页。

② 北京大学校史研究室编:《北京大学史料》第一卷,北京:北京大学出版社,1993 年,第 107 页。

③《奏定大学堂章程》对主课"古人论文要言"的解释是:"历代名家论文要言,如《文心雕龙》之类,凡散见于史集部者,由教员搜集编为讲义。"(北京大学校史研究室编:《北京大学史料》第一卷,北京:北京大学出版社,1993 年,第 108 页)

"历代文章流别"[1]，主要是赏析作品包括了解文学发展情况。三者的配合，类似顾颉刚分析的义理、考据、词章之间的关系：

> 昔人所谓义理，即今所谓理论也；所谓考据，即今所谓资料研究也；所谓词章，即今所谓表现之技巧也。有理论，然后有宗旨，有选择，有批判。有资料研究，然后能把握实际之事物，使理论结合实际，不为空言。有表现之技巧，然后能吸引人之视听，使其易于理解。三者实一事也，而以个人才性所偏，不得不析为三。[2]

如果把"词章学"当作一门无所不包的课程，将文学理论、文章作法、作品分析等统统纳入其中，回到古代通合的传统上去，那"文学研究法"和"中国文学史"的课程就没有存在的必要了。张文极力否认黄侃上"中国文学史"和"文学概论"课程，就是因为他把"词章学"当作一个筐，将"文学史"和"文学概论"等课程的内容都装了进去。徐一士的《一士类稿》和黄焯的《季刚先生生平及其著述》《黄季刚先生年谱》，都说黄侃 1914 年受聘北大开设的课程为"词章学"与"中国文学史"。但是，张文认为"徐一士自述所写轶事'闻诸钱玄同先生者为多'"，"钱玄同对徐一士讲述此事，当在 1932 年以后，又是闲谈性质，记忆是否有误也很难说"，"如果黄焯此说得自《一士类稿》，而徐文之言未必属实，那又该如何呢"？通过"是否""如果"这些不确定的假设性推测，张文开始生

---

[1] 《奏定大学堂章程》对主课"历代文章流别"的解释是："日本有《中国文学史》，可仿其意自行编纂讲授。"（北京大学校史研究室编：《北京大学史料》第一卷，北京：北京大学出版社，1993 年，第 108 页）

[2] 顾颉刚：《义理、考据、词章三学》，《顾颉刚读书笔记》第六卷，台北：联经出版事业公司，1990 年，第 4162 页。

疑:"黄侃即以文字音韵之学见知于世……北大引进黄侃竟然不用其所长,这的确很难令人置信。"并大胆预言:"揆以常情,其到北大后第一学期乃至第一学年最有可能开设的,应该是小学(文字、音韵)和词章学。"最后再来一个假设:"倘若黄侃在北大讲授词章学与文字音韵之学不误,那么彼时黄侃是否还有必要,包括精力开设中国文学史呢?"原来,"是否""如果""可能""应该""倘若"这么多的假设性推测,都是为了否认徐一士和黄焯所说黄侃受聘北大开设的课程中有"中国文学史"。因为,按张文的观点,"词章学"课程中已包含"中国文学史"的内容,如果再上这门课就重复了,于是就依据黄侃的学术专长,给他换了一门文字音韵的课程。这样一来,不仅满足了黄侃的教学工作量①,而且也不会与无所不包的"词章学"内容相冲突,毕竟小学与文学属于两个大类。

殊不知,北大聘请黄侃并非"不用其所长",他在文科研究所国文门担任"文字孳乳"的教员就是例证②,而是要他和刘师培等人尽力去开拓新的"文学史"和"文学概论"课程,正如陈平原所说:"黄侃 1914 年进北大,是教文学的,到武昌高师以后,方才兼教小学、经学和文学;刘师培 1917 年进北大,也是教文学。这两位先生在经学和小学方面造诣很深,日后主要以此名家;可当初

---

① 张文曾从完成教学任务即工作量是否饱满的角度进行论证:"1917 年秋季学期黄侃每周讲授 13 课时,1918 年春季学期每周 12 课时,周课时数为所有任课教师之冠。所以,黄侃只要完成中国文学的教学任务即无愧教授之职,而无须再开设别的课程。"

② 朱有瓛主编:《中国近代学制史料》第三辑下册,上海:华东师范大学出版社,1992 年,第 118 页。

除了一点研究所指导科目,主要任务是讲授文学史或文学概论。"①再说,钱玄同与太炎师关系亲近,仅 1915 年 1、2 月就多次拜访其师,谈宴甚欢②。他对徐一士讲述黄侃在北大担任授课科目为"词章学"与"中国文学史",并对"文学史"课程的讲义编写颇感为难,"故欲与章同寓,俾常近本师,遇有疑难之处,可以随时请教也"③。此当从太炎师口中得之,语境自然合理,实难致误。而黄焯为黄侃侄儿,侧侍从父有年,助其誊抄整理文稿诸事,对其生活、性格、创作及学术研究情况了如指掌,曾代亡弟念田撰写中华

---

① 陈平原:《知识、技能与情怀(上)——新文化运动时期北大国文系的文学教育》,《北京大学学报》2009 年第 6 期。另,刘师培进入北大教书,正是黄侃向蔡元培校长力荐的结果。黄焯说:"仪征刘君师培博稽载籍,经术闳深。焯尝贸然问先生,刘太师所阅书与章太师孰为多少?先生曰:'汝何知?刘先生之博,当世殆无其匹。其强记复过绝人。尝属予借书,予随持往,即于筵间匆阅一过,遽行掷还。予愕然曰:君不云需阅是书耶?君曰:吾已得其旨要矣。即背诵书中要语数十处。其经目不忘如此。'刘君时穷处北都,先生为言于蔡元培,延其授学。元培以君曾党附袁氏未以为可。先生曰:'学校聘其讲学,非聘其论政。何嫌何疑?而不予聘?'于是乃致聘约。"(黄侃:《黄侃日记》,南京:江苏教育出版社,2001 年,第 1110—1111 页)

② 《钱玄同日记》1915 年 1 月 12 日:"至尹默处,复至章师处,师谓拟编《群经大义》数篇入《訄书》。"1 月 17 日:"晨访崔师,旋至章师处,见警确已撤去。师今日欣然起床。旋夷初来,谈至傍晚始归。"1 月 31 日:"今日尹默、幼渔、我、坚士、逷先、旭初、季茀、预(豫)才八人公宴炎师于其家,谈宴甚欢。"2 月 14 日:"晚餐本师宴,同座者为尹默、逷先、季茀、豫才、仰曾、夷初、幼渔诸人。"(杨天石主编:《钱玄同日记(整理本)》上,北京:北京大学出版社,2014 年,第 278—281 页)

③ 徐一士著,李吉奎整理:《一士类稿》,北京:中华书局,2023 年,第 102 页。

书局版《札记》后记,"详著其事"①。黄焯治学以严谨扎实著称,凡经他之手整理、编辑、校勘的从父遗著,无不身价倍增,珍若拱璧,所著《黄季刚先生年谱》洵为黄侃研究的信史。有鉴于此,我们也就难以相信《考原》的双重假设:"如果黄焯此说得自《一士类稿》,而徐文之言未必属实"。

　　其实,黄侃前期在北大所授课程,不仅有"词章学",还有"中国文学史",而且都有讲义。黄焯在《季刚先生生平及其著述》一文中说:"自甲寅(1914)秋,即受北京大学教授之聘(时年二十八岁),讲授词章学及中国文学史,讲义有《文心雕龙札记》《诗品疏》《咏怀诗补注》等。"②范文澜所说:"曩岁游京师,从蕲州黄季刚先生治词章之学。黄先生授以《文心雕龙札记》二十余篇。"③如果说《札记》为"词章学"课程讲义,那么《诗品讲疏》《咏怀诗补注》等,则可视为"中国文学史"课程的讲义。甚至在文学史的正课之外,黄侃也随兴致所至讲一点词。俞平伯回忆说:"谈到周邦彦作的《清真词》,我和它的因缘亦是慢慢儿来,慢慢儿加深的。民国五年六年间方肄业于北京大学,黄季刚师在正课以外忽然高兴,讲了一点词,从周济《词辨》选录凡二十二首,称为'词辨选',讲义至今尚存。"④

　　《考原》将"词章学"视为一门无所不包的课程,且将这种观点

---

① 黄焯:《黄季刚先生遗著目录》,程千帆、唐文编辑:《量守庐学记:黄侃的生平和学术》,北京:生活・读书・新知三联书店,1985 年,第 202 页。

② 程千帆、唐文编辑:《量守庐学记:黄侃的生平和学术》,北京:生活・读书・新知三联书店,1985 年,第 28 页。

③ 范文澜:《文心雕龙讲疏・自序》,天津:新懋印书局,1925 年,第 3 页。

④ 俞平伯:《清真词释・序》,《俞平伯全集》第四卷,石家庄:花山文艺出版社,1997 年,第 77 页。

一直延续到 1917 年下半年北大文科课程改革以后,即使这门课被彻底取消了,也坚持认为新开设的其他诸多课程,不过是前期"词章学"课程的延续。所谓:

> "词章学"本为民国教育部规定的大学国文学类课程之一,黄侃 1914 年 9 月任教北大时即用此名,授课对象为当年入学之一年级新生;1917 年秋季学期,该课一度更名为"中国文学",1918 年春季学期又拆解为"中国文学概论""古代文学"(周秦文学)"汉魏六朝文学""唐宋文学""词曲"等课程;1918 年秋季再度调整,将以时段划分改为以文体划分,计有"文""诗""词曲"三门,黄侃讲授一、二年级的文、诗两门。
>
> 依《文科国文学门文学教授案》所述,"中国文学"课程的教学目的在于使学生掌握各体文学写作技巧,提高其写作能力,为此就必须通过介绍、讲解各体文学之最有代表性者,借以阐明不同文体各自的文体特征、写作要领,正是基于这样一种认识,"词章学"最终走向分体文学研究。

北大 1917 年下半年开始的文科课程体系改革,正是要破除早期课程体系过于笼统概括,缺乏分工配合,不够专精细化的弊端①。钱玄同曾说:"前此因'词章学'之名费解,故担任者皆各以

---

① "根据 1917 年 5 月 26 日上报给教育部的《北京大学四年度周年概况报告书》1915—1916 学年度中国文学门开设的课程有:中国文学史、词章学、西国文学史、文学研究、文字学、哲学概论、中国史、世界史、外国文。将刚刚引进的'文学史'与传统中国的'词章学'并列,再加上姚永朴以'桐城义法'为中心的《文学研究法》,可以想见当初北大的文学教育如何简陋。"(陈平原:《知识、技能与情怀(上)——新文化运动时期北大国文系的文学教育》,《北京大学学报》2009 年第 6 期)

意教授学生,实无从受益也。"①改革后,各门课程之间的区别与
配合、分工与互补更加明确,如果仅仅是"拆解",实际内涵还是原
来的"词章学",那就没有改革的必要了!实际上,各门课程之间
的区别和侧重,《文科国文学门文学教授案》做了专门的说明,如
关于"文学史"与"文学"两门课程的区别:"文科国文学门设有文
学史及文学两科,其目的本截然不同,故教授方法不能不有所区
别。兹分述其不同与当注重之点如下:习文学史在使学者知各代
文学之变迁及其派别;习文学则使学者研寻作文之妙用,有以窥
见作者之用心,俾增进其文学之技术。教授文学史所注重者,在
述明文章各体之起源及各家之派别,至其变迁递演因于时地才性
政教风俗诸端者,尤当推迹周尽使源委明了。教授文学所注重
者,则在各体技术之研究,只须就各代文学家著作中取其技能最
高,足以代表一时或虽不足以代表一时而有一二特长者,选择研
究之。"②这就从学生的学习和老师的教授两个方面,把"文学史"
与"文学"两科的不同内容及特点阐述得非常清楚。而《考原》硬
是让"文学"课涵盖"文学史"的内容,再向无所不包的"词章学"
回归。

　　北大文科课程体系改革前,"词章学"的名头在,而"词章学"
又是内容庞杂、无所不包的,黄侃只需在该课程中讲授《文心雕
龙》的总论、文体论和创作论各部分即可,故《考原》尽力否定其还
要上"中国文学史"课程;课程体系改革后,"词章学"的名头虽不

---

① 杨天石主编:《钱玄同日记(整理本)》上,北京:北京大学出版社,2014 年,
　第 307 页。
② 王学珍、郭建荣主编:《北京大学史料》第二卷,北京:北京大学出版社,
　2000 年,第 1709 页。

存在了,但其内涵却"拆解"到"文学""文学概论"以及"诗""文""词曲"等课程中,黄侃只能在诸多课程中讲授《文心雕龙》各部分,故《考原》又设法否定其只在"文学概论"课上讲"龙学"。这就是《考原》的论证逻辑,凡不合此逻辑者,一律采取否认的态度。1917年进入北大中文系的杨亮功在回忆文章中说:"黄季刚先生教文学概论以《文心雕龙》为教本,著有《文心雕龙札记》。"①张文认为,杨亮功所说"并不确切,黄侃讲授的是'中国文学概论'而非'文学概论',两字之差,内容大不相同,前者仍在'词章学'范围之内,后者则介绍古今中外文学之基本原理"。又认为陈平原所说"当初刘师培、黄侃在北大讲授《文心雕龙》,其实就是'文学概论'"②,也犯了同样的错误。

　　然而,固必既深,是非遂淆。《考原》坚执"词章学"无所不包、无处不在的固化思维,并以此作为评判他人言论的标准,结果只能是混淆是非。杨亮功在北大从旁听生到预科生再到本科生,先后五年的读书生活,对学校的人和事印象深刻,所思所忆,不仅生动精彩,而且符合史实。尤其是"黄季刚先生教文学概论",回忆中两次提到,不会有误。而陈平原身为北大教授,深谙校史掌故,又曾与夫人共编《北大旧事》,其所言黄侃讲授"文学概论"之事,亦不至有误。

　　北大文科课程体系的改革并非一帆风顺,而是经历了一番波折,尤其是"文学概论"这门新课最具代表性。其实,民国成立,京师大学堂易名为北京大学时,其文学门中便增设了一系列概论课

①杨亮功:《早期三十年的教学生活　五四》,合肥:黄山书社,2008年,第22页。
②陈平原:《知识、技能与情怀(上)——新文化运动时期北大国文系的文学教育》,《北京大学学报》2009年第6期。

程,如哲学概论、美学概论、语言学概论等,且在外国文学门的课程目录中,直接出现了"文学概论"的科目。然而,中国文学门的"文学概论"科目则出现较晚。在多次协商、讨论的基础上,1917年底,陈独秀主持召开北大文科改订课程会议,正式删除了原先的"词章学"和"文学研究法"课程,代之以"文学""文学史""文学概论"三门并立的课程体系。在《北京大学日刊》所载《改订文科课程会议纪事(第二次第三次会议议决案)》及《文科改订课程会议议决案修正》中,这次新增的"文学概论"课程被列为必修课,且两份文件中其排名均为中国文学门国文学类课程第一位。可见,在新的课程体系设计中,"文学概论"占据重要的地位。

不过,科目易立,新课难上。"1918年9月14日《北京大学日刊增刊》刊载的中国文学门正式科目中第一次出现了文学概论的名称。然而,其中并未列出其他科目下都有的任课教员的姓名。几天后(9月26日)公布的文本科七年度第一学期课程表中文学概论的名称消失了。可见,虽然当时的新学人已感觉有必要开设文学概论这样的课程,但要找到一个合适的教员依然是件困难的事。"①据《北京大学日刊》所载文本科课程表,黄侃1917—1919年在北大讲授的课程,主要有"中国文学""中国文学概论""汉魏六朝文学""唐宋文学"等。显然,这些课程就是1917年底改订后的国文学门"文学""文学史"(分段)和"文学概论"的课程。根据《文科国文学门文学教授案》关于"文学史"与"文学"两门课程的说明,在这两门课上都不适宜讲《文心雕龙》。于是,就只剩下新增的"文学概论"课了。黄侃为本科一年级开设的"中国文学概论",

---

① 程正民、程凯:《中国现代文学理论知识体系的建构——文学理论教材与教学的历史沿革》,北京:北京大学出版社,2005年,第6页。

正是《文科改订课程会议议决案》在 1918 年开始执行的文学门通科课程。核验《1918 年北京大学文理法科改定课程一览》，文学门通科课程"文学概论"后有一括号，对这门课程的性质、特点和范围稍作提示："文学概论（略如《文心雕龙》《文史通义》等类）"①。这一说明正好提醒黄侃，可以顶着"文学概论"的名义来讲《文心雕龙》。然而，《教授案》对其也有一个说明："文学概论'单位'当道贯古今中外，《文心雕龙》《诗品》等书虽可取，截然不合于讲授之用，以另编为宜。"②"文学概论"是一门综合性、概括性很强的理论课，主要讲授文学基本概念和知识，范例当贯穿古今中外，《文心雕龙》《诗品》等书属于"中"和"古"，虽可取用，但不宜直接以其作为讲授之本，而应另行编写与课程性质相符的讲义。这一说明又使长于传统国学的黄侃有些犯难，因为课程要求贯穿的"今"和"外"并非其所长。出于慎重，黄侃建议学校对这门新课加以限制，暂定为"中国文学概论"。《文心雕龙》堪称中国古代的一部文学概论，结合这门新课的性质和特点，黄侃讲授的具体内容与"词章学"讲的有所不同，主要讲授"文之枢纽"五篇，辅以其他一些篇目作为例证。因为"文之枢纽"属于《文心雕龙》的总纲部分，阐述了贯穿全书的基本理论和建立体系的指导思想，正好契合"文学概论"新课的性质和特点。

这就是当时中国文学门科目中虽然出现了"文学概论"的名称，但又缺少任课教员的姓名；正式科目中虽然有"文学概论"之

①朱有瓛主编：《中国近代学制史料》第三辑下册，上海：华东师范大学出版社，1992 年，第 114 页。

②王学珍、郭建荣主编：《北京大学史料》第二卷，北京：北京大学出版社，2000 年，第 1710 页。另，文中"单位"为课时，一单位约一百小时。

名,几天后公布的课表中又突然消失了的原因。因为,当时的黄侃上不上这门课,怎么上这门课,以什么名称上这门课,都在不确定之中。经过任课教师与校方的协商,最终以变通的方式解决这一问题,即暂以"中国文学概论"的名义上这门课①。由于课程名称与正式科目中的名称不完全一致,所以课表中取消该课程也是正常的。不过,无论是学生还是老师都明白,黄侃上的新课"中国文学概论",就是中国文学门正式科目中的"文学概论"②。当时的课堂听讲人杨亮功和后来的校史研究者陈平原的相同说法,就是对黄侃上这门课程具体情况的真实反映。直到 1920 年,"文学概论"这门课才在北大名副其实地得以教授,据当年的《国立北京大学学科课程一览》,初次教授该课程的老师是周作人,而此时的黄侃已经离开北大③。不过,黄侃作为北大中国文学门"文学概

①栗永清分析研究的结论与本文基本一致:"1918 年初,黄侃以《文心雕龙》(或许还包括他的《诗品疏》)为'讲义',以'中国文学概论'为名来替代'文学概论',并在其前冠以'中国'以示同'文学概论'的区别,或许去事实不远。"(栗永清著:《知识生产与学科规训——晚清以来的中国文学学科史探微》,北京:中国社会科学出版社,2012 年,第 190 页)

②《奏定大学堂章程》中国文学门科目所列主课"文学研究法",在解释时就称"'中国文学研究法'略解如下……"可见在当时,"文学研究法"一定意义上就是指"中国文学研究法",同样"文学概论"特定情况下也就是指"中国文学概论"。

③黄侃虽然在 1919 年下半年离开北大到武昌任教,但是因在北大教授"中国文学概论"课程而引发的对文学概论问题的思考却没有中断。他在 1922 年 9 月 29 日日记的基础上,于 1923 年 3 月 17 日作了题为《讲文心雕龙大旨》的演讲,表达了他对《文心雕龙》与"文学概论"之间关系的新认识。演讲曰:"凡研究文学者所应知之义,略举其目有如下方:文学界限,文章起源,文之根柢及本质,书籍制度,成书与单篇,文章与文字,文章与声韵,文章与言语,文法古今之异,文章与学术文章与时利风(转下页注)

论"课程的发轫者,其开榛辟莽、导夫先路的功绩不容忽视。诚如栗永清所说:"朱蓬仙以《文心雕龙》讲'文学概论'自有'证据不足'之嫌。但 1918 年北京大学《文本科第二学期课程表》(1917—1918 学年第二学期)中黄侃开设的'中国文学概论'课程,却无疑可视作国文系'文学概论'课程的开端。"①

　　黄侃自 1914 年 9 月起担任北大教授,至 1919 年 9 月转赴武昌高师任教,在北大执教前后五年时间。这期间若以其讲授《文心雕龙》为线索,以蔡元培 1917 年初出长北大、陈独秀出任文科学长为界限,则可分为前后两期。前期(1914—1916 年)讲授的课程主要是"词章学"和"中国文学史",而《文心雕龙》的讲授主要在"词章学"课堂进行,讲授的篇目为《神思》以下的创作论二十篇,正好契合该课程"文章作法"的性质与特点;后期(1917—1919年)讲授的课程主要有"中国文学""中国文学概论""汉魏六朝文学""唐宋文学"以及"文""诗"等,《文心雕龙》的讲授主要在新开设的"中国文学概论"课堂进行,讲授的篇目为总论"文之枢

(接上页注)尚,外国言语学术及文章之利病,公家文,日用文,诽俗文,文家之因创,文章派别,与政治人心风俗,历代论文者旨趣不同,文体废兴,文体变迁之故,摹拟之伪托述作,文质,雅俗,繁简,流传与泯灭。凡此诸文,愚所解释,大抵因缘舍人旧义,加以推衍,其刘所未言,方下己意,会于《文心雕龙》义所易了即亦随文陈说,必有奥啧,当别具札记以授诸生。"(黄侃著、黄延祖重辑:《文心雕龙札记》,北京:中华书局,2006 年,第 4 页)

① 栗永清著:《知识生产与学科规训——晚清以来的中国文学学科史探微》,北京:中国社会科学出版社,2012 年,第 190 页。

纽"的五篇①,基本符合新课要讲解文学的基本理论和知识的要
求;而文体论的六篇,则作为讲授创作论和总论的例证材料,贯穿
于前后期,用以配合串讲。这就是我们根据现有的相关材料,对
黄侃在北大如何讲授《文心雕龙》所做的大致概括。我想,此概括
与黄侃在北大讲授《文心雕龙》的实际情况,虽不中亦不远矣。

---

① 新课"文学概论"的课时,在 1917 年 12 月 2 日《北京大学日刊》刊登的《改
　订文科课程会议记事》中,只有二个单位,后来又被修改为一单位,从体量
　上说,讲总论的五篇,再配以适当的文体论部分的例证,显得十分恰当。
　再说,黄侃在课堂上经常骂人发牢骚,实际用于讲课的时间并不长。杨亮
　功回忆说:"他抨击白话文不遗余力,每次上课必定对白话文痛骂一番,然
　后才开始讲课。五十分钟上课时间,大约有三十分钟要用在骂白话文上
　面。他骂的对象为胡适之、沈尹默、钱玄同几位先生。他嘲笑新诗,他讥
　评沈忘恩负义,他骂钱尤为刻毒。他说:他一夜之发现,为钱赚得一辈子
　之生活。他说:他在上海穷一夜之力,发现古音二十八部,而钱在北大所
　讲授之文字学就是他一夜所发现的东西。但是黄先生除了骂人外,讲起
　课来却深具吸引力。"(杨亮功:《早期三十年的教学生活　五四》,合肥:黄
　山书社,2008 年,第 22 页)

第九章　范文澜与黄侃及同门的关系

——与张海明"师徒失和、同门反目"说商榷

1925年,范文澜的第一部学术著作《文心雕龙讲疏》由天津新懋印书局出版发行。随后,范氏以《讲疏》为基础,又另著新的《文心雕龙注》,1929—1931年由北平文化学社分上、中、下三册出版;接着范氏又对新《注》进行修订改版,1936年由上海开明书店出版七册线装本《文心雕龙注》。北平文化学社本系根据新懋印书局本大加修订而重造的一本新《注》,开明书店本又是从文化学社本改编修订而来,至此"范注"基本定型。1958年经作者请人核对和责任编辑又一次订正,人民文学出版社分两册重印,这就是现在流行的本子。近来,张海明发表长文《范文澜〈文心雕龙讲疏〉发覆》,对《讲疏》大量抄录黄侃《文心雕龙札记》之事进行发难,以今日时风臆测民国学界,谓"范文澜抄袭黄侃"。张文提出的问题,我们可以从以下几个方面加以探讨:首先,《讲疏》大量抄录、袭用"黄札"是否就是抄袭行为,如不是应该怎么理解? 其次,黄侃是否因为弟子范文澜的大量抄录、袭用,中断了《札记》的写作,"且终其一生不再讲授《文心雕龙》"? 最后,也是最重要的,范氏的大量抄录、袭用,是否导致了其师的不爽、恼怒和同门的不满、批评,以致黄范失和,同门反目?

第一节　范文澜与黄侃的关系

黄侃是范文澜在北大读书时的老师，范氏受黄师影响甚大，尤其是在《文心雕龙》研究方面，可以说直接继承了黄师的衣钵。从《讲疏》直接承袭《札记》，到"范注"有意淡化"黄札"，范氏在确立《文心雕龙》校注新范式的同时，也完成了对《札记》的学术超越，使其新《注》成为继《札记》之后"龙学"史上又一里程碑式的著作①。随着范氏由传统国学名家转变为马克思主义史学大师，他对黄师的态度也由早年的推尊有加，而渐趋平淡自然。尽管如此，黄、范师徒之间的关系，无论在黄侃生前还是生后，都未见失和痕迹，更谈不上关系紧张。

一、《讲疏》鲜为人知的原因

张文摘要曰："对于《文心雕龙》研究者来说，范文澜的《文心雕龙注》无疑是必读之书，但范氏早年之作《文心雕龙讲疏》却鲜为人知。而所以如此，根源乃在范氏讲疏大量抄录黄侃《文心雕龙札记》，致使黄、范二人失和。此后范氏另起炉灶，完成《文心雕龙注》一书的写作，而绝口不提此书与《文心雕龙讲疏》之关系；黄侃则悄然中断了《文心雕龙札记》的写作，且终其一生不再讲授《文心雕龙》。"②张文发表后不久，微信公众号"程门问学"即推出署名秦大敦的文章《黄侃在中央大学没有讲授〈文心雕龙〉吗》，从

---

① 详参本书第五章《范文澜对黄札的承袭与超越》。
② 张海明：《范文澜〈文心雕龙讲疏〉发覆》，《清华大学学报》2020 年第 4 期。以下凡引此文不再出注。

"黄侃停止讲授《文心雕龙》了吗""黄侃出版《文心雕龙札记》是和范文澜较劲吗""骆鸿凯做了那么多吗""黄侃不爽了吗""'近人吾乡某甲'是范文澜吗"五个方面,对张文进行全面驳斥。作者最后总结说:"遗憾的是,读罢张文,我只感觉:'史实'不足,离'真'尚远,'谜'也完全没有解开。张文所谓的'结论',实乃'胸中先持一成见',再'曲引古籍以证成其说'(金毓黻语),因而对史料的解读存在一定问题;不少结论建立在假设的基础上,经不起推敲;尤其对于当事人内心想法的判断,因为没有史料相佐证,多出臆测,难以让人信服。"①

张文断定《讲疏》"鲜为人知"的原因,乃在其大量抄录"黄札","致使黄、范二人失和",以后另作新《注》而绝口不提与《讲疏》之关系。其实,后来《讲疏》"鲜为人知"是很正常的事。当年《讲疏》出版后,很快引起学界的关注,寿昀、章用、李笠等相继发表书评,好不热闹!然而,当后出转精的版本在社会上流行时,未密的前书便渐渐地淡出人们的视线。以"范注"为例,文化学社本出版后,人们便不再关注《讲疏》了,如杨明照1937年在《文学年报》发表的《范文澜〈文心雕龙注〉举正》一文,就是针对文化学社本的;开明书店重出修订本以后,文化学社本也不再流行,赵西陆1945年在《国文月刊》发表的《评范文澜〈文心雕龙注〉》一文,则是针对开明书店本的;而当人民文学出版社本成为通行本后,文化学社本与开明书店本便都不再流行了,人们阅读、引用和研究"范注",一般都是以人民文学本为准,以致知道开明书店本和文化学

①秦大敦:《黄侃在中央大学没有讲授〈文心雕龙〉吗》,微信公众号"程门问学"2020年7月28日。

社本的人越来越少,更不用说《讲疏》了①。只有进行学术史和相关专题研究时,论者才会涉及那些不再通行的版本。如赵西陆谈"范注"版本变迁情况时说:"范氏原著有《文心雕龙讲疏》,脱稿于民国十二年(北平罗莘田先生有藏本)。据其书前自序,则任南开学校教职时所作……此注民国十八年九月初刊于北平文化学社……继又增入日人铃木虎雄校记及章锡琛据涵芬楼景印宋刊本《太平御览》校记两种,于民国二十五年重刊于上海开明书店,注有未妥,亦少加厘订。即今世间通行本也。"②户田浩晓比较《讲疏》与文化学社本新《注》时说:"民国十四年,范文澜的《文心雕龙讲疏》一册,民国十八年,他的《文心雕龙注》三册(范文澜所论第四种)由北平文化学社印行。后者以前者为蓝本确是事实,但不像郭绍虞氏所说仅是前者的改称。'范注'虽本黄叔琳注及黄侃札记等书,但却是内容更为充实,也略嫌繁冗的批评著作,是不能否认的《文心雕龙》注释史上的划时代作品。"③

二、《讲疏》袭用师说并非抄袭

《讲疏》中大量抄录、袭用《札记》,这是事实,无须回避,也无

---

① 如李平《〈文心雕龙〉范注三题》(《安徽师大学报》1993 年第 4 期),陈允锋《范文澜〈文心雕龙注〉的"论"体特征》(《宁夏大学学报》2001 年第 1 期),刘跃进《〈文心雕龙〉研究的里程碑——读范文澜〈文心雕龙注〉》(《江苏行政学院学报》2005 年第 2 期),戚良德、李婧《论范文澜〈文心雕龙注〉对黄侃〈文心雕龙札记〉的承袭》(《山东大学学报》2007 年第 5 期)等,其中所说"范注"均指人民文学出版社本。
② 赵西陆:《评范文澜〈文心雕龙注〉》,《国文月刊》1945 年第 37 期。
③〔日〕户田浩晓著,曹旭译:《文心雕龙研究》,上海:上海古籍出版社,1992年,第 30 页。

法回避。范氏自序已经说得很清楚,他到南开讲授《文心雕龙》并撰《讲疏》,从学术渊源、著述体例到具体内容均深受其师影响。同时,旁观者也看得明白,并已有人在书评中对此提出尖锐的批评。如章用说:"黄氏《札记》,自为一书。注疏自有义例,当以本书为体,未可倚钞袭为能。尚论昔贤,取则不远,今之君子,宜矜式焉。"①

　　尽管如此,我们也不能以今日时风臆测民国学界,谓《讲疏》大量抄录、袭用《札记》,乃"范文澜抄袭黄侃",否则便有博取眼球之嫌②!首先,范氏已在序中交代并于书中说明《讲疏》对"黄札"的倚重与继承,而章用所谓"钞袭"亦绝非今日所谓"剽窃"的意思③。其次,范氏就读北大期间,即被名儒耆宿视为衣钵传人,他撰写《讲疏》之时,正值"追踪乾嘉""笃守师法"之际,故于"黄札"全盘接受,唯恐或遗。复次,讲疏注解之体,抄录引用本属正常,而于前修时贤之出典释义,稍微改换眉目而加以袭用,便不复归

① 章用:《〈文心雕龙讲疏〉提要》,《甲寅周刊》1925 年第 1 卷第 20 号。
② 《清华大学学报》以微信公众号推出的张海明《范文澜〈文心雕龙讲疏〉发覆》一文,题目就是《范文澜抄袭黄侃?——起底尘封百年的学术公案》。
③ 叶毅均在《范文澜与整理国故运动》一文中说:"在这篇极有可能是《文心雕龙讲疏》最早的书评里(指章用之文——引者注),迅即提出抄袭的质疑,可见问题的严重性(当然其意不尽然指今日之剽窃,因有师弟传承)。实则在现代的著作权观念大为流行之前,范氏本人当无此不良动机,而是依照中国历来的古书体例,进行撰述。况且范著中提及黄侃之名,殆不可遍数,只是未曾一句一注,一一加以注出罢了。"(《近代史研究》2018 年第 1 期)张海明在文中也承认这一点:"章文'未可倚钞袭为能'之'钞袭'二字,意在批评范《疏》以述代作,抄录袭用过多,与今日义近剽窃之'抄袭'用法不尽相同。"

诸原人、标明注者的现象,当时学界亦多能予以同情的理解①。对此,章学诚明确地说:"著作之体,援引古义,袭用成文,不标所出,非为掠美,体势有所不暇及也。亦必视其志识之足以自立,而无所藉重于所引之言;且所引者,并悬天壤,而吾不病其重见焉,乃可语于著作之事也。"②

　　《讲疏》乃补黄注之罅漏,其遍采前贤师友之成说,与今日所谓剽窃者不啻天壤之别!其实,范氏早期著作有一个显著的特点,就是经常把北大师友的讲论引录在书中。除了《讲疏》大段引录黄季刚、陈伯弢、刘申叔之论外,《群经概论》也是如此,甚至有时立为一节,注明全出某先生。例如,第一章第三节"唐人正义",称"刘申叔先生论《正义》之得失甚精,兹录其全文如下";第五节"今古文家法",小字注明全出陈伯弢先生;第四章第十六节"毛诗词例举要",第九章第十三节"左氏学行于西汉考"、第二十二节"穀梁荀子相通考"等篇,小字注明全录自刘申叔先生;第二十四节"三传平议",小字注全出黄季刚先生。"范著中引录当时北大诸先生的讲论,有些已收入他们本人的著作,有些则是讲授的讲义,由于范文澜的引录而得以传世。从这个意义上说,范文澜不仅是新文化运动以前北大学习传统国学的最后一班学生,而且是

---

① 李笠《读〈文心雕龙讲疏〉》一文指出:"黄注之出处不详者,《讲疏》为之考定。如《原道篇》'玄黄',黄注引《易》,范《疏》加'坤卦文言'四字;'方圆',黄注引《大戴礼记》,范《疏》加'曾子天圆篇'五字;皆不复冠以黄注字样。良以眉目既变,不可复归原人;而掌故出处,亦无标明注者之必要;方法至为妥洽也。"(《图书馆学季刊》1926年第1卷第2期)

② 〔清〕章学诚著,叶瑛校注:《文史通义校注》上,北京:中华书局,1994年,第349页。

当年北大国学的集其大成的继承人。"①这当中孙蜀丞据唐写本残卷和《太平御览》校雠《文心雕龙》的成果,就幸赖"范注"而得以基本保存②。

范氏对掠他人之美、行抄袭之实的行为深恶痛绝,故对章用的批评意见甚为重视,在文化学社本中对《讲疏》过于倚重"黄札"和"黄注"的现象加以淡化处理,并于例言自我警戒:"昔郭象盗窃向书,千古不齿,李善四注《文选》,迄今流传。明例具悬,敢不自鉴。"③20世纪50年代,人民文学出版社再版范氏的《文心雕龙注》,责任编辑王利器对全书做了不少订补,"交与范老复审,他都同意修改;惟范老强调修改条数必须修改人署名,他认为不如此便存在了剥削意识;经与范老解释,并取得赵老同意,仍将修改条文,以不署名式,随文列入范老注解之中"④。正是这种态度使"范注"最终超越"黄札"而取代"黄注"。

三、《讲疏》出版并未影响黄侃讲授研究《文心》

张文以为《讲疏》大量抄录"黄札",致使黄侃中断了《札记》的写作,且终其一生不再讲授《文心雕龙》。实际情况是,《讲疏》(1925年)和《札记》(1927年)出版以后,黄侃还是继续讲授并研

---

① 蔡美彪:《旧国学传人　新史学宗师——范文澜与北大》,蔡美彪:《学林旧事》,北京:中华书局,2012年,第19页。
② 详参李平:《孙人和唐写本〈文心雕龙〉残卷校雠辨析与辑佚》,《古代文学理论研究》2018年第47辑;《孙人和据〈太平御览〉校雠〈文心雕龙〉考察与辑佚》,《中国诗学研究》2018年第15辑。
③ 范文澜注:《文心雕龙注》上,北平:文化学社,1929年,第5页。
④ 全国古籍整理出版规划领导小组办公室编:《功在千秋的事业——新中国古籍整理出版成就》,北京:中华书局,2003年,第67页。

究《文心雕龙》。1928—1935 年,黄侃应中央大学、金陵大学之聘,
至南京住在大石桥西"量守庐",先后主讲《说文》《尔雅》《广韵》
《文选》《文心雕龙》等课,历时八年。陈祖深曾回忆说:"予尝选师
所开《文学研究法》一课程,师用《文心雕龙》作课本。其教授法稍
差,与其鄂省土音有关。"①关于黄侃在南京高校讲授《文心雕龙》
的详细情况,微信公众号"程门问学"2020 年 7 月 28 日推出署名秦
大敦的文章《黄侃在中央大学没有讲授〈文心雕龙〉吗》,可参阅。

　　而据《黄侃日记》记载,黄侃在南京任教期间,1930 年曾据唐
写本校勘《文心雕龙》,且嘱潘重规购买并关注铃木虎雄的《敦煌
本文心雕龙校勘记》。

　　　　廿四日壬寅(四月廿二号　礼拜二)阴。午后大雨,高
　　卧。小石以所过录赵万里校唐写残本《文心雕龙》起《征圣》,
　　讫《杂文》见示。因誊之纪评黄注本上,至《明诗》篇。

　　　　廿五日癸卯(四月廿三号　礼拜三)晴。仍校《雕
　　龙》……今日内山书店寄来铃木虎雄《震旦文学研究》。

　　　　廿六日甲辰(四月廿四号　礼拜四)阴雨。……因嘱石
　　禅寄银(十四元一角)买内藤还历《支那学论丛》,以其中有铃
　　木氏《敦煌本文心雕龙校勘记》也。读《晚村集》。校《雕龙》。

　　　　廿七日乙巳(四月廿五日　礼拜五)晴。……校《雕
　　龙》讫。②

　　1934 年 4 月 15 日黄建中造访黄侃,黄侃又向其询问《文心雕

①陈祖深:《黄季刚师》,张晖编:《量守庐学记续编:黄侃的生平和学术》,北
　京:生活·读书·新知三联书店,2006 年,第 38 页。
②黄侃:《黄侃日记》,南京:江苏教育出版社,2001 年,第 622 页。

龙》敦煌影印本的情况。4月19日,黄侃借到黄建中敦煌本《文心雕龙》影片二十二纸①。可见,黄侃在中央大学任教期间,一直在从事《文心雕龙》的研究工作,特别是校雠《文心雕龙》,直到他逝世的前一年,还念念不忘唐写本《文心雕龙》残卷。

至于黄侃为何没有将《札记》继续写下去,因为缺乏证据,不便妄加猜测②。然而,大致原因基本同于其另一部未完稿的讲义《诗品讲疏》。杨焄认为黄侃《诗品讲疏》最终并未完成,其中原因"首先是他本人对著述持有极为严苛的要求",并引其知交汪辟疆谈他对早年著作的态度:"旧撰《音略》、《文心雕龙札记》,皆非其笃意之作。有询及之者,心辄不怿,盖早已刍狗视之矣。"又引殷孟伦对其师的回忆:"在我接触他的年代,他对他的旧作如《文心雕龙札记》、《音略》之类都认为非他笃意之作。"再录另一位弟子刘赜所引其师的一番议论:"为学须天资、人力与师承三者并备,而师承不过聊助启发,非即学问,至讲堂中之讲义,尤非学问所在,首宜举而焚之,自求多识。"进而总结:"一方面自恃极高而悔其少作,另一方面又过于矜持而不肯率然落笔,最终使得黄侃不愿意重拾旧稿,至多只是把其中的精彩部分择要引入《文心雕龙札记》之中。"黄侃《诗品讲疏》未完成的另一个原因,"则是他治学的重心逐渐发生调整,尤其是离开北大之后,黄侃关注的焦点开始由文学转移至经史小学"。汪辟疆曾述其亲眼所见:"近十年间,每过其寓庐,则以写经文看注疏为日课,排日作记,始终无间

①黄侃:《黄侃日记》,南京:江苏教育出版社,2001年,第962—964页。
②本章写作时,笔者尚未对此问题予以深究。后来的研究结论是《札记》确为残缺之作,而其残缺性又是作者有意为之的结果,使得《札记》具有一种残缺美。详参本书第三章《黄札的残缺美》。

断。"杨焄最后得出结论："既然个人兴趣已经转变，当然也就没有余暇将'未卒业'的《诗品讲疏》补充完善。"①

　　《札记》未继续写下去的原因殆同于此。既然已完成的篇目，或已陆续发表于报刊，或已结集为书正式出版，因而将《札记》的写作暂告一个段落，把精力转移至经史小学和《文心雕龙》的校注方面，也是自然而且合理的，上引《黄侃日记》就充分证明了这一点。而近年发现的黄侃《文心雕龙》研究的珍贵手稿，亦表明其于《札记》之外，曾致力《文心雕龙》的校注工作。北京师范大学图书馆自21世纪以来，就着意于名家手稿文献的搜求庋藏，2020年12月，该馆又获得武汉收藏爱好者陈琦先生捐赠的黄侃、黄焯手稿近三十种。这批捐赠资料中，最引人注目的是黄侃《文心雕龙·宗经》校注的手稿，计绿格纸三叶。版心下方镌"黄侃"，说明是黄侃专门为自己订制的稿纸。原文始于《宗经》"三极彝训"，止于"昭明有融"。此件并非已多次出版的《札记》散篇，而是《宗经》的语词校注。例如，注"三极彝训，其书曰经。经也者，恒久之至道，不刊之鸿教也"曰："'三极'，见《易》；'彝训'，见《书》。经之本义为织，古者简策以线联缀之，因谓之经。简策所载为当时之法典，故经亦训法，又训常，又训典，是诸字皆可以互训。《周礼·大宰》'掌建邦之六典'，注曰：'典，常也，经也，法也。王谓之礼经，常所秉以治天下也；邦国官府谓之礼法，常所守以为法式也。常者，其上下通名。'据此，则古之典法，乃称为经。孔子述六经，亦取当时之典法而传之耳。自尔以降，六经遂尊出于九流百家之上。彦和之论，特极其宗仰之诚云尔。杨子云《答刘歆书》自谓

---

① 黄侃等撰，杨焄整理：《钟嵘诗品讲义四种》，上海：上海古籍出版社，2018年，第46—47页。

'悬诸日月不刊之作也'。"①

可见,《札记》未完成与范文澜及《讲疏》没有任何关系。

四、黄侃"手自编校"的《札记》出版与《讲疏》无关

其实,张文更关心和强调的还是《讲疏》大量抄录、袭用"黄札",导致黄侃的不爽,以致黄、范失和,师徒关系紧张。如其所说:"依我之见,讨论范《疏》与黄《札》之关系,其意义主要不在辨析范《疏》是否涉嫌抄袭,而更在于此事对黄、范二人关系及各自学术生涯所产生的影响。"然而,截至目前尚无任何材料表明范文澜与其师黄侃关系失和。

黄侃对著述要求严苛,一生不轻易出书。其师章太炎说:"(黄侃)始从余问,后自为家法,然不肯轻著书。余数趣之,曰:'人轻著书,妄也。子重著书,吝也。妄不智,吝不仁。'答曰:'年五十当著纸笔矣。'今正五十,而遽以中酒死,独《三礼通论》声类目已写定,他皆凌乱,不及次第,岂天不欲存其学耶!"②黄氏所撰《文心雕龙》札记,虽然陆续在报刊有所发表,但是他本人仍不急于出书。不过,及门弟子则坚决请求先生将其札记结集出版。门人兼女婿潘重规在其所编《文心雕龙札记·跋》中说:"先师平生不轻著书,门人坚请刊布,惟取《神思》以次二十篇畀之。"③张文认为"门人坚请刊布"六字大可玩味,"隐约透露出重要信息",表

---

① 参见微信公众号"古籍"2023年7月1日推出署名马鸿雁、肖亚男的文章《北师大受赠的黄侃手稿文献,藏着一个秘密!》。

② 章太炎:《黄季刚墓志铭》,《章太炎全集(九)·太炎文录续编》,上海:上海人民出版社,2018年,第293页。

③ 黄侃:《文心雕龙札记》,香港:新亚书院中国文学系,1962年,第232页。

现了黄氏门人对范氏《讲疏》袭用师说的不满情绪,并且进一步设想推论:黄侃门人骆鸿凯当时正同范文澜一起任教于南开中学,"如果骆鸿凯得知范文澜撰写《讲疏》并梁启超为之作序事,1925年初告知黄侃,岂非正合情理"?"黄侃知晓此事后会作何反应?不爽当然是肯定的"。于是,"对于门人的请求,他最终还是予以配合"。就是说《札记》的刊行导源于《讲疏》的出版,是在和范文澜较劲,使范文澜难堪!

　　这种看法缺乏材料支撑,难免捕风捉影之说。实际上,黄氏门人正因为深知其师"平生不轻著书",在刊布著述方面极为"吝啬",故而"坚请刊布",即恳请其师将零星刊发以及箧中所藏有关《文心雕龙》的札记讲章裒为一集,正式出版,以飨天下,并无针对范氏《讲疏》之意。在黄侃逝世二十五年后,其哲嗣黄念田将三十一篇札记合为一集,重加勘校并断句读,于1962年由中华书局正式出版。在出版后记中,黄侃后人只提及《札记》的形成刊布过程,并未涉及任何与范氏《讲疏》有关的信息。同样,在黄侃"手自编校"的《札记》出版三十五年后,潘重规在香岛也编辑了一个包含全部三十一篇《札记》的本子,由新亚书院也是在1962年出版。如果"门人坚请刊布"背后隐藏着什么玄机和秘密的话,作为弟子并女婿的潘氏,理当在其所撰的跋中予以披露,因为无论在时间上还是空间上,潘氏此时都具有彻底的超脱性,完全没有必要再隐瞒什么事实真相,以致还要等待将近一个甲子,方由他人来为其"发覆"①!

①潘重规在《文心雕龙札记·跋》中还特别提到了范文澜的名字:"又往年随侍讲坛,尝为札记一卷,荷师点定。以保存手迹,故未坠失,兹亦取以附刊于后。其所论列,有与范文澜、杨明照诸氏校注暗合者,皆删去之。"

而黄侃所谓"年五十当著纸笔"也不能一概而论,在"门人坚请刊布"的情况下,他也会适当顾及弟子所请。1927年7月,黄侃将"手自编校"的《神思》以下二十篇交文化学社印行,名曰《文心雕龙札记》。但他没有将《华国月刊》已发和未发的上篇部分札记收入书中,这既反映了他严苛的著述态度,同时也表明《札记》的编校出版与范氏《讲疏》无关。黄侃虽然违背初衷,同意刊印《札记》,但也不是无条件地满足门人所请,而是按照自己的标准,"惟取《神思》以次二十篇界之",表现出一以贯之的严苛精神。如果《札记》的出版是针对《讲疏》的话,那么理应将三十一篇出齐才是。而之所以只选择《神思》以下二十篇,完全基于黄侃本人对著述的严谨态度、对文学的独特认识和对创作的亲身体验。金毓黻曾说:"黄先生《札记》只缺末四篇,然往曾取《神思》篇以下付刊,以上则弃不取,以非精心结撰也;厥后中大《文艺丛刊》乃取弃稿付印,然以先生谢世,缺已过半。"①就是说上篇部分札记虽已在《华国月刊》发表,然"以非精心结撰"而不取也。黄侃认为:"至于下篇以下,选辞简练而含理闳深,若非反复疏通,广为引喻,诚恐精义等于常理,长义屈于短词;故不避骈枝,为之销解,如有献替,必细加思虑,不敢以瓶蠡之见,轻量古贤也。"②故其自编《札记》所选止于下篇。如此选目,与其《原道》所论"文辞封略"亦相

①金毓黻:《静晤室日记》第七册,沈阳:辽沈书社,1993年,第5162页。
②黄侃:《文心雕龙札记》,北京:中华书局,1962年,第91页。与黄侃相反,杨明照说:"自己虽然自1931年就开始阅读《文心雕龙》,而后又断断续续地耗去了不少的时间和精力,但由于天资不高,见闻有限,只能识其小者,至今仍有好些地方还没有读懂,特别是上半部,不懂的地方更多。"(曹顺庆:《杨明照先生评传》,曹顺庆主编:《文心永寄——杨明照先生纪念文集》,成都:巴蜀书社,2007年,第26页)

吻合：

> 彦和泛论文章，而《神思》篇已下之文，乃专有所属，非泛
> 为著之竹帛者而言，亦不能遍通于经传诸子。然则拓其疆
> 宇，则文无所不包，揆其本原，则文实有专美。特雕饰逾甚，
> 则质日以漓，浅露是崇，则文失其本。又况文辞之事，章采为
> 要，尽去既不可法，太过亦足召讥。必也酌文质之宜而不偏，
> 尽奇偶之变而不滞，复古以定则，裕学以立言，文章之宗，其
> 在此乎。①

黄侃认为《神思》至《总术》及《物色》篇乃"析论为文之术"，故其"手自编校"的《札记》专论这一部分，并将门生骆鸿凯所作《物色》篇札记附于书末。黄氏对舍人"为文之术"的重视，一定程度上与其本人善文辞、精创作有关。其师章太炎曾说"季刚尤善音韵文辞"②，其徒程千帆则说得更具体："至于文学创作，无论是骈文、散文、诗、词，都写得很好，自成家数。虽然老师对自己文学上的成就并不满意，认为古人是'天九'，而他只是'地八'（见刘博平先生《师门忆语》），但'地八'终究是仅次于'天九'的'地八'。"③

此外，文化学社本《札记》卷首之"题辞及略例"，较 1925 年 3 月《华国月刊》所载有所删改：一是《华国》"虽无卓尔之美，庶几以免戾为贤。若夫补苴罅漏，张皇幽眇，是在吾党之有志者矣"；文化学社本作"虽无卓尔之美，庶几以弗畔为贤。如其弼违纠缪，以

---

① 黄侃：《文心雕龙札记》，北京：中华书局，1962 年，第 8 页。
② 章太炎：《自定年谱》，《章太炎全集（十一）·太炎文录补编（下）》，上海：上海人民出版社，2018 年，第 763 页。
③ 程千帆：《忆黄季刚老师》，程千帆、唐文编辑：《量守庐学记：黄侃的生平和学术》，北京：生活·读书·新知三联书店，1985 年，第 169 页。

俟雅德君子"①。"黄札"初以订补黄注为职志,文化学社本所选则以析论文术为主,"补苴罅漏"尚任重而道远,故对"题辞"略作修改。二是文化学社本删原"题辞及略例"末一大段文字:"《序志篇》云:选文以定篇。然则诸篇所举旧文,悉是彦和所取以为程式者,惜多有残佚;今凡可见者,并皆缮录,以备稽考。唯除《楚词》《文选》《史记》《汉书》所载,其未举篇名但举人名者,亦择其佳篇,随宜移写。若有彦和所不载,而私意以为可作楷鍱者,偶为抄撮,以便讲说,非敢谓愚所去取尽当也。"②而这段文字曾为范氏《讲疏》自序引录,《札记》的出版要是使范文澜难堪的话,理应保留这段文字! 实际情况是,黄侃编校《札记》与《讲疏》没有任何关系,删除那段文字完全是选目内容的需要。因为那段文字是讲文体论"选文以定篇"所举旧文的缮录原则,文化学社本《札记》不涉及文体论部分,当初撰写的"略例"已不适合现在的情况,故必删之。

五、范文澜非"黄门侍郎"并不影响其黄侃弟子身份

黄侃学生众多,然而只有那些与其亲近且受其赏识的弟子,才能称得上"黄门侍郎"。程千帆说:"季刚老师在北京的时候,教学研究之余,最爱同学生们一起游山玩水,而经常陪同老师游玩的则是孙世扬(字鹰若)、曾缄(字慎言)两先生,所以当时他们就被称为'黄门侍郎'。孙先生的《黄先生蓟游遗稿序》中曾说:'丁巳(一九一七)戊午(一九一八)间,扬与曾慎言同侍黄先生于北都。先生好游,而颇难其侣,唯扬及慎言无役不与。游踪殆遍郊

---

① 黄侃:《文心雕龙札记》,北京:文化学社,1927 年,第 2 页。
② 黄侃:《文心雕龙札记·题词及略例·原道》,《华国月刊》1925 年 3 月第 2 卷第 5 期。

圻,宴谈常至深夜。先生文思骏发,所至必有题咏,间令和作,亦乐为点窜焉。'"①那些在业余时间陪侍老师游豫者,当然可以首列"黄门侍郎"。同时,能够超越一般的在校受业或讲堂受业的学生,有幸成为先生及门弟子,享受私门讲授待遇者,往往也被视作"黄门侍郎"。如刘赜(博平)系黄侃在北大的受业学生,因与黄氏有通家之好,故黄对其曰:"倘欲及门,吾所愿也。"刘"遂再拜成礼",加入"黄门侍郎"之列。而与他享受同样待遇的还有一批人:"时同游门下者,平湖张文澍馥哉、海宁孙世扬鹰若、成都曾缄慎言、长沙骆鸿凯绍宾、辽宁金毓黻谨庵、上虞锺歆骏丞、诸暨楼魏幼静被诱接尤厚。私门讲肄之勤,虽夕不休。往往柝声四起,校舍键闭不得入,先师辄辟室授餐,以家人畜之。每值良辰,则率众游豫。京华名胜,寻访殆遍。"②

　　张文认为:"范氏与黄侃虽有师生之谊,却不是黄侃入门弟子,难称'黄门侍郎'。"范文澜虽然难称"黄门侍郎"③,却是黄侃正宗的"讲堂中学生"。在北大求学期间,黄季刚、陈汉章、刘申叔几位先生对他影响最大,他后来在龙学、史学和经学三个方面都取得了卓越的成就,应该说与三位先生的裁成培植分不开。尤其在龙学方面受黄师影响至深,故《讲疏》自序述其谨遵《札记》体例,对黄师的感激之情溢于言表。《讲疏》重造为新《注》后,因为

---

① 程千帆:《忆黄季刚老师》,程千帆、唐文编辑:《量守庐学记:黄侃的生平和学术》,北京:生活·读书·新知三联书店,1985年,第173页。

② 刘赜:《师门忆语》,程千帆、唐文编辑:《量守庐学记:黄侃的生平和学术》,北京:生活·读书·新知三联书店,1985年,第113—114页。

③ 卞孝萱说:"范老不像有些人,整天围绕着黄侃转,被称为'黄门侍郎',而是靠自己扎扎实实的学问得到黄侃的赏识。"(白兴华、许旭虹:《范文澜的学术发展道路与学术风范》,《浙江学刊》1998年第1期)

要摆脱对黄师的因袭，超越对《札记》的倚重，而以例言取代自序。例言九曰："愚陋之质，幸为师友不弃，教诱殷勤，注中所称黄先生，即蕲春季刚师，陈先生即象山伯弢师。其余友人则称某君，前辈则称某先生，著其姓字，以识不忘。"①这里受淡化"黄札"影响和例言体例限制，而不再突出黄侃及其《札记》，但对其师的崇敬之情则一目了然。

　　这种崇敬之情从另一方面也可以见出。《讲疏》和新《注》问世后，范氏曾寄赠师友同乡和大学图书馆②，其中文化学社本新《注》出版后，作者也曾寄赠黄师以志感念。《黄侃日记》1931年3月7日记载："又借胡及（此处"及"涉后"及"字衍——引者注）光

①范文澜注：《文心雕龙注》上册，北平：文化学社，1929年，第5页。
②鲁迅为范老同乡好友，1925年10月17日《鲁迅日记》记载："访季市，遇范文澜君，见赠《文心雕龙讲疏》一本。"李笠，浙江瑞安人，其《读〈文心雕龙讲疏〉》谓："书成，邮以示余，以余亦尝从事于刘书也。"范老还将《讲疏》寄赠北师大图书馆，并于扉页亲笔题字"师范大学图书馆惠存"，收藏登记的日期是民国十四年10月29日。《南开周刊》1925年第1卷第8期图书馆消息："图书馆承范仲沄先生赠《文心雕龙讲疏》一部，特此鸣谢！"寿普暄（寿昀）也是浙江绍兴人，范老曾请其审阅《讲疏》，书问世后他立即发表评介文章。开明书店本新《注》出版，范老亦赠与寿氏。傅刚曾在琉璃厂中国书店偶然购得1936年开明书店版线装七册《文心雕龙注》，扉页有范文澜亲笔题字"凤年先生评正　范文澜敬赠"，可见此乃范氏赠前辈学者钟凤年之书。而扉页背面又有寿普暄自题："此书仲沄曾亦以一帙见赠，不希毁于兵燹。今欲再购一部，但此力亦无，其可怜也。"内页书名框内钤有"寿普暄"朱文方印一枚。这说明范老曾赠寿普暄开明书店本，因毁于战乱，寿氏遂欲再购一部，而此本恰是范赠钟凤年之书。傅刚所谓"是知为范文澜先生送寿普暄之书"乃误会（傅刚：《略说寿普暄批正范文澜〈文心雕龙注〉》，《中国典籍与文化论丛》第13辑，南京：凤凰出版社，2011年）。

明书局《中国文学史》及范《文心雕龙注》上。"①文化学社本新《注》在校勘方面的一个重大进步，就是充分利用孙蜀丞、赵万里唐写本《文心雕龙》残卷的校勘成果。前引《黄侃日记》显示，黄氏1930年亦曾将赵万里所校唐写本残卷"誊之纪评黄注本上"，或许正是由于收到"范《文心雕龙注》上"，而激起了他据唐写本重校《文心雕龙》的兴趣。例如，《辨骚》"才高者菀其鸿裁，中巧者猎其艳辞"，"范注"夹校"赵云：菀作苑"。黄侃得见唐写本才恍然大悟："向于'菀其鸿裁'句不甚了了。今见唐写本乃是'苑'字，始悟苑、猎对言。言才高之人能全取楚辞以为模范；心巧者亦能于篇中择其艳辞以助文采也，书贵古本，信然。"②不过，文化学社本新《注》还没有利用铃木虎雄的唐写本校勘成果，可能正是看到"范注"的这一不足，黄侃才嘱咐潘重规购买并关注铃木的《敦煌本文心雕龙校勘记》。至开明书店本，范文澜才将铃木的《黄叔琳本文心雕龙校勘记》列为参校本，据以补入其唐写本校勘成果③。而他对铃木《文心雕龙》校勘成果的关注与利用，很可能与黄师或

①黄侃：《黄侃日记》，南京：江苏教育出版社，2001年，第671页。

②黄侃：《黄侃日记》，南京：江苏教育出版社，2001年，第622页。

③详参李平：《论范注所录铃木虎雄〈黄叔琳本文心雕龙校勘记〉》，《中国诗学研究》2020年第18辑。另据铃木虎雄"绪言"落款时间，其《黄叔琳本文心雕龙校勘记》（《支那学研究》第一卷，1929年东京斯文会刊）作于昭和三年（1928），而此前的大正十五年（1926），铃木已完成《敦煌本文心雕龙校勘记》（载《内藤博士还历祝贺支那学论丛》），范文澜当时还未见到此本，其文化学社本正文夹校所据系赵万里和孙蜀丞的唐写本校勘成果。铃木的《黄叔琳本文心雕龙校勘记》也吸收了其《敦煌本文心雕龙校勘记》成果，他在"校勘所用书目"中说，其所校唐写本，系"文学博士内藤虎次郎君自巴里将来，余与黄叔琳本对比，大正十五年五月，既有校勘记之作，今之所引，止其若干条耳"。

同门传递相关信息有关，因为师徒同治一书，且都对唐写本感兴趣，资源共享，相互启发，也是事理之常。只是缺乏相关证据，不必强为此说，但至少可以表明所谓"师徒失和"完全是子虚乌有之事！

六、黄侃并未因《讲疏》抄录《札记》感到"不爽"

说范氏《讲疏》因袭《札记》一事，使黄侃感到"不爽"，并且成了他的"心病"，进而导致师徒失和，这也太不符合季刚的为人特点了！程千帆说："季刚老师脾气很坏，爱骂人，这是学术界都知道的。"①试想，依季刚的个性和脾气，他若对谁感到"不爽"，不要说是自己的弟子，就是名流权贵也早就当面训斥了，还用得着自己在那里生闷气，以致几乎成了"心病"吗！

张文曾例举黄焯三次向黄侃询问其《说文》批校本中朱笔和墨笔符识用意所在问题："批校本有朱笔符识十一种，墨笔符识三十五种，忆当一九二六年北伐军未至武昌之前，弟值从父高兴时执笔侍立于侧，询朱笔符号命意所在，当时他老人家每讲一种，弟即随笔记下，后再问墨笔符号用意所在，即怒而不答。居南京时，弟第三次上问，从父怒骂曰：'汝尚想剽窃耶！'嗣后再不敢问。"②黄焯乃黄侃之侄，侧侍从父有年，助其誊抄整理文稿诸事。对焯所询十一种朱笔符号命意，侃以为尚可告之，故口授其旨。其后焯再问三十五种墨笔符号用意，侃以为天机不可泄露，故"怒而不答"；焯不解其意，居南京时又三问之，遂招致"从父怒骂"。黄侃

---

①程千帆：《忆黄季刚老师》，程千帆、唐文编辑：《量守庐学记：黄侃的生平和学术》，北京：生活・读书・新知三联书店，1985 年，第 169 页。
②赵成杰：《黄焯致程千帆书信通释》，《长江学术》2014 年第 4 期。

毕生致力于《说文》研究,大徐本所标朱墨符识,尤其是墨笔符识,乃其苦心孤诣、秘笈绝学的象征①,岂可轻易失其玄机!黄焯仅仅因为不知符识之奥妙而再三上问,结果就被从父当面怒骂"剽窃",若真的像张文说的那样,黄侃已认同《讲疏》剽窃《札记》,岂不要把范文澜骂得狗血喷头!

更令人惊讶的是,张文竟通过"揣测"把两件毫不相干的事扯到一起:"如果黄侃致怒之由确与范《疏》相关,那是否可以据之肯定,在黄侃看来,范氏所为已逾底线,情同剽窃呢?"诚如秦大敦所说,张文所谓的"结论",实乃"胸中先持一成见"。这一成见就是《讲疏》攘窃《札记》,致使师徒失和,然后据此成见,将黄侃及黄门弟子著作文章中涉及的抄袭、剽窃之类的问题,都朝这方面关联想象,曲引材料以证成其说。就像精神分析学派的一些批评家,"往往把一切凹面圆形的东西(池塘、花朵、杯瓶、洞穴之类)都看成女性子宫的象征,把一切长形的东西(塔楼、山岭、龙蛇、刀剑之类)都看成男性生殖器的象征,并把骑马、跳跃、飞翔等动作都解释为性快感的象征"②。

七、范文澜并未"疏远黄侃"

《讲疏》倚重《札记》,对其承袭过多是事实,学界的批评也使作者意识到这个问题,故文化学社本新《注》对以往征引和袭用的"黄札"进行了淡化和规范化处理,以便与"黄札"保持适当的距

---

① 关于三十五种墨笔符号用意,可参阅何金松《黄侃手批〈说文解字〉符识破译》一文,郑远汉主编:《黄侃学术研究》,武汉:武汉大学出版社,1997年。
② 张隆溪:《二十世纪西方文论述评》,北京:生活·读书·新知三联书店,1986年,第25—26页。

离,使"范注"与"黄札"花开两朵,各自独立,从而确立两者之间继承与发展的正常关系。但是,这并不意味着范文澜开始"疏远黄侃",也不表明师徒关系已经变得紧张,甚至"已是形同陌路,彼此再无往来了"。如果范氏对黄侃心存芥蒂、对《札记》有意回避的话,那么新《注》对"黄札"理当只做减法,尽量避免再做新的征引才是。实际情况却并非如此,新《注》虽然着力削减"黄札",对其进行淡化处理,但这主要是为了改变原先那种探囊揭箧、唯恐或遗的简单因袭,而不是要彻底清理"黄札",与其一刀两断。相反,如果文本注释需要,即使《讲疏》未引《札记》,新《注》也会予以补录、增录或改录。这说明作者心里光明磊落,黄、范师徒关系正常,故新《注》在淡化"黄札"的同时,仍然可以根据需要坦坦荡荡地再引师说。

《讲疏》出版于《札记》之前,故所引《札记》只能据少数报刊发表者和北大所印讲义。《札记》和范氏新《注》均由文化学社出版,但是出版时间前者比后者要早两年多,这样新《注》所引文化学社本"黄札"即称"《札记》曰",而引文化学社本所缺之上篇"黄札"则标"黄先生曰"。《讲疏》录用"黄札"多有不规范之处,故时为学界所诟病,以致落下攘窃之嫌。新《注》则尽量对此进行规范化处理,如《声律》释义"盖采黄先生之说为多",新《注》在"去黄"的同时亦保留不少"黄札",特别是"古之教歌,先揲以法,使疾呼中宫,徐呼中徵""夫商徵响高,宫羽声下""又诗人综韵,率多清切,《楚辞》辞楚,故讹韵实繁"几条,《讲疏》出注俱录"黄札"而不标识,新《注》虽承《讲疏》续录"黄札",但都标明了"《札记》曰"。

除了进行规范化处理,新《注》对《讲疏》未录"黄札"之处,亦根据需要予以补录。例如,《神思》"故思理为妙,神与物游",《讲疏》解释为："神者，精神作用也；物者，观念也。"①新《注》则补录《札记》曰："此言内心与外境相接也。内心与外境，非能一往相符会，当其窒塞，则耳目之近，神有不周；及其怡怿，则八极之外，理无不浃。然则以心求境，境足以役心，取境赴心，心难于照境。必令心境相得，见相交融，斯则成连所以移情，庖丁所以满志也。"②同时，新《注》还非常重视增补题解，对题解的增补除别撰新注外，有时也通过修改节录《讲疏》有关注文作为题解，如《正纬》《封禅》《丽辞》《夸饰》篇题解即是。当然，更多的还是引"纪评"和"黄札"以为题解，如《史传》《诸子》《才略》《序志》即移录"纪评"为题解，《风骨》《定势》《情采》《镕裁》《章句》《事类》《指瑕》《总术》则是增录"黄札"为题解，而《通变》则既引"纪评"又录"黄札"为题解。补录、增录之外，也有《讲疏》未采师说，而新《注》改录"黄札"的。黄侃释《通变》之旨曰："此篇大指，示人勿为循俗之文，宜反之于古。其要语曰：矫讹翻浅，还宗经诰。斯斟酌乎质文之间，而櫽括乎雅俗之际，可与言通变矣。此则彦和之言通变，犹补偏救弊云尔……彦和此篇，既以通变为旨，而章内乃历举古人转相因袭之文，可知通变之道，惟在师古，所谓变者，变世俗之文，非变古昔之法也。"③《讲疏》则背离师说，借助"《易》穷则变，变则通，通则久"，解释"通变"之意，阐发时代精神。然而，文化学社本为了消解讲疏体特色，又转而赞同"黄札"以"返古""师古"释"通变"的观点，故于注中改录师说。

①范文澜：《文心雕龙讲疏》卷六，天津：新懋印书局，1925年，第8页。
②范文澜注：《文心雕龙注》下册，北平：文化学社，1931年，第3页。
③黄侃：《文心雕龙札记》，北京：中华书局，1962年，第102页。

八、范文澜对黄侃始终保持应有的尊敬

　　当然，由于范文澜早年在天津就是进步教授，不久又加入中国共产党，《讲疏》之所以迅速出版，直接原因也是与当时中共地下党的秘密活动有关。回到北平，"从1927年到1935的这段时间里，他一方面继承北大的传统国学，完成了一系列的学术著作；另一方面，积极从事革命活动，曾先后两次被捕入狱，由于北大等校教授同人的营救而获释"①。抗战爆发后，他又投笔从戎，并来到革命圣地延安，世界观和学术思想都发生了根本性变化，彻底超越了以前钟爱的传统旧学，也扬弃了汉学家烦琐考据的学风，成为马克思主义史学大师。这样的经历、身份、思想和学术转型，使他即使没有与黄侃失和，也很难与之保持亲密无间的关系，更不可能成为"黄门侍郎"。故现存《黄侃日记》仅有一次提及范文澜，而范氏到延安后也不愿再谈及曾师于黄侃。不过，作为学生，范氏对黄师始终保持应有的尊敬，即使在以批判和清算为特色的年代里，他在学术上对黄师也是三缄其口，不出恶声。1940年夏，到延安不久的范文澜应延安新哲学年会之邀，在刚落成的延安大礼堂演讲经学史，毛泽东等中央领导亲临听讲；1963年，范氏又为《红旗》杂志社等单位的理论工作者作经学史演讲。这两次演讲都是"用马克思主义清算经学"②，故对章太炎、康有为以及刘师培等都有所批判，但两次演讲均未提及黄侃。

　　至于张文说，"1935年黄侃辞世，弟子门人多有吊唁文字，范

---

①蔡美彪：《旧国学传人　新史学宗师——范文澜与北大》，蔡美彪：《学林旧事》，北京：中华书局，2012年，第15页。

②《毛泽东书信选集》，人民出版社，1983年，第163页。

氏当时仍在北京,理当知晓,却未见片言只语缅怀乃师"。这也不能说明黄、范师徒交恶,"彼此再无往来了"。首先,黄侃逝世的消息,范氏未必及时"知晓"。因为1934年8月,他第二次被捕,关押了五个多月,至次年初才返回北平,且"继续受到当局的监视,不能再在北大等校授课,只能在外国人办的中法大学、辅仁大学等校任教"①,使其获取外界讯息和参加社交活动都受到较大限制。其次,他出狱后,"面对国民政府统治的腐败和日本侵略的威胁,学风与文风为之一变",正忙于"编写《大丈夫》一书,对历史上二十五位抗敌御侮的爱国志士、民族英雄,依据多种记载'审慎稽核,组织成篇'"②。1935年底完成该书,1936年7月出版。如果他知晓其师去世,又不及寄语缅怀的话,可能正是因为忙于该书的写作。实际上,黄侃去世后,"未见片言只语缅怀乃师"的并非只有范氏,因主持史语所而与乃师同处一城的傅斯年也是。更有甚者,1936年10月25日,黄侃逝世周年公祭在其故居量守庐举行,门人三十余众参加,傅氏仍然没有出席③,而此时范氏已离开北平,到河南大学任教了。

九、范文澜后期对《文心》的态度是矛盾的

　　1940年1月,范文澜到达延安,任马列学院历史研究室主任。不久,毛泽东亲自给他"交代了一件任务,要求在短期内编出一本

---

① 蔡美彪:《旧国学传人　新史学宗师——范文澜与北大》,蔡美彪:《学林旧事》,北京:中华书局,2012年,第20页。
② 蔡美彪:《范文澜治学录》,蔡美彪:《学林旧事》,北京:中华书局,2012年,第27页。
③ 周文玖:《史家三巨擘　同门而异彩——傅斯年、范文澜、金毓黻的交往及学术人生论析》,《史学史研究》2015年第2期。

篇幅约为十来万字的中国通史"①。从此,他的革命生涯与学术
生命融为一体,由经入史,以马列主义为指导思想,将全副精力投
入到《中国通史简编》和《中国近代史》的写作中。解放战争时期,
范文澜先后担任北方大学校长、华北大学(中国人民大学前身)副
校长,在负责学校领导工作的同时,仍致力于修订《中国通史简
编》和《中国近代史》。尽管处于艰苦的战争环境,行政事务和写
作任务都十分繁重,他还是保留了对《文心雕龙》特有的喜爱之
情。赵俪生回忆在华北大学的经历时说:"范老睡在西头,头边安
一小桌,放一盏油灯,桌上放着他平生喜爱的《文心雕龙》校注稿,
上面朱墨斑驳,批着若干增注,这稿子是他睡觉也不离开的。"②
这是1948年下半年的事,表明开明书店本《文心雕龙注》出版后,
他对其书的修订一直在继续。然而,1954年人民文学出版社拟再
版"范注",并想请作者写一篇前言。"不想范文澜却不愿意这样
做,说这本书是原先的范文澜写的,原先的范文澜已经死了,现在
活着的是另一个范文澜,怎么能由我再写一篇《前言》呢?"③这种
矛盾现象体现了他思想与情感的内在冲突。

　　从情感上说,范文澜的学术生涯始于《文心雕龙》,《讲疏》是
他的第一部学术著作,从撰写《讲疏》到开明书店本新《注》出版,
前后持续十五年之久,可以说他学术生命的前半段主要是与《文
心雕龙》联系在一起的,因此对这部书的感情既深厚又长久,只有

① 陈其泰:《范文澜学术思想评传》,北京:北京图书馆出版社,2000年,第
　　83—84页。
② 赵俪生、高昭一:《赵俪生高昭一夫妇回忆录》,太原:山西人民出版社,
　　2010年,第107页。
③ 陈其泰:《范文澜学术思想评传》,北京:北京图书馆出版社,2000年,第
　　143—144页。

后来的《中国通史简编》堪与相比①，赵俪生所见所言就是最好的证明。从思想上说，"范文澜视自己投身革命、参加共产党是一生的分水岭，是旧生命的终结和新生命的开始"②。进入延安以后，他接受马列主义，努力改造自己的世界观和人生观，"不惜以今日之我否定昔日之我"，自觉与"以追踪乾嘉老辈"为生活目标的"旧我"划清界限。他在自传体回忆录《从烦恼到快乐》中说："我到边区了！我清算过去四五十年的生活，一言以蔽之曰烦恼。现在开始清爽快乐的生活了！"③1949 年后，范氏与"旧我"的决裂态度愈加坚定，这可以从他不愿自称黄炎培的学生一事见出。他在给刘大年的信中说："他是我唯一的现尚存在的老师，但不是启发我向往革命的老师，写信时我不大愿意自称学生，直写姓名又恐怕伤他自视为老师视我为弟子的感情，你如去见他，当面替我说病未恢复，不多出门的意思，表达一下可以免得写信。"④黄老是范氏早年在浦东中学堂读书时的校长和老师，又是"唯一的现尚存在

---

① 范氏的学术生涯始于《文心雕龙讲疏》(包括后来的《注》)，终于《中国通史简编》(包括后来的《修订本》)。《讲疏》乃受业师上课影响而撰，《通史》则为领袖交代任务而作；《讲疏》秉承汉学家法、乾嘉传统，《通史》遵奉马列主义、唯物史观；《讲疏》以诵习师说，继承"衣钵"为旨归，《通史》以方便学习，提供读本为目的；《讲疏》渗透了更多的情感，有时修订就是把玩而不是为了出版，《通史》彰显出强烈的责任，常常抱病著书将生死置之度外；范氏前半生一直致力于《讲疏》的改写、修订，后半生则始终围绕着《通史》的撰写、重编。可谓一生精力，悉萃于斯。

② 陈其泰：《范文澜学术思想评传》，北京：北京图书馆出版社，2000 年，第143 页。

③ 范文澜：《从烦恼到快乐》，《中国青年》(延安)第 3 卷第 2 期，1940 年 1 月 5 日。

④ 陈其泰：《范文澜学术思想评传》，北京：北京图书馆出版社，2000 年，第142—143 页。

的老师",故范氏在信中从情感的角度,对其表现出拳拳关切之心;但从思想觉悟的角度说,范氏又以革命者的身份,表达出告别"旧我"的决心——黄是其过去的老师,而过去的范文澜已经不复存在,既然"学生"不存,"老师"又将焉附呢!这就是范氏对黄炎培"不大愿意自称学生"的原因。

现在我们可以明白,范氏为何不愿意为《文心雕龙注》的再版写一篇前言了。在思想上,他要与"旧我"决裂,而原先的范文澜以汉学家注经的方法写成的《文心雕龙注》,当然属于"旧著",怎么能由"今日之我",也就是信奉马列主义的"新我"再写一篇前言呢!然而,从情感上说,范氏又与《文心雕龙》有着难以割舍的情缘。《讲疏》是其处女作,新《注》又是其成名作,因为研究《文心雕龙》卓有成就,而被人们称为"范雕龙"①。从1922年开始撰写《讲疏》,到1948年还在不停地修订校注稿,数十年与之朝夕相处,甚至是"睡觉也不离开",感情投入之深,令人难以想象!这也是他为什么不愿意再写一篇前言,却经劝说而同意再版其书的原因。王利器曾担任"范注"重版的责任编辑,他说开始范老不同意重印这部书,认为是"少作","存在不少问题"②。他则表示这次做责编,一定尽力把工作做好。范老这才同意再版其书,并找专人校对文字。

张文以为,范氏同意重印其书,但拒绝写作前言,是"不欲再提旧事之心态,与范《注》初版时不提范《疏》,或不乏相似"。这还

①许殿才:《千秋青史情无限——蔡美彪先生谈十卷本〈中国通史〉》,蔡美彪:《学林旧事》,北京:中华书局,2012年,第249页。

②王利器著,王贞琼、王贞一整理:《王利器学述》,杭州:浙江人民出版社,1999年,第222—223页。

是把范氏不愿再写前言的事，朝《讲疏》攘窃、师徒失和方面挂靠。假如范氏真的像张文揣测的那样，对其师心存芥蒂，不欲再提旧事，理当拒绝其书再版，让"范注"从人们的视线中消失，这才符合其"不欲人知"的心态。而事实是，当人民文学出版社总编室1954年7月13日给范老发函，告诉他重印《文心雕龙注》一事，范老次日即回复"我可以同意"。迫不及待地肯定回复，透露的是他难以抑制的喜悦之情！如果要还原的话，这才是范氏真实的心态！与这种真实心态相比，那种不愿再写前言的表白就显得苍白无力了！故而很快就有了替代的办法："没有同意写序而只题写了书名，以示新版经过作者同意。范老很少题字，这是惟一的一部自题书名的旧著。"①这"惟一的一部自题书名的旧著"，正是作者"睡觉也不离开的"《文心雕龙注》。如果我们将此理解为马克思主义史学大师，在政治思想上试图与昔日之旧我进行彻底决裂的同时，在内心情感深处尚保留着对早年学术生涯和师徒关系的一份美好回忆，也就是说其思想与情感之间有时候还存在着一定的矛盾冲突。这样的理解岂不更加真实，也更符合人的复杂性！何必在拿不出任何证据的情况下，还是一口咬定黄、范师徒失和呢！

第二节　范文澜与同门的关系

张文认定，在黄、范师徒失和的同时，范氏与同门的关系也处于紧张状态，骆鸿凯甚至撰文揭露、抨击《讲疏》的攘窃行为，结果弄得同门反目。从范氏角度说，他在政治和学术上的地位都很

---

① 蔡美彪：《〈范文澜全集〉编余琐记》，蔡美彪：《学林旧事》，北京：中华书局，2012年，第103页。

高,但与黄氏后人及同门俱无往来。总之,同门之于范氏,大有将其逐出师门之势;范氏之于同门,也颇有自绝于同门之意。而此等之事均系张文推测臆想,缺乏有力证据,结论自然也就难以令人信服。实际情况是,不仅骆鸿凯撰文批评《讲疏》是最不合理、也最不可靠的事情,就是范氏与黄侃后人及同门走动较少也是情有可原,更何况范氏与母校北大及史学界同人的接触非常频繁,关系也十分融洽!而与同门金毓黻因治学领域相近,不仅关系密切,且由同门进而成为同事,又由同事最终走向同志。

一、说骆鸿凯撰文批评《讲疏》是最荒诞的事

张文据《讲疏》大量抄录《札记》之事,不仅臆想了黄、范师徒失和,而且还虚构了同门反目的事情。其中,同门反目最具标志性的事件,就是认为章用批评《讲疏》的文章《〈文心雕龙讲疏〉提要》(《甲寅周刊》1925 年第 1 卷第 20 号),实际是骆鸿凯"领受师命"撰写的。章用是章士钊次子,当时只有十五岁,故叶毅均认为此文可能出于其父之手。因为章士钊与黄侃同为北大教授,也指导过范文澜,因而在得到范氏赠书后,撰写或指导其子撰写了这篇书评,刊登在自己主编的刊物上①。张文则认为:"依我之见,

①叶毅均:《范文澜与整理国故运动》,《近代史研究》2018 年第 1 期。叶文的推测有一定道理,所谓虎父无犬子,章士钊本人幼读私塾,十三岁在长沙买到一部《柳宗元文集》,从此攻读柳文,十六岁便在亲戚家为童子师。章用当时虽然只有十五岁,但在父母的精心裁育下,已经能写出不俗的文章。同期《甲寅周刊》还刊登了章用的一篇习作《兼爱辨》,篇首有章士钊(孤桐)的按语:"此愚次儿课作,与愚治《墨》殊异其趣。近年来寒家教育,愚无暇顾及之,俱是拙妻一手董理。诸子为文,粗能成章。愚妻誉儿成癖,至不信乃父所学,有过其子。此文要愚表之,使人共见,愚(转下页注)

《提要》一文之作者，应该另有其人，而综合相关材料来看，最有可

<hr />

（接上页注）不得不笑应之矣。"而章士钊收到范氏赠书后，也拟命次子章用撰一书讯，发表在自己主编的刊物的《书林丛讯》栏目。章氏本人也撰写书讯文章，如1925年第1卷第14号《甲寅周刊·书林丛讯》栏《墨子经济思想》一文即为章氏所撰。从章氏偏好"指要"一词，以其命名自己的主要著作（如《逻辑指要》《柳文指要》《论衡指要》）来看，《〈文心雕龙讲疏〉提要》一文的名称当是其本人所拟，以命题作文形式由章用撰成初稿，自己再加工润色，最终以章用之名刊布。这样同期《甲寅周刊》就有两篇署名章用的文章，一篇是由其母推荐的"课作"，一篇则系其父命名的"书讯"，应该说章用两篇完成得都很好，只是后人对这位天才少年的能力还估计不足，故对其所作留下了不尽的猜想。张文甚至认为："章氏如此安排，不啻知会读者：《提要》一文虽亦署名章用，实则另有其人。"遗憾的是，我们一点也看不出，章氏在自己主编的刊物上，一期安排了两篇次子的文章，就是在告诉我们其中一篇是"另有其人"。我们只知道，当时的《甲寅周刊》以及其他刊物如《历史学报》《新中国》等，在同一期发表同一作者两篇文章是很正常的事。例如，《甲寅周刊》1925年第1卷第17号就有两篇吴康的文章，第1卷第18号也有两篇龙泽厚的文章，至于章氏本人同期刊发两篇及以上的文章就更多了。我们还知道，章氏对其次子的能力是深信不疑的，对其不幸英年早逝也是扼腕痛惜的，以致晚年和人谈到他儿子章用时，"都是一再叹息"。为了表达其怀念之情，他在《逻辑指要》新版第一章《定名》中附录了章用撰写的《名理探考》，并按曰："章用留学德国十年，深通数理，于哲学造诣非浅。归国后历充山东及浙江两大学教授。亡年仅二十八岁。遗著及藏书多种，都献于浙大保存。千九百三十八年，用留港就医，余命其校阅本稿，乃草《名理探考》一短篇呈览，并称漏略甚多，求勿附厕篇末。余重版仍不忍弃置，慨叹久之。千九百五十九年五月，作者补记，在北京。"（卞孝萱：《现代国学大师学记》，北京：中华书局，2006年，第29页）另，章士钊与范老一直保持着良好的关系，卞孝萱回忆说："范老病逝时，正是林彪、陈伯达、'四人帮'横行霸道的时候，只举行了简单的仪式，参加的人很少。章士钊曾对我说，想参加追悼会，但没法去。其实想参加追悼会而没法去的，何止章士钊一人呢。当时只（转下页注）

能写作该文者，或为骆鸿凯……范《疏》出版之时，骆氏尚在南开，可于第一时间获得范《疏》，在征求黄侃意见之后草成此文并公诸于世。至于为何选择《甲寅周刊》并署名章用，则是顾及师门颜面，不欲外人知晓内情。"并且作者还自信："据此，谓骆氏领受师命面谒章士钊陈其隐情，当非妄臆；而文章署以章用之名登出，则无疑表明章士钊本人对此事之立场与态度。"这样的假设不仅侮辱了范文澜，而且也陷黄侃、骆鸿凯师徒以及章士钊、章用父子于不义！如果说叶文的推论尚属合理，可以聊备一说的话；那么张文的猜测则明显缺乏证据且违背常理，故不足为信！试想，依黄侃的性格和脾气，无论如何都不会与骆鸿凯密谋，让其写匿名文

（接上页注）有华罗庚去了，他是范老的邻居。"这种良好的关系正如叶文所说，可能开始于早年《讲疏》出版后范氏赠书与章氏，后来在一些具体的学术问题上，范氏与章氏亦有相同或相近的见解，则进一步加深了两人的关系。例如，在《兰亭序》的真伪问题上，"郭老（沫若）认为是假的，不仅字是假的，文也是假的，作假者是唐太宗和魏徵等。范老不赞成郭老的观点，他认为魏晋时期讲究清谈，书法、文章都风流潇洒，王羲之的书法和《世说新语》都是魏晋时代清谈的产物，要从时代的大氛围来看待这个问题。因为一个时代的文学、艺术有它特定的环境氛围。王羲之的字在当时的北方不能产生，在唐朝也不能产生，因为没有这样的氛围当然也造不出这样的'伪作'。"当时郭老的观点得到了康生和陈伯达的支持。但章士钊和范氏一样不赞成郭老的观点，他的学生高二适还写了文章说明《兰亭序》是真的，章氏把他学生的文章转给毛主席看了，主席看后回信说：《兰亭序》的争论是必要的，我当说服沫若、康生、伯达诸同志，让高二适一文公诸于世（大意如此）。于是，有关方面很快将高文影印登在《文物》杂志上（白兴华、许旭虹：《范文澜的学术发展道路与学术风范》，《浙江学刊》1998年第1期）。

章转弯抹角地去批评范文澜①！相反，他若认为范氏剽窃了其成果，则会像孔子对待冉求那样对其弟子说："非吾徒也，小子鸣鼓而攻之可也。"②

张文以为最有可能写作《提要》一文者或为骆鸿凯，而情况恰恰相反，最没有可能写作《提要》者就是骆鸿凯。因为骆氏《文选学》与范氏《讲疏》具有同样的问题与不足。如果说骆氏撰《提要》批评范氏，无异于说他著文指责自己；他如果否定范氏《讲疏》，也就等于为自己的《文选学》掘墓了！王庆元仔细比较黄侃与骆鸿凯《文选》研究成果后，在《骆鸿凯〈文选学〉与周贞亮〈文选学讲义〉疑云再考辨》一文中说："骆的由中华书局正式出版的《文选学》中裒集、引用师说也未在书中有任何说明。黄侃先生大量批校语、论述，包括在北大授课时的讲义中涉及篇旨的识语，往往只字不易，出现在骆书中。"他认为这样做，"一方面可体现骆君治学全本其师，不敢越雷池一步"；另一方面，"在引用时不加附注说明，造成读其书者对所引用之处，究系黄先生语还是骆的话辨认

①刘太希曾说："先生(黄侃——引者注)早岁在日，与章孤桐(章士钊——引者注)为文字交，嗣以道不同而疏远。民十四，章佐段祺瑞，措施多不洽舆情，有人假先生名撰文诋章，先生知之，谓'代我骂人，用心深刻'。因致章书曰：'侃蛰居武昌，但言辞翰墨为务，初未尝臧否人伦，况左右夙所心钦，近日为政，尤私心所韪，其肯加以非议乎。不谓近见报载侃谤公之文(中略)，固有不便于公者为之。然而必不出之侃也。即今民德浇漓，士习侜张，就此一端，可以推见。公居政地，有牖民匡俗之责，睹此横流，忧劳其曷能已乎。侃固非有干于公，虑得罪于从者，然人不可妄毁，亦不可妄得毁人之名，故致书一白中诚，想足下智鉴通明，必能察其情伪也。'"(刘太希：《无象庵杂记》，台北：正中书局，1956年，第142页)

②〔清〕阮元校刻：《十三经注疏》下册，北京：中华书局，1980年，第2499页。

为难"。最后评曰:"这种做法实为今人所不取。"王文还具体指证
《文选》中《六代论》一文,黄侃讲义对作者问题、写作特色等写有
很长识语,骆书几乎全部袭用,未作任何改动。校勘方面,此文
《文选黄氏学》有七条,骆氏袭用三条。类似情况在《博弈论》《养
生论》等篇也都存在,而在已丢失的其他篇也不会有例外。"细心
阅者定会发现骆书附编的分体研究举例和专家研究举例涉及的
文篇中凡校勘条目,均与黄先生《平点》及《黄氏学》(指《文选平
点》及《文选黄氏学》——引者注)两书中同篇校勘条目(指采用
者)文字相同。只有极少量注明'黄先生曰',大部分都未注明。"
王文还引用金毓黻谓"范注""用先生之注释及解说,多不注所出,
究有攘窃之嫌"的话,说"金君所举范君之病,骆君可谓略同"①。

这表明,骆氏《文选学》对黄侃《文选》研究成果的抄录、袭用,
与范氏《讲疏》对"黄札"的抄录、袭用如出一辙,甚至有过之而无
不及!既然如此,骆氏又怎么可能对范氏《讲疏》袭用师说表示不
满,并且还要撰文予以揭露、批评甚至指责呢!难道十年后在《文
选学》中完全重蹈范氏覆辙的是另一个人?否则骆氏不是在十年
前就为自己的代表作掘好墓了吗!骆氏当然不会这么做!因为
他深知自己与范氏同门,学风与家法、师法都基本一致,而他又几
乎运用了与范氏写作《讲疏》一样的方法撰写《文选学》,只不过范
氏抄录、袭用的是《札记》,他抄录、袭用的是其师《文选》研究成
果。这样的话,他又何以会撰文抨击与自己做法一样的同门呢!

顺便说一下,如果范氏《讲疏》、骆氏《文选学》所为,乃当时学

---

① 王庆元:《骆鸿凯〈文选学〉与周贞亮〈文选学讲义〉疑云再考辨》,《厦大中
文学报》2017 年第 4 辑。另,骆鸿凯《文选学》1937 年初版,1939 年 2 版,
1941 年 3 版,改革开放后又出了数版。

界惯例,不足为奇,故"前人对此似乎不太看重,从传统文献学的角度来说,也不能说没合理合法的地方"①,那么张文立论的基础也就不复存在了。其实,张文也曾自毁根基:"民国时期著述,尤其是讲义编纂,多有抄录师友之作而不予注明者,即如骆鸿凯后来出版之《文选学》亦不免此病……其中亦不乏袭用黄侃评点、论述《文选》文字而不予注明者,恰与金毓黻批评范《注》之病如出一辙。由此可见,民国时期学人著作权意识确实比较淡薄。"

二、范文澜与黄氏后人及同门交往较少乃事出有因

在张文看来,同门反目还有一个表现:"1949 年以后,范氏政治、学术地位在黄侃学生中已无人可及,然不闻有与黄氏后人过从之说;黄侃门人除与范共事的金毓黻外,似乎也再无第二人与范氏存有交谊。"此又偏狭之说。范氏自投身革命完成学术转型后,主动对其过去的学术渊源和治学方法进行了清算,加之"抗日战争时期和解放战争时期,范文澜都在解放区工作,与西南联大和复员后的北大,不曾有直接的联系",故与黄氏后人及同门也绝少交往。中华人民共和国成立后,他一方面忙于《中国通史简编》修订本的撰写和《中国近代史资料丛刊》的编辑工作,另一方面又忙于创建近代史研究所以及领导中国史学会的工作,著述任务和行政工作都非常繁重,以致不得不辞谢了原拟任命他的中国科学院副院长的职务,后来又请求辞去近代史研究所的领导职务,以便集中精力带领课题组完成《中国通史》的编写任务。在这种

---

① 王庆元:《骆鸿凯〈文选学〉与周贞亮〈文选学讲义〉疑云再考辨》,《厦大中文学报》2017 年第 4 辑。

情况下,他怎么可能有闲暇去与过去的同门频繁交往、寒暄叙旧呢①!

再说,当时极左思潮盛行,各种运动不断,也不具备文人之间过从甚密、交谊甚欢的政治气氛和社会条件。范氏同门金毓黻晚年内心就比较孤独,他在 1950 年 7 月 12 日日记中写道:"近一年来日记渐废,倘有良友可以谈心,一切肆然无忌,亦未尝不可一抒胸臆之积郁,然求可与言此之良友又无有也。"有人研究发现:"此后他的日记在记人事交往和品评人物方面,也不如过去直抒胸臆,显得比较拘谨,缺少灵性。像黄侃、傅斯年这样的师友,在他此后的日记中基本不再出现。他与范文澜虽然是同门,但其《静晤室日记》却缺少他们共事期间在一起回首过去、谈论旧时的师友等私人话题的记载。知识分子思想改造、接二连三的政治运动

①范老的助手卞孝萱回忆说:"范老生活十分简朴,反对奢华。他在家写书,很少出门,出门就是几种事情,一是开会,党中央的会议,全国人大的会议,全国政协的会议;一是到北京医院看病。他很少交游,晚上看看电视,喜欢昆曲,特别喜欢看俞振飞演的李太白,我也受范老的影响喜欢昆曲。"当然,范老也不是绝对地不交友,如他一生都与曹靖华交谊甚厚。1932 年曹从苏联回国,因为是从赤色国家回来的,所以没有哪所大学敢请他去教书,范老便请他到自己任院长的北平大学女子文理学院任教,曹对范的高尚品德和英勇精神刻骨铭心,从此两人结下了终身友谊。范老晚年与曹交往颇多,曹亦对范老的身体健康甚为关心。范老晚年因心脏病发作住院治疗,但很快又出院了。曹劝他当心病魔卷土重来,范老说:"时不我待呀! 我心里急,赶快出院,要写通史。"曹对他的心情非常理解,说:"他仿佛心里有一团烈火在燃烧,烧得他命都不顾地出院写通史。"两位同志之间的深厚友谊,让我们见识了范老的革命情怀,也体会到范老的交游特点(白兴华、许旭虹:《范文澜的学术发展道路与学术风范》,《浙江学刊》1998年第 1 期)。

都让他谦虚谨慎、精神紧张。"①

　　另外，范文澜学术转型后，不仅思想观念与研究方法发生了根本变化，而且研究领域也从传统国学的经、子、文学转向马克思主义史学，而黄侃门人中，文字、音韵、训诂以及文学家居多，史学家甚少，主要有傅斯年、范文澜、金毓黻几人，这也导致一个假象，即范氏与同门少有交往。其实，他在日常工作和学术研究中，与母校北大及史学界同人还是交往频繁的。20 世纪 50 年代，他负责的《中国近代史资料丛刊》的编辑工作，就是与北大合作的一个大项目。"从 1951 年到 1958 年，先后出版了八种专题史料，北京大学历史系同人承担了大量的工作。《义和团》《捻军》《戊戌变法》都由翦伯赞主持编纂，《鸦片战争》由齐思和主持，《中法战争》《中日战争》由邵循正主持，王重民、郑天挺、向达参加了《太平天国》的编纂。"另一个合作项目《资治通鉴》的校点，北大历史系的齐思和、周一良、邓广铭等也应邀参加了这项工作。同时，"范文澜主持的近代史研究所与北大历史系建立了多种形式的学术交流。1953 年，北大邵循正教授受聘为近代史所学术委员、近代政治史组组长，直接参与了近代史所的学术领导。近代史所的同人也多次应邀到北大讲学。"②其中，范氏本人就多次到北大讲演，1949 年 5 月 15 日在北大理学院讲演，讲题是《谁是历史的主人》，金毓黻曾去听讲；同年秋在沙滩北大灰楼（文学院楼）讲演，一间大教室里挤满了人，座无虚席；1957 年春应翦伯赞之邀又做了一

① 周文玖：《史家三巨擘　同门而异彩——傅斯年、范文澜、金毓黻的交往及学术人生论析》，《史学史研究》2015 年第 2 期。
② 蔡美彪：《旧国学传人　新史学宗师——范文澜与北大》，蔡美彪：《学林旧事》，北京：中华书局，2012 年，第 22 页。

次长篇讲演，讲稿发表在同年《北大学报》第二期。

三、范文澜与同门金毓黻关系密切（上）

同门中的金毓黻，也从事历史研究，因此范文澜与他不仅学术研究方面联系紧密，而且私交也很好。北大毕业后，金氏回东北老家工作生活，1949 年前范氏未曾与其谋面，但其间金氏在日记中对范氏的《文心雕龙注》和《中国通史简编》都有过评论。1931 年 2 月 23 日日记："近人注《文心》者，有李审言之《补注》、黄师季刚之《札记》、范君文澜之《讲疏》（又称注），几成专门名家之学。"①这里表达了对同门范氏继承名家之学的羡慕之情，这种心情在 1947 年 12 月 22 日的日记中再次表露无遗："同门范君文澜曾撰《文心雕龙注》，余甚羡之。"②然其 1943 年 3 月 10 日日记则表现出不同的态度：

> 向李君长之假得《文心雕龙》范注一册。
>
> 《文心雕龙》注本有四：一为黄叔琳《注》，二为李详《补注》，三为先师黄季刚先生《札记》，四为同门范文澜注。黄先生《札记》只缺末四篇……范君因先生旧稿，并用其体而作新注，约五六十万言，用力甚勤，然余犹以为病者：一、用先生之注释及解说，多不注所出，究有攘窃之嫌；二、书名曰注，而于黄、李二氏之注不之称引，亦有以后铄前之病；三、称引故书连篇累牍，体同札记，殊背注体；四、罅漏仍多，诸待补辑。总此四病，不得谓之完美。余疏证《史传》一篇，虽不得见黄先生之《札记》，然有范注可参，盖已包而存之，但不知某者为先

---

① 金毓黻：《静晤室日记》第四册，沈阳：辽沈书社，1993 年，第 2562 页。
② 金毓黻：《静晤室日记》第八册，沈阳：辽沈书社，1993 年，第 6486 页。

生之说,致其美意不彰,为可惜耳。①

在撰写此则日记之前,金氏已完成《〈文心雕龙·史传〉篇疏证》一文,计三万余言,连载于《中国学报》(重庆)第1卷第2期(1943年)、第3期(1944年),篇首叙曰:

> 余欲发愤撰《史通》疏证久矣,惮其篇帙繁重,累年莫殚,乃先取《文心雕龙·史传》篇试为之,以引其瑞,亦以《史通》论旨,多取材于是篇也。《文心》旧有黄叔琳《注》,嗣有李详《补注》,先师蕲春黄君更撰《札记》,同门范君文澜又因《札记》而详为之注,然《札记》于《史传》篇训释甚简,范君取之,更不复别白。余撰是篇,列载黄、李二家之注于前……凡采范注(当补"转引诸书"),亦不复别白,以范注于师说外,兼综诸家之说,如言范注,则无以赅诸家,惟范君所自申说者,则必著明,以示不敢掠美,中间为之补阙正误,亦不下数十事……民国三十二年三月,识于重庆。②

《疏证》之叙与日记系同年同月所作,然而究竟是日记在前,金氏于文章发表之际,据日记内容略加董理,以为文章之叙,还是先有文章之叙,再据以整合为日记内容,现已不得而知。不过两者之间互为因果、相与释证的关系则清晰可见。无论是日记所记,还是篇首所叙,金氏都有误会,即认为"黄先生《札记》只缺末四篇",上篇是完整的,"然以先生谢世,缺已过半"。故其《疏证》叙曰:"同门范君文澜又因《札记》而详为之注,然《札记》于《史传》

---

① 金毓黻:《静晤室日记》第七册,沈阳:辽沈书社,1993年,第5162页。
② 金毓黻:《〈文心雕龙·史传〉篇疏证》,《中国学报》(重庆)1943年第1卷第2期。

篇训释甚简,范君取之,更不复别白。"日记又曰:"余疏证《史传》一篇,虽不得见黄先生之《札记》,然有范注可参,盖已包而存之,但不知某者为先生之说,致其美意不彰,为可惜耳。"1962年,黄侃哲嗣黄念田、女婿潘重规编辑的全部三十一篇《札记》,分别由中华书局上海编辑所和香港新亚书院正式出版,这两个版本所收的《札记》篇目完全一致,根本没有金氏所谓《史传》札记。而且黄念田在后记中还特别说明了"黄札"的存佚情况:"或疑《文心雕龙》全书为五十篇,而《札记》篇第止三十有一,意先君当日所撰,或有逸篇未经刊布者。惟文化学社所刊之二十篇,为先君手自编校,《时序》至《程器》五篇如原有《札记》成稿,当不应删去。且骆君绍宾所补《物色》篇,《札记》即附刊二十篇之后,此可证知先君原未撰此五篇。至《祝盟》讫《奏启》十四篇是否撰有《札记》,尚疑莫能明。顷询之刘君博平,刘君固肄业北大时亲聆先君之讲授者,亦谓先君授《文心》时,原未逐篇撰写《札记》,且检视所藏北大讲章,讫无《祝盟》以下十四篇及《时序》下五篇。于是知武昌高等师范所印讲章全据北大原本,并未有所去取,而三十一篇实为先君原帙,固非别有逸篇未经刊布也。"①

金氏大学毕业离开京城后,回故乡东北任中学教师多年,后又投身仕途长期从政,虽然保留着书生本色和学者素守,但毕竟置身学界之外,故对相关学术事件及著述细节难免隔阂。就其师黄侃和同门范氏而言,其于《札记》具体篇目存佚情况,《史传》篇"黄札"训释问题等,所述皆与事实不符;而对《讲疏》及范氏新《注》之间修订沿革之关系也不甚了了,故谓"《讲疏》又称注",所

---

① 黄侃:《文心雕龙札记》,北京:中华书局,1962年,第235页。

言向李长之假得"范注一册",更让人丈二和尚摸不着头脑①。有鉴于此,《中华文史论丛》1979年第一辑重新刊发金氏遗稿《〈文心雕龙·史传〉篇疏证》时,将篇首原叙中"然《札记》于《史传》篇训释甚简,范君取之,更不复别白"删去,以其不合实际也。至于叙中认为《史通》论旨多取材于《史传》,此乃"范注"观点,而非《札记》之说,金氏以其未注所出,误以为先师所言。范氏在《史传》题注中说:

> 纪评曰:"彦和妙解文理,而史事非其当行,此篇文句特烦,而约略依俙,无甚高论,特敷衍以足数耳。学者欲析源流,有刘子玄之书在。"案《史通》专论史学,自必条举细目;《文心》上篇总论文体,提挈纲要,体大事繁,自不能如《史通》之周密。然如《史通》首列《六家篇》(《尚书》家,《春秋》家,《左传》家,《国语》家,《史记》家,《汉书》家),特重《左传》《汉书》二家,《文心》详论《左传》《史》《汉》,其同一也;《史通》推扬二体(编年体,纪传体),言其利弊,《文心》亦确指其短长,其同二也;至于烦略之故,贵信之论,皆子玄书中精义,而彦和已开其先河,安在其为敷衍充数乎? 至如《浮词篇》,夫人枢机之发至章句获全,并《文心》之辞句亦拟之矣。②

既然金氏对《札记》及"范注"的分析与判断多有误解,那么建立在误解基础上的结论,自然也就有必要重新审视了。金氏以为"范注"的第一个毛病是:"用先生之注释及解说,多不注所出,究

---

① 新懋印书局本《文心雕龙讲疏》一册,文化学社本《文心雕龙注》上、中、下三册,开明书店本《文心雕龙注》线装一函七册,人民文学出版社本《文心雕龙注》上、下二册。金氏日记中的"范注一册",可能是"范注一函"之误。
② 范文澜:《文心雕龙注》上,北京:人民文学出版社,1958年,第288页。

有攘窃之嫌。"这与章用对《讲疏》的批评非常相似。然而,如果说章用所言"未可倚钞袭为能",正击中了《讲疏》的要害的话;那么金氏认为"范注""究有攘窃之嫌",则显得有些过分。这不仅因为虽然《讲疏》对"黄札"因袭颇多,但是新《注》对此已做了明显的淡化处理;同时也由于金氏此言根基不牢,因而立论也就未必允当。金氏指证"范注"袭用"黄札"《史传》篇训释"不复别白",结果导致其疏证《史传》篇,"不知某者为先生之说,致其美意不彰"。果真如此,"范注"则难辞"攘窃之嫌";若情况并非如此,《札记》压根就没有《史传》篇,那"攘窃之嫌"是否还存在呢! 金氏所述"范注"的第二个毛病是:"书名曰注,而于黄、李二氏之注不之称引,亦有以后铄前之病。"这是金氏按照自己《史传》篇疏证的体例,强求"范注"与之统一。其实,金氏疏证体例与杨明照的《文心雕龙校注》一样,都是将黄注、李补列于前,再将自己的疏证拾遗殿于后,注所详者,疏不复举,只于前注未详阙漏处,进行疏证拾遗。"范注"则采用以数系注,全录正文的新式校注体例,于有关正文,逐条列举,广征博引,考镜源流,对前人及同时代人的研究成果,包括"黄、李二氏之注",综合加以利用,著成考订详赡的注本。金氏疏证与"范注"形式上的区别,或为著述体例之差异,或为撰写习惯之不同,不必以此为的,强求划一。金氏列举"范注"的第三个毛病是:"称引故书连篇累牍,体同札记,殊背注体。"这与章用说《讲疏》材料附录不精差不多。其实,详备博赡的材料移录恰好是"范注"的一个重要特色,范氏是有意而为之,其书例言曰:"刘氏所引篇章,亡佚者自不可复得,若其文见存,无论习见罕遇,悉为抄入,便省览也。"①本着这一原则,"范注"对《文心》提到的作品或与原

---

①范文澜:《文心雕龙注》上,北京:人民文学出版社,1958年,第4页。

文相关的材料,不管篇幅长短,也不论习见罕遇,都一并移录,以求其全。金氏指出的"范注"第四个毛病是:"罅漏仍多,诸待补辑。"如果说前三病或可再作商量的话,这最后一病则是毫无疑问地存在着。"范注"虽是 20 世纪中国重要的学术经典,被誉为《文心雕龙》研究史上的一座里程碑,但并不意味着它已臻完美之境。相反,"范注"在各方面都还存在一些不足,诸如校字有妄改之病,征典有不精之瑕,释义有不详之疵,录文有繁冗之累。对"范注"的这些不足,人们自有明察,为之订补举正者也代不乏人①。

金氏早年撰《中国史》,后又著《东北通史》,且有代表作《中国史学史》,对史书体例及通史编撰具有深厚的理论修养和丰富的实践经验,故他对范氏《中国通史简编》的评论当属专家之评:"《中国通史简编》上中两册,范文澜主编,用中国历史研究会名义出版,实延安共产党本部所编大学丛书之一也。综观编辑大旨,系主唯物史观,以农夫、工人之能自食其力者为国家社会之中心,如君、相、士大夫、富商、豪民皆在排斥之列。……范君本为北京大学同学,又同请业于蕲春先生之门,往日持论尚能平实,今乃为此偏激之论,盖为党纲所范围而分毫不能自主者,亦是大为可怜者。虽然此书立论虽多与余异趣,然亦不无一二可取,且因其观点不同,更可为余立说之反证。爰就其书撷取宋代数事,以供研讨,讵可以其多为异论从而捐弃之耶。"②金氏不愧为著名的历史学家,他对范书以唯物史观为主导,将劳动人民当作历史的主人的把握是十分精准的。范氏曾说其书是"尝试着用马克思主义观

---

① 详参李平:《世纪补正　百年修订——范文澜〈文心雕龙注〉订补综论》,《暨南学报》2020 年第 12 期。

② 金毓黻:《静晤室日记》第八册,沈阳:辽沈书社,1993 年,第 5869 页。

点、方法写的历史"，"书中肯定历史的主人是劳动人民，旧类型历史以帝王将相作为主人的观点被否定了"①。不过，金氏将范书中的观点视为"偏激之论"，认为这与范氏早年持论平实的学风大异其趣，表明他尚不能理解范氏由早年的国学名家到后来的马克思主义史学家的转变。

四、范文澜与同门金毓黻关系密切（下）

中华人民共和国成立以后，金毓黻随原国史馆并入北大，兼任文科研究所教授并主持民国史研究室的工作，编有《明清内阁大库史料》《太平天国史料》等。1950 年，中国科学院建立，范文澜担任近代史研究所所长，并在近代史所设立中国通史组，协助他重新编写中国通史。1952 年，全国高校院系调整，金氏调任中国科学院历史研究所第三所（原近代史研究所）研究员，于是在范氏的领导下，开启了他学术生涯的最后十年。在金氏成为范氏学术搭档期间，两人在同门、同行的基础上，进一步发展为亲密合作的同志关系。

金氏对范氏的认识有一个逐渐加深的过程，随着认识的加深，他对范氏的态度也发生了明显的变化，敬佩之情油然而生，这从他对范氏称谓的变化中就可以看出来。以前金氏只把范氏视为同门，其日记一般称"同门范君文澜"，"此'同门'之义盖有两层：一是同出于北京大学国文门，二是同出于黄侃师门，而且后一

---

① 蔡美彪：《范文澜治学录》，蔡美彪：《学林旧事》，北京：中华书局，2012 年，第 29 页。

层意思的成分更多一点"①。后来他与范氏在一起工作，彼此之间加深了了解，开始改称"范文澜同志"，更多的时候则称"范老"或"范文澜先生"，表现出对范氏人品和学术的极大尊敬。这种尊敬态度又具体化为工作中的配合与协助行为，出于对工作单位的热爱和关心，他向所长范文澜、副所长刘大年提出了《对于本所工作的几项建议》。对范氏修订《中国通史简编》的工作，他也积极支持，主动提出愿意充当助手，并成为中国通史组中最年长的人②。"他为因病不能很好地助理感到十分歉疚。为了弥补这一点，他提出将自己写的《读隋唐史札记》《宋代政治经济制度》稿本送给范文澜作参考。"

---

① 周文玖：《史家三巨擘　同门而异彩——傅斯年、范文澜、金毓黻的交往及学术人生论析》，《史学史研究》2015年第2期。

② 范老奉最高层旨意撰写中国通史，实际上是接受了一项天字第一号写作任务，故在人员安排上有一些基本保障，即为范老的写作配备若干助手。延安时期第一批做范老助手的有金灿然、尹达、叶蠖生、佟冬等，这些人都是名家，后来都成了某一方面的负责人；中华人民共和国成立初期，《中国通史简编》还有过一次小修订，就是上海华东人民出版社出版的一大厚册，担任此版修订助手的是荣孟源、漆侠等。此后，由于工作生活条件的改善和图书资料利用的便利，范老决定重新编写一部中国通史。这次的助手阵容很强大，卞孝萱回忆说："唐代部分的助手是金毓黻（二级教授），金早就认识范老，他也是北京大学毕业的。解放初，金在北京大学主持一个民国史研究室，与近代史所研究的范围密切相关，后来，就并到近代史所，金就过来了，过来不久去世，由我做范老唐代部分的助手了。宋代部分的助手是聂崇岐（三级教授），王崇武（三级教授）是明代部分的助手，他们都有很高的学术地位，愿意给范老当助手。可惜也都不久去世了。除了上面三个，还有两个搞少数民族的助手，一个是搞北方少数民族的叫余元安，他研究突厥史、蒙古史，北京大学的兼职教授，四十多岁就去世了。搞南方少数民族的是王忠，研究南诏史、吐蕃史，他原不懂藏文，（转下页注）

　　与此同时,范文澜对金毓黻的工作、学习与生活也十分关心,表现了超出同门关系的同志般情义。金氏在其学术生涯的最后阶段,因年事已高,身体状况大不如从前。"但他与时俱进,努力学习马克思主义,改造旧思想,在专业方面奋发有为。以1956年为例,他共撰写论文十三篇,发表在《新建设》《历史研究》《考古学报》《考古学通讯》等权威期刊上。之所以取得这样多的成绩,与范文澜的鼓励是分不开的。他说:'近来我受到范文澜先生之鼓励,颇努力于读书及撰文章,虽自知水平尚低,标准尚差,但在其鼓励之下,即无形中有很大力量,使我努力向前。因而年龄不在老少,唯在精神贯注,古人云精神一到,何事不成,真至言也。''今年所以撰文之多,是受到范文澜先生的鼓舞,本所同人的帮助,和其他各方直接间接的启发和刺激,其中亦包含着相反相成之理。'"另一方面,范氏对金氏也委以信任。"1956年是章太炎逝世二十周年,《人民日报》向范文澜约稿撰写纪念文章,范文澜委托金毓黻来写。他们都是章太炎再传弟子,金毓黻本人到苏州章氏国学讲习会讲过学,与章氏有过直接接触。范文澜委托金毓黻写

(接上页注)范老专门派他去西藏学藏文,并约定学好了藏文再回来做助手。后来这两人都成了专家。佛教方面的助手叫张遵骝。辽金元部分的助手是蔡美彪同志。"(白兴华、许旭虹:《范文澜的学术发展道路与学术风范》,《浙江学刊》1998年第1期)助手的工作主要是分工做一个领域的专门研究,提供资料或初稿,供范老分析概括。"范老的工作非常认真,每部分都是在扎实研究基础上才动笔的。对佛教他本来不太熟,通过对张遵骝先生用五六年时间从全部佛经中摘出的百余万字史料长编反复钻研,才写出隋唐佛教部分的几万字。"(许殿才:《千秋青史情无限——蔡美彪先生谈十卷本〈中国通史〉》,蔡美彪:《学林旧事》,北京:中华书局,2012年,第252页)

该文,可谓慧眼识人。金毓黻写好后,经集体讨论、修改,最后又让范文澜审阅、定稿,送给《人民日报》。"此外,范氏对金氏的生活与工作也格外关心照顾,这在金氏日记中多有反映。金氏晚年患有严重的失眠症,住院治疗效果也不佳,几乎失去了生活信心。范氏多次派刘大年到医院探视,劝慰其安心养病。金氏对此十分感激,在日记中说:"范老和大年同志对我所患之病,十分关怀,以及其他同志对我的照顾,使我认识到党的大公无私和气魄伟大。"在工作方面,研究所先后为他配备了卞孝萱、李育民等助手,协助他整理旧作,并再三叮嘱"工作不应太多太急,应择其中易为力者先着手"①。

　　在范氏与金氏一起工作的日子里,两人的私交也很好,这可以从"范注"再版过程中的两个细节见出。20 世纪 50 年代初,人民文学出版社拟再版《文心雕龙注》,范氏当时因为忙于著述和其他事务,所以请在近代史所工作的老友金毓黻帮忙,找了一位叫王寿彭的老人核对引文。卞孝萱对此事有回忆:"解放后,人民文学出版社再版范老的《文心雕龙注》,想请范老写一个再版说明,他一个字也不肯写,但提出一个要求,就是让人民文学出版社从他的稿费(范老从不拿稿费)中拿出一点钱来,专门找人代他校一下错字。由金毓黻介绍一个叫王寿彭的老人负责校对,每个月由人民文学出版社给他几十元钱,由范老签字。后来王寿彭就留在近代史所,帮助过吴晗校对从朝鲜《李朝实录》中辑录出来的明代

---

① 以上引文俱见周文玖:《史家三巨擘　同门而异彩——傅斯年、范文澜、金毓黻的交往及学术人生论析》,《史学史研究》2015 年第 2 期。

史料。"①范氏要为其书的再版找一位详细核阅的人，这属于他个人的私事，而他却让金氏帮忙代找，可见两人关系非同一般。

另一个细节是王利器在签署"范注"再版的"审稿意见"中提到的：

稿名：文心雕龙注　　　　　　　　　著译者：范文澜

范老此注，颇为详备，足可为阅读《文心》一书之助。原书初印时，尚还存在一些错误，今经范老请人逐一校对，并经我们全部核查，改正了存在的一些错误，并补充了一些注文，经将我们所提出意见，交与范老复审，他都同意修改；惟范老强调修改条数必须修改人署名，他认为不如此便存了剥削意识；经与范老解释，并取得赵老同意，仍将修改条文，以不署名式，随文列入范老注解之中。

此书经这次整理，大约删去旧注约一百二十处，改正旧注约三百处，增入约一百六十处，乙正约二十处，较之旧印本是肃清了不少错误，可以重印出版。

王利器　1955 年 10 月 19 日

内附　金静老转来范老意见三纸。②

"审稿意见"末句"金静老转来范老意见三纸"这一细节值得注意。范氏对其书的再版没有同意撰写前言或说明，核对引文的

---

① 白兴华、许旭虹：《范文澜的学术发展道路与学术风范》，《浙江学刊》1998年第 1 期。
② 全国古籍整理出版规划领导小组办公室编：《功在千秋的事业——新中国古籍整理出版成就》，北京：中华书局，2003 年，第 67 页。另，"审稿意见"中的"赵老"是指人民文学出版社当时的古典文学编辑室主任赵其文先生，1980 年 2 月 4 日因病逝世。

工作也是托金毓黻找王寿彭做的,他本人只题写了书名。王利器作为责任编辑,对全书做了大量的订补工作,并将修订意见交作者审核。范氏将自己的意见写在三张纸上,这些意见关乎他对其书再版及修订过程中各方面事情的态度,不仅非常重要,而且具有高度的私密性,他还是托金毓黻(别号静庵)将三纸意见转交出版社,再次表明两人亲密无间的关系。

五、范文澜一生都与黄氏后人及同门关系正常

1949 年后,范氏因为自身工作繁忙,加上当时人人自危的社会政治环境不时出现,他与黄侃后人及同门(金毓黻除外)之间确实没有什么交谊,但是这并不能说明他与黄侃之间存在师徒失和的问题,也不能证明他与同门之间的关系处于紧张状态。相反,无论在范氏生前还是生后,黄氏后人及同门都没有对其有任何不满的表示。即使在改革开放、学术自由的今天,黄氏后人及同门也仍然将其视为黄侃正宗的弟子。

1985 年,黄侃诞辰一百周年、逝世五十周年之际,黄氏后人及弟子成立了纪念委员会,决定编辑三部书,其中之一就是由程千帆、唐文编辑的《量守庐学记:黄侃的生平和学术》,书中收录了范文澜的《文心雕龙讲疏序》(1925 年),范氏在序中表达了继承并发扬光大其师《文心雕龙》研究事业的强烈愿望。六十年后,当黄侃与范文澜都已辞别人世,同门程千帆等仍觉得范氏其心可鉴、其情可明,故在黄侃纪念文集中收录其序。

进入 21 世纪,黄侃哲嗣黄延祖对黄侃著述进行全面整理,比勘手稿,并查阅所引典籍,主持编辑《黄侃文集》,历时六年,方始告竣,计得《文心雕龙札记》《文选平点(重辑本)》《黄侃国学文集》《黄侃国学讲义录》《说文笺识》《广韵校录》《尔雅音训》《黄侃日

记》《黄季刚诗文集》《黄侃论学札记》《日知录校记》《集韵声类表》《尔雅正名评》等十余种,2006 年由中华书局出版。其中,《文心雕龙札记》第一次以附录的形式收录了范文澜的《文心雕龙讲疏序》,延祖还在后记中特别做了说明:"《文心雕龙札记》为先君早年任教于北京大学时所撰写的札记,此次刊印包括先兄念田重加勘校、并断句读的一九六二年中华书局版的全部。附录原有的骆绍宾撰《物色》篇亦在内。但增加了先君所撰写的《文学记微(标观篇)》,《中国文学概谈》,《阮籍咏怀诗补注》(金静庵记)和《李义山诗偶评》。另外附上范文澜《文心雕龙讲疏序》。金、骆、范诸君为先君入室弟子,所论述自有参考价值。"①不知好事者对此作何感想!不知那些说范文澜与其师黄侃失和,与黄氏后人无过从往来,与同门反目而无任何交谊,且遭同门骆鸿凯著文抨击的人,读到黄侃哲嗣的这篇后记,是不是可以不再猜测臆想,转而尊重一下逝者和生者的所言所行!

---

① 黄侃著,黄延祖重辑:《文心雕龙札记》,中华书局,2006 年,第 342 页。

第十章　海峡两岸"龙学" 垦拓中的黄侃门人

　　两岸学者同祖同宗，两岸文化同根同源，这是"龙学"成为海峡两岸共同的文化学术事业的基础，也是两岸学者齐心协力研究《文心雕龙》的前提。如果说黄侃是现代"龙学"开创者，《文心雕龙札记》是现代"龙学"的奠基作的话，那么海峡两岸的"龙学"事业可谓一脉相承，两岸飘香！1914年至1935年，黄侃先后任北京大学、武昌高等师范学校、武昌师范大学、山西大学、中华大学、中国大学、北京师范大学、东北大学、中央大学、金陵大学等校教授，受业门生众多。不少黄门弟子后来在"龙学"研究上颇有创获，他们登堂设教，讲授《文心》，卓然成家。其中，既有留居大陆，潜心钻研《文心雕龙》者，亦不乏在1949年后，由大陆迁台并在宝岛继续传播"龙学"，为《文心雕龙》研究做出重大贡献之人①。

---

①刘太希《记黄季刚师》一文说："先生（黄侃——引者注）先后任教于各大学，光我国固有文化，不遗余力，所成就人才至众。现在台湾任教者，如高明、华中麔、潘重规，及已故伍叔傥、林尹，余在大陆者尚不可胜数。"（张晖编：《量守庐学记续编：黄侃的生平和学术》，北京：生活·读书·新知三联书店，2006年，第36页）

第一节　黄侃任教北京大学时期的门人

1914—1919 年，黄侃在北京大学开设讲席，讲授文字学、词章学和中国文学史，《文心雕龙札记》即是其任教北大的授课讲义。学生中有范文澜、黄文弼、金毓黻、骆鸿凯、刘太希、伍叔傥等人，他们都从事过"龙学"或与"龙学"相关的教学与研究工作，1949 年以后又分别在海峡两岸传播"龙学"。

黄侃弟子中于"龙学"贡献最大者当数范文澜。1913 年，范文澜考入北京大学文预科，翌年进文本科国学门，受业于国学名师黄侃、陈汉章和刘师培等人，1917 年毕业。1922 年，他到南开大学任教，主要讲授《文心雕龙》《史通》《文史通义》三种，尤其是《文心雕龙》。他说："予任南开学校教职，殆将两载，见其生徒好学若饥渴，孜孜无息意，心焉乐之。亟谋所以餍其欲望者。会诸生时持《文心雕龙》来问难，为之讲释征引，惟恐惑迷，口说不休，则笔之于书；一年以还，竟成巨帙。以类编辑，因而名之曰《文心雕龙讲疏》。"①《讲疏》之后，范文澜又在此书的基础上，重著《文心雕龙注》，成为 20 世纪中国学界最重要的学术经典之一，被誉为《文心雕龙》研究史上的一座里程碑，在海峡两岸产生了持续而深远的影响。牟世金说："在范文澜、杨明照的注本问世之后，无论港台或大陆，近三十年来的注本，无不以范杨二家为基础。"②

与范文澜大约同时在校的金毓黻是黄侃最为器重的弟子之一，虽然以史学名家，但是对"龙学"亦有很深的造诣，撰有"龙学"

---

① 范文澜：《文心雕龙讲疏·自序》，天津：新懋印书局，1925 年，第 3 页。
② 牟世金：《台湾文心雕龙研究鸟瞰》，济南：山东大学出版社，1985 年，第 22 页。

力作《〈文心雕龙·史传篇〉疏证》①。他在 1943 年 3 月 10 日日记中说:"向李君长之假得《文心雕龙》范注一册。《文心雕龙》注本有四:一为黄叔琳注,二为李详补注,三为先师黄季刚先生札记,四为同门范文澜注。黄先生《札记》只缺末四篇,然往曾取《神思》篇以下付刊,以上则弃不取,以非精心结撰也;厥后中大《文艺丛刊》乃取弃稿付印,然以先生谢世,缺已过半。范君因先生旧稿,并用其体而作新注,约五六十万言,用力甚勤,然余犹以为病者:一、用先生之注释及解说,多不注所出,究有攘窃之嫌;二、书名曰注,而于黄、李二氏之注不之称引,亦有以后铄前之病;三、称引故书连篇累牍,体同札记,殊背注体;四、罅漏仍多,诸待补辑。总此四病,不得谓之完美。余疏证《史传》一篇,虽不得见黄先生之《札记》,然有范注可参,盖已包而有之,但不知某者为先生之说,致其美意不彰,为可惜耳。"②另外,20 世纪 50 年代初期,人民文学出版社拟再版范文澜的《文心雕龙注》,范氏同意再版,但认为需要校订注文。不过,他当时一直忙于《中国通史简编》《中国近代史上编》的修订再版和《中国近代史资料丛刊》的编辑出版之事。因此,《文心雕龙注》再版的校订工作是他请金毓黻帮助找人代做的。林甘泉回忆说:"1950 年人民文学出版社再版此书时,曾商请作者校订并撰写序言。范老请当时在近代史所工作的老友金毓黻先生找了一位老先生王寿彭核对引文,详细核阅,但没有同意

---

① 金毓黻《〈文心雕龙·史传篇〉疏证》一文,先以上下篇形式,分载《中国学报》第 1 卷第 2 期(1943 年 10 月)和第 3 期(1944 年 5 月);后又以遗稿形式发表于《中华文史论丛》1979 年第 1 辑,人大复印报刊资料《中国古代、近代文学研究》1979 年 3 月转载。

② 金毓黻:《静晤室日记》第七册,沈阳:辽沈书社,1993 年,第 5162 页。

写序而只题写了书名,以示新版经过作者同意。"①

　　黄文弼 1918 年毕业于北京大学哲学系,1919 年到北京大学研究所国学门任教,是著名的考古学家,西北史地学家,被誉为中国新疆考古第一人。郑奠(字介石)1920 年北京大学中文系毕业,留校任讲师、教授。黄、郑二君有志于整理《文心雕龙》,黄文弼还撰有《整理〈文心雕龙〉方法略说》一文。其文曰:"彦和生当齐梁之际,当文体浮滥之会,乃幡然论文。本乎道,师乎圣,观澜以索源,振叶以寻根,用心之苦,已不同于凡俗。而释名章义,选文定篇,体制之宏深精密,未有能及者,盖见重于士林,亦有由矣。顾是书自元至正间刻之嘉禾,展转翻印,迄于今时。字句时有乖讹,而遣言运典,失之艰深,读者或未易明。虽经明清,稍事整理,而整理方法,多有未备。明人习用圈点,论其表,未及其里,失之陋。清人优于考证,是为书役,而未能役书,失之琐。求其能于原书修饰外面,剖析内质,独成一系统者,了不可得。此明清人之短也。今与吾友郑君介石,共谋重整是书,拟定方法,分任进行,期以一年,完全成功,于文学界中或不无小补。"②此外,黄文弼还曾据《文心雕龙》唐写本残卷进行校雠批注,他说:"1925 年前后,我正校勘《文心雕龙》,听说伦敦博物馆有唐写本《文心雕龙》真迹,系斯坦因在敦煌所劫取的,我就托在伦敦留学的黄建中将该写本晒印影片一份寄我,共有 23 页,自《征圣》到《杂文》共十三篇,黑底白字,黄(建中)并在首页题辞,叙述摄晒经过。当时我得此敦煌

①林甘泉等:《高山仰止　景行行止〈范文澜全集〉编余琐记》,《中国社会科
　　学院院报》2004 年 1 月 13 日第 4 版。
②《北京大学日刊》1921 年第 899 期。

晒印本即视为珍宝,并据以校入我所校的《文心雕龙》。"①唐写本残卷是《文心雕龙》校勘最珍贵的版本资料之一,自被发现以来,许多学者对其进行了深入细致的研究。1926 年,日本学者铃木虎雄的《敦煌本文心雕龙校勘记》,中国学者赵万里的《唐写本文心雕龙残卷校记》相继发表。而几乎与铃木虎雄、赵万里同时,黄文弼亦据唐写本残卷对《文心雕龙》进行校勘②。2012 年,黄先生的后人将其生前所珍藏的文献无偿捐赠给新疆师范大学,这其中就包括黄先生批注的《文心雕龙》涵芬楼本和黄叔琳《文心雕龙辑注》本,具有极高的文献价值。

　　骆鸿凯 1915 年入北京大学文科中国文学门学习,1918 年毕业,撰有《文选学》,对《文选》与《文心雕龙》相互关系的研究颇有贡献。他说:"《文选》分体三十有八,七代文体,甄录略备。而持校《文心》,篇目虽小有出入,大体实适相符合。《文心》榷论文体,凡有四义:一曰原始以表末,二曰释名以章义,三曰选文以定篇,四曰敷理以举统。体制区分,源流昭晰。熟精选理,津逮在斯。书中选文定篇,去取之情,复与昭明同其藻镜。良由先士茂制,讽

---

① 见王世民《所谓黄文弼先生藏唐写本〈文心雕龙〉究竟是怎么一回事》(《文物天地》1990 年第 5 期)一文附录:黄文弼撰《谨述关于〈文心雕龙〉事件的经过》。

② 据范文澜《文心雕龙注·例言》可知,几乎与铃木虎雄、赵万里等人同时对敦煌遗书《文心雕龙》残卷进行校勘的还有孙蜀丞:"《文心雕龙》以黄叔琳校本为最善,今即依据黄本,再参以孙仲容先生手录顾(千里)黄(荛圃)合校本、谭复堂先生校本、铃木虎雄先生《校勘记》,及友人赵君万里校唐人残写本。畏友孙君蜀丞尤助我宏多(孙君所校有唐人残写本、明抄本《太平御览》及《太平御览》三种),书此识感。"详参李平:《孙人和唐写本〈文心雕龙〉残卷校雠辨析与辑佚》,《古代文学理论研究》2018 年第 47 辑。

高历赏,人无异论,故识鲜差池也。"①骆氏亦有专门的"龙学"研究成果,他在黄侃指导下完成的读书笔记——《物色》札记,深得其师赏识,故将其附于《札记》正文之后。此外,骆氏门下弟子郭晋稀、吴林伯均为"龙学"名家②。

　　刘太希,江西信丰人,1898年生,自幼聪慧,才调飞扬,与陈方、彭醇士并有"江西三才子"之称。1919年,刘氏入北京大学③,读书期间深受黄侃赏识,被认为是异才。他在《记黄季刚师》一文中说:"我于民国八年就学北京,租屋景山下公寓,因得常往北京大学听黄季刚先生之课,极多启发。于是就写呈一函,表示崇敬,并将我中学作文一册附去。三日后,得先生复函云:'昨日细绎佳文,诚为奇绝。昔观旧史,言异才宿成者,以为溢美;今观吾子,乃知往记非虚。'"黄侃还亲授刘氏《日知录》《东塾读书记》《读史方舆纪要》《困学纪闻》《王船山史论》等,希望他能从事国学的研究,并赠诗曰:"尽扫秕糠继雅声,眼中吾子快平生。要将松玉推灵

---

① 骆鸿凯:《文选学》,上海:中华书局,1937年,第124页。

② 郭晋稀的《文心雕龙译注十八篇》(甘肃人民出版社1963年)与陆侃如、牟世金合译的《文心雕龙选译》(上、下,山东人民出版社1962、1963年),成为中国大陆最早的《文心雕龙》选译本,在学界影响甚大;后来,郭氏又将其书扩展为全注全译本《文心雕龙注译》(甘肃人民出版社1982年)。吴林伯的"龙学"研究,注重全书字词、义理的疏证,先后有《文心雕龙字义疏证》(武汉大学出版社1994年)和作为武汉大学学术丛书的《文心雕龙义疏》(武汉大学出版社2002年)。

③ 据传,1919年刘太希在北京,正值五四运动。在大学生招生考试已经结束之后,他带着自己的中学作文簿及平日自作的诗词,前往北京大学求见校长蔡元培准其入学。蔡元培翻阅其作文和诗词后,当即口授一作文题目,命他在校长办公室按题作文。刘太希提笔一挥而就,蔡元培读罢当即决定破例录入文科预科。

运,颇有江山助屈平。浊酒君须来寂宅,偏师我欲撼长城。异才难得宜培护,祝汝终能绍往英。"①后来,刘氏不仅诗文出同侪之上,对国学亦深有研究,颇有成就,这与黄侃的作育英才不无关系。"七·七"事变后,刘氏以拳拳爱国之心投入抗日活动,被授予少将参议衔,实为国防部秘书。抗战期间,他亲笔撰写大量诗词激励抗日将士。时任江西省政府主席熊式辉及知名人士陈方等都是他的诗友。1950年赴香港,与同滞香港的张大千、陈方、彭醇士、易君左、张维翰等友人,以诗钟为聚,各抒情怀。1954年,于冥行擿埴中渡海来台。随后,任教于屏东潮州中学。同时避地台湾的外甥潘重规,投以十年前访三舅刘太希于南京后所赋之诗请和:"幕府浮沉系苹苔,讲堂流转类蓬飘。外甥似舅非虚语,潦落何妨共一瓢。"②刘太希和以:"十载兵尘水上苔,万家骨月逐风飘。坏空成住原如此,执手何辞醉一瓢。"②后曾应新加坡南洋大学中文系主任佘雪曼的聘请,担任国学教授。返台后应聘为政治大学教授,开设《诗经》《左传》《文心雕龙》《要籍解题》《春秋三传》《先秦诸子学术》《楚辞》等课程,听课者除中文系学生外,旁听者甚众。又兼任台湾师范大学、辅仁大学、文化大学、东吴大学及淡江大学等校教授,任教数十年,退休后仍不断培养博士研究生,有国学大师之称。晚年从永和竹林路的"竹林精舍",迁至所任教的政大教职员工宿舍,与好友卢元骏、同为黄侃门人的高明,同居"化南新村"③。

---

① 张晖编:《量守庐学记续编:黄侃的生平和学术》,北京:生活·读书·新知三联书店,2006年,第31、36页。
② 刘太希:《无象盦诗》,台北:中华文化基金会,1986年,第27—28页。
③ 参见黄议震:《刘太希与化南新村》,台湾电子报纸《纵横古今·海峤人物万象》2017年3月8日。

伍叔傥,浙江瑞安人,与李笠并列"瑞安十才子"。1916年就读于北京大学,与傅斯年、罗家伦、俞平伯等同学。北大毕业后,先后任教于上海圣约翰大学、中山大学、重庆大学、中央大学等①;1949年后,任台湾大学、台湾师范大学、日本东京大学、香港中文大学等校教授。作为黄侃的弟子,伍叔傥也非常推重"龙学",每每在大学课堂上讲授《文心雕龙》。钱谷融在《我的老师伍叔傥先生》一文中,回忆了抗战时期伍叔傥在重庆中央大学的教学活动:"师范学院国文系有一门必修课叫语文教学法,也许是因为一时请不到合适的人来教,也许是在他的心底里根本瞧不起教学法之类的课程,他就自己来开这门课。他在这门课上讲什么呢?讲《文心雕龙》,正正经经地讲《文心雕龙》。决不因为这门课程的名称是语文教学法,就生拉硬扯地在每堂课的开头或结束的时候搭上一点有关教学法的话头或事例,去装门面骗人,应付学校。"②1949—1952年,伍叔傥在台湾大学中文系任教授时,亦曾讲授《文心雕龙》。其好友王叔岷深情地追忆道:"自一九四九年二月,我到台大中文系教书,忽忽已逾四十四年。系中友好,伍俶(叔傥)、何定生、许世瑛、洪炎秋、戴君仁、屈万里(翼鹏)、毛子水、郑骞(因百)、台静农(伯简)诸先生,皆已相继逝世,岁月无情,徒增感念!伍叔傥先生,性情中人,自视甚高,有些浪漫习气,方东

---

① 1934年3月18日,与黄侃同在中央大学任教的伍叔傥移居鸡笼山下蓝家庄,与其师成了邻居。黄侃赠诗二首:"天涯师弟久相望,岂料移居共一庄。从此春朝与秋夕,倡酬应为看山忙。""筑馆鸡笼相次宗,吾贤素具晋贤风。他时诗礼多疑义,会觉名师在屋东。"(《量守庐遗墨》,司马朝军、王文晖合撰:《黄侃年谱》,武汉:湖北人民出版社,2005年,第397页)

② 方韶毅、沈迦编校:《伍叔傥集》,合肥:黄山书社,2011年,第433页。

美先生称之为魏、晋间人。在台大中文系讲授陶谢诗及《文心雕龙》。"①

第二节　黄侃任教武昌高师时期的门人

　　1919—1927 年,黄侃在武昌高等师范学校、武昌师范大学、武昌国学馆等校任教,讲授《尚书》《尔雅》《文选》《文心雕龙》以及文字学、音韵学等课程,历时七载。学生有龙榆生、靳极苍、刘季友、潘新藻、徐复观等。

　　早在北大教书时,黄侃就引导龙榆生走上治学道路。龙榆生回忆说:"我在高小毕业之后,便抱着一种雄心,想不经过中学和大学预科的阶段,一直跳到北大本科国文系去。那时我有一个堂兄名叫沐光的,在北大国文系肄业。一个胞兄名叫沐棠的,在北大法科肄业。他们两个都和北大那时最有权威的教授黄季刚先生很要好。每次暑假回家,总是把黄先生编的讲义,如《文字学》《音韵学》《文心雕龙札记》之类,带给我看。我最初治学的门径间接是从北大国文系得来,这是毋庸否认的。我那堂兄还把我的文章带给黄先生看,黄先生加了一些奖诱的好评,寄还给我,并且答应帮忙我直接往入北大本科。"②由于身体较差,龙榆生跳过中学直接前往北京大学的愿望落空。1921 年,二十岁的龙榆生由沐光介绍,前往武昌高师从黄侃学习声韵、文字及词章之学,同时教黄氏次子读《论语》。

　　黄侃在武昌讲学的重要内容之一就是《文心雕龙》,为教学方

---

① 王叔岷:《慕庐忆往——王叔岷回忆录》,北京:中华书局,2007 年,第 164 页。
② 张晖:《龙榆生先生年谱》,上海:学林出版社,2001 年,第 11 页。

便,黄侃将在北大时期撰写的讲义印出,分发给学生。对于此事,徐复观说:"在住国学馆的同时,我们约了七八个同学,私自请他教《广韵》和《文心雕龙》。我们为他印了《广韵》的《声类表》(记得不十分清楚),他并把在武高油印的《文心雕龙札记》分送给我们。"①在武昌期间,黄侃还发表过一次演讲,题目即是《讲文心雕龙大旨》,主要探讨研究文学的材料与方法以及文学的范围等问题,实际就是其拟编撰的《文志序论》的纲领。其日记曰:"自唐以后,论文之言,唯存书札及夫丛谈、小说、文话、评选之中,绝无能整齐洽通,若《明儒学案》之记儒先,《文献通考》之载法制者。侃虽不敏,愿有事焉。兹事体大,姑先述其纲领,命曰《文志序论》云尔。"②黄侃20世纪上半叶在武昌讲学长达七载,武汉大学《文心雕龙》研究肇基于此,其后刘永济、朱东润、黄焯等名家又厚植根基,至20世纪下半叶刘绶松、吴林伯、刘纲纪、罗立乾等学者再发扬光大,终于使武汉大学成为"龙学"研究的重镇之一。

　　徐复观入台后,在东海大学、中兴大学及香港中文大学等校讲授《文心雕龙》,撰有《〈文心雕龙〉的文体论》等系列"龙学"论文,不仅激起了岛内学者"龙学"探讨的兴趣,而且极大地提升了

①　徐复观:《关于黄季刚先生》,徐复观:《无惭尺布裹头归·交往集》,北京:九州出版社,2014年,第137页。另,徐复观回忆,1923年师范毕业后,因不满于做一个小学教员,"当时听说武昌创办专门研究国学的国学馆,我于是铤而走险,跑到武昌去参加考试";"参加考试的有三千多学生,我的卷子是黄季刚先生看的,他硬要定我为第一名。他在武昌师大和中华大学上课时对学生说:'我们湖北在满清一代,没有一个有大成就的学者,现在发现一位最有希望的青年,并且是我们黄州府的人……'"(徐复观:《无惭尺布裹头归·生平》,北京:九州出版社,2014年,第63页)
②　黄侃:《黄侃日记》,南京:江苏教育出版社,2001年,第206页。

台湾《文心雕龙》研究的水准。他说之所以研究《文心雕龙》，就是因为要为中文系学子讲授相关课程："我从一九五〇年以后，慢慢回归到学问的路上，是以治思想史为职志的。因在私立东海大学担任中文系主任时，没有先生愿开《文心雕龙》的课，我只好自己担负起来，这便逼着我对中国传统文学发生职业上的关系……在文学方面，到一九六五年为止，仅写了八篇文章，汇印成《中国文学论集》……"[①]他发表的系列"龙学"论文有：《〈文心雕龙〉的文体论》《中国文学中的气的问题——〈文心雕龙·风骨〉篇疏补》《〈文心雕龙〉浅论之一——自然与文学的根源问题》《〈文心雕龙〉浅论之二——〈原道〉篇通释》《〈文心雕龙〉浅论之三——能否解开〈文心雕龙〉的死结》《〈文心雕龙〉浅论之四——文体的构成与实现》《〈文心雕龙〉浅论之五——〈知音〉篇释略》《〈文心雕龙〉浅论之六——文之枢纽》《〈文心雕龙〉浅论之七——文之纲领》《王梦鸥先生〈刘勰论文的观点试测〉一文的商讨》。这些论文都收入作者《中国文学论集》和《中国文学论集续编》二书中，其中以《〈文心雕龙〉浅论》冠名的七篇文章，都是为《华侨日报》"中国文学双周刊"撰写的。张少康曾指出："徐复观先生在对《文心雕龙》的研究中，有很多自己独到的创见，在理论上是很有深度的，这是和他对中国古代的思想史、艺术史等都有精深的研究分不开的。"[②]事实诚然如此。围绕"原道""文体""风骨""比兴"等关键词，徐氏从文学的本质论、文体论、创作论和欣赏论四个维度，深入发掘《文心雕龙》蕴含的理论内涵。而他的文体论研究更是独出心裁。

---

① 徐复观：《中国文学论集续篇》，北京：九州出版社，2014年，第2—3页。
② 张少康等：《文心雕龙研究史》，北京：北京大学出版社，2001年，第244页。

《〈文心雕龙〉的文体论》一文,旗帜鲜明地指出"文体"不等于"文类"①。在他看来,"体"即形体、形相,而自曹丕以至刘勰所在的六朝,时人所言的"文体",等同于英法国家所言的 style,指的是"文学中的艺术的形相性,它和文章中由题材不同而来的种类,完全是两回事"②。而徐氏的《文心雕龙》研究又与黄侃及其《札记》有着深刻的渊源关系。他说:"我近来讲《文心雕龙》,虽不完全同意黄先生《札记》上的见解,但他考证之精、文词之美,使我始终是以感激的心情去阅读。而他在《文心雕龙札记》中破除自阮元以来有关六朝文与笔问题的偏颇之见,在《钟嵘诗品讲疏》中,谈到五言诗的起源,都表示了他卓越的成就。"③

第三节　黄侃任教中央大学时期的门人

1928—1935 年,黄侃应中央大学、金陵大学之聘,至南京,住在大石桥西"量守庐",先后主讲《说文》《尔雅》《广韵》《文选》《文心

---

① 关于这篇文章的撰述缘由,徐复观在 1959 年 3 月 2 日写给唐君毅的信中略有说明:"自胡适回来后,近来台北学术风气,更是不像话,连大陆都不如。整个人的地位都动摇了。弟因《文学杂志》的编者夏济安先生曾说我们不了解文学,所以对社会之影响不大,所以我便想在文学这一方面写几篇文章。最近为《东海学报》写一篇《〈文心雕龙〉的文体论》,长三万余字,百千年来谈中国传统文学者,恐尚以此文为第一篇。此文出,不仅《文心雕龙》成为能读之书,且对研究中国文学批评史者提供一新的基础。此类文章,写二三篇后,转回到思想史方面做点工作。"(徐复观:《无惭尺布裹头归·交往集》,北京:九州出版社,2014 年,第 386 页)

② 徐复观:《中国文学论集》,北京:九州出版社,2014 年,第 9 页。

③ 徐复观:《关于黄季刚先生》,徐复观:《无惭尺布裹头归·交往集》,北京:九州出版社,2014 年,第 139 页。

雕龙》等课,历时八年。学生有潘重规、高明、李曰刚、华仲麐、佘雪曼、殷孟伦、管雄、徐复、程千帆等,他们后来分别在海峡两岸各大学任教,从事包括《文心雕龙》在内的各种学术研究,传播"龙学"。

潘重规从黄侃治学,自谓:"民国十六年,重规肄业国立中央大学。先师南下,开设讲席,重规得厕门墙。"①1932年夏,潘氏奉命回中央大学中文系任助教,不久与黄侃长女黄念容结婚②。1937年夏,中央大学西迁至重庆沙坪坝,潘氏随校入川,次年作

①潘重规:《黄季刚先生遗书影印记》,程千帆、唐文编辑:《量守庐学记:黄侃的生平和学术》,北京:生活·读书·新知三联书店,1985年,第36页。

②汪东教授为潘氏《荀子集解订补》作序曰:"潘生石禅,从季刚受学,重其才,以女妻之。"(东北大学《志林》1942年第3期,手写石印本)潘重规本名崇奎,号石禅,其名字系太老师章太炎和业师黄侃所改。《量守庐遗墨》:"己巳十一月晦(1929年12月30日),为吾师太炎先生六十二岁生日,偕石禅如上海觐之。师见石禅而喜之,为之易名曰重规,所以爱之者深矣。予因易其字曰袭善。乌乎,名字之美,抑尽之矣。将何以副之哉?袭善其勉之。黄侃书于上元大石桥赁居。"(司马朝军、王文晖合撰:《黄侃年谱》,武汉:湖北人民出版社,2005年,第296页)章太炎为其易名"重规",以比美唐人李百药(百药,字重规,唐太宗时,官太子右庶子、左庶子,撰《齐史》);黄侃为其易字"袭善",用铁线篆大书"重规袭善"予之,以示宠异。另,潘重规是刘太希的外甥,他能成为黄侃的乘龙快婿,还与三舅刘太希有关。1928年黄侃至南京任教,次年刘太希由上海往谒。黄侃告诉他:"近年考入央大学生中,得到一位学名潘崇奎(重规),在千百文卷中,只有潘生一文,不但文笔精美,且是字字一笔不苟的正楷,近来常来请益,诚为近代青年中之精金美玉,赞赏不已。"刘太希随即禀告其师,潘生是其姐之子。黄侃甚为惊喜,欣为奇缘,急忙询问潘生曾否订婚?刘氏答曰:尚未。其师乃云:"吾女待字未婚,与潘生堪成匹配云云。"(刘太希:《记黄季刚师》,张晖编:《量守庐学记续编:黄侃的生平和学术》,北京:生活·读书·新知三联书店,2006年,第33页)后由王瀣做媒,黄侃将长女黄念容许配给门人潘重规。

《读〈文心雕龙〉札记》一文。他在中大中文系主讲《诗经》《文心雕龙》,晋升为讲师。1938年,东北大学迁至四川三台县,翌年潘氏任东北大学中文系副教授,次年聘为教授,主讲《诗经》《文心雕龙》。1943年秋至1946年春,任四川大学中文系教授、主任,仍主讲《诗经》《文心雕龙》,据当时听课的学生回忆,潘氏上《文心雕龙》课,板书特多"黄先生曰"①。1946年5月,应安徽大学校长之聘,任安徽大学中文系教授、主任,主讲训诂学、毛诗和陶谢诗。1949年赴香港,任香港(中文大学)新亚书院中文系教授、主任、院长。1951年迁台,先后任台湾师范大学国文系教授、主任兼国文研究所所长,文化大学中文系教授兼研究所所长、文学院院长,东吴大学中文研究所研究员,又任新加坡南洋大学中文系教授②。

潘氏不仅在台湾、香港、新加坡等地区和国家,传播黄侃学术思想,致力黄侃学术研究,而且是台湾"龙学"研究的开创者,最早将《文心雕龙》搬上台湾的大学讲坛,并指导"龙学"硕士论文两篇,撰写"龙学"论文多篇,特别是其《唐写文心雕龙残本合校》,成为自铃木虎雄和赵万里之后,唐写本研究的又一力作③。而潘氏

①祖保泉:《现当代〈文心雕龙〉五学人年表》,《文学前沿》第13辑,北京:学苑出版社,2008年。

②1957年夏,潘重规获悉母亲来自大陆的消息,遂离开台湾师大,远赴新加坡南洋大学任教,以设法迎母孝养,费尽周折后终得迎奉。

③潘重规最早于台湾省立师范学院开设《文心雕龙》课程,并于文化大学中文研究所指导陈兆秀《〈文心雕龙〉术语研究》(1976)、陈坤祥《〈文心雕龙·指瑕〉之研究》(1980)两篇硕士论文。其于台、港撰写的"龙学"论文有:刘彦和撰写〈文心雕龙〉问题的新探测》(中国文化学院《创新周刊》1976年第189期)、《刘勰文艺思想以佛学为根柢辨》(《幼狮学(转下页注)

从事唐写本校勘工作,亦与其师有关。据《黄侃日记》记载,黄侃在南京任教期间,1930年曾据唐写本校勘《文心雕龙》,且嘱潘氏购买并关注铃木虎雄的《敦煌本文心雕龙校勘记》①。此外,汪中(号雨盦)1947年考入国立安徽大学中文系,师从潘重规,1949年迁台后仍从潘重规游,此后任教于台湾师范大学,为龚鹏程博士论文《江西诗社宗派研究》的指导教授。龚氏说:"我曾在台湾淡江大学就读,该校于1970年即成立研究室,专治《文心雕龙》;我担任系主任以后,也整理了一份《文心》的所有图书论文文件。我硕士博士读的是台湾师大,更是章黄学派的传承,历来有讲这书的传统。"②

高明,字仲华,江苏高邮人。1925年考入国立东南大学中文系,从李详治骈文,从姚永朴学古文,从姚明辉学《周易》。1927年学校更名为国立中央大学,复从黄侃治经学、小学,从吴梅治词、曲,从胡光炜治金石、甲骨学。高氏于小学、经学兴趣尤浓,深获黄侃青睐,命列门墙,取苏轼赠秦观"淮海少年天下士"句,赐以"淮海少年"嘉号,以"天下士"期之,并勉以发扬乡贤前辈学风:"侃从学于余杭章君,章君从学于德清俞君,俞君则私淑高邮王氏,溯吾人学统,实出高邮。汝,高邮人也,今既从学于侃,当以光大高邮之学为

(接上页注)志》1979年第3期)、《"既洗予闻"意旨的探测——〈文心雕龙·序志〉篇》(《中央日报》1984年11月1日)、《刘勰〈灭惑论〉撰年商榷》(《中央日报》1984年12月20日)、《刘彦和佐僧祐撰述考》(《新亚学报》1986年第15卷)。其《唐写文心雕龙残本合校》,有香港新亚研究所1970年印本,又收入台湾木铎出版社1975年版《文心雕龙论文集》中。

① 黄侃:《黄侃日记》,南京:江苏教育出版社,2001年,第622页。

② 龚鹏程:《文心雕龙讲记》,桂林:广西师范大学出版社,2021年,第2页。

志。幸毋负于尔之乡先辈也!"①1930年,高明毕业于中央大学,任教江苏省松江中学,翌年春赴东北任教;"九一八"事变后,任江苏省政府保安处主任秘书,后入西康建省党部,为书记长;1940年,武汉大学迁四川乐山,至乐山为友人程千帆先生代课,一年后至重庆小温泉中央政治学校任教。自此以后,遂专任教职,致力于学术。1944年任国立西北大学中国文学系主任,兼任教务长。

　　高氏四十岁入台,从教三十余年,1949年任台湾师范学院国文系教授,1956年改为师范大学后继任之;同年兼任政治大学中文系主任,后又转任教务长;1960年辞去师大、政大教职,赴香港中文大学联合书院中文系主持系务;1964年复返政大,任刚成立的中国文学研究所所长,并兼任师大国文研究所教席;1972年向政大请假一年,赴新加坡任南洋大学客座教授;1974年因届退休年龄,故不再兼任公立大学学术行政职务,然仍在师大、政大、交大坚持上课,传道授业。高氏承章黄学派之余绪,得乾嘉学脉之正传,学术渊源有自,成果气象万千,于台湾学界开枝散叶,培育桢干,精研国学,弘扬文化,是台湾现代学术教育的重要推手,也是大陆学者来台的第一代学术宗师。其及门弟子黄庆萱在《高明教授学述》一文中,以"博而知统,学有所归"二句概括其学行,以"著作繁富""学有体系""归本于儒"三项说明其成就。高氏一生撰述不辍,著作等身,经史子集,无所不包。虽无专门的《文心雕

---

① 高明:《自述》,《中华学苑》1975年第16期。引自陈逢源《高明先生论四书》,台北《国文学报》2013年第54期。又,黄庆萱说:"并时同砚得入黄先生门下者潘先生石禅重规一人,后有殷石臞孟伦亦受黄先生之特知。至若刘伯平颐、骆绍宾鸿凯、孙鹰若世扬、林先生景伊尹皆先生从游,而后乃相识者也。"(《故国文系高明教授学述》,《师大校友》2006年第330期)

龙》论著,然其于台湾"龙学"的研究与发展,厥功甚伟,作用甚大!在台湾"龙学"早期传播方面,由于潘重规赴香江讲学,高氏便接续其在师范学院讲授《文心雕龙》。改名师范大学后,他又奉命筹建台湾最早的国文研究所并主其事;为提高学术水准,又首创招收博士研究生制度,成为台湾文学博士的宗师。而由他创办并主事的台师大国文研究所,成为全台"龙学"研究的重镇,不仅培育出首部"龙学"博士和硕士论文,而且整个20世纪下半叶台湾的十篇博士论文中,有六篇出自国文所,使其成为名副其实的孕育台湾"龙学"繁荣与发展的温床①。

此外,高氏亦是台湾"龙学"薪火相传之干城,经其裁成的王更生日后成为台湾"龙学"研究的中坚人物②。王氏弟子刘渼说:"李师(曰刚)退休后乃亲命王师更生赓续讲授,近三十年来王师辛勤奔波于中央、东吴、世新等校教授《文心》;其所指导的十二部

①参见刘渼《台湾近五十年来"〈文心雕龙〉学"研究》(台北:万卷楼图书有限公司,2001年)附录之表四:台湾近五十年来《文心雕龙》研究论著一览表(二、博、硕士论文),第644—645页。另,台湾地区第一篇"龙学"学位论文是李宗慬撰写的《〈文心雕龙〉文学批评研究》硕士论文,完成于1964年,由台湾师范大学国文研究所李渔叔教授指导。最早的博士论文,从时间上说,当是纪秋郎撰写的《刘勰文学理论的比较研究》,1978年完成于台湾大学外文研究所。不过,由于这篇论文申请的是哲学博士(比较文学方向),且以英文书写。因此,人们习惯上也将沈谦1980年于台师大国文所,在王梦鸥、李辰冬两位教授指导下完成的《〈文心雕龙〉之文学理论与批评》,视为台湾首部"龙学"博士论文。

②高明系王更生的硕、博导师,1966年王氏在其师指导下完成硕士论文《晏子春秋研究》,1972年王氏又在高仲华(明)、林景伊(尹)两位教授指导下完成博士论文《籀庼学记——孙诒让先生之生平及其学术》(王更生:《王更生自订年谱初稿》,台北:文史哲出版社,2007年,第33、35页)。

龙学博、硕士论文，占全台总数四分之一，且门生多能自立户牖，在各大专院校继续教授《文心》并指导论文写作，对龙学薪传贡献最大。"①高氏另一及门弟子黄庆萱，虽然从其师主治史学、易学等，然于"龙学"人才培育上亦有裁成之功②。除了讲授《文心雕龙》、建设研究机构、培育"龙学"人才，高氏本人对《文心雕龙》的研究亦造诣颇深，其《中国文学理论的整理与创建》一文曰："到了南朝梁刘勰（字彦和）撰《文心雕龙》，才第一次将中国人的文学理论做一次总整理，梁以前中国人的文学理论无不包括在内。中国文学理论，从此开始，才有一个全面的完整的体系。这可以说是一部空前的著作。"③他的《高明文学论丛》论风神、风骨、情韵、体性、声律、色彩、文学鉴赏的方法等，及《中国文学理论研究》讲义，都发挥《文心》精义，以之授徒，学者多加征引，很有启导作用④。

---

① 刘渼:《台湾近五十年来"〈文心雕龙〉学"研究》，台北:万卷楼图书有限公司，2001年，第46页。

② 黄庆萱曾作为来台留学的韩国留学生金民那撰写博士论文的指导老师。他说:"金生民那，韩国汉城人，韩城梨花女子大学中文系毕业。梨花女大者，于大韩为成立年代最久，学生人数最多，享誉最隆之女子大学也。一九八四年来台留学。初入国立台湾大学中文研究所，从廖蔚卿先生习《文心雕龙》，其硕士论文《〈文心雕龙〉的通变论》即廖先生所指导，颇受考试委员王叔岷、张健二先生之赏识。一九八八年入台湾师范大学国文研究所，攻读博士课程。余时授'中国文学理论'，金生尝来旁听。旋拟以《文学的心灵及其艺术的表现》为题，探讨《文心雕龙》之美学，乞余指导。"（金民那:《文心雕龙的美学——文学的心灵及其艺术的表现》，台北:文史哲出版社，1997年，第1页）

③ 高明:《高明文学论丛》，台北:黎明文化事业股份有限公司，1978年，第455页。

④ 刘渼:《台湾近五十年来"〈文心雕龙〉学"研究》，台北:万卷楼图书有限公司，2001年，第45—46页。

　　李曰刚于中央大学毕业后,历任陕西省教育厅编审室主任、四川第二中学高中部主任、第三战区政治部上校专员、江苏省政府江南行署秘书、江南日报社社长、江苏省党部宣传组组长、《中国明报》总主笔以及金山与丹阳两县县长等。东渡台湾后,弃政从文,重拾黄师所授南雍旧业,任台湾师范大学国文系教授,主讲《文心雕龙》,授课讲义广泛流传,在台湾学术界影响甚大①。作者曾说:"笔者蚤岁肄业南雍,选读是书(《文心雕龙》——引者注)于蕲春黄季刚师,即入其滋味,醰醰沁脾,欲罢不能;嗣后复寻章摘句,不断钻研,并陆续搜集有关资料,盈箱累架;加之近十数年开此课于台湾师范大学,初授诸生选修,继导硕博专研,逐篇编撰讲义,日积月累,不禁装订六大厚册。"②1982 年,讲义经整理以《文心雕龙斠诠》为名正式出版。该书兼校、注、译、释于一体,广

---

① 台湾学者刘渼说:"李师曾担任主任多年,三十年代在南京中央大学受业黄侃门下,研治《文心》垂五十年、教授近二十年,早先编写的《文心雕龙》油印本讲义(又名《文心雕龙讲疏》《文心雕龙校释》),是上课之余费时近二十年的研究成果,流传极广,影响深远。"(《台湾近五十年来"〈文心雕龙〉学"研究》,台北:万卷楼图书有限公司,2001 年,第 46 页)

② 李曰刚:《文心雕龙斠诠·序言》,台北:"中华丛书"编审委员会,1982 年,第 8—9 页。王更生在《我所认识的李曰刚先生》一文中说:"(1968 年)八月,我再入师大国文研究所攻读博士学位,也是先生(李曰刚)担任系主任的第二年,先生讲授'《文心雕龙》研究'于研究所。……最记得的是他那《文心雕龙斠诠》讲义,随讲随印,随印随发,一学期下来,光讲义就充箱照轸,车不胜载了。"又说:"先生去世了,我再一次翻检先生在十年前送给我的《文心雕龙斠诠讲义》,红皮精装三巨册,师大出版组手抄油印本,这是先生早年案头常备的一部,书中夹了许多纸条,上面写满了补充考订的文字,细如蝇头,密密麻麻,足见先生毕生精力,尽萃于斯矣。"(王更生:《更生退思文录》,台北:文史哲出版社,1997 年,第 300、305 页)

搜博稽，解说绵密，颇有百川汇海之气度和会校集释之性质，至今仍是海峡两岸"龙学"著作中部头最大的集大成之作。牟世金认为："台湾对《文心雕龙》的研究，从文字的理解到理论的阐发，大都源出于李氏此书。"①验之于王更生所说，此言不虚："欲知台湾'《文心雕龙》学'的发展，不可不知台湾师范大学国文系的李曰刚先生，欲知李曰刚先生，不可不知其皇皇巨著《文心雕龙斠诠》。所谓'一代之兴，必有一代之学，一代之学，必有一代之书，一代之书，必有一代之传'。李曰刚先生就是台湾'《文心雕龙》学'研究领域方面，承先启后的一位'龙学家'。"②

华仲麐，贵州遵义人。中央大学毕业后赴英国伦敦大学留学，获文学硕士学位。回国后，历任贵州大学、浙江大学、重庆大学副教授、教授及系主任，国民政府教育部特约编辑、秘书，贵州省政府委员。1949年去台湾，历任师范大学、东吴大学、政治大学、辅仁大学教授。1966年任考试院考试委员。著有《中国文学史论》《文心雕龙要义申说》《经学通论》《诸子讲话》等。华氏在台师大前身省立师范学院和私立东吴大学都曾讲授《文心雕龙》，并亲自编撰讲义，为台湾早期"龙学"的传播做出了重要贡献。他说："本文（《文心雕龙要义申说》）之编著，乃为开授《文心雕龙》，便于讲述之用。故以原书为经，本文为纬，征集众说，别抒心裁，依原定纲准，画出全书之间架与郛郭，以提供研读《文心雕龙》之方法与蹊径。麐弱冠负笈京师，受此书于蕲春黄先生之门，初读略省章句，再诵粗识义理，三复过之，积以岁月，始渐明全书体系，

①牟世金：《台湾文心雕龙研究鸟瞰》，济南：山东大学出版社，1985年，第98页。
②王更生：《文心雕龙管窥》，台北：文史哲出版社，2007年，第266页。

其脉络贯通之处,依纲循准,实符理则。"①刘渼也说:"省立师范
学院讲授《文心雕龙》的几位先生,如潘师重规、高师仲华、华师仲
麐、李师曰刚等皆受业于黄侃门下,故直承衣钵,赓续学统。""讲
授《文心雕龙》的先生们,也都自撰授课讲义,有台师大李师曰刚
油印本《文心雕龙讲疏》、东吴大学华师仲麐《文心雕龙要义申
说》、辅仁大学曹昇《文心雕龙书后》等。"②

　　佘雪曼,字莲裔,重庆巴县人,毕业于南京中央大学艺术系。
曾从黄侃研习《文心雕龙》,并藏有武昌高师所印《札记》讲义三十
二篇。毕业后,被国民政府教育部聘为教授,先后在国立女子师
范、东北大学、四川大学、中山大学,香港中文大学及新加坡南洋
大学任教授、系主任、院长。当时,四川大学还是全国最保守的大
学,教授不允许学生用白话文写文章,否则就不予批改。佘雪曼
应聘到四川大学中文系后,公开在课上宣称学生既可以用文言文
写作,也可以用白话文写作。由于他与众不同,遂遭到其他老师
的排斥与打压,只允许教一年级。他在川大期间,给学生讲《文心
雕龙》,而且讲得绘声绘色,不仅一年级学生听得津津有味,后来
二年级,三年级,甚至四年级的学生都来听他的课,以至教室都坐
不下了。另外,他还襄助四川大学石印本《文心雕龙札记》出版之
事。1927 年,黄侃取《神思》以下二十篇札记,交北京文化学社出
版;1935 年黄侃逝世后,中央大学《文艺丛刊》又录出《原道》以下
十一篇发表。然而,《札记》首次以完整的形式出现则是四川大学

①华仲麐:《文心雕龙要义申说》,台北:台湾学生书局,1998 年,第 67 页。
②刘渼:《台湾近五十年来"〈文心雕龙〉学"研究》,台北:万卷楼图书有限公
　司,2001 年,第 23、25 页。

石印本①。祖保泉曾参与其事,据他回忆:"一九四三年秋至一九四六年春,潘重规先生在四川大学主讲《诗经》《文心雕龙》,四五年秋,抗日战争胜利,四六年初,安徽大学宣告复校,聘先生为中文系主任,潘先生于四月下旬离川大,我班的《文心》课中辍。有人提出集资翻印黄侃《文心雕龙札记》,全班赞成,访求《札记》原文,得三十二篇(包括《物色》),疑为尚有逸佚。八月,佘雪曼先生到校,出其所藏《札记》三十二篇,并一再说:'黄先生只写三十一篇。'于是决定付印。稿由成都华英书局排版,错字多,行次密,难于校改,遂加'勘误表'两页。封面由佘先生以瘦金体署《文心雕龙札记》,印二百册。我得一册,文革中遗失。"②川大本《札记》封面为黑绿色,上有瘦金体"文心雕龙札记"字样,旁有"佘雪曼署"题签。书正文之前有一页,题曰:"民国三十六年刊于国立四川大学",近隶体。书内页为宣纸,除首两页未标页码外,共八十八页。目录首载"题辞及略例",次为"原道第一"等至"总术第四十四",但其中"议对第二十四""书记第二十五"于目录俱脱,而其内文并

---

① 1962 年,中华书局上海编辑所(后更名为上海古籍出版社)在出版黄侃《文心雕龙札记》的《出版说明》中指出:"《文心雕龙札记》是黄季刚(侃)先生的遗著。黄先生是章太炎先生的弟子,曾任北京大学和武昌高等师范学校教授。本书是他在学校任教时的讲义,对《文心雕龙》的内容含义多所阐发,在学术界曾起过很大的影响。可是这书从未完整出版过,一九二七年北京文化学社曾把《神思》以下二十篇加以印行,但流传不广,现已极为难得;至于《原道》以下十一篇,一九三五年黄先生逝世后,前南京中央大学办的《文艺丛刊》虽曾发表,见到的人很少。一九四七年四川大学中文系曾把全书合印一册,但系该校内部刊物,绝少外传。"

② 祖保泉:《〈文心雕龙札记〉川大本付印简况》,1998 年 1 月 20 日。此为手写件。

无缺。其后附有骆鸿凯所撰《物色》篇札记。但由于成书仓促,未加细校,加之排版不精,书中错讹之处较多,所以书后附有两页勘误表。此书由成都华英书局发行,主要用于内部传阅,印数较少,至今罕见。但其首次将三十一篇合为一体,展现了《札记》的全貌,故意义重大。由于佘氏所为难以见容于川大的学风,因此没过多久他还是被解聘了,之后就携妻子一起离开四川,去了中山大学。1949 年移居香港,创办香港雪曼艺文院,专门从事书画创作和理论研究;出版文学丛书、美术丛书、字帖、画册逾百种,并被译成日、法等国文字出版。其中,文学丛书有《女词人李清照》《李后主词欣赏》等。

　　黄侃在中央大学和金陵大学的弟子中,也有多人留在大陆上庠任教,从事包括"龙学"在内的各种学术研究。殷孟伦曾于黄侃门下学习和工作多年,受到其师细致而具体的教导,在文字学、音韵学和训诂学方面打下了坚实的基础。他在《忆量守师》一文中说:"使我最感到可贵的是,由于黄先生的关心,把我的时间作了很好的安排。我听从黄先生的教诲,每当课余,便到先生的住处看书学习,前后达六年之久,直至先生辞世。"①殷氏 1932 年毕业于中央大学中文系,后赴日本东京帝国大学大学院当研究生。归国后历任四川大学中文系教授、系主任,山东大学中文系教授、校学术委员会委员等。他不仅是著名的语言学家,而且在汉魏六朝文学及《文心雕龙》研究方面颇有造诣,著有《汉魏六朝百三家集题辞注》,该书 1960 年由人民文学出版社出版,成为研治中古文学的重要参考书,在学界有着广泛的影响。他还是《中国古典文

①程千帆、唐文编辑:《量守庐学记:黄侃的生平和学术》,北京:生活·读书·新知三联书店,1985 年,第 139 页。

学名著题解》(中国青年出版社1980年)的主要撰稿人之一。其中,涉及"龙学"的条目,如"刘勰","《文心雕龙》","黄叔琳、纪昀《文心雕龙辑注》评点","杨明照《文心雕龙注》","黄侃《文心雕龙札记》","范文澜《文心雕龙注》","陆侃如、牟世金《文心雕龙选译》"等,均由他撰写。该书介绍了自先秦至近代的二百五十多部流传广、影响大的中国古典文学名著,涵盖了诗、文、赋、词、戏曲、小说等多种文体的原著及译注本、汇编本,被誉为"打开中国古典文学宝库的钥匙"。此外,他还指导自己的研究生冯春田,从训诂的角度研究《文心雕龙》,指定其以《文心雕龙》术语考释为内容,撰写学位论文《文心雕龙术语通释》①。

程千帆,1928年秋考入金陵大学附属中学,1932年升入金陵大学,受业于黄侃、吴梅、胡小石、汪辟疆、商承祚、陈登原诸师。1936年金陵大学中文系毕业,至四川重庆的西康建设厅任科员,1941年至1942年任乐山武汉大学中文系讲师,1942年至1943年任成都金陵大学中文系副教授,1943年至1944年任四川大学中文系副教授兼金陵大学副教授,1945年起在武汉大学中文系工作,曾任副教授、教授、系主任等职。1957年被错划为"右派",1978年被聘为南京大学中文系教授,直至2000年6月3日在南京因病逝世,享年八十八岁。程先生虽然跟季刚老师学习的时间很短,"及门恨晚",但是他对老师人品和本质的认识则是非常准

---

① 冯春田后来以其硕士学位论文为基础,历时五载,数易其稿,完成《文心雕龙释义》(山东教育出版社1986年)一书;以后又继续沿着训诂学与《文心雕龙》研究相结合的路子,出版了《文心雕龙词语通释》(明天出版社1990年);在词语训诂研究的基础上,2000年又出版了《文心雕龙阐释》(齐鲁书社)一书,对一些重要的"龙学"问题作出分析。

确的。他说:"季刚老师并不是什么国粹主义者、顽固分子,他是一位爱国主义者,一位资产阶级民主革命家。""爱国主义炽热的火焰是指引他在学术的道路上不停地前进的明灯。他对于一些问题有自己独特的看法,非常顽强,在我们今天看来,甚至于显得有些偏执。如果不从当时的历史情况和他的心灵活动去理解,是很容易产生误会的。"①程氏虽然没有专门的"龙学"著作,但是在其师黄侃的影响下,他对包括《文心雕龙》在内的整个古典文论都有着深入细致的研究。他认为黄侃的"《文心雕龙札记》则开创了一代古典文论研究之风",其早年所作《文学发凡》(1943年)明显受到了《札记》的启发和影响,该书后来不断修订,1948年改名《文论要诠》由开明书店出版,1983年又改为《文论十笺》由黑龙江人民出版社再版,成为他重要的代表性学术著作之一。特别是他晚年出版的《程氏汉语文学通史》第八章《子书的衰落与论说、文论的勃兴》,其中有一节为《体大思精的文心雕龙》,篇幅虽然不大,但说解透彻,认识深刻,且不乏独到之见。例如:"《文心雕龙》一书可以说是刘勰的子书。中国古代文学批评著作中,体大思精者,惟《文心雕龙》与《文史通义》。此书内在逻辑结构之严密、思理之谨严,可能受到佛家思维的影响。刘勰曾师事当时的著名僧侣僧祐十余年,参加译经。他在梁朝开始入仕,仕至东宫通事舍人,深受昭明太子萧统的信任,晚年出家为僧,更名为慧地。虽然刘勰与佛教有密切的联系,但从《文心雕龙》中的《原道》《征圣》《宗经》诸篇来看,他的思想包括文学思想中,儒家思想仍然占着

---

① 程千帆:《忆黄季刚老师》,程千帆、唐文编辑:《量守庐学记:黄侃的生平和学术》,第167、172页。

主导的地位。"①这里的"子书"之说，"体大思精"之论，尤其是结构上"可能受到佛家思维的影响"，但思想上"儒家思想仍然占着主导的地位"，都是极富见地的观点。

管雄，字绕谿，浙江温州人，1930年考入中央大学中文系，深钦季刚之学，课堂听讲外，亦曾私下问学②。其读书之所由季刚篆额四字曰"泉山精舍"，又书联赐赠曰："盖世功名棋一局，藏山文字纸千张。"1942年，由重庆中央大学师范学院国文系主任伍叔傥聘为讲师，伍先生与他系同乡，曾指导其毕业论文《洛阳伽蓝记疏证》。抗战胜利后，他随校复员至南京，担任中央大学副教授；1952年院系调整后，分配至南京大学中文系。20世纪50年代末，奉南大党委之命，赴南昌支援江西大学建校工作，讲授"中国文学批评史"等课程；1965年后，辗转江西各地，任井岗山大学等校中文系副教授，为革命老区培养了一大批人才。1976年底重返南京大学，为本科生讲授"中国古代诗歌理论史略"课，并受聘担任硕士生导师，指导过王长发（南京大学海外教育学院教授）、钱南秀（美国Rice大学东亚系教授）、张伯伟（南京大学文学院教授）、左健（南京大学出版社社长兼总编）四名研究生，造就了一批

---

① 程千帆、程章灿：《程氏汉语文学通史》，沈阳：辽海出版社，1999年，第97页。
② 管雄《训诂略论（二）——黄季刚先生论小学十书》题记曰："此蕲春黄先生于民国二十一年夏假金陵大学所讲，由雄记录存稿。时先生寓居大石桥，长日炎燠，咄咄逼人。乃相约于每日日出前一小时赴讲。雄与长沙易家燊、泰和彭绩淡、郫县殷孟伦自文昌桥中央大学宿舍往。晨风泠然，吹我数辈。约一月许讲小学竟。自遭兵乱，稿轶沦丧，医衍所藏，独全此篇。而师容眇邈，故旧星零，展诵怀人，感往增怆。"（管雄著，张伯伟编：《三思斋文丛》，南京：南京大学出版社，2017年，第6页）

跨世纪人才①。管氏精于魏晋南北朝和隋唐五代文学的研究,曾出版《隋唐诗歌史论》《魏晋南北朝文学史论》等著作。他在"龙学"方面亦颇有造诣,撰有《论"文"与"道"的关系——读〈文心雕龙·原道〉札记》《说"庄、老告退而山水方滋"》《声律论的发生和发展及其在中国文学史上的影响》等多篇论文。

徐复,字士复,号汉生,江苏省武进人,诞生于辛亥革命枪炮声中,名、字、号,皆取光复之义。1929年就读于金陵大学,从黄侃治文字学、音韵学、训诂学和"龙学"。1933年毕业于金陵大学,1935年入金陵大学国学研究班,后出游姑苏,入章氏国学讲习会,转至章太炎门下。故其在章门有双重身份,先为再传弟子,后为及门弟子。先后任教于金陵大学、南京师范学院以及后来的南京师范大学。徐氏为黄侃和章太炎的嫡传弟子,系章黄学派的正宗传人。他对两位先师崇敬有加,呕心沥血地研究、阐释他们的著作。章太炎的代表作《訄书》博大精深,对中国古代各种学说,包括哲学、宗教、社会学、语言文字学、历史学等,进行了深入细致的研究。由于行文古奥,颇难读解,连鲁迅也谦称难以读懂。徐氏从1975年开始注释《訄书》,至1999年写定,其间四易其稿,终于完成了《訄书详注》,可谓晚年精力悉萃于斯。他对《文心雕龙》也颇有兴趣,早年就对其师黄侃所补《文心雕龙·隐秀篇》作注解,后又发表了《〈文心雕龙〉正字》《〈文心雕龙〉刊误》等"龙学"文章②。

---

① 参见张伯伟:《管雄先生小传》,管雄著、张伯伟编:《三思斋文丛》。左健著有《体大思精的文心雕龙》(辽宁古籍出版社2003年)一书。

② 徐复《黄补〈文心雕龙·隐秀篇〉笺注》曰:"蕲春黄先生,讳侃,字季刚,饫志典坟,早岁蜚声。文辞渊懿,迥异庸俗。民国以还,教授京兆武昌南都诸大学。殚精经史小学,卓然儒宗。平生瓣香彦和《文心》,尤多创解,尝以教授及门诸子,撰《文心札记》行于世。又以《隐秀》一篇,元(转下页注)

而且对《文心雕龙》的校注贯穿其学术生涯的始终，晚年出版的《后读书杂志》就有《文心雕龙杂志》一篇，对《辨骚》"骨鲠"、《明诗》"见疑于后代"、《颂赞》"风雅序人事，兼正变"、《哀吊》"履突鬼门"、《史传》"人始区详"、《论说》"白虎通讲"、《诏策》"赐太守陈遂""诸葛孔明之详约"、《封禅》"叙离乱"、《奏启》"傥者偏也"、《风骨》"骨髓峻"、《定势》"文之体指实强弱""先迷后能从善"、《镕裁》"情苦芟繁"、《章句》"环情草调"、《丽辞》"上林赋""神女赋"、《事类》"百官箴""遂初赋"、《附会》"才量学文""豆之合黄"、《总术》"诡者亦典"、《程器》"憸恫"、《序志》"禀性五才"的校注，独出心裁，胜义纷呈。且前之未密，后出转精。例如"禀性五才"，元刻本、弘治本以下均作"五行"，黄叔琳校云："才，一作行。"徐氏早年《文心雕龙正字》校曰："按作'行'字是。《原道》篇云：'为五行之秀，实天地之心。'语与此同。惟《程器》篇有'人禀五材'句，则作'才'亦通。"1996 年出版的《后读书杂志》，此条校注与早年相反："复按：《梁书》亦作'才'，作'才'字是。'才'与'材'通用。本书《程器》云：'人禀五材，修短殊用。'亦可为证。《左传·襄公二十七年》：'天生五材，民并用之。'杜预注：'金、木、水、火、土也。'一本作'行'者，以'五才'不可解，又涉本书《原道》有'为五行之秀，实天地之心'二句，故改为'五行'耳。"作者说："余撰《后读书杂

（接上页注）已亡佚，遂为补撰，文出传诵殆遍。今为撷拾典记，傅以诂训，俾便术说，用启来学云尔。"（《金陵学报》1938 年第 8 卷第 1、2 期）另，黄侃所补《文心雕龙·隐秀篇》在当时影响很大，除徐复为之笺注外，赵西陆亦作《黄侃补〈文心雕龙·隐秀篇〉笺》（《国文月刊》1945 年第 38 期）。《〈文心雕龙〉正字》发表于四川《斯文》第 2 卷第 1、3 期（1941 年 10 月 16 日、11 月 16 日），《〈文心雕龙〉刊误》发表于重庆《中国文学》第 1 卷第 5 期（1945 年 2 月）。

志》,始稿于一九三二年,迄客岁一九九二年而全书告成。六十年中作辍相寻,增芟更易者数矣。"①可见,作"才"是作者经过几十年思考以后得出的成熟的结论。另外,他对其师《文心雕龙札记》特重《章句》也作出了很好的解释:"先生谓一切文辞学术,皆以章句为始基。讲授《文心雕龙》课,特别重视《章句》一篇,先生写的札记,特为详明。尝谓王先谦《汉书补注》,不知何人为之圈断,每页竟错至五六处之多,此不通小学之过。杨树达先生撰《古书句读释例》,引用先生《史记》《汉书》数例,皆极精审。"②

　　综上所述,20世纪下半叶,黄侃门人及其再传弟子所从事的有关《文心雕龙》的教学和研究工作,撑起了海峡两岸"龙学"的"半壁江山"。

---

① 徐复:《后读书杂志》,上海:上海古籍出版社,1996年,第206、1页。
② 徐复:《师门忆语》,程千帆、唐文编辑:《量守庐学记》,北京:生活·读书·新知三联书店,1985年,第150页。另,刘永济曾对黄侃弟子程千帆说:"季刚的《札记》,《章句篇》写得最详;我的《校释》,《论说篇》写得最详。"(程千帆:《刘永济传略》,《晋阳学刊》1982年第5期)

附　录

赓续学术传统　谱写"龙学"新篇
——李平教授学术专访录

　　李平教授 1962 年 2 月 14 日生于安徽省芜湖市，1984 年安徽师范大学中文系毕业，1988 年录取为安徽师范大学文艺学专业研究生，毕业后留校任教至今。现为安徽师范大学文学院教授，中国诗学研究中心研究员，博士生导师，安徽省高校学科带头人，中国《文心雕龙》学会副会长，中国古代文学理论学会理事，政协安徽省第十、十一、十二届委员。长期从事中国古代文论和中国文化的教学和研究工作，主持多项国家社科基金和教育部社科基金项目，参编全国统编教材《古代文化经典选读》《古代文论名篇选读》，受聘担任《中国文论》《文心雕龙研究》期刊编委，在《文艺研究》《国学研究》《孔子研究》《周易研究》《古代文学理论研究》《外国文学评论》《文献》以及《光明日报·文学遗产》等重要学术期刊发表论文近百篇，出版学术专著十余部，著作《范文澜〈文心雕龙注〉研究》获教育部高等学校人文社科研究优秀成果奖三等奖、安徽省社会科学奖一等奖，开创的核心课程"中国文化概论"入选首批国家级一流本科课程。三十余年致力于师范教育，桃李满天下，培养的许多学生已晋升为教授、博导，成为教育战线的栋梁之才，学术领域的中坚力量。2018 年荣获安徽师范大学首届"三全育人"最美教师光荣称号,2021年受聘为安徽师范大学"教学名师"并被评为安徽省教科文卫体系统师德先进个人。《安徽师范大学学报》特委托文学院黄诚祯老师采访了李平教授,现整理出这篇访谈录,以飨读者。

一、走上"龙学"探研之路

黄诚祯:李老师,您好!很高兴您接受我的采访。自1989年在《文艺研究》发表《〈神思〉创作系统论》一文以来,您在《文心雕龙》研究领域已耕耘了整整三十五年,先后出版了《文心雕龙综论》(1999)、《文心雕龙研究史论》(2009)、《文心雕龙注评》(2011)、《范文澜〈文心雕龙注〉研究》(2020)、《范文澜〈文心雕龙注〉版本研究》(2021)以及《海峡两岸"龙学"比较研究》(2023)等著作,并先后担任中国《文心雕龙》学会理事、常务理事、副会长。请问您是因何机缘走上"龙学"探研之路?

李平:诚祯博士好!非常有幸接受你的采访!学术研究离不开师承,然而师承有时又带有很大的偶然性。上个世纪80年代中后期,我在芜湖市的一所中学当了几年语文教师之后,有了考研深造的想法。不过报考的是南京大学文艺学专业,而且是西方文论和马列文论方向。初试通过后,因为原招生导师出现意外情况,南大研招办拟将我调剂到合作学校苏州大学参加复试,而我则试探着问可否转到我的母校安徽师范大学文艺学参加复试,因为我是芜湖人,能在母校深造还可以照顾到家庭。南大研招办的工作人员爽快地说:当然可以了!

我本科毕业论文的指导教师是已故著名学者祖保泉教授,选题是《神思与形象思维》,写了三万多字,成绩是优秀。要转到母校复试,我自然首先想到先师。于是,我怀着忐忑不安的心情到先生家拜访,当我将相关情况做了说明后,师母首先说:你运气真好! 老爷子今年正好有一个招生名额。1988年9月,我通过复试后,正式忝列先师门墙。当时先师正在撰写《文心雕龙解说》一书,我随其学习中国古代文论,精力也主要放在《文心雕龙》上。入学后,我将本科毕业论文提炼修改,撰成《〈神思〉创作系统论》一文,投给《文艺研究》杂志,发表在1989年第5期上。

1990年11月,我陪先师赴汕头参加中国《文心雕龙》学会第三届年会。那是我第一次出远门,又是到经济特区,心里充满了憧憬。在软卧包厢里(我当时只能坐硬卧,是偷偷跑进去陪先师的),我与先师聊起了学位论文的写作及以后的研究方向问题。先师告诉我,他对明清有关《文心雕龙》的批点和评点做过专门研究,写了两篇文章,发表在《文心雕龙学刊》上,这些研究属于"龙学"史的范围,并问我是否愿意在这方面继续研究下去。我说当然愿意,只是担心能力不够。先师马上鼓励我:能力是锻炼出来的,先选一个点试试。于是我们商定先以范文澜《文心雕龙注》为研究对象,并作为我的学位论文选题。"范注"是《文心雕龙》研究史上的一座里程碑,攻下"范注"无疑是占领了一个制高点。可当时离我研究生毕业只有半年时间,且《文心雕龙》校注的研究与评点路数不同,能否在短时间内完成任务,我心里没有底。过完1991年春节,我除了白天带孩子以外,其他时间都用在学位论文的写作上。经过两个月的拼搏,四月份我拿出了初稿。先师审阅完毕,改动了几处用语,说可以定稿了。复旦大学蒋凡教授主持了我的论文答辩会,并对论文给予高度评价。先师大概对这份作业还算满意,在我毕业留校后对我说:以后《文心雕龙》研究史希望你继续做下去。就这样,我在先师的指引下,走上了"龙学"探研之路。

二、"龙学"重镇的研究特色

黄诚祯：安徽师范大学是现今学界传承有序的"龙学"重镇之一。作为师大"龙学"事业的开创者，祖保泉教授在学术上渊源有自，先后师承潘重规与杨明照先生，请您介绍一下这方面的情况。

李平：先师早在大学时代就有幸聆听"龙学"大师潘重规和杨明照先生的教诲，对《文心雕龙》产生浓厚兴趣。1943年先师考取四川大学中文系，选修的专业课就有潘重规先生主讲的《文心雕龙》。据先师回忆：潘先生"讲《文心雕龙》，板书特多'黄先生曰'（《文心雕龙札记》），我之研习《文心雕龙》自此始（1945—1946）"。潘重规先生为黄侃女婿，"黄先生曰"的内容就是黄侃的《文心雕龙札记》。《札记》首次以全貌出现就是四川大学排印本，先师为当时编订人员中的召集人。川大本《札记》封面为黑绿色，上有瘦金体"文心雕龙札记"字样，旁有"巴县佘雪曼题"题签。书正文之前有一页，题曰："民国三十六年二月刊于国立四川大学中国文学系"，近隶体。但由于成书仓促，未加细校，加之排版不精，书中错讹之处较多，所以书后附有两页勘误表。此书由成都华英书局发行，主要用于内部传阅，印数较少，至今罕见，但其价值却十分重大，首次展现了《札记》的全貌。

先师在川大研习《文心雕龙》的另一位启蒙老师是杨明照先生。1946年4月底，潘重规先生课未结束就离校，赴安徽大学任中文系主任，《文心雕龙》课中辍。而当时杨明照先生正好在讲授"校勘学"，并允许中文系四年级学生听课，于是先师就成了杨先生"校勘学"的旁听生。"杨氏讲授校勘学，实乃以黄叔琳注《文心雕龙》为底本，择要校勘字句。他在课堂上给学生的第一印象：真把五十篇《文心雕龙》背诵得透熟,令学生折服。从杨氏学习校勘《文心雕龙》,学生必备扫叶山房石印本黄注《文心雕龙》一套,随杨氏指点,连类而及,摘原文、黄注,又记录杨氏'按语',方可具体地获得教益。否则,只落得个赞叹——'杨老师真博学!'"(祖保泉《现当代〈文心雕龙〉五学人年表》,《文学前沿》2008 年第 13 辑)此后,先师一直对杨先生执弟子礼,读杨先生有关《文心雕龙》的著作,受益颇多。先师在《文心雕龙解说》例言中说:"在注释中说清某字某句原作某字某句,以及校改的依据、旁证。杨明照先生在这方面贡献特多,因而本书校字引用杨先生的校语也比较多些。"全书引用杨先生语共计六十八条,可见杨先生《文心雕龙》研究对先师的影响很大,同时亦可证先师对杨先生"龙学"的传承用力甚勤。

1989 年,为庆贺杨明照先生八十寿辰暨执教五十周年,四川大学特向海内外学者征稿。先师以《〈文心·指瑕〉疑难句试解》一文为其师祝寿,篇首祝寿辞为:

> 卓哉先生,国之英迈。深究龙学,称扬四海。著述宏明,贵有精解。学而不已,谦逊谁逮?诲我后生,似沾如溉。遗荣崇实,得大自在。轻捻美髯,奕奕神采。寿开八秩,风望百代。

学生　祖保泉三拜

1989.8.16

2005 年 6 月 15 日,四川大学、大足县政府在大足县北山石刻公园内为杨先生修建陵墓,并举行隆重的葬礼,同时召开由四川大学、大足中学、重庆师范大学共同主办的"杨明照先生学术思想暨《文心雕龙》国际学术研讨会"。先师因年事已高,行动不便,遂派我为代表,携文参加杨先生葬礼,并在会上宣读论文《杨明照

〈文心雕龙〉校注摭拾》。该文被收入曹顺庆主编的《文心永寄——杨明照先生纪念文集》(巴蜀书社 2007 年)。

黄诚祯: 祖保泉教授撰写的《文心雕龙解说》,在词句训释与理论阐说方面深得学界好评。祖先生早年曾对明清的《文心雕龙》学术史有过研究,继祖先生之后,您在《文心雕龙》近现代学术史方面持续着力,论著迭出。能否请您总结一下安徽师范大学"龙学"研究的特色所在?

李平: 先师在川大得潘重规、杨明照等"龙学"大师的真传,为其日后的《文心雕龙》研究奠定了坚实的基础。然而,先师对《文心雕龙》的研究又是与其教学实践紧密联系在一起的,这也是先师开创的安徽师范大学"龙学"研究的一大特色。上个世纪 70 年代末,先师在安师大中文系为高年级学生讲授《文心雕龙》,他认为教材是教学质量的根本保证,要上好《文心雕龙》课,必须写一本教材,于是有了《文心雕龙选析》的油印本(我至今保留着这个油印本)。课上了四遍,油印本教材也修补了两次,1984 年《文心雕龙选析》由安徽教育出版社正式出版。由于这本书的内容和体例符合教学实际,切合教学需要,且胜义纷披,所以被多所大学开设《文心雕龙》课的教师选为教学参考书。1989 年,该书荣获国家教委颁发的《文心雕龙》教学、教材建设国家级优秀奖。多年来,先师一直坚持为本科生和研究生开设"《文心雕龙》研究"课程。他强调教师上课要有扎实的基本功,要讲出自己的心得体会,不能炒冷饭。为此,他对《文心雕龙》全书进行了认真的钻研,从字句校勘、典故引证到义理阐释,都力求讲出自己的见解。在此基础上,先师决定对《文心雕龙选析》进行修改扩充,再写一部完整全面的《文心雕龙解说》。经过近十年的努力,1993 年《文心雕龙解说》正式出版,该书不仅在国内多次再版重印,供不应求,且已行销到美国纽约、澳大利亚悉尼、法国巴黎、日本东京等地,在海内外产生重大影响,成为 20 世纪"龙学"的一部力作,荣获安徽省第三届社会科学研究成果一等奖。

"巴蜀龙学"呈现出二水分流的态势。就《文心雕龙》研究而言,近代值得注意的四川籍人物至少有四位:刘咸炘(1897—1932)、吴芳吉(1896—1932)、庞石帚(1895—1964)、向宗鲁(1895—1941)。其中,刘咸炘与向宗鲁分别代表了近代"巴蜀龙学"的两个分支:"辨章学术型"与"是正文字型",刘氏偏向于义理阐发,向氏侧重于文字校勘。先师则兼取"巴蜀龙学"两派之长,将文本的校勘考证与义理的阐发解说融为一体,形成安徽师范大学"龙学"研究的又一特色。《文心雕龙解说》一书,对文本的一些疑难词语的校勘和考证颇多精彩之处,如对《哀吊》"故宾之慰主,亦以至到为言也"、《指瑕》"始有赏际奇至之言,终有抚叩酬即之语"的解释和考证,均为不刊之论。曹顺庆教授认为先师的论著"考证周详,功底深厚,深得先生(杨明照)之衣钵"(曹顺庆编《文心同雕集》,成都出版社 1990 年,第 318 页)。在坚实的文本校考基础上,先师又运用其独特的"解说"式阐释方法(先师三部重要的学术著作都以"解说"作为书名:《司空图诗品解说》《文心雕龙解说》《王国维词解说》),就《文心雕龙》原文提出的主要问题展开论证,全书不避艰奥,逐篇逐点解说,对历来认为重点、难点问题更是详加剖析,颇有精解新见,在学理上取得多项突破,如在刘勰的思想基础、《文心》的篇次组合等有争议之处,皆提出了一家之见。

安徽师范大学"龙学"研究还有一个显著的特色,就是注重《文心雕龙》学术史的探讨和现代"龙学"地域、谱系与流派的比较研究。关于《文心雕龙》学术史的探讨,先师已着先鞭,早在上个世纪 80 年代中期,就有《试论杨、曹、钟对〈文心雕龙〉的批点》《〈文心雕龙〉纪评琐议》等成果发表。此后,先师一直鼓励我从事此项研究。于是,继先师的明清《文心雕龙》学术史研究之后,我以现代"龙学"史为研究对象,先后发表了《〈文心雕龙〉范注三题》《"范注"三论》《20 世纪中国〈文心雕龙〉研究的回顾与反思》等文章,凭借这些前期研究成果,我以"《文心雕龙》研究史"为题,申报了教育部人文社科基金项目,并于 2001 年获批立项。而我从1998 年开始也指导研究生了,为锻炼研究生的科研能力,我先后邀请了张霞云、范伟军、罗冰、叶当前、殷学国、付莉、金玉生等同学,加入到"《文心雕龙》研究史"课题的研究中。我们师生在一起,以我的"范注"研究为蓝本,共赏文心,协力雕龙,就现代"龙学"史上一些著名"龙学"家的"龙学"成果,沉潜往复,从容含玩,先后完成了对黄侃、杨明照、王元化、王利器、詹镁、牟世金、王更生等"龙学"家的研究。这样,加上先师和我先前已经完成的"龙学"史成果,数量已颇为可观,足以构成一部内容丰厚的"龙学"史论著。课题成果《文心雕龙研究史论》,于 2009 年"《文心雕龙》国际学术研讨会暨中国《文心雕龙》学会第十届年会"在我校举行前夕正式出版,并作为会议材料发给与会代表指正。这是一部由我们师生三代人通力合作完成的一部书,也标志着我将先师的"龙学"学术史研究发扬光大所做的一种努力!

　　"《文心雕龙》研究史"项目结项,成果出版后,我又在思考:如何将先师的《文心雕龙》学术史研究,另辟蹊径,推陈出新?因为只有这样才能真正将先师开创的"龙学"事业发扬光大,形成安师大"龙学"研究的鲜明特色。以前的《文心雕龙》研究史"是纵向的研究,可否改变策略,由纵到横,将海峡两岸的"龙学"进行比较研究?1949 年后,祖国大陆的"龙学"研究日趋兴盛,成果丰硕,与

"红学""选学""甲骨学""敦煌学"等并为显学。台湾地区的"龙学"研究起步于 20 世纪 50 年代初,以后则不断发展,成果辉煌,亦为岛内显学,堪与大陆比肩媲美。但是,在 20 世纪 80 年代以前,两岸暌隔,交流不多,更缺乏相互比较研究。随着时代的发展,海峡两岸的文化学术交流日渐频繁,学人往来与日俱增,《文心雕龙》研究也在不断深入,两岸"龙学"的比较研究,已成为大势所趋。于是,我以"海峡两岸'龙学'比较研究"为题,申报国家社科基金项目,并于 2015 年获批立项。此后,我带着新招的博士生一起,立即开始了课题的研究工作。经过整整五年的不懈努力,课题终于在 2020 年夏天基本完成,而此时也到了结项的最后时间。年底,课题结项结果公布,本课题的结项鉴定等级是"优秀"。由于课题所涉内容需要报备,成果的出版耽误了一整年。2023 年 6 月,五十二万字的《海峡两岸"龙学"比较研究》由中华书局正式出版。作为首部两岸"龙学"比较研究的学术专著,该书对 20 世纪下半叶两岸"龙学"的文化背景、指导思想、研究路径、治学方法、发展大势、学术谱系、内容特点、交流互动以及经典个案等,进行梳理分析,概括彼此的流派风格,总结各自的得失经验,论证两者的相互关系。上篇"绪论"从两岸"龙学"的背景思想与路径方法的角度,论其异同,析其原因;中篇"总论"在整体陈述两岸"龙学"的发展历程与空间分布的基础上,分析两岸"龙学"的异同与互补;下篇"分论"为个案探究,就两岸"龙学"发展中的代表人物、学术观点和继承关系等,进行深入具体的研究。

三、建立《文心》范氏学

黄诚祯:您长期致力于近现代"龙学"史的回顾与反思,尤其是对范文澜的《文心雕龙注》深有研究。您不仅考究了《文心雕龙注》的版本变迁,而且关注到李笠、杨明照、王更生等学者对于"范注"的驳正与补充,为我们全面了解"范注"经典地位的确立以及"龙学"共同体的形成,提供了坚实的材料与清晰的线索。北京大学周兴陆教授说他在上《文心雕龙》课时,特意向学生推荐了您的《范文澜〈文心雕龙注〉研究》,并认为您是"范著功臣!《文心》范氏学开创者!"上海师范大学曹旭教授认为您的《范文澜〈文心雕龙注〉研究》以及《范文澜〈文心雕龙注〉版本研究》"都是独断之学"。扬州大学古风教授则说:"大著二种,分别对于'范注'的版本变迁和各类问题,进行了细致的梳理、对比、校勘、分析和论证,功力深厚,贡献卓著,成为'龙学'研究的必读之书。您与'范注'有缘,从硕士学位论文开始,三十春秋,兢兢业业,撰写七十万言,终成巨著,可谓范老知音矣!"台湾著名学者颜崑阳教授说:"范文澜的龙学,到我兄已是大成,继起恐难有超越者。"香港中文大学黄维樑先生亦说:"安徽师大的李平教授,花了六、七年时间研究此书,成书二种,都八百多页,伟业也!……相信李著当为'范注'研究的一块里程碑。"大陆与港、台学者的高度评价,充分说明了您的《范文澜〈文心雕龙注〉研究》获得2019—2020年度安徽省社会科学奖一等奖、第九届高等学校科学研究优秀成果奖(人文社会科学)三等奖,允为实至名归。这里,想请您谈谈您的范文澜《文心雕龙注》研究的经过。

李平:说来奇怪,人生的一些事情仿佛是命中注定,终点又回到了起点,怎么也绕不开!记得三十多年前,我以"范文澜《文心雕龙注》研究"为题,完成了硕士学位论文,也开启了我的学术之旅,本想一部"范注"已研究得差不多了,我以后再也不会对其作专门具体的研究了。岂料,前几年我指导的研究生和博士生中,又有人开始关注并研究"范注"。在阅读批改他们提交的研究成果时,因为感到不满意,我便自己再次进行研究并撰写论文,结果一发而不可收拾。随着研究的深入,我发现问题越来越多;而随着问题的增多,我撰写的论文数量也不断增加,有一年竟然写了六篇文章。于是,我开始有意识地规划自己的写作内容,使其朝着既相互联系、互为补充,又议题集中、整体有序的方向发展。

"范注"是20世纪中国学界最重要的学术经典之一,我把过去的那篇学位论文作为《范文澜〈文心雕龙注〉研究》一书的绪论,先从字句校勘、典故引证、材料移录和理论研究等方面进行分析,进而论证"范注"在《文心雕龙》研究史上的里程碑地位。再将近五六年来我围绕"范注"所作的研究分为三个类别,一是关于"范注"底本、版本和订补方面的考证、梳理和综论文章,二是有关"范注"中一些疑难问题的考辨、疏证和解析文章,三是专论大陆、台湾地区和日本几位著名"龙学"家举正"范注"的文章。最后两篇附录也都与"范注"有关,且与正文互补。这本书的内容以考辨、疏证和评析为主,解决了"范注"研究中长期存在的一些悬疑难点和令人困惑的问题。

说到对"范注"的研究,还有一件事值得一提。2014年以来,我的主要精力都放在"范注"的研究上。多年前,我曾写过一篇黄侃《文心雕龙札记》版本变迁方面的文章,而"范注"从最初出版到现在的通行本,也经历了长期的发展过程和多次的版本变化:1925年由天津新懋印书局以《文心雕龙讲疏》为名刊行,1929—1931年北平文化学社分上、中、下三册出版面目一新的《文心雕龙注》,1936年上海开明书店又出版经作者修订的七册线装本新《注》,1958年经作者请人核对和责任编辑又一次订正,人民文学出版社分两册重印,这就是现在流行的本子。于是,在我的"范注"系列研究中,就有一项关于版本变迁方面的写作计划,以探讨

"范注"各版本之间的发展轨迹及变化情况,分析其内容特点及经验得失,进而与黄侃《札记》版本变迁的那篇文章形成姊妹篇。然而,当我正式着手写作时,却发现"范注"各版本之间牵涉的问题太多,内容比我当初预想的要复杂得多!为了把涉及的问题搞清楚,我只能采取最笨拙的办法,即将各版本的正文、夹校和注文放在一起,逐一对照、相互比勘、分类归纳,最后再对各版本进行分析总结。当我把"范注"的四个版本都清理完毕后,发现研究成果的篇幅已接近三十万字,大大超过了一篇文章的容量,只好另行按照一部专著的体例来编排了,这就是《范文澜〈文心雕龙注〉版本研究》一书的由来。结果"姊妹篇"的文章没有写成,倒是促成了"范注"研究的两部孪生著作。

北京大学傅刚教授说:"范注在今天仍然是学术界研究《文心雕龙》一书重要的参考书,对其疏误自当能有所指正,以免以讹传讹,贻误耳食之辈。由于范注一书的影响,学术界对其批评讨论的情况也似应作一清理,在今后的学术史研究上,未免不会形成范注此书的专门研究。"(傅刚《略说寿普暄批正范文澜〈文心雕龙注〉》,《中国典籍与文化论丛》2011年第13辑)没想到傅刚先生的话还真的应验了,这两部书就是对"范注"的"专门研究"。其中,《范文澜〈文心雕龙注〉研究》一书,荣获全国高等学校人文社科研究优秀成果奖三等奖和安徽省社会科学奖一等奖。上个世纪末,先师的《文心雕龙选析》和《文心雕龙解说》亦曾先后荣获教学、教材建设国家级优秀奖和安徽省社会科学奖一等奖,而今拙著也获此殊荣,我想这正是对先师在安师大开创的"龙学"事业的最好的继承!现在,我正为建立"《文心雕龙》范氏学"而努力,去年又以"范文澜《文心雕龙注》的文本修订与学术研究"为题,申报了国家社科基金项目,并成功获批。接下来,我准备写两本书,一本是对

"范注"的修订,另一本是"范注"与中国现代文化学术研究,以丰富"《文心雕龙》范氏学"。

四、围绕问题以案究史的研究理念

黄诚祯:您的论著给我们留下的深刻印象之一就是具有鲜明的问题意识。您在进行"范注"研究时,常常能在一般读者容易忽略的地方,发现一些耐人寻味的现象,进而提出不少关键性学术问题。经过您对那些表面看似合理顺畅的文字表述的条分缕析,我们常能发现某些论述确乎存在内在的逻辑矛盾与论证龃龉,倘若深究则会颠覆我们往常所持的一般性看法。像您在研究"范注"的底本、体例,"范注"中"孙云"孰谓,"范注"对黄侃《札记》的因袭与淡化,"范注"人民文学出版社本订补人揭秘,"范注"中"张衡怨篇"句注解的错乱,"范注"为何屡误黄批为纪评,杨明照"范注"举正的得失,张立斋对"范注"的因袭与王更生对"范注"驳正的不实等问题时,不仅大量地占有研究材料,认真地辨析材料之间的逻辑联系,客观地还原历史真相,而且深入地揭示了文本与注释、作者与注者之间的复杂关系,呈现出逻辑思辨与文献考证的绝妙契合。请谈谈您是怎么发现这些问题? 又是如何解决这些问题的?

李平:学术研究实际上就是发现问题、分析问题和解决问题的过程,所以我总是强调学术活动要有问题意识,要执着地发现问题、审慎地分析问题,并妥善地解决问题。那么,如何才能发现问题呢? 我以为首要的一条就是要有怀疑精神,对学界现有的一些观点和结论,我们不能简单地认为都是合理的和正确的。例如,"龙学"界一般认为,"范注"过于倚重黄侃《札记》,对其因袭甚多。但是,"范注"有多个版本,而且后出的版本总是对前书进行了诸多的修订和完善,于是就出现一个问题:"范注"对"黄札"的倚重和因袭,是一以贯之的,还是只存在于某个版本之中?不过,发现问题并不意味着就一定能解决问题,因为分析问题是更为繁难的事情,如果没有清人"不病琐"的求实精神,已经发现的问题也可能在分析、解决问题的过程中半途而废。就上述问题而言,"范注"各版本前后修订所涉材料太繁杂,既有对初版讹误和不足的纠正,又有对前书失校失注之处的增补,还有对原先注文内容的进一步完善,我只好本着不惮繁琐的态度,对这些方面进行详细的比对、研究和总结,以期解决问题,得出符合实际的正确的结论。值得欣慰的是,通过各版本之间的对比分析,我终于发现:初版《文心雕龙讲疏》确实存在过于倚重"黄札"的问题,"一以黄氏《札记》之繁简为详略",凡《札记》所言皆悉数收录,几于探囊揭箧。不过至文化学社本,范老已自觉地采取多种方法对"黄札"进行淡化处理,以凸显其书自身的价值,最终使"范注"成为 20 世纪中国学界一部重要的学术经典,被誉为《文心雕龙》研究史上的一座里程碑。

　　另外,读书要严谨细致,不放过任何可疑之处,这也是发现问题并最终分析、解决问题的一个重要条件。范文澜为《文心雕龙·明诗》"张衡怨篇,清典可味;仙诗缓歌,雅有新声"作注曰:

　　　　"典"一作"曲",纪云:"典字是,曲字作婉字解。"李详《黄注补正》云:"梅庆生、凌云本并作'清曲'。《御览》八百八十三引衡《怨诗》曰:'秋兰,嘉美人也。嘉而不获用,故作是诗也。'其辞曰:'猗猗秋兰,植彼中阿;有馥其芳,有黄其葩;虽曰幽深,厥美弥嘉;之子云遥,我劳如何。''仙诗缓歌'今已无考,黄注引《同声歌》当之,纪氏讥之是也。"(乐府古辞有《前

缓声歌》。案作"典"字是。《怨诗》四言,义极典雅。)(范文澜
《文心雕龙注》(上),人民文学出版社 1958 年,第 86－87 页)

这段注文表面看没有什么问题,但我在反复研读过程中,总
感觉某些语句似曾相识,于是就尝试对这段注文进行详细的疏
证,结果发现其中错乱颇多,不仅存在字讹序倒、人名错标、卷次
淆乱诸多讹失,而且将黄叔琳注、纪昀评、李详补注和黄侃《札记》
衰辑于一体,统统置于李详名下,既有乖其书著述体例,又致使阅
者错识颜标,还导致注文仰逼俯侵。有鉴于此,我专门写了一篇
《范文澜注"张衡怨篇"句辨析》的文章,通过辨析其讹误与错失,
使"黄注""纪评""李补""黄札"各归其所,解决了"范注"此条注解
错乱的问题。

当然,有时候虽然发现了问题,但是由于材料有限,尚不足以
进行充分的论证,进而妥善地解决问题。这表明学术研究不仅要
善于发现问题,还要假以时日,持之以恒地进行学术积累工作,待
材料丰富、时机成熟时,再著文立说。如关于"范注"的底本,杨明
照认为是四部备要本《文心雕龙辑注》。而我在辨析范老"张衡怨
篇"句注解错乱时,还依据此条注文所透露的信息,判断"范注"所
据底本为扫叶山房石印本《文心雕龙辑注》。然而,这条材料尽管
有助于我对"范注"底本做出新的判断,但还不足以使我撰写一篇
有关"范注"底本的专题论文。好在我并没有放弃对"范注"底本
问题的思考和相关材料的积累,功夫不负有心人,经过一段时间
的搜集与积累,我又掌握了不少新的佐证材料,最终写成《范文澜
〈文心雕龙注〉底本考证》一文,从"范注"屡误黄批为"纪评"、撰写
时间、引录"纪评"以及底本文字等方面,详细考证了"范注"所采
用的底本实为坊间流行的扫叶山房石印本,而非杨明照所说的四

部备要本。最近,我在四部备要本发行时间以及底本文字方面,又发现一些可以证明我观点的新的材料,准备将来修订该文时补充进去。

还有一点不可忽视,即问题意识的强烈与否,与我们的思辨水平有关。文学研究不同于文学创作,研究的水平有赖于思辨的能力,学术问题的发现、分析与解决过程,一刻也离不开思辨活动。理论工作者不能停留在材料的清理上,必须借助科学严密的思辨能力,对相关的学术问题进行阐释与评估,力争论如析薪,锋颖精密,每立一说,泰山不移。近些年,我总爱考辨一些悬疑的字句问题,小到一句话,甚至一两个字,如《范文澜注"仲宣躁锐""仲宣轻脆以躁竞"疏证》《范文澜〈文心雕龙注〉"孙云"考述》《〈文心雕龙·宗经〉"铭"字复见校勘之反思》,像老吏断案一样,乐此不疲,还积极地给研究生作报告,想把自己破解疑难的"断案"过程和心得与学生一起分享。这使我想起章太炎曾引元代学者吴莱之言"今之学者,非特可以经义治狱,乃亦可以狱法治经",他认为吴莱"心知其意,发言卓特",并以此定经师:"近世经师,皆取是为法。审名实,一也;重左证,二也;戒妄牵,三也;守凡例,四也;断情感,五也;汰华辞,六也。六者不具,而能成经师者,天下无有。"(《章太炎全集·太炎文录初编》,上海人民出版社2018年,第118页)这里所谓经师六法皆与狱法相通。我也同意我的同事对这些文章的评价,他说我的"考证"与文献学专业的"考证"差别实在太大了,并认为这些"考证"实质上是以"强大的思辨功底"为根基的"反思"能力的表现。所以,他觉得用"思辨性考证"(海德格尔一类的思辨可称之为"考证性思辨")来表述我的这些文章的特色,虽不中亦不远矣。那么,怎样锻炼我们的思辨能力呢?思辨能力的训练,向上一路可读黑格尔的《小逻辑》,向下一路则可读一些哲学史著作。柏拉图的理式、黑格尔的理念、玄学的有无之辨、理学的天理人欲之分等，要勤去思考。哲思不能给我们提供面包，却能让我们尝到面包的甜味。

黄诚祯：您在指导我们进行学术史研究时，既要求我们把握学术演进的宏观大势，又要求我们立足于具体案例展开研究，尤其是提醒我们围绕明确的问题，聚焦具体的人物与学术个案进行细致的分析。这一研究理路与传统的学案体既相近又有所区别，似乎可以称为"以案究史"。请谈谈您对这一研究理念的思考。

李平：这一理念涉及如何处理学术研究中的点与面、史与论的关系问题，我们提倡点面结合、论从史出的研究方法，以期突破阐释学中有关部分与整体的阐释循环的悖论。学术研究的前提是厚植根基，所谓"以朴学立根基"，就是要下一番死工夫，"积学以储宝"；同时还要视野开阔，所谓"以玄学致广大"，就是要有整体全局观，"原始以表末"。修养储能阶段，宜先存乎大，在宏观上把握和认识相关学术领域的整体大势、发展历程以及演变规律，脑中形成一幅清晰的学术坐标，做到成竹在胸。着手研究之时，应发掘乎深，于微观中选择和剖析具体学术个案的精彩内容、风格特色以及独到贡献，笔下展现一种精深的研究成果，达成学术突破。由于胸怀全局，因此一个个具体个案在学术坐标中的经纬纵横，早已了然于心；因为精心细究，所以宏观的学术大势于具体个案上的聚焦凸显，当即跃然纸上。此所谓点面结合、史论互补，或者如你所说的"以案究史"。

《海峡两岸"龙学"比较研究》一书的撰写过程，就充分地印证了这一学术理念。写作此书之前，我已长期浸淫于"龙学"学术史，对海峡两岸的"龙学"发展大势及相关文化背景都很熟悉。尽管如此，为了找到研究的感觉，我还是决定先从一些学术个案入手,形成系列单篇论文,现在本书的下篇内容即是,如"巴蜀'龙学'的授受谱系及其学术贡献""王利器与杨明照'龙学'研究异同论""王更生与牟世金'龙学'研究异同论""李曰刚、张立斋对王利器、杨明照'龙学'成果的不同态度及原因""詹锳《文心雕龙义证》对李曰刚《文心雕龙斠诠》的接受与发展""张立斋《文心雕龙注订》对范文澜《文心雕龙注》的订补与因袭"等。在完成一系列学术个案探究的基础上,我又开始考虑海峡两岸"龙学"整体研究部分的内容设置,打算先从时空两方面展开论述,既从时间的角度看两岸"龙学"的发展历程,又从空间的层面观两岸"龙学"的分布情况,然后再论两岸"龙学"的异同与互动。这样,个案探究与整体研究之间形成了有效的互补。最后才写本书的绪论:"海峡两岸'龙学'的背景、思想与路径、方法"。这是研究的顺序和过程,而书中内容的前后设置,则是从读者角度考虑的。就接受来说,应该先存乎大者,故最后写的"绪论"立于前,次之以"总论"即"整体研究",再殿以"分论"即"个案探究"。

　　梁启超在评黄宗羲《明儒学案》时,曾提出著学术史的四个必要条件:"第一,叙一个时代的学术,须把那时代重要各学派全数网罗,不可以爱憎为去取;第二,叙某家学说,须将其特点提挈出来,令读者有很明晰的观念;第三,要忠实传写各家真相,勿以主观上下其手;第四,要把各人的时代和他一生经历大概叙述,看出那人的全人格。"(朱维铮校注《梁启超论清学史二种》,复旦大学出版社1985年,第148页)这就告诉我们,学术史的研究,必须摆脱门户之见的羁绊,避免孤陋寡闻的武断,力求做到冷静的思考、缜密的分析、客观的评价。

　　汉儒传经,特重师法家法,同治一学,各自师法家法不同,遂致学派林立,后世学案体史籍,即以专记学派承传流衍为特色。

学案体史籍,梁启超推朱子《伊洛渊源录》创其首,明清周汝登、孙奇逢《圣学宗传》《理学宗传》扬其波,至黄宗羲《明儒学案》总其成。其体例结构基本为三段论式,即卷首为总论,继之以案主传略,最后附以案主学术资料选编。近代以来,学术转型,新史学强调中西结合,破除一家一派之壁垒,传统的学案体终于被新兴的学术史所替代。我们所说的个案研究,无论在内容还是形式方面,都与传统的学案体有所不同,而属于新史学的学术史研究。

五、对"龙学"现代转型及研究范式问题的思考

黄诚祯:您在 2009 年前后就曾提出"龙学"的现代转型问题,并认为这一转型是从黄侃先生开始,到范文澜先生大致确立,至王元化先生基本完成。这是"龙学"学术史上一个非常重要的问题,能否请您具体阐释一下?

李平:这是我在《文心雕龙研究史论》的后记中提出的看法,我认为这是一部未完成的书,因为要结项,不得不匆忙出版。后记中说:"按照我的构想和计划,首先要对明清《文心雕龙》研究中的版本之学、校勘之学、评点之学和义理之学作一概述,因为现在书中的绪论实际只是 20 世纪《文心雕龙》研究的概述;其次还要为刘永济的《文心雕龙校释》写一章,刘书与黄侃的《文心雕龙札记》、范文澜的《文心雕龙注》和杨明照的《文心雕龙校注》,构成 20世纪《文心雕龙》研究的四大基石;此外还准备就大陆牟世金、台湾地区王更生和日本户田浩晓的三部《文心雕龙研究》写一篇比较论文,以见出三地在《文心雕龙》研究方面的共同趋势和不同特色;最后还要写一篇《文心雕龙》研究由传统向现代转型方面的文章(我以为这个转型由黄侃开始,至"范注"具备雏形,到王元化最终完成),作为全书的总结。然而,以我现在的状况,要完成这几

项研究,还不知道要拖到猴年马月,而教育部已对我的项目结题下了'最后通牒'……我只好鼓起勇气,整理现有的研究成果,出版这部《文心雕龙研究史论》。然而,我期待着在未来没有压力和干扰,心情舒畅、自由清静的状态下,将学术研究当作一种精神享受,再来完成这几项研究,并对本书进行一次全面的修订。"后来因忙于各种杂事,这本书的修订工作就被耽误了,直到今年(2024)我在完成《黄侃〈文心雕龙札记〉研究》一书后,才着手修订该书。不过,时隔多年,我的以上想法,特别是关于补写《文心雕龙》研究由传统向现代转型的文章,现在有了一些变化。

我当时说的《文心雕龙》研究由传统向现代的转型,是由黄侃《文心雕龙札记》开始,至范文澜《文心雕龙注》具备雏形,到王元化《文心雕龙创作论》最终完成,这一看法现在我有更为细致的思考。1914 年,黄侃在太炎师讲授《文心雕龙》的基础上,把《文心雕龙》作为一门学科教学内容搬上国立北京大学的讲坛,标志着现代意义"龙学"的诞生;而他为授课撰写的讲义《文心雕龙札记》,则成为现代"龙学"的奠基作。《札记》从传统的校注、评点中超越出来,开创了把文字校勘、资料笺证和义理诠释三者结合起来的研究方法,给人以全新的视野。诚如台湾著名"龙学"家李曰刚所说:"民国鼎革以前,清代学士大夫多以读经之法读《文心》,大别不外校勘、评解二途,于彦和之文论思想甚少阐发。黄氏《札记》适完稿于人文荟萃之北大,复于中西文化剧烈交绥之时,因此《札记》初出,即震惊文坛,从而令学术思想界对《文心雕龙》之实用价值、研究角度,均作革命性之调整,故季刚不仅是彦和之功臣,尤为我国近代文学批评之前驱。"(李曰刚《文心雕龙斠诠》,"中华丛书"编审委员会 1982 年,第 2515 页)《札记》的学术师承、写作背景、内容思想和研究方法均具有鲜明的时代性,因此我说《文心雕龙》研究的现代转型始于"黄札"。

范文澜顺应时代发展大势，继承《札记》学术资源，满足现实教学需求，凭借自身根基素养和远见卓识，撰写了自己的第一部学术专著——《文心雕龙讲疏》，稍后又在《讲疏》的基础上完成了新的《文心雕龙注》，并不断加以修订完善。"范注"重在"立"，故以"黄注"为底本而补苴超越之，取"黄札"之长处又丰富发展之，既在前贤与新锐的基础上"参古定法"，又在时代与现实的感召下"望今制奇"，从而使《文心雕龙》校注的新范式雏形初现。现代"龙学"发展初期，黄侃旨在创学科、开新境；范文澜紧随其后，功在立范式、树准的。然而，开榛辟莽、导夫先路者，自难顾及体例的完备和论证的周详，成果不免粗疏，故"范注"所立范式也只是初具雏形。随着研究的深入，"龙学"转入常规建设，人们开始补不足、求精审，王利器的《文心雕龙校证》和杨明照的《文心雕龙校注》都是后出转精之作，有效地补充、完善了"范注"建立的校注新范式。当然，人们对"范注"在现代"龙学"中的里程碑地位还是充分认可的。"范注的出现，标志着《文心雕龙》注释由明清时期的传统型向现代型的一大转变，即在继承发展传统注释优点的基础上，受其业师黄侃《文心雕龙札记》的影响，对《文心雕龙》的理论意义、思想渊源及重要概念术语的内涵进行了较为深刻清晰的阐释。"（陈允锋《范文澜〈文心雕龙注〉的"论"体特征》，《宁夏大学学报》2001 年第 1 期）总之，"范注"的出现，不仅意味着传统"龙学"范式的终结，同时标志着现代"龙学"范式的诞生。牟世金曾说："自范注问世以后，无论中日学者，都以之为《文心雕龙》研究的基础，这也是不可否认的事实，其于'龙学'的贡献，是应该充分肯定的。"（牟世金《〈文心雕龙〉的"范注补正"》，《社会科学战线》1984年第 4 期）

在范文澜等人完成《文心雕龙》校注新范式的同时,"龙学"的现代化历程在义理诠释方面也随之展开。先是刘永济的《文心雕龙校释》在黄侃《札记》的基础上,沿着释义的路子向前拓进,力求阐明刘勰论文之大旨,发挥本文幽深之意蕴,使《文心》义理诠释向前迈进了一大步。接着是王元化的《文心雕龙创作论》,该书是黄侃《札记》和刘永济《校释》以来,《文心》义理诠释方面令人耳目一新的又一部力作。作者把熊十力"根柢无易其固而裁断必出于己"的警句作为理论研究的指导原则,以三个结合(古今结合、中外结合、文史哲结合)为具体研究方法,凭借其深厚的国学修养和娴熟的现代美学理论知识,通过严谨细致的考证,全面深入的比较,将《文心雕龙》创作理论上升到现代文艺理论的高度,做出了今天应有的科学"裁断",真正实现了《文心雕龙》诠释由传统向现代的转型。因此,该书不仅为《文心雕龙》研究,而且也为整个古代文论研究开辟了一条新的道路。

黄诚祯:不过,我注意到您最近对"龙学"的现代转型问题又有了新的看法,着眼点和视野都较以前有所不同,能否请您对此略作说明?

李平:我当年所谓《文心雕龙》研究的现代转型,肇始于"黄札",初备于"范注",最终完成于"王论",原因大致如上所述。但我现在感兴趣的问题已不仅于此,而是把现代转型之前与之后结合起来思考,即千余年"龙学"范式的转换历程问题,因为不搞清这一问题,也就难以理解现代"龙学"前后衔接、返本开新的文论传统的转换与开拓的意义。

我以为,《文心雕龙》诞生以后,由于其自身的价值及特点,在流传过程中不断扩大影响,逐渐形成对此书的专门研究,即"龙学"。传统"龙学"起于宋代辛处信的注,兴于明代版本、校注、评点之学,至清代黄注纪评集其大成,属于以文本校勘、章句训诂为基本内容的经学范式。现代"龙学"以章太炎、黄侃讲授《文心雕龙》为起点,中经范文澜、杨明照之校注,到刘永济、王元化之释论臻于成熟,形成以理性知识、专精规范为主要特点的科学范式。后现代"龙学"起于王元化 20 世纪 90 年代的文化反思,以其《文心雕龙创作论》改名为《文心雕龙讲疏》为标志,直至当下绚烂多彩的各式研究,可谓以多元并存、雅俗共赏为显著特色的文化范式。

不过,这是一个十分宏大的"龙学"学术史问题,对于"龙学"从传统经学范式,到现代科学范式,再到后现代文化范式,其变化发展的轨迹如何? 背后深藏的转换契机又是什么? 我目前尚在思考之中。大致说来,我们可以从内外两方面来探寻,就学科演变的内在规律来看,学术研究当遇到工具(方法)的困难时,便会导致研究的危机,并最终促使旧范式的瓦解和新范式的诞生;就时代发展的外部环境而言,社会文化情境的变迁,会出现新的问题和新的需求,研究者面临新境遇的压力,就会努力寻找新的问题视域和研究方法,并对原先的范式进行反思和批判,以适应时代和社会的新需求,从而加深旧范式的危机,迎来新旧范式的转换。如果说刘勰以为"文章之用,实经典枝条",将文论作为经学的附庸,征圣宗经,依经立义,而传统文人也是以读经治经的方式研究《文心》,因此传统"龙学"的经学范式,可谓之"正"的话;那么现代"龙学"的科学范式,将《文心》研究从经学束缚中解放出来,从文学批评的角度,对其做专门化的精细研究,具有鲜明的反传统色彩,则可谓之"反";而后现代"龙学"的文化范式,重新将《文心》置于传统文化的具体情境之中,打破现代科学范式的西学主体、以西绳中、学科割裂、专精封闭的弊端,将经典平民化、理论通俗化,以人们喜闻乐见的方式,穿越古今、模糊边际,对《文心》进行多元立体化的开发利用、普及推广和学术研究,就是一种"合"。就此而言,"龙学"从传统经学范式到现代科学范式再到后现代文化范式,其变化发展的轨迹正契合了"正—反—合"的逻辑结构,总体上体现出历史与逻辑的统一性。

六、未来"龙学"发展的愿景

黄诚祯:听说您自去年开始就担任央视《典籍里的中国·文心雕龙》的指导专家,全程指导并审核该专场的剧本与台本创作,致力于推动《文心雕龙》以新的传播形式走向千家万户。

李平:《典籍里的中国》是中央广播电视总台央视综合频道制作的大型文化节目。该节目采用"文化访谈+戏剧+影视化"的表达方式,不仅对中华传统典籍所蕴含的思想精华进行系统性阐发,而且力求将与典籍相关的传奇故事予以情景化呈现,较大程度地满足了广大群众深入了解传统典籍,增强文化自信的精神需求,备受观众的喜爱。《典籍里的中国》第二季第十集《文心雕龙》,于2023年4月2日晚八点在中央一套首播。该集从筹备到拍摄,历时一年,由中国《文心雕龙》学会有关专家参与指导、访谈与审核。节目的戏剧舞台用刘勰的两次美梦为创作支点,首度构造出多重梦境,并在"当代读书人"撒贝宁与刘勰的对话中,铺陈出《文心雕龙》的创作历程和刘勰丰富的内心世界,巧妙地展现出《文心雕龙》对中国文学创作与文学批评发展起到的推动作用。而节目的广告语"来《典籍里的中国2》看《文心雕龙》,学写高分作文",则将《文心雕龙》这部古代文章学元典与当下人们的学习生活紧密联系在一起,颇有后现代文化的消费色彩!

非常有幸,我自2022年4月起,受邀担任该集的指导专家,从刘勰的生卒年、刘勰的传奇经历以及《文心雕龙》在后世流传过程中值得注意的问题等方面,为编剧组提供了丰富的创作素材。在节目组戏剧剧本和访谈台本创作完成之后,又参与审核了剧本、台本和样片,从剧本人物设定、台本访谈内容、相关历史事实以及文本文案校对等专业层面,提出了诸多修改意见,为节目的顺利播出奠定了良好的基础。此次我受邀出任《文心雕龙》专集的指导专家,积极参与普及传统文化的社会服务工作,也彰显了安徽师范大学的"龙学"研究在学界的地位和社会上的影响。

黄诚祯:《文心雕龙》是一部体大思精的经典论著,现有的研究成果众多且仍有新增之势。那么,21世纪的"龙学"要顺应时代发展的潮流,才能走向深广的研究境界,请问您对今后的"龙学"研究前景有何展望?

李平:新时期"龙学"如何顺应时代发展潮流,进而走向深广的研究境界,这是一个十分重要而又非常紧迫的问题。我显然无法提出令人满意又切实可行的解决方案,不过谈谈自己对这个问题的理解和认识还是可以的。首先,我觉得在后"五四"时代的社会文化背景下,"龙学"不应再局限于专精化、学院化的模式中,而应朝多元发展、综合提升的方向迈进。多元化包括研究主体、研究内容和研究方法等方面。就研究主体而言,既需要专家的研究,也不排斥草根的智慧;既要有学院的成果,也欢迎民间的探讨。如在刘勰的故里山东莒县,就有不少民间"龙学"爱好者,朱文民原是一位中学历史教师,退休后出版了《刘勰传》《刘勰志》,还有一位公安局的警官李明高,也出了一本《文心雕龙译读》。研究内容方面,不仅校注译释、理论体系、流派谱牒、辞典索引等可以齐头并进,也不妨突破学科界限,从语言修辞、书法绘画、建筑雕塑、音乐舞蹈等角度展开研究。像张少康的《文心与书画乐论》、沈谦的《文心雕龙与现代修辞学》、王毓红的《言者我也——
〈文心雕龙〉批评话语分析》、刘小波的《东泥隶书文心雕龙》、刘旦
宅的绘画作品《刘勰献书图》,还有日照东莞及南京钟山公园的刘
勰雕像等,都属于这方面的研究成果。研究方法更应该多样化,
学术研究能够取得重要的突破,一个重要的原因就是方法的自
觉。台湾学者许玫芳的《〈文心雕龙〉文体论中自然崇拜与祖先崇
拜之理路成变》一书,就明确以副题标示"从人类学及宗教社会学
抉微"。总之,只有多元化的研究,才能带来"龙学"的综合提升。

其次,还要注意"龙学"的推广普及工作,将"龙学"融入社会
生活,让《文心》走进千家万户。传统经学范式遵循的是他律论,
认为"道沿圣以垂文,圣因文而明道"(《文心雕龙·原道》),将
"文"看作是对"道"和"经"的模仿,故从经学视域解读《文心》;现
代科学范式遵循的是自律论,认为"《文心雕龙》是文学批评界唯
一的大法典了"(方孝岳《中国文学批评》,生活·读书·新知三联
书店1986年,第71页),尽力摆脱其对"道"和"经"的依赖,强调
其自身的独立性和合法性;后现代文化范式则致力于超越他律论
和自律论,既不像传统经学范式那样恪守"文"对"道"的模仿原
则,更不像现代科学范式那样陶醉于理论自身的纯粹性,而是有
意消解被现代科学范式竭力界划的"文"与"道"的界线,主张"文"
"道"合一,使"文"变成"道"的一部分,或就是"道"本身。当然,这
个"道"是指社会现实生活,所谓"道在屎溺""道不远人""百姓日
用即道"。在走出"五四"知识型的当下社会,经典不能高高在上,
理论更不能封闭自恋。相反,经典也要亲民,理论更要接地气,要
让人们在体会到"龙学"博大精深的同时,也能感受到《文心雕龙》
就在我们身边。这次央视制作的《典籍里的中国·文心雕龙》大
型文化节目,就是通过一场大型的视觉盛宴,在社会上刮起了一

场"龙卷风",使《文心雕龙》走进寻常百姓家,在推广普及"龙学"方面发挥了积极的作用。以前央视的"文明中华行"栏目也有一集讲《文心雕龙》,山东日照电视台还拍摄过电视文献片《刘勰》,这些都在推广普及"龙学"方面发挥了积极的作用。还有,我们新校区皖风诗韵广场四组《文心雕龙》青铜浮雕的配文,是我从《文心雕龙》的《原道》《明诗》《神思》《知音》四篇中挑选的,由承建方用篆、草、楷、隶、行五体铸造,成为校园一道亮丽的风景。我每次给本科生上《文心雕龙》课程,都会带学生去广场识认刘勰金句,体验《文心》魅力,以培养他们对"龙学"的兴趣。

最后,也是最重要的,无论《文心》怎么研究、"龙学"如何发展,民族本位与中国学派都是必须放在首位的。"五四"以后,我们一路向西,奔走在现代化的道路上,笼罩在科学化的范式下,学术传统的断裂给我们带来的最大问题就是文化主体的失位。因为丧失了民族文化本位的立场,学者们只能一味地套用西方的理论阐释中国文论,如纯文学与杂文学、抒情与言志、实用与艺术、文学自觉与独立等。而鲁迅则说:"篇章既富,评骘遂生,东则有刘彦和之《文心》,西则有亚里士多德之《诗学》,解析神质,包举洪纤,开源发流,为世楷式。"(《鲁迅全集》第八卷,人民文学出版社2005年,第370页)这里明明是说"东""西"两元,我们怎么能丢掉"东方",失去民族本位,而完全以《诗学》来诠释《文心雕龙》呢!失去了民族本位和文化主体,我们就失去了精神家园,"龙学"也就失去了意义,研究者也同样失去了诠释《文心雕龙》这部民族文化经典的能力。正如有人说的:"在中国文论百余年的现代化、知识化进程中,我们多少年来奉行的以现代学科界限划分疆域的'小文论'格局和'窄而深'的问题取向的研究理念,越来越暴露出缺乏大理论视野以及整体全面的历史文化把握的弊端。"(党圣元

《"国学"视野与传统文论研究》,《中国社会科学报》2012 年 12 月
7 日）如果说民族本位是立场,中国学派是体貌的话,那么文化诠
释则是方法。站在民族本位的立场,我们可以以民族固有之文化
应对西学,进而发现以西学为准绳的现代科学范式的种种局限,
转而运用文化诠释的方法,站在民族文化本位的立场,深入到被
诠释对象的肌理之中,并对其生存的历史背景和文化境遇作深切
的了解,然后以"通古今而观之"的"诗人之眼",对被诠释对象及
其环境背景作整体观察,进而与其同游共处,达到一种同情之理
解,使诠释行为的性质、方法与特征契合诠释对象。如此,诠释结
果自然能展现出中国学派的特征,即体现出中国文化精气神的活
古化今的原生态体貌。这样,我们就找到了回家的路,也寻回了
失去的精神家园。

黄诚祯:非常感谢您接受我的访问。您的以上观点和思考,
不仅使我深受启发,获益匪浅,而且对未来的《文心雕龙》研究和
"龙学"发展,也不乏参考借鉴意义。最后,祝您身体健康,学术之
树常青!

主要参考文献

古代文献

〔汉〕司马迁撰,〔南朝宋〕裴骃集解,〔唐〕司马贞索隐,〔唐〕张守节正义:《史记》,北京:中华书局,1982 年。

〔汉〕王充:《论衡》,《诸子集成》7,上海:上海书店,1986 年。

〔晋〕陆机撰,金涛声点校:《陆机集》,北京:中华书局,1982 年。

〔梁〕刘勰著,〔清〕黄叔琳注,李详补注,杨明照校注拾遗:《增订文心雕龙校注》,北京:中华书局,2000 年。

〔清〕郭庆藩撰,王孝鱼点校:《庄子集释》,北京:中华书局,1961 年。

〔清〕阮元校刻:《十三经注疏》,北京:中华书局,1980 年。

〔清〕阮元撰,邓经元点校:《研经室集》,北京:中华书局,1993 年。

〔清〕章学诚著,叶瑛校注:《文史通义校注》,北京:中华书局,1994 年。

〔清〕纪昀:《纪晓岚评文心雕龙》,扬州:江苏广陵古籍刻印社,1997 年。

〔清〕严可均辑,〔清〕陈延嘉点校:《全上古三代秦汉三国六朝文》,石家庄:河北教育出版社,1997 年。

〔清〕谭献著,范旭伦、牟晓明整理:《复堂日记》,石家庄:河北教育出版社,2001 年。

〔清〕阎若璩撰:《尚书古文疏证》,上海:上海古籍出版社,2023 年。

现代著作

卞孝萱：《现代国学大师学记》，北京：中华书局，2006 年。

蔡美彪：《学林旧事》，北京：中华书局，2012 年。

曹顺庆主编：《文心永寄——杨明照先生纪念文集》，成都：巴蜀书社，2007 年。

陈鼓应：《老子注译及评介》，北京：中华书局，1984 年。

陈鼓应注译：《庄子今注今译》，北京：中华书局，1983 年。

陈国庆编：《汉书艺文志注释汇编》，北京：中华书局，1983 年。

陈平原、杜玲玲编：《追忆章太炎》，北京：中国广播电视出版社，1997 年。

陈平原、夏晓虹编：《北大旧事》，北京：生活·读书·新知三联书店，1998 年。

陈平原：《中国现代学术之建立——以章太炎、胡适之为中心》，北京：北京大学出版社，1998 年。

陈其泰：《范文澜学术思想评传》，北京：北京图书馆出版社，2000 年。

陈文和主编：《嘉定钱大昕全集（增订本）》，南京：凤凰出版社，2016 年。

陈引驰编校：《刘师培中古文学论集》，北京：中国社会科学出版社，1997 年。

程千帆、唐文编辑：《量守庐学记：黄侃的生平和学术》，北京：生活·读书·新知三联书店，1985 年。

程千帆：《闲堂文薮》，济南：齐鲁书社，1984 年。

范文澜：《文心雕龙讲疏》，天津：新懋印书局，1925 年。

范文澜：《中国通史简编（修订本）》，北京：人民出版社，1964 年。

范文澜注：《文心雕龙注》，北京：人民文学出版社，1958 年。

范文澜注：《文心雕龙注》，北平：文化学社，1929—1931年。

方韶毅、沈迦编校：《伍叔傥集》，合肥：黄山书社，2011年。

冯友兰：《三松堂全集》，郑州：河南人民出版社，2001年。

龚鹏程：《文心雕龙讲记》，桂林：广西师范大学出版社，2021年。

管雄著，张伯伟编：《三思斋文丛》，南京：南京大学出版社，2017年。

华仲麐：《文心雕龙要义申说》，台北：台湾学生书局，1998年。

黄侃：《黄侃日记》，南京：江苏教育出版社，2001年。

黄侃：《文心雕龙札记》，北京：文化学社，1927年。

黄侃：《文心雕龙札记》，北京：中华书局，1962年。

黄侃：《文心雕龙札记》，台北：花神出版社，2002年。

黄侃：《文心雕龙札记》，香港：新亚书院中国文学系，1962年。

黄侃等撰，杨焄整理：《钟嵘诗品讲义四种》，上海：上海古籍出版
　　社，2018年。

黄侃著，黄延祖重辑：《文心雕龙札记》，北京：中华书局，2006年。

黄霖编著：《文心雕龙汇评》，上海：上海古籍出版社，2005年。

金毓黻：《静晤室日记》，沈阳：辽沈书社，1993年。

李婧：《黄侃文学研究》，北京：中国社会科学出版社，2016年。

李曰刚：《文心雕龙斠诠》，台北：“中华丛书”编审委员会，1982年。

梁启超著，朱维铮校注：《梁启超论清学史二种》，上海：复旦大学
　　出版社，1985年。

林传甲、朱希祖、吴梅著，陈平原辑：《早期北大文学史讲义三种》，
　　北京：北京大学出版社，2005年。

刘渼：《台湾近五十年来“〈文心雕龙〉学”研究》，台北：万卷楼图书
　　有限公司，2001年。

刘太希：《无象庵杂记》，台北：正中书局，1956年。

刘太希：《无象盦诗》，台北：中华文化基金会，1986年。

刘咸炘:《推十书(增补全本)》戊辑,上海:上海科学技术文献出版社,2009年。

刘永济校释:《文心雕龙校释》,北京:中华书局,1962年。

刘永济校释:《文心雕龙校释》,台北:正中书局,1957年。

陆侃如、牟世金译注:《文心雕龙译注》上,济南:齐鲁书社,1995年。

骆鸿凯:《文选学》,上海:中华书局,1937年。

牟润孙:《海遗丛稿(二编)》,北京:中华书局,2009年。

牟世金:《台湾文心雕龙研究鸟瞰》,济南:山东大学出版社,1985年。

欧阳哲生编:《胡适文集》,北京:北京大学出版社,1998年。

钱基博:《现代中国文学史》,长沙:岳麓书社,1986年。

钱穆:《国学概论》,北京:商务印书馆,1997年。

钱穆:《现代中国学术论衡》,长沙:岳麓书社,1986年。

钱锺书:《谈艺录》(补订本),北京:中华书局,1984年。

全国古籍整理出版规划领导小组办公室编:《功在千秋的事业——新中国古籍整理出版成就》,北京:中华书局,2003年。

饶芃子主编:《文心雕龙研究荟萃》,上海:上海书店,1992年。

司马朝军、王文晖合撰:《黄侃年谱》,武汉:湖北人民出版社,2005年。

汤志钧编:《章太炎年谱长编(增订本)》,北京:中华书局,2013年。

唐圭璋编:《词话丛编》,北京:中华书局,1986年。

童庆炳:《中国古代文论的现代意义》,北京:北京师范大学出版社,2003年。

王大鹏编著:《百年国士》之三《楚天辽阔一诗人》,北京:商务印书馆,2010年。

王汎森:《章太炎的思想——兼论其对儒学传统的冲击》,上海:上海人民出版社,2014年。

王更生:《文心雕龙管窥》,台北:文史哲出版社,2007年。

王利器校笺:《文心雕龙校证》,上海:上海古籍出版社,1980年。

王利器著,敏泽主编:《往日心痕——王利器自述》,太原:山西人民出版社,1997年。

王利器著,王贞琼、王贞一整理:《王利器学述》,杭州:浙江人民出版社,1999年。

王叔岷:《慕庐忆往——王叔岷回忆录》,北京:中华书局,2007年。

王文俊等选编:《南开大学校史资料选》,天津:南开大学出版社,1989年。

王学珍、郭建荣主编:《北京大学史料》第二卷,北京:北京大学出版社,2000年。

王元化:《文学沉思录》,上海:上海文艺出版社,1983年。

萧超然等编著:《北京大学校史(1898—1949)》(增订本),北京:北京大学出版社,1988年。

谢一彪:《范文澜传》,北京:中国社会科学出版社,2015年。

徐复:《后读书杂志》,上海:上海古籍出版社,1996年。

徐复观:《无惭尺布裹头归》,北京:九州出版社,2014年。

徐复观:《中国文学论集》,北京:九州出版社,2014年。

徐复观:《中国文学论集续篇》,北京:九州出版社,2014年。

徐一士著,李吉奎整理:《一士类稿》,北京:中华书局,2023年。

杨亮功:《早期三十年的教学生活·五四》,合肥:黄山书社,2008年。

杨天石主编:《钱玄同日记(整理本)》,北京:北京大学出版社,2014年。

姚永朴撰,许振轩校点:《文学研究法》,合肥:黄山书社,1989年。

詹锳义证:《文心雕龙义证》,上海:上海古籍出版社,1989年。

张晖:《龙榆生先生年谱》,上海:学林出版社,2001年。

张晖编:《量守庐学记续编:黄侃的生平和学术》,北京:生活·读书·新知三联书店,2006年。

张健总主编,刘勇编选:《中国现代学术经典·许寿裳卷》,北京:北京师范大学出版社,2011年。

张杰、杨燕丽选编:《追忆陈寅恪》,北京:社会科学文献出版社,1999年。

张少康等:《文心雕龙研究史》,北京:北京大学出版社,2001年。

章念驰编:《章太炎生平与学术》,北京:生活·读书·新知三联书店,1988年。

章太炎:《章太炎全集》,上海:上海人民出版社,2018年。

章太炎撰,陈平原导读:《国故论衡》,上海:上海古籍出版社,2003年。

章太炎撰,庞俊、郭诚永疏证:《国故论衡疏证》,北京:中华书局,2008年。

郑远汉主编:《黄侃学术研究》,武汉:武汉大学出版社,1997年。

中国《文心雕龙》学会、全国高校古籍整理委员会编辑:《文心雕龙资料丛书》,北京:学苑出版社,2004年。

中国《文心雕龙》学会选编:《文心雕龙研究论文集》,北京:人民文学出版社,1990年。

中国蔡元培研究会编:《蔡元培全集》第六卷,杭州:浙江教育出版社,1997年。

周振甫:《文心雕龙注释》,北京:人民文学出版社,1983年。

周作人:《知堂回想录——周作人自传》,兰州:敦煌文艺出版社,1998年。

周作人:《中国新文学的源流》,上海:华东师范大学出版社,1995年。

朱维铮:《求索真文明——晚清学术史论》,上海:上海古籍出版社,1996年。

祖保泉解说:《文心雕龙解说》,合肥:安徽教育出版社,1993年。

左玉河:《中国近代学术体制之创建》,成都:四川人民出版社,
2008年。

〔日〕户田浩晓著,曹旭译:《文心雕龙研究》,上海:上海古籍出版
社,1992年。

〔美〕唐纳德·肯尼迪著,阎凤桥等译:《学术责任》,北京:新华出
版社,2002年。

〔美〕张灏著,高力克、王跃译:《危机中的中国知识分子:寻求秩序
与意义》,北京:新星出版社,2006年。

〔美〕蔡宗齐编,李卫华译:《中国文心:〈文心雕龙〉中的文化、创作
及修辞理论》,北京:九州出版社,2022年。

学术论文

《〈图书馆学季刊〉发刊辞》,《图书馆学季刊》第1卷第1期,1926年。

白兴华、许旭虹:《范文澜的学术发展道路与学术风范》,《浙江学
刊》1998年第1期。

陈平原:《古典散文的现代阐释》,《中山大学学报》2004年第6期。

陈平原:《在巴黎邂逅"老北大"》,《读书》2005年第3期。

陈平原:《知识、技能与情怀(上)——新文化运动时期北大国文系
的文学教育》,《北京大学学报》2009年第6期。

陈柱:《文心雕龙增注叙例》,《中国学术讨论集》第二集,上海:群
众图书公司,1928年。

成玮:《新旧之间——黄侃〈文心雕龙札记〉的思想结构与民国学
术》,《南开学报》2019年第3期。

程千帆:《刘永济传略》,《晋阳学刊》1982年第5期。

邓实:《古学复兴论》,《国粹学报》1905年10月第9号。

董婧宸:《章太炎〈文心雕龙札记〉史料补正》,《国际中国文学研究丛刊》2019年第7集。

范文澜:《从烦恼到快乐》,《中国青年》(延安)第3卷第2期,1940年1月5日。

傅刚:《略说寿普暄批正范文澜〈文心雕龙注〉》,《中国典籍与文化论丛》第13辑,南京:凤凰出版社,2011年。

黄端阳:《试论黄侃〈文心雕龙札记〉之刊行——兼论四川大学本〈札记〉》,《文心雕龙》国际学术研讨会论文集编委会主编:《2007〈文心雕龙〉国际学术研讨会论文集》,台北:文史哲出版社,2008年。

黄侃:《国故论衡序》,《国粹学报》1910年5月第4号。

黄侃:《国故题辞》,《国故》1919年第1期。

黄侃:《文心雕龙札记·题词及略例·原道》,《华国月刊》1925年3月第2卷第5期。

金毓黻:《〈文心雕龙·史传〉篇疏证》,《中国学报》(重庆)1943年第1卷第2期。

李开金:《读〈文心雕龙札记〉》,《武汉大学学报》1986年第1期。

李笠:《读〈文心雕龙讲疏〉》,《图书馆学季刊》1926年第1卷第2期。

李平:《〈文心雕龙札记〉成书及版本述略》,《安徽商贸职业技术学院学报》2009年第1期。

李平:《孙人和据〈太平御览〉校雠〈文心雕龙〉考察与辑佚》,《中国诗学研究》2018年第15辑。

李平:《论范注所录铃木虎雄〈黄叔琳本文心雕龙校勘记〉》,《中国诗学研究》2020年第18辑。

李平：《论文化学社本"范注"的修订特色》，《古代文学理论研究》2019 年第 49 辑。

李平：《世纪补正百年修订——范文澜〈文心雕龙注〉订补综论》，《暨南学报》2020 年第 12 期。

李平：《孙人和唐写本〈文心雕龙〉残卷校雠辨析与辑佚》，《古代文学理论研究》2018 年第 47 辑。

李平：《王利器"范注"订补考辨》，《文献》2002 年第 2 期。

栗永清：《学科史视野下的中国古代文论研究——从黄侃在北京大学开设的课程谈起》，《东方丛刊》2008 年第 3 期。

林甘泉等：《高山仰止景行行止〈范文澜全集〉编余琐记》，《中国社会科学院院报》2004 年 1 月 13 日第 4 版。

刘文勇：《民国时期的〈文心雕龙〉研究（上）》，《古代文学理论研究》2020 年第 50 辑。

牟世金：《〈文心雕龙〉的"范注补正"》，《社会科学战线》1984 年第 4 期。

寿昀：《介绍范文澜著〈文心雕龙讲疏〉》，《南开周刊》1925 年第 1 卷第 5、6 号。

王庆元：《骆鸿凯〈文选学〉与周贞亮〈文选学讲义〉疑云再考辨》，《厦大中文学报》2017 年第 4 辑。

王世民：《所谓黄文弼先生藏唐写本〈文心雕龙〉究竟是怎么一回事》，《文物天地》1990 年第 5 期。

王运熙：《范文澜的〈文心雕龙讲疏〉》，《江苏大学学报》2003 年第 2 期。

吴熙：《对于刘勰文学的研究》，《时事新报·学灯》1924 年第 9、10 期。

徐复：《黄补〈文心雕龙·隐秀篇〉笺注》，《金陵学报》1938 年第 8

卷第 1、2 期。

许寿裳:《纪念先师章太炎先生》,《制言》1936 年第 25 期。

颜虚心:《文心雕龙集注》,《国文月刊》1943 年 4 月第 21 期。

杨明照:《范文澜〈文心雕龙注〉举正》,《文学年报》1937 年第 3 期。

杨焄:《黄侃〈诗品讲疏〉探原》,《安徽大学学报》2016 年第 4 期。

叶毅均:《范文澜与整理国故运动》,《近代史研究》2018 年第 1 期。

张海明:《范文澜〈文心雕龙讲疏〉发覆》,《清华大学学报》2020 年
　第 4 期。

张海明:《黄侃〈文心雕龙札记〉考原》,《清华大学学报》2023 年第
　5 期。

张之强:《读〈文心雕龙札记·章句〉》,《训诂研究》第 1 辑,北京:
　北京师范大学出版社,1981 年。

章用:《〈文心雕龙讲疏〉提要》,《甲寅周刊》1925 年第 1 卷第
　20 号。

赵成杰:《黄焯致程千帆书信通释》,《长江学术》2014 年第 4 期。

赵西陆:《黄侃补〈文心雕龙·隐秀篇〉笺》,《国文月刊》1945 年 9
　月第 38 期。

赵西陆:《评范文澜文心雕龙注》,《国文月刊》1945 年第 37 期。

周法高:《地下资料与书本资料的参互研究》,吴福助编:《国学方
　法论文集》,台北:文史哲出版社,1984 年。

周文玖:《史家三巨擘同门而异彩——傅斯年、范文澜、金毓黻的
　交往及学术人生论析》,《史学史研究》2015 年第 2 期。

周兴陆:《章太炎讲解〈文心雕龙〉辨释》,《复旦学报》2003 年第
　6 期。

周勋初:《黄季刚先生〈文心雕龙札记〉的学术渊源》,《文学遗产》
　1987 年第 1 期。

祖保泉:《现当代〈文心雕龙〉五学人年表》,《文学前沿》第 13 辑,
　　北京:学苑出版社,2008 年。

祖保泉撰:《试论杨、曹、钟对〈文心雕龙〉的批点》,《文心雕龙学
　　刊》第 4 辑,济南:齐鲁书社,1986 年。

后　记

　　这本书的写作完全是一个意外。癸卯夏，我赴青岛参加《文心雕龙》学会成立四十周年庆祝大会，期间学会前任会长詹福瑞先生、现任会长左东岭先生都希望我能按《范文澜〈文心雕龙注〉研究》的路子继续做下去，比如说再做一部《黄侃〈文心雕龙札记〉研究》。我当时觉得可能性不大，虽说以前写过几篇研究黄札的文章，然都是随意之作，没有规划和系统，且以今日眼光审视，譬之刍狗，用在一陈，皆无回收之价值。因此就没把这件事放在心上。

　　参会之前，文学院院长告诉我，师大学报拟安排一期对我的学术专访录，同时希望配发我的一篇论文。当时我手头没有现成的文章，就答应新撰一篇给学报，题目都想好了，叫《论黄侃〈文心雕龙札记〉的现代性》，并草拟了结构内容，准备从"学术师承与时代背景""大学讲坛与报刊园地""思想内容与研究方法"三节六个方面来写。

　　会后，我到内蒙古和黑龙江转了一圈，回来就开学了。我的教学任务不重，于是就专心写那篇文章。没想到，写着写着就出现了问题。文章第一节的前半部分，即"学术师承"方面的内容尚未写完，篇幅已达二万字左右。我只好另做规划，拟将"学术师承"部分单独成文，题曰《论黄侃〈文心雕龙札记〉的师承脉络》，后又将题目改为《论章太炎对黄侃〈文心雕龙〉教研活动的影响》，由"投师章门""聆听师说""登坛开讲""编写讲义"四节组成。同样没想到的是，这篇文章写完"登坛开讲"时，发现仅这一节就近二万字，只能将其抽出作为专文，名曰《黄侃在北京大学讲授〈文心雕龙〉考论》。本想，这下差不多了，可以回到原来那篇《札记》"现代性"文章的写作上了。岂料，还没等我"转过身来"，黄诚祯博士就告诉我，张海明教授最近发表了一篇《黄侃〈文心雕龙札记〉考原》的长文，并下载了发给我看。既然同论一题，他人的成果必当认真参考，何况张教授是我敬佩的学者，我年轻时就喜欢读其论著，如《经与纬的交结——中国古代文艺学范畴论要》《回顾与反思——古代文论研究七十年》《玄妙之境》等，都认真读过，启发良多。于是，我花了两天时间认真拜读了张文，感觉其用力甚勤，且创获颇多。然对其文的论证前提或研究路径，即据范文澜《文心雕龙讲疏》对黄侃《文心雕龙札记》的引录篇目，判断黄侃在北大讲授《文心雕龙》以及撰写《札记》讲义的情况，我以为是不可靠的，因而又撰写了一篇商榷文章。我一直以为学术研究各做各的，故从不与人打笔墨官司，也基本不写商榷文章，这回实在是箭在弦上，不得不发！

　　写完以上三篇文章，我的想法发生了变化，开始考虑朝《黄侃〈文心雕龙札记〉研究》专书方面发展，于是对论文写作予以规划和调整，拟就黄札的师承与影响、成书与版本、思想与内容、特点与方法、教学与讲义，特别是黄札的现代性，展开全面、深入、具体的研究。既有想法就要付诸行动，在接下来的时间里，我几乎推掉了一切可能影响此书写作的活动，甚至与一家出版社约好的面谈"范注"修订出版事宜，我也爽约了。在回归"现代性"那篇文章写作之前，我又撰写了《黄侃与现代"龙学"的诞生》一文，作为全书的绪论；还写了一篇《论黄侃〈文心雕龙札记〉的残缺美》，以探讨学界关注的《札记》篇目问题。当五万余言的《论黄侃〈文心雕龙札记〉的现代性》一文完稿时，时间已是 2024 年 1 月 20 日。好在这篇长文的结束，也就意味着这部书稿的写作已进入了尾声。接下来，我对过去发表的黄札研究文章重新进行改写，完成《论黄侃〈文心雕龙札记〉的指导思想及主要内容》《论黄侃〈文心雕龙札记〉的成书过程及版本系统》两篇文章；再将前两年撰写的《论范文澜对黄侃〈文心雕龙札记〉的承袭与超越》收录进来，与《论章太炎对黄侃〈文心雕龙〉教研活动的影响》一文相配，从而见出章黄学派一脉嫡传的三位学术大师（章太炎、黄侃、范文澜）在"龙学"上的继承与发展关系。附录两篇文章《论范文澜与黄侃及同门的关系》《海峡两岸"龙学"垦拓中的黄侃门人》和对我的一篇学术专访录，则从不同的层面反映了黄侃及其《札记》的地位、价值与影响。

以上是我对书稿内容安排方面的一些设想，我的同事李伟兄见到书稿的目录内容后，经反复斟酌，提出了一个目录编排的调整意见，即按文章的性质和内容，将书稿分为三个部分：上编五章，主要研究黄札本身的内容和特点，以及范文澜对黄札的承袭与超越；下编四章，集中讨论黄侃讲授《文心雕龙》的过往、师友同门及弟子门生对其影响和传承等；附录两篇文章，一是对《黄侃〈文心雕龙札记〉考原》一文的商榷，一是作者的学术专访，均对全书形成有益的补充。我觉得这个调整意见很好，便接受了这样的安排，只是将附录中的那篇商榷文章调至下编，与下编另一篇商榷文章《论范文澜与黄侃及同门的关系——与张海明"师徒失和、同门反目"说商榷》合为一组。这样，上下编各五章，附录只收一篇我的学术专访。另外，根据责任编辑的建议，对部分标题做了调整。在此,我要对李伟兄和樊玉兰女士表示由衷的感谢!

　　虽然说书有自己的命运,由不得作者多说,但作者毕竟是最了解自己书的人。这本书成于偶然,其实也有其必然性。早在十五年前的《文心雕龙研究史论》一书中,《论黄侃的〈文心雕龙札记〉》就是其中重要的一章,可见黄札进入我的学术视野和研究范围已经有些年头了。就本书而言,我自认为在以下几方面做了一些有益的探讨。一是《札记》的现代性问题,学界普遍将黄札作为现代"龙学"诞生的标志,但对其所以然的研究显然不够充分,本书则尝试对这一问题进行广泛、深入的研究,既着眼于时代背景、大学讲坛等外部因素,又植根于思想内容、研究方法等内在因素。二是黄侃在北京大学讲授《文心雕龙》既是一件意义重大的事情,又是一个谜团重重的问题。本书基于对材料的爬梳,认为黄侃在北大讲授《文心雕龙》,有前后期之分,前后期课程性质不同,讲授的内容也有别。三是学界对黄札独创性的强调过于绝对,好似其书横空出世,绝无依傍。本书则侧重探讨《札记》的学术渊源,强调太炎师在日本讲授《文心雕龙》,特别是《国故论衡》一书对黄札的影响。四是黄札从讲义到文章再到专书,其间曲折多变,情况复杂,加之海峡两岸版本众多,互有异同。本书对《札记》的成书过程及版本系统予以梳理,考镜源流,辨彰异同,以嘉惠士林。

李　平

2024 年 6 月 18 日